D1718332

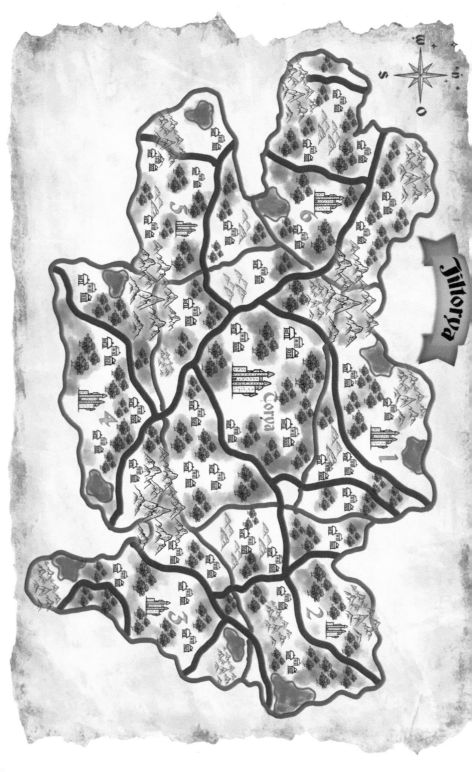

Buchbeschreibung:

Liam ist ein Aurox, ein Mörder. Er lebt unter dem Goldkönig Jiltoryas und hat nur einen Zweck: Er muss den Befehlen des mächtigen Elfen gehorchen. Als dieser ihm eine neue Mission auferlegt, zieht Liam los, um einen Druiden zu finden, der es gewagt haben soll, seine Zone zu verlassen und ins Herz Jiltoryas einzudringen.

Silvan hat schon viele Schreckensgeschichten über Aurox gehört, aber all diese rücken in den Hintergrund, als er plötzlich einem von ihnen gegenübersteht. Sollte er dem Mann nicht entkommen, würde er sterben. Kann Silvan es schaffen, den gefährlichen Aurox auf seine Seite zu ziehen, um mit ihm gemeinsam gegen den König vorzugehen? Und wieso hört sein Herz nicht auf zu rasen, wenn er in Liams helle Silberaugen blickt?

Aurox
Liam und Silvan

von

Isabell Bayer und Liesa Marin

© 2023 Lycrow Verlag

Landkarte: Cover.Manufaktur.Art

ISBN Softcover: 978-3-910791-02-2

Druck und Distribution im Auftrag des Verlags:
Lycrow Verlag, Schillerstraße 8, 17166 Teterow

Auflage 2

Das Werk, einschließlich seiner Teile, ist urheber-
rechtlich geschützt. Für die Inhalte ist der Verlag
verantwortlich. Jede Verwertung ist ohne die Zustim-
mung des Verlags unzulässig. Die Publikation und
Verbreitung erfolgen im Auftrag des Verlags, zu
erreichen unter: tredition GmbH, Abteilung
„Impressumservice",
An der Strusbek 10, 22926 Ahrensburg,
Deutschland.

Triggerwarnung

In diesem Buch gibt es Szenen/Themen, die eventuell triggern können.

- Sklaverei
- Unterdrückung
- sexuelle, physische und psychische Gewalt
- Missbrauch, auch sexuell
- Mord
- Gewalt
- blutige Szenen

Achtung! – Die Liste ist womöglich nicht vollständig. Für weitere Informationen wenden Sie sich an info@lycrowverlag.de

Kapitel 1

Silvan

„Wir dürfen sie als einmalige, glückliche, starke Frau und Mutter in Erinnerung behalten. Das war sie, darum sagen wir mitten in die Trauer hinein: Danke!", hörte Silvan die Worte des Redners.

Schon wieder war eine junge Frau gestorben, es war bereits die dritte in diesem Monat und sie hinterließ zwei Mädchen. Die beiden Kleinen waren noch nicht einmal fünf Jahre alt und mussten nun ohne ihre Mutter leben. Dieser verdammte König, das war alles seine Schuld!

Er hatte ihr Volk in die letzten Ecken Jiltoryas getrieben und wartete jetzt darauf, dass ihre Magie versagte und sie schließlich vor Schwäche starben. Silvan ballte die Fäuste, so konnte es unmöglich weiter gehen. Seine Leute standen vor dem Abgrund und wenn sich nichts änderte, würde es bald keine Druiden mehr geben.

Er ließ den Blick über die Anwesenden schweifen, die gekommen waren, um Abschied von der jungen Frau zu nehmen. Die Eltern der Verstorbenen hatten die Kinder in den Armen, nun war es an ihnen, diese großzuziehen.

Silvan packte die Tasche, die er bei sich trug, fester. Es wurde Zeit, denn eben diese ging seinem Volk aus. Er wandte sich ab und wäre beinahe in seine Mutter gelaufen.

„Mein Sohn", sagte sie mit einem traurigen Lächeln auf den Lippen. Ihre sonst so warmen, goldbraunen Augen wirkten matt und entkräftet. „Du willst wirklich gehen? Kann ich denn nichts tun, um dich zum Bleiben zu bewegen?"

Silvan schüttelte den Kopf und legte den freien Arm um sie. „Nein, Mutter, ich muss gehen. Wenn niemand den ersten Schritt wagt, wird sich nie etwas verändern. Lass es mich versuchen, für das Überleben unseres Volkes."

Tränen glitzerten in ihren Augen, doch sie nickte. „Dann geh, aber versprich mir, auf dich aufzupassen und wieder nach Hause zurückzukehren!"

Silvan nickte, auch wenn er nicht wusste, ob er dies würde halten können. „Ich gelobe es, Mutter. Leb wohl!" Sie ließ ihn nur zögerlich los und Silvan blickte noch einmal zurück.

Der Redner der Beisetzung, Silvans Vater, war das Oberhaupt des Dorfes und hatte soeben die letzten Worte gesprochen. Nun ging sein Blick zu Silvan und sie nickten sich zu, mehr brauchte es nicht, geredet hatten sie bereits gestern. Silvan legte ein Lächeln auf die Lippen und wandte sich ab.

Als er das Ende des Dorfes anstrebte, sah er sich ein letztes Mal um.

Seine Heimat, er würde sie auf unbestimmte Zeit verlassen, um eine Mission mit ungewissem Ausgang zu beginnen.

Er schluckte, tatsächlich war es fraglich, ob er es schaffen würde, jemals hierher zurückzukehren. Er betrachtete den trockenen, teils staubigen Boden, aus dem sich nur hier und da ein Grashalm zwängte. Es war alles so trist, so tot. Silvan musterte die kleinen Häuser im Dorf, deren Bewohner versucht hatten, einen halbwegs ansehnlichen Garten zu gestalten.

Silvan wusste, wie viel Magie es erforderte, hier in der Zone etwas wachsen und gedeihen zu lassen. Daher sah es fast im ganzen Dorf mehr tot als lebendig aus. Die Natur ging immer mehr zugrunde und wenn niemand etwas unternahm, wären binnen weniger Jahre alle Bewohner tot.

Um den Ort herum waren auf drei Seiten viele freie Flächen, einst grüne, saftige Wiesen, waren sie jetzt größtenteils ausgetrocknet und nur bedeckt von verdorrtem Gras.

Doch dorthin zog es Silvan nicht, er hielt auf den Wald zu, der sich auf der vierten Seite befand. Denn durch ihn führte der Weg ins Herz Jiltoryas, wie das Gebiet des Goldkönigs genannt wurde.

Es lag gut drei Tagesmärsche von seinem Dorf entfernt und Silvan musste stark aufpassen, damit ihn niemand sah, denn Druiden war es nicht erlaubt, ihre Zonen zu verlassen. Es war eine andere Sache, wenn nur wenige von ihnen mal kurz hinaus huschten, um Kräuter zu suchen, das wurde in der Regel nicht bemerkt und wenn doch, hin und wieder sogar geduldet.

Als dies jedoch das letzte Mal in großem Umfang geschah, war sein Vater mit einer Gruppe Männer losgezogen, um den König zur Vernunft zu bringen. Das Endergebnis war, dass sie es nicht einmal bis in die Hauptstadt, Torya, geschafft hatten. Sie wurden vorher von einigen Aurox in einen Kampf verwickelt. Nur Silvans Vater überlebte und es gelang ihm mit letzter Kraft, nach Hause zu kommen. Seither hatte sich kein Druide mehr so weit aus der Zone gewagt.

Silvan verzog das Gesicht. Aurox, das waren die Schlächter des Königs. Sie lebten nur für den Zweck, dem Goldkönig zu dienen und dessen Befehle auszuführen. Über ein Gewissen, Gefühle oder ein Herz verfügten sie nicht, denn sie existierten nur für ihre Aufgabe. Silvan hoffte, dass er diesen Monstern während seiner Mission nicht über den Weg laufen würde, doch selbst wenn, er war nicht machtlos und würde sich zu verteidigen wissen.

Soeben ließ er das Dorf hinter sich und ging durch den teils verdorrten, knorrigen Wald, in den der Pfad führte. Die Natur der Zone war krank, was auch der Grund war, wieso der König die Druiden hierher getrieben hatte. Jeder einzelne Dorfbewohner musste seine Naturmagie dafür aufwenden, diese am Leben zu erhalten.

Damit auch das Dorf überleben konnte.

Doch in den letzten Jahren wurde es immer schwieriger, sodass sich die Todesfälle häuften. Selbst junge Druiden und Druidinnen brachen mittlerweile zusammen, die Frau heute war ein schreckliches Beispiel dafür.

Durch die weiterhin schlechter werdenden Verhältnisse der Natur mussten sie alle noch mehr Magie aufwenden und das hielt so mancher Körper nicht aus. Sie alle wussten, wenn sich nichts änderte, würden sie alle dieses Schicksal erleiden.

Das war der Anstoß für Silvan. Er war das künftige Oberhaupt des Dorfes und würde seinen Vater irgendwann ablösen. Doch das alles würde keine Rolle mehr spielen, denn bis dahin würde es keine Druiden mehr geben.

Er biss die Zähne zusammen und folgte sicheren Schrittes seinem Weg. Noch war er in der Zone, doch schon bald würde die Grenze in Sichtweite kommen und dann musste Silvan aufpassen, nicht gesehen zu werden. Seine Heimat lag im dritten Silberreich und befand sich in der Nähe eines großen Flusses, der sich durch ganz Jiltorya zog.

Insgesamt gab es sechs Silberreiche, die das Herz dieser Welt, welches auch gleichzeitig das direkte Herrschaftsgebiet des Königs war, umschlossen. Die Reiche hatten an sich keine Namen, wurden einfach nur in Silberreich eins bis sechs gegliedert.

„Silvan! Silvan!"

Erschrocken wirbelte er herum und ließ dabei seine Tasche fallen. Flinken Schrittes kam eine Frau auf ihn zugelaufen und flog ihm regelrecht in die Arme.

„Du kannst mich nicht verlassen, das geht nicht!", schluchzte sie und presste sich an ihn.

Silvan blinzelte und musste ein Seufzen unterdrücken. „Jyllia, wir hatten diese Diskussion schon mehrfach, jemand muss den ersten Schritt tun!", erklärte er der Frau, die nur wenige Jahre älter war als er selbst. Sie war keine einfache Druidin, gehörte nicht einmal zu seinem Dorf, nein, sie war die Tochter des Oberhauptes des zweiten Dorfes, welches sich in seiner Zone befand.

Und wenn es nach seinen Eltern ging, seine zukünftige Partnerin. Doch genau damit hatte Silvan ein Problem.

Jyllia behauptete immer wieder, ihn zu lieben, doch Silvan sah in ihren Augen, dass sie es lediglich auf den Posten abgesehen hatte und ihm den Rest nur vorspielte. Die Tränen, die nun über ihre Wangen liefen, waren jedoch echt.

Aber nicht aus Sorge um ihn, sondern um die Stellung, die sie verlieren würde, sollte er bei seiner Mission getötet werden.

„Aber wieso musst gerade du gehen?", jammerte sie weiter und Silvan fiel es immer schwerer, ruhig zu bleiben. „Ich habe mich entschlossen, Jyllia, und ich werde nicht davon abweichen, egal wie sehr du jammerst und flehst!", stellte er schärfer fest als eigentlich beabsichtigt. Sofort zuckte sie zusammen und rückte von ihm ab. Das dunkle Blau ihrer Augen blitzte und da erblickte er die Frau hinter der Fassade. „Du gefährdest alles mit deiner dummen Mission!", keifte sie, die Tränen waren längst Geschichte.

Er schnaubte und hob die Tasche wieder auf. „Ich gefährde nichts, ich werde unserem Volk eine Chance auf ein besseres Leben verschaffen. Nun steh mir nicht länger im Weg und geh nach Hause!"

Sie kniff die Augen zusammen, warf ihr langes blondes Haar zurück und hob die Nase gen Himmel. „Du bist ein Narr! Du hast hier alles, was du brauchst, und dennoch riskierst du es. So viel Dummheit ..."

Noch ehe sie weitersprechen konnte, schnitt er mit der Hand durch die Luft. Instinktiv hatte er nach seiner Luftmagie gegriffen, die der Bewegung augenblicklich folgte und als starker Luftstrom durch die Bäume zischte. „Genug! Ich will das nicht länger hören! Geh jetzt und lass mich in Ruhe!"

Erneut taumelte Jyllia zurück und dieses Mal blieben die Sprüche aus. Sie wirbelte herum und lief in Richtung Dorf.

Silvan atmete durch und schüttelte den Kopf. „Bei den Göttern, diese Frau", murmelte er und fuhr sich durch die Haare.

Selbst wenn er bleiben würde, hatte er nicht das geringste Interesse an ihr, oder überhaupt an irgendeiner Frau. So fühlte Silvan einfach nicht, aber das würde er seinen Eltern erst sagen, wenn er erfolgreich von seiner Mission heimkehrte.

Vorher blieb das sein Geheimnis.

Zwar war es nicht verboten, als Mann einen Mann zum Partner zu haben, doch manch einer wollte es nicht akzeptieren und gerade in so einem kleinen Dorf wie Silvans war so etwas schnell ein ausgewachsener Skandal.

Die Grenze der Zone kam immer näher und Silvans Mund wurde trocken, die ersten Zweifel wollten sich in ihm regen, doch er kämpfte sie nieder.

Es musste getan werden, dessen war er sich sicher, also versteckte er sich zwischen den Büschen und Bäumen, die immer grüner wurden, je näher er der Grenze kam.

Dahinter war das Land deutlich gesünder, würde Silvans Volk dort leben, ginge es allen gut und sie hätten keine Toten zu beklagen.

Er ließ sich Zeit und blickte sich genau um, denn die Grenze wurde Tag und Nacht von den Silberkriegern des Silberfürsten bewacht. Die Gruppen waren in ständiger Bewegung, um immer den ganzen Bereich abzudecken, doch dadurch, und das wusste Silvan, entstanden hier und da kurzzeitig Lücken.

Auf eine dieser Lücken hatte er es abgesehen. Er kauerte in seinem Versteck und beobachtete, wie immer wieder Silberkrieger vorbeizogen, ohne von ihm Kenntnis zu nehmen.

Erst als bereits der Abend hereinbrach, zeigte sich eine Lücke, wenn auch nur eine kleine. Silvan war klar, wenn sie ihn sahen, würden sie ihn verfolgen, bis sie ihn zurück in seine Zone bringen konnten, oder Schlimmeres. Die Elfen hatten nämlich auch kein Problem damit, einen flüchtigen Druiden zu töten, statt einzufangen.

Silvan packte seine Tasche fest und als sich die Gelegenheit bot, rannte er, so schnell er konnte.

Die Grenze kam immer näher, die Silberkrieger hatten sich von ihm abgewandt und so schaffte Silvan es, sie sicher zu passieren und in den dahinter liegenden Wald zu flüchten.

Sein Herz raste, Angst und Euphorie kämpften in ihm um die Oberhand, doch Silvan hatte keine Zeit, sich darüber Gedanken zu machen, er lief immer weiter. Erst, als seine Beine zu versagen drohten, wurde er langsamer und sank, umgeben von hohen Bäumen, auf die Knie.

„Ich habe es geschafft", murmelte er und lächelte mit Tränen in den Augen. Er hob den Blick gen Himmel, die Nacht war sternenklar und der Halbmond leuchtete. „Ich habe es geschafft!"

Er schloss die Augen und sandte ein Stoßgebet zu den Göttern, auf dass sie ihn auch weiterhin auf seiner Reise begleiten mögen.

Da Silvans Kraft einen weiteren Marsch nicht zuließ, beschloss er, hier Rast zu machen. Er lehnte sich an einen Baumstamm und zog seine Tasche zu sich. Darin hatte er Proviant für die kommenden Tage sowie mehrere gefüllte Wasserschläuche. Außerdem noch das ein oder andere Fläschchen mit Tränken, deren Herstellung er von seiner Mutter gelernt hatte, und zwei Beutel mit Heilkräutern, die er zu Hause anbaute.

In seiner Zone wuchsen diese speziellen Kräuter längst nicht mehr. Männer und Frauen, die es wagten, huschten immer mal wieder heimlich über die Grenze, um im gesunden Wald Kräuter zu besorgen, die sie dann zum Anbauen nutzten.

Meistens mit Erfolg.

Die Nacht war schnell vorbei und Silvan setzte seine Reise fort, immer darauf bedacht, von niemandem entdeckt zu werden.

Er mied offensichtliche Pfade, die von den Grauelfen der Dörfer genutzt wurden, die im Dritten Silberreich lebten. Als er kurze Zeit später das Plätschern von Wasser hörte, wäre ihm beinahe ein Jubelschrei entkommen.

Der Fluss!

Seine Mutter hatte ihm erklärt, dass er diesen finden musste, denn der Fluss würde ihn direkt nach Torya führen. Silvan folgte dem Geräusch und grinste breit, als er das Gewässer erblickte. Ab sofort hielt er sich immer in dessen Nähe auf, während er sich geschützt zwischen den Bäumen bewegte.

Nach zwei weiteren Tagen erreichte Silvan die nächste Grenze. Er war stehengeblieben und blickte über den gewaltigen Wald, der sich vor ihm erstreckte. In der Ferne konnte er Rauch aufsteigen sehen, dort mussten die ersten Dörfer sein, und weit dahinter erhob sich ein gewaltiges Schloss.

„Torya", murmelte er beinahe ehrfürchtig. Silvan hatte sein Ziel erreicht.

Gänsehaut überzog seinen gesamten Körper, als er den Abhang nach unten lief und damit in das direkte Herrschaftsgebiet des Goldkönigs Jiltoryas eindrang. Er passierte die ersten Baumreihen und es war wie ein Blitzschlag.

Hier sollte das Zuhause seines Volkes sein! Hier, wo die Natur aufblühte und die Luft von Magie nur so knisterte. Zumindest kam es Silvan so vor und als er einem Impuls folgend auf die Knie sank und seine Erdmagie anrief, wuchsen um ihn herum unzählige Pilze. Er lächelte und pflückte die Schätze der Erde, um sie in einen kleinen Sack zu packen, den er in seiner Tasche dabeigehabt hatte.

Genau so würde er den Grauelfen in diesem Gebiet helfen können und sie damit hoffentlich auf seine Seite bringen.

Silvan zog weiter und alsbald erreichte er das erste Dorf Toryas. Zuerst blieb er zwischen den Bäumen und beobachtete, wie die Grauelfen dort lebten. Es brach ihm das Herz, wie schlecht es den Männern, Frauen und Kindern ging. Offensichtlich hatten sie nicht genug zu essen, sie waren mager und wirkten zum Teil auch kränklich. Und das trotz der Tatsache, dass um sie herum der Wald in voller Blüte stand!

Etwas knackte hinter ihm und Silvan fuhr herum. Er blickte in die dunklen, grünen Augen einer Grauelfe, die einen Bogen gespannt hatte und den Pfeil auf ihn richtete. Hinter ihr versteckte sich ein vielleicht vier Jahre altes Kind.

„Wer bist du und was hast du hier verloren?", verlangte die Frau mit fester Stimme zu wissen.

Silvan ließ seine Tasche fallen und hob beschwichtigend die Hände. „Ganz ruhig. Mein Name ist Silvan und ich bin ein Druide aus dem Dritten Silberreich. Ich bin hier, um euch zu helfen. Bitte, senke den Bogen, ich will niemandem schaden."

Die Augen der Elfe wurden noch größer, ihre Arme zitterten leicht und als sie ihre Waffe senkte, war Silvan nicht klar, ob sie es auf seine Bitte hin getan hatte oder weil ihr schlicht die Kraft ausging.

„Was hat ein Druide in Torya zu suchen? Wenn der König dich findet, wird er dich töten", stellte die Frau fest und Silvan nickte zustimmend. „Das wird er, in der Tat, doch ich musste herkommen. Ich weiß, dass es euch allen schlecht geht und uns Druiden ergeht es ebenso in den Zonen der Silberreiche. Wenn wir nicht zusammenhalten, werden wir alle unter dem König zugrunde gehen!"

Die Elfe musterte ihn, ihr Blick blieb skeptisch. „Wie kannst du uns helfen? Du bist allein, wenn ich das richtig sehe."

Langsam senkte Silvan die Hände. „Meine Magie ist hier um so vieles stärker, ich kann euren fruchtbaren Boden nutzen, um euch eine reiche Ernte zu bescheren, und das in kürzester Zeit. Ihr müsstet keinen Hunger mehr leiden. So denke an die Kinder, an deine Tochter."

Nach einem kurzen Zögern atmete die Grauelfe durch. „In Ordnung, komm mit mir. Ich werde dich dem Oberhaupt vorstellen."

Er lächelte, nahm seine Tasche wieder an sich und folgte der Elfe ins Dorf. Dort erregte er sofort Aufsehen und alsbald folgten ihnen einige der Grauelfen zum Haus des Oberhauptes. Dessen Tür wurde aufgestoßen, noch ehe sie ihr Ziel erreichten.

„Wen bringst du mir da?", fragte ein hochgewachsener Elf mit zerzaustem, braunem Haar und hellen, blauen Augen.

„Einen Druiden", antwortete die Grauelfe. „Ich traf ihn im Wald, er hat unser Dorf beobachtet. Er behauptet, uns helfen zu wollen."

Der Dorfvorsteher trat auf Silvan zu und er musste den Kopf in den Nacken legen, um zu dem Elf aufsehen zu können. Silvan war kein großer Mann, doch Größe, das hatte er längst gelernt, war nicht alles.

„Wie kann uns ein einzelner Druide helfen und wie bist du überhaupt nach Torya gelangt?", verlangte sein Gegenüber zu wissen und Silvan erzählte ihm genau das, was er auch der Frau gesagt hatte.

Das Oberhaupt schien nicht überzeugt, doch nach einem kurzen Gespräch mit mehreren anderen Elfen, nickte der Vorsteher schließlich. „Wenn du helfen kannst, dann beweise es und wir gewähren dir Obdach."

Silvan lächelte, genau darauf hatte er gehofft! „In Ordnung, sehr gern." Er setzte sich an Ort und Stelle auf den Boden und legte die Hände auf die staubige Erde. Die Augen schließend rief er seine Erdmagie an, die ihn augenblicklich flutete. So viel Magie, so viel Kraft, so viele Möglichkeiten! Noch nie hatte er sich so herrlich gefühlt! Es war berauschend und tat unglaublich gut.

Eilig konzentrierte sich Silvan wieder auf seine Aufgabe und entsandte die Magie in die Erde. Das erstaunte Keuchen und die Ausrufe der Elfen um ihn herum bestätigten, dass er seine Aufgabe erfüllte.

„Seht euch das an! Überall!", tönte eine Frauenstimme und nun öffnete Silvan die Augen. Im ganzen Dorf sprossen Pilze aus dem Boden und in den Gärten der Elfen wuchs das Gemüse, das sie dort gepflanzt hatten, zu stattlicher Größe heran.

„Das ist unglaublich", sprach nun der Dorfvorsteher und blickte Silvan lächelnd an. „Willkommen in Torya."

An diesem Abend wurde ein großes Fest im Dorf abgehalten, allein zu Silvans Ehren.

Es war ein erhebendes Gefühl, diesen netten Leuten geholfen zu haben, und so blieb er nur zu gern die Nacht bei ihnen. Am darauffolgenden Tag stellte sich heraus, dass die Frau, die ihn gestern im Wald angesprochen hatte, eigentlich zu einem anderen Dorf gehörte, welches näher an der Hauptstadt des Königs lag.

Kurzerhand fragte Silvan, ob er sie nach Hause begleiten könnte, und die Grauelfe, die ihm mittlerweile vertraute, willigte nur zu gern ein. Immerhin würde er auch ihren Leuten helfen können.

Noch zwei weitere Tage blieb Silvan in diesem Dorf und tat alles, was seine Magie zuließ, ehe er zusammen mit der Elfe und ihrer Tochter aufbrach.

Da Silvan nicht gesehen werden durfte, gingen sie durch den Wald und vermieden die offiziellen Pfade. Das kleine Mädchen, Imaja, hatte die Hand ihrer Mutter Ina fest ergriffen und folgte ihr sicheren Fußes. Sie war in diesem Wald geboren und kannte das Gelände mit ihren gerade einmal vier Jahren ausgesprochen gut.

Schnell erreichten sie Inas Dorf, wo Silvan erneut dem Vorsteher vorgeführt wurde. Wie auch der Vorherige, reagierte dieser ebenso skeptisch. Doch als der Druide seine Magie entfaltete und die Gärten damit erblühen ließ, war er augenblicklich willkommen. Besser hätte es für ihn gar nicht laufen können, befand Silvan und begleitete Ina und Imaja in ihr kleines Haus.

Da es bereits Abend war und er seine untrainierte Magie jetzt mehrere Tage in Folge in großem Maße eingesetzt hatte, fiel Silvan schon nach kurzer Zeit ins Bett und in einen traumlosen Schlaf.

Drei Tage später war er gerade dabei, die Gärten mit Ina zu besichtigen, als mehrere Grauelfen aus den Wäldern nach Hause eilten.

„Die Karawane! Sie kommt zu uns!", rief einer von ihnen und sofort war Ina in Alarmbereitschaft. „Silvan, geh ins Haus, rasch!", befahl sie ihm zu und er beschloss, der Frau nicht zu widersprechen.

Eilig rannte er ins Haus und verschanzte sich im Schlafzimmer. Die Karawane? War damit ein Trupp des Königs gemeint? Silvan schluckte, er war gerade einmal ein paar Tage in Torya, er durfte noch nicht entdeckt werden, das war viel zu früh!

Die Tür flog ins Schloss, als Ina mit Imaja hereinlief und zu ihm ins Zimmer kam.

„Die Karawane des Königs treibt den Zehnten ein“, erklärte sie, ohne dass er gefragt hätte. „Sie kommen einmal im Monat und nehmen sich, was dem König zusteht. Du musst im Haus bleiben, sie dürfen dich auf keinen Fall sehen!“

Er nickte und schluckte. „Verstanden.“

Sein Nacken kribbelte und er drehte den Kopf, um aus dem Fenster sehen zu können. Wurde er beobachtet? Nein, da draußen war niemand. Dennoch trat Silvan vom Fenster weg und ließ sich auf einem Stuhl nieder. „Ich bleibe genau hier, bis die Leute des Königs das Dorf wieder verlassen haben“, versprach er Ina, die dankbar nickte.

Liam

„Der König will dich sehen!“, brüllte eine männliche Stimme und Liam musste ein Schnauben unterdrücken. „Deshalb bin ich hier, Goldkrieger und ich bin auch nicht taub“, erwiderte er brüsk und sah den etwas kleineren Mann aus schmalen Augen an.

Der Elf, der in der offiziellen Uniform der Goldkrieger Toryas vor ihm stand, machte sich diese Mühe nicht und schnaubte verächtlich. Dabei zeigte sich eine Strähne seines hellen, blonden Haares, welches unter dem klobig wirkenden Helm hervorlugte.

Die Rüstung, die einst strahlend weiß gewesen war, war gezeichnet von Kämpfen und Schlachten, die ihren Tribut von dem Material gefordert hatten. Der Elf trug die zur Rüstung gehörenden Beinschiene aus Metall, darunter eine feste Hose, die in jedem Kampf standhalten würde, und widerstandsfähige Schuhe.

„Dann schlag hier keine Wurzeln, sondern geh zu unserem König!", befahl der Goldkrieger und Liam musste erneut an sich halten, um nicht handgreiflich zu werden.

Wider besseres Wissen machte er einen kleinen Schritt in Richtung des Mannes, der sofort zurücksprang und seinen Speer fester packte, den er als Thronsaalwache in der Hand hielt.

Liam grinste verächtlich. Ja, die Goldkrieger liebten es, ihn zu schikanieren und klein zu halten, doch sie alle hatten Angst vor ihm und seinesgleichen, den Aurox. Der Schandname, den der König seiner Rasse verliehen hatte, als er sie vor vielen Jahrhunderten versklavte.

Schattenwandler, so hießen sie eigentlich, doch dieser Name wurde kaum noch in den Mund genommen, mittlerweile waren sie nichts als die Aurox des Goldkönigs. Des Elfen, der über ganz Jiltorya mit eiserner Faust regierte.

Liam ließ den Mann stehen, in dessen Augen die Angst glitzerte, und trat durch die geöffneten Flügeltüren in den gewaltigen Thronsaal.

Der helle Steinboden glitzerte im Licht der Sonne, die durch die bodentiefen Fenster fiel, welche eine Seite des Saales einnahmen. Von dort aus konnte man die gesamte Stadt überblicken und weit über die Lande hinaussehen.

„Mir kam ein Gerücht zu Ohren, dem du nachgehen wirst", war die barsche Begrüßung des Goldkönigs und sofort wandte sich Liam dem Thron zu.

Vor dem majestätisch anmutenden Möbelstück stand noch eine lange Tafel aus dunklem Holz, an der gut zwanzig Mann Platz nehmen konnten. Es gab zwei Throne, doch nur der des Königs war besetzt, die Königin gab sich nicht die Ehre.

Liam war das egal, er wollte nur, so schnell es ging, wieder hier raus. Er neigte den Kopf und sank pflichtbewusst auf die Knie.

„Jawohl mein König", sagte er unterwürfig.

„Mich erreichte eine Botschaft aus dem Dritten Silberreich, dass sich ein Druide unerlaubt aus seiner Zone entfernte und in Richtung Torya gesichtet wurde", sprach der König weiter.

Ah, dachte Liam, er würde also auf Druidenjagd gehen. „Ich will, dass du herausfindest, ob es dieser Abschaum bis hierher geschafft hat, und sollte dies der Fall sein", verlangte der Elf, „wirst du ihn töten, Aurox."

Liam ließ den Blick zu Boden gerichtet. „Jawohl, mein König, Euer Wille ist mir Befehl", antwortete er gemäß dem Protokoll.

„Du hast zehn Tage dafür Zeit und jetzt geh", befahl der Goldkönig und Liam erhob sich. Er wagte es nicht, aufzublicken, sondern ging wortlos aus dem Saal.

Draußen wurde er dieses Mal nicht angesprochen, der großmäulige Goldkrieger hatte sich hinter seinesgleichen versteckt. Gut so, dachte Liam und eilte langen Schrittes den breiten Flur entlang.

Dieser bestand aus ebenso hellem Gestein wie der Thronsaal selbst. Die Wand zu seiner Linken wurde hier und da von einem Fenster durchbrochen, auch von dort aus hatte man einen guten Blick über Torya, das Herz des Königreiches Jiltorya.

Liam befand sich im zweiten Obergeschoss des großen Schlosses. Hier hatte er nur dann Zutritt, wenn der König nach ihm rief, allerdings hatte Liam keinen erhöhten Bedarf, hier öfter hochzumüssen.

Er wandte sich nach rechts, wo nach einem weiteren, kurzen Gang eine breite Treppe abfiel. Diese lief er ganz nach unten, in das zweite Kellergeschoss. Dies war der

Bereich, der Seinesgleichen vorbehalten war. Es war kalt und die Luft stickig, aber Liam war es seit seiner Kindheit gewohnt, so störte ihn das nicht.

Der steinerne Gang wurde hier und da von einer Fackel beleuchtet, was allerdings nicht für die Aurox gemacht worden war, sondern für die Elfen, die manchmal hier herunterkamen. Liams Rasse konnte auch in dunkelster Nacht perfekt sehen. Eine Fähigkeit, die sich in vielerlei Situationen bereits als nützlich erwiesen hatte und ein weiterer Grund war, weshalb viele Elfen die Schattenwandler hassten. Es war oft der blanke Neid, wie Liam nur zu gut wusste.

Er schüttelte die Gedanken ab und lief bis zu einem breiten Durchbruch zu seiner Linken. Hier war das Lager der Aurox und viel mehr als ein Lager war es auch nicht.

Der Raum war gewaltig und wurde von mehreren dicken Säulen gestützt. Über einhundert Pritschen standen darin, für jeden Aurox eine.

Liam trat zu seiner, auf der eine Decke lag, sein einziger, wirklicher Besitz. Die Uniform, die er am Leib trug, war ihm vom König gestellt worden, ebenso die beiden Dolche, die in ihren Scheiden steckten.

„Was will der alte Elf jetzt wieder?" Liam hob den Blick und grinste seinen besten Freund an. Raven, dem die Pritsche neben seiner gehörte, hatte den Kopf schief gelegt, wodurch seine langen, schwarzen Haare zur Seite fielen. Die dunklen, blauen Augen blickten ihn neugierig an.

„Ich soll auf Druidenjagd gehen", antwortete Liam und wie er erwartet hatte, blitzte es in Ravens Augen. „Warum du?", knurrte der Mann unzufrieden und Liam schüttelte den Kopf. „Das kann ich dir nicht sagen, aber wie du weißt, ist die Entscheidung unseres hochgeschätzten Königs unumstößlich." Seine Stimme triefte vor Sarkasmus und Raven schnaubte. „Ja, ich weiß, dennoch wäre ich besser für diese Mission geeignet."

Liam schüttelte den Kopf, er wusste, warum Raven so davon besessen war, Druiden zu jagen, denn diese waren dafür verantwortlich, dass Ravens Familie gestorben war. „Verzeih, mein Freund, dieses Mal nicht. Ich werde zehn Tage weg sein. Versuch, dich in dieser Zeit nicht umbringen zu lassen!" Liam streckte sich durch und lächelte Raven an. „Wir sehen uns", verabschiedete er sich und ging auf den Ausgang zu.

Er hörte Raven noch unglücklich knurren, blieb jedoch nicht stehen. Wenn er schon die Chance hatte, aus dem Schloss zu kommen, würde Liam sich keinen Moment länger als nötig hier aufhalten.

Als Aurox war es ihm nicht erlaubt, den Hauptausgang des Schlosses zu nutzen, der direkt in die Stadt führte. Er musste die staubigen Tunnel nehmen, die von dieser Ebene aus wegführten.

Genau zu solch einem Tunnel ging er nun. Er kannte alle Gänge und wusste, dass dieser hier in die Nähe des Haupttores Toryas führte.

Dort würde heute die Karawane aufbrechen, die den Zehnten aus den Dörfern eintrieb. Liam hatte bereits beschlossen, sich ihr anzuschließen. Wenn sich wirklich ein Druide im Hoheitsgebiet des Königs aufhielt, würde man am ehesten in den Dörfern von ihm Wind bekommen.

Eine schwere Eisentür hielt den Zugang zum Tunnel verschlossen. Liam packte den massiven Griff und zog mit einem kräftigen Ruck daran.

Schon schwang die Tür auf und Liam trat in den finsteren Gang dahinter. Er schloss das schwere Teil hinter sich wieder und rannte los.

Lange brauchte er nicht, ehe er das Ende erreichte und in den dahinter liegenden Wald trat. Es war noch früh am Morgen, die Sonne war zwar bereits aufgegangen, hatte ihren höchsten Stand aber noch lange nicht erreicht. Perfekt, so würde Liam die Karawane nicht verpassen.

Er lief lockeren Tempos zum Pfad, den diese nehmen würde, und lehnte sich dort an einen Baumstamm. Sein Blick ging gen Himmel und er atmete durch.

Ein Teil von ihm hätte sich darüber gefreut, wenn Raven ihn begleitet hätte, was jedoch ohne Erlaubnis des Königs nicht möglich wäre, zumindest nicht für so lange Zeit.

Zwar arbeitete Liam grundsätzlich allein, aber mit seinem Freund wäre das schon gegangen.

Er lächelte freudlos.

Ravens Hass gegen die Druiden kam nicht von ungefähr. Seine Familie war vor 45 Jahren beim Kampf gegen eine Gruppe Druiden, die sich bis über die Grenzen Toryas gewagt hatten, getötet worden. Liams Vater war ebenfalls bei diesem Kampf dabei gewesen, hatte jedoch überlebt.

Er schloss die Augen, sein Herz stach schmerzhaft. Sein Vater und auch seine Mutter waren vor zehn Jahren gestorben, ebenfalls bei einer Mission.

Dieses Schicksal ereilte die meisten Aurox. Sie alle waren nur dafür da, die Befehle des Königs auszuführen, ob sie dabei getötet wurden oder nicht, war zweitrangig.

Liam ballte die Fäuste, Wut flutete seinen Körper. Wie gern würde er diesem widerwärtigen König die Kehle durchschneiden!

Doch das würde ein Traum bleiben, denn der Elf hatte sie alle fest in seiner Gewalt. Instinktiv zuckte Liams Hand zu seiner rechten Brusthälfte, denn dort war das schwarze Fluchmal auf seiner Haut verewigt. Dornenranken, die sich um eine Rosenblüte wanden. Eigentlich ein sehr schönes Symbol, doch es war die Fessel, die Liam und seine Brüder an den König band. Nur der Goldkönig hatte die Kontrolle über das Fluchmal und konnte ihnen darüber schreckliche Schmerzen zufügen.

Normalerweise rief der König jeden Abend nach allen Aurox und holte sie damit ins Schloss zurück. All jene, die sich noch außerhalb aufhielten, wurden von eben diesen Schmerzen erfasst und, wenn sie nicht schnell genug im Schloss waren, getötet.

Dass Liam jetzt zehn Tage unterwegs sein würde, war ein seltenes Geschenk für alle anderen Aurox. Seine Brüder, wie sie sich untereinander bezeichneten, auch wenn sie nicht blutsverwandt waren.

Sie wurden zwar durchaus hin und wieder auf eine Mission entsandt, aber dann nur einen Tag, am Abend mussten immer alle zurück sein.

Nun würde der Ruf des Königs zehn Tage aussetzen, somit konnten sie ein paar Nächte außerhalb der Schlossmauern verbringen, sofern sie keine Mission aufgetragen bekämen.

Das Geklapper von Hufen riss Liam aus seinen Gedanken, er ließ den Blick den Pfad entlangwandern und entdeckte die Kutsche, die gerade über eine Kuppe fuhr. Zwei große braun gescheckte Pferde zogen sie und flankiert wurde das Gefährt von zehn Goldkriegern in schillernder Rüstung.

Einen davon kannte Liam sofort, er war ein ranghoher Truppenführer, diente direkt unter den Hauptmännern des Königs. Der Elf mit den hellen, grauen Augen entdeckte Liam und nickte ihm zu. „Willst du uns begleiten, Liam?"

Dass der Elf ihn mit Namen ansprach, war eigentlich keine gängige Praxis.

Nicht, weil es unhöflich wäre, sondern weil die Elfen sich eigentlich nie die Mühe machten, sich die Namen von Aurox zu merken.

Sie waren Werkzeuge, die keinen Namen brauchten. Der Mann vor ihm war eine Ausnahme, er war in der Regel gerecht und nicht darauf aus, ihnen zu schaden.

„Ich bin auf Mission", erwiderte Liam. „Ein Druide soll seine Zone verlassen und womöglich die Grenzen Toryas überwunden haben. Dem werde ich nach-gehen."

Der Elf nickte. „In Ordnung, in diesen Zeiten sind wir über ein wenig mehr Schutz dankbar."

Schweigend neigte Liam den Kopf und schloss sich der Karawane an. Er würde sie die gesamten acht Tage begleiten, die sie durch die Lande Toryas ziehen würde. Auf ihrem Weg lagen die sieben Dörfer, die es im Gebiet des Königs gab. Sollte sich tatsächlich ein Druide hergewagt haben, dann war Liam sich ziemlich sicher, dass die Grauelfen davon gehört haben mussten.

Das erste Dorf erreichten sie bereits, als die Sonne gerade dabei war, unterzugehen. Liam hatte sich stets schweigend bei der Karawane aufgehalten und die Elfen hatten ihn kaum beachtet, was ihm gerade recht war. Da ihm meist nur Abscheu und Hass entgegen-schlugen, war das stille Nebeneinander-Herlaufen eine gern gesehene Abwechslung.

Im Dorf war es ruhig, erst recht, als die Kutsche ein-fuhr. Die Grauelfen hatten sich schleunigst in ihre Häuser verzogen und nur der Dorfvorsteher und dessen Familie warteten auf sie am Marktplatz des Ortes.

„Guten Abend, werte Goldkrieger", grüßte der schlak-sige Mann und verneigte sich höflich. „Der Zehnte ist schon für den König hergerichtet worden und steht zur

Abholung bereit", sprach der Elf sofort weiter. „Da es mittlerweile Abend ist, möchte ich Euch selbstverständlich einen Schlafplatz in meinem kleinen Dorf anbieten. Die Nächte werden kühler, ein warmer Kamin sollte Euch und Euren Männern guttun."

Da zuckten die grauen Augen zu Liam und der Mann erstarrte. Er hatte ihn sofort als Aurox erkannt, was auch nicht schwer war.

Zum einen trug Liam die offizielle Uniform, zum anderen hatte er, anders als die Elfen, keine spitzen Ohren. Liam behielt eine ruhige Miene und wartete, bis der Truppenführer sprach. „Wir werden die Einladung annehmen", verkündete dieser prompt. „Seht zu, dass unsere Pferde versorgt werden und Schlafplätze zur Verfügung stehen. Morgen bei Sonnenaufgang brechen wir wieder auf. Liam, brauchst du auch einen Platz?"

Dass der Mann ihn fragte, wunderte Liam.

„Nein", antwortete er knapp, denn wenn er schon die Chance hatte, eine Nacht außerhalb der Schlossmauern zu verbringen, dann zog er den Wald jedem Bett und jeder Pritsche vor.

So wandte er sich ab, während die Pferde zu einem Unterstand gebracht und die Goldkrieger in die Häuser aufgeteilt wurden. Liam ging in den Wald und suchte sich einen großen, gesunden Baum, an dem er geschickt hinaufkletterte.

Er lehnte den Rücken an den Stamm, während er die Beine lang über einen Ast ausstreckte, dann ließ er den Blick schweifen.

Das Dorf wirkte so karg und trist, wie er es in Erinnerung hatte. Auf dem Weg hierher hatten sich auch keine fremden Gerüche bemerkbar gemacht. Zwar hatte der Dorfvorsteher auf seinen Anblick mit Angst reagiert, doch nicht übermäßig, also schien er auch nichts zu verschleiern.

Liam schloss die Augen, es wirkte nicht so, als wäre er Druide hier gewesen. Nun, dann würde er die Nacht nutzen und im Freien die kühle Luft genießen.

Die folgenden sechs Tage verbrachte Liam mit Spurensuche in jedem Dorf und der Umgebung, doch nichts wies auf einen Druiden hin.

Die Natur um die Hauptstadt stand in voller Blüte, ein Paradies für die Druiden mit ihrer Naturmagie und wohl mit der Hauptgrund, wieso sie vom König verstoßen wurden. Liam wusste, dass die Druiden nicht mehr nach Torya durften, weil der Elf Angst hatte, dass ihre Magie für ihn unkontrollierbar wäre, und wenn der König etwas nicht leiden konnte, dann war es die Tatsache, etwas nicht kontrollieren zu können. Das wusste Liam nur schmerzlich genau.

Am siebten Tag erreichten sie das vorletzte Dorf und Liam ließ beinahe schon gelangweilt den Blick schweifen. Er folgte der Karawane in Richtung des kleinen Marktplatzes und plötzlich blieb sein Blick an einem Vorgarten hängen.

Er runzelte die Stirn, wieso war dort so viel frisches Gemüse?

Natürlich bauten die Grauelfen ihre Nahrung selbst an, doch so viel auf einmal war ungewöhnlich. Dennoch tat Liam es vorerst ab, bis er sich die anderen Häuser genauer ansah. Überall war frisches Obst und Gemüse zu erkennen, sogar Pilze in großen Körben.

Die Grauelfen beeilten sich augenscheinlich, alles zu verstecken, was Liams Instinkte alarmierte.

Er ließ die Karawane allein weiterziehen und huschte in eine der schmalen Seitengassen des Dorfes. Dort befand sich genug Schatten, um ihn zu verbergen. Sein Körper kribbelte kurz, als die Fähigkeit aktiv wurde, die seiner Rassen ihren Namen verlieh.

Schattenwandler, denn sie wurden in jedem Schatten unsichtbar, so auch Liam gerade.

Er schlich leise durch die Gasse, gut verborgen im Schatten, und lauschte bei jedem Fenster. „Wenn sie das finden, werden sie unser Dorf durchkämmen und alles mitnehmen, was er uns beschert hat!", flüsterte eine aufgebrachte Elfe und Liam spitzte die Ohren.

„Leise! Ich hörte, ein Aurox sei bei ihnen, und du weißt, was mit uns geschieht, wenn eines dieser Monster uns ins Auge fasst", drängte ein männlicher Elf und Liam verdrehte die Augen. Ja, als würde er geifernd ins Haus stürzen und alle töten. Narren, aber was anders war er nicht gewohnt, die Elfen Toryas und wahrscheinlich ganz Jiltoryas, sahen in seiner Rasse blutrünstige Kreaturen, die nur zum Töten lebten.

Eigentlich war Liam das egal, nur manchmal würde er diesen Leuten gerne die Augen öffnen. Seine Rasse bestand nicht aus Mördern und Schlächtern, sie waren Sklaven des Königs, aber das würde nie jemand sehen.

Liam huschte weiter und lauschte aufmerksam. Immer wieder hörte er leise gewisperte Worte aus den Häusern, Namen wurden keine genannt, aber alles wies darauf hin, dass die Grauelfen Hilfe hatten.

Und wenn Liam sich das viele frische Essen ansah, dann war klar, dass ein Druide bei der Ernte nachgeholfen hatte.

Nun musste er nur noch herausfinden, wo dieser war. Geduldig wartete Liam, bis die Karawane weiterzog, und blieb die ganze Zeit über im Schatten. Wie erwartet dauerte es nicht lange, da kamen die Grauelfen wieder aus ihren Häusern und tuschelten aufgeregt.

„Denkt ihr, den Goldkriegern ist das aufgefallen?", fragte ein Mann, woraufhin eine Frau eifrig den Kopf schüttelte. „Niemals, wir haben alles gut versteckt!"

Das war Liams Stichwort. Geschmeidig trat er aus dem Schatten und schüttelte den Kopf. „Nicht gut genug. Wo ist der Druide?", fragte er geradeheraus und die Grauelfen wirbelten erschrocken zu ihm herum.

„Aurox", hörte er sie flüstern und schnaubte. „In der Tat. Also antwortet schnell, bevor ich die Geduld verliere!", knurrte er betont aggressiv und wie erhofft, trat einer der Grauelfen vor, der Dorfvorsteher, wie Liam erkannte. „Er war hier, ist es jedoch nicht mehr. Bitte, geh! Wohin der Druide ging, weiß ich nicht, aber hier ist er nicht mehr. Bitte, verschone unsere Kinder!"

Unsere Kinder?

Erneut musste Liam ein Schnauben unterdrücken. „Was will ich mit euren Kindern? Du sagst, er ist nicht hier. Wenn ich eure Häuser durchsuche, ist er dann auch nicht hier?"

Eine der Frauen, die sich hinter dem Vorsteher versteckten, schüttelte den Kopf. „Er wollte ins nächste Dorf, näher an Torya heran!", rief sie laut und bekam dafür einen Schlag auf den Oberarm verpasst. „Sei still!" Liam lächelte. „Danke, damit ersparst du mir Arbeit." Er wandte sich ab und rannte in den Wald.

Dieses Mal ließ er die Karawane hinter sich und rannte, so schnell er konnte, die Strecke zum letzten Halt auf der Route. Er huschte in den Schatten der großen Bäume, als die ersten Häuser in Sicht kamen, und schlich sich ungesehen ins Dorf.

Wie er erwartet hatte, zeigte sich hier das gleiche Bild wie im vorherigen Ort. Eine ausgesprochen gute Ernte bei jedem einzelnen Haus, nein, das war nicht normal. Liam lief durch die Straßen, darauf bedacht im Schatten zu bleiben, und kurz stockte er.

Dieser Geruch ... Er gehörte nicht hierher.

Der Druide war hier, da war Liam sich mittlerweile sicher. Noch während er dabei war, das gesamte Dorf abzusuchen, fingen die Grauelfen an, ihre Ernte zu verstecken, die Karawane war gesichtet worden.

Liam beäugte das rege Treiben und als eine Elfe an ihm vorbeilief, stockte er erneut.

Wieder dieser Duft!

Die Frau hatte Kontakt zu dem Druiden gehabt. Schnell folgte Liam ihr bis zu einem kleinen Haus, wo die Grauelfe hineinlief und die Tür hinter sich ins Schloss warf. Er kniff die Augen zusammen und beobachtete, was hinter den Fenstern vor sich ging.

Ein Mann mit blonden, leicht lockigen, kurzen Haaren ging gerade an einem davon vorbei und Liam fixierte sofort dessen Ohren. Nicht spitz, stellte er wenig überrascht fest.

Er hatte den Druiden gefunden.

Kapitel 2

Silvan

Sein Herz schlug ihm bis zum Halse, als Hufgetrappel ertönte und Stimmen lauter wurden. Die Goldkrieger des Königs kamen ins Dorf und die Stimme eines Mannes ertönte.

„Wir kommen, um den Zehnten einzutreiben!"

Es klang, als wären sie soeben direkt vor dem Haus, in dem Silvan saß.

Sollte er nun auffliegen, wäre seine Mission gescheitert, noch ehe sie richtig begonnen hatte.

Leute unterhielten sich draußen und nur zu gern hätte Silvan aus dem Fenster gespäht, doch er hatte es versprochen, also blieb er sitzen. Geräusche waren zu hören, als würden Säcke über den Boden schleifen.

Die Grauelfen mussten ihren Zehnten abgeben.

Silvan hatte Mühe, ein Schnauben zu unterdrücken, diese Leute hatten sowieso schon nichts und das Wenige, was sie sich erarbeiteten, mussten sie auch noch hergeben!

Die Gründe, weshalb er diesen Elfenkönig hasste, häuften sich immer mehr. Dass dieser König Druiden schlecht behandelte, war eine Sache, aber dass der Mann nicht mal vor seinem eigenen Volk haltmachte, war schrecklich.

Die Dörfler waren doch ebenfalls Elfen, wieso wurden sie so niedergedrückt?

Als wären sie Elfen zweiter Klasse, doch was wusste Silvan schon, was im Kopf des Goldkönigs vorging. Nach einer gefühlten Ewigkeit wurde es draußen endlich leiser und bald waren selbst die Pferde nicht mehr zu hören.

Plötzlich ging die Tür auf und Ina kam herein. Silvan sprang vom Stuhl auf und ging zu ihr. „Sie sind jetzt fort. Ich denke, es ist wieder sicher", meinte die Grauelfe und seufzte. „Das war knapp, viel zu knapp."

Silvan nickte, er verstand, was Ina ihm sagen wollte. „Ich weiß, deswegen werde ich noch heute weiterziehen."

Ina lächelte, augenscheinlich erleichtert. „Wir danken dir sehr für deine Hilfe. Lass uns noch deinen Vorrat auffüllen, bevor du losziehst." Silvan neigte dankend den Kopf. „Gern, habt vielen Dank."

Schnell war seine Tasche gefüllt und er machte sich auf den Weg Richtung Norden. Dort, so hatte Ina ihm erzählt, befand sich ein weiteres Dorf, das nur einen knappen Tagesmarsch entfernt lag.

Auch da wollte Silvan helfen, um das Vertrauen der Grauelfen zu gewinnen.

Nun hatte er schon an zwei Orten etwas tun können, was ihn sehr freute. Dass die Grauelfen seiner Hilfe nicht abgeneigt schienen, war ein guter Anfang, wie er fand.

Er lief einen Waldweg entlang, der etwas verborgen lag, als sein Nacken erneut kribbelte, wie vorhin im Haus.

Irgendwas stimmte hier nicht.

Ob er beobachtet wurde?

Bevor er beim nächsten Dorf ankommen würde, sollte er das herausfinden.

„Ein Druide in Torya", erklang eine dunkle, männliche Stimme hinter ihm. „Ein wahrlich seltener Anblick."

Silvan fuhr herum, doch da war niemand. „Zeig dich, wenn du mir schon folgst!", befahl er mit fester Stimme. Ein leises Lachen hallte durch die Luft, doch niemand offenbarte sich ihm. „Du bist nicht in der Position, um Forderungen zu stellen, Druide."

Silvan knurrte. „Ach ja? Und wer bist du, dass du es dir erlaubst?" Es knackte im Gebüsch zu seiner Linken und erneut wirbelte Silvan herum. Wieder stand dort niemand und langsam wurde er von Angst durchflutet. War das etwa kein Elf? „Wer ich bin, Druide, geht dich eigentlich nichts an. Du solltest dich lieber fragen, was ich bin und wieso ich dir folge", kam die unheilverheißende Antwort.

Wenn das kein Elf war und sicher auch kein Druide ... Dann blieb nur noch eine Möglichkeit übrig.

„Aurox", murmelte Silvan leise und trat einen Schritt zurück. Das war nicht gut, ganz und gar nicht gut! Vor diesen Kreaturen hatte sein Vater ihn gewarnt. Sie waren dem König treu ergeben und wie Silvan gehört hatte, wurden sie immer nur dann ausgeschickt, wenn es galt, jemanden zu bestrafen.

Oder zu töten.

„Richtig", erklang es direkt hinter ihm und Silvan fühlte warmen Atem an seiner Wange. Er versteifte sich und schluckte hart.

Nur langsam drehte er sich um und fand sich einem Mann gegenüber, der ihn gut um einen Kopf überragte.

Schwarze, kurze Haare standen wirr von seinem Kopf ab und er hatte ihn aus hellen, kalten Silberaugen fixiert.

Silvan trat erneut einen Schritt zurück. „Und was willst du von mir? Ich habe nichts getan", fragte Silvan und versuchte, seine Stimme fest klingen zu lassen, was ihm nur schlecht gelang.

Der Aurox folgte ihm auf Schritt und Tritt, dabei ließ er ihn nicht einen Moment aus den Augen.

„Nichts getan?", fragte er und lachte hart. „Interessante Ansichtsweise, kleiner Druide. Du hast im Land des Königs nichts verloren. Kannst du dir nicht denken, wieso ich dir folge?"

Silvan schluckte, er durfte keine Angst zeigen, verdammt! „Um mich zu töten", antwortete er leise. Ein kaltes Lächeln legte sich auf die Lippen des Aurox. „Ganz genau!" Der Kerl zog zwei Dolche, die er sich blitzschnell, senkrecht über die Unterarme zog und dann wieder in den Scheiden verschwinden ließ. „Sprich deine letzten Worte", knurrte der Aurox und dunkelrot glänzende Blutklingen glitten aus seinen geöffneten Unterarmen.

Silvan wich erneut zurück und linste auf die Blutklingen.

So ein verfluchter Mist!

„Warte! Ich kann noch nicht sterben, das darf nicht sein", brach es aus ihm heraus und der Aurox lachte. „Das darf nicht sein? Wirklich? Dann hättest du nicht herkommen sollen!", knurrte er und machte einen Satz auf ihn zu.

Erschrocken taumelte Silvan zurück, stolperte über eine Wurzel und landete auf dem Hintern.

„Ich bitte dich, das ist ja schon fast zu einfach", spottete der silberäugige Mann.

Silvan sah auf und schnaubte, noch ehe er sich zurückhalten konnte. „Was erwartest du?", fragte er mit zittriger Stimme. Doch langsam gesellte sich zu der Angst, die in ihm schwang, Wut. „Wegrennen ist nicht möglich und gegen einen Aurox habe ich keine Chance. Wie soll ich mich denn wehren? Ich bin hergekommen, um etwas zu verändern, und nicht zum Sterben!", rief er lauter als gewollt und selbst er konnte den Frust in seiner Stimme hören.

Der größere Mann hob eine Augenbraue. „Um etwas zu verändern? Große Sprüche für einen so kleinen Kerl. Was willst du denn ganz allein tun? Durch Dörfer ziehen und den Grauelfen Hoffnung machen, auf etwas, das niemals eine Zukunft haben wird? Lächerlich!"

Silvan schüttelte den Kopf. „Hoffnung zu haben ist nie verkehrt und ich tue wenigstens etwas. Um Jiltorya zu helfen und meiner Rasse das Überleben zu ermöglichen! Wir sterben und bald ist keiner mehr von uns übrig! Glaubst du wirklich, ich kann da tatenlos herumsitzen? Dass ich nicht versuchen muss, mein Volk zu retten? Würdest du dies nicht für deine Leute tun?"

Tatsächlich zögerte der Aurox und ganz kurz blitzte es in dessen Augen. „Was meinst du mit, deine Leute sterben?", fragte er skeptisch nach. „In Torya heißt es, ihr lebt gut in den Silberreichen."

Silvan lachte ungläubig. „Gut? So wird das also genannt. Also ich verrate dir mal die Wahrheit. Wir sind am Ende! Meine Leute sterben, weil wir in die kleinsten Ecken des Silberreiches gedrängt wurden, wo die Natur stirbt und wir unsere Magie dazu aufbringen müssen, um wenigstens zu überleben. Weißt du was? An dem Tag, als ich losgezogen bin, hielten wir gerade eine Beisetzung ab. Schon wieder und es wird immer schlimmer!"

Tatsächlich schien Silvan etwas in dem Aurox zu erreichen, denn dieser zog seine Blutklingen in seine Arme zurück. Zwar blickte er noch immer nicht über-zeugt drein, doch das Eis war aus seinen Silberaugen verschwunden.

„Du lügst nicht", stellte er langsam fest. „Das würde ich riechen."

Silvan biss sich auf die Zunge. Nur zu gern würde er dem Kerl jetzt einige Sätze erzählen, aber gerade hing sein Leben an diesem Mann. „Natürlich lüge ich nicht", beteuerte er ruhig. „Dazu habe ich absolut keinen Grund. Ich will lediglich, dass meine Familie und Freunde überleben. Schaden möchte ich niemandem."

Nach einem Moment verschränkte der Aurox die Arme vor der Brust. „Wie ist dein Name?"

Silvan atmete vorsichtig auf und kam auf die Beine. „Silvan, und deiner?", fragte er.

Der andere taxierte ihn noch einen weiteren Augenblick, ehe er antwortete. „Liam. Du hast dir augenscheinlich keinen ordentlichen Plan zurechtgelegt, um hier etwas zu erreichen, denn der König hat mich bereits vor acht Tagen ausgesandt, um dich zu töten. Wie lange bist du schon hier?"

Silvan seufzte und kratzte sich den Nacken. „Acht Tage, aufgebrochen bin ich vor elf Tagen."

In der Stille, die nun folgte, hätte man ein Blatt fallen hören können. Liams Augen wurden erst groß, dann schloss der Aurox sie. „Ich glaube das nicht", murmelte er und fuhr sich durch die kurzen, schwarzen Haare. „Und wie sieht dein nicht vorhandener Plan aus, Druide?"

Silvan brummte unbestimmt. „Der Plan bestand darin, das Vertrauen der Grauelfen zu erlangen, indem ich von Dorf zu Dorf reise und meine Hilfe anbiete. Da es bei den ersten beiden gut geklappt hat, wäre ich vorerst so weiter verfahren und der Rest hätte sich dann ergeben."

Liam runzelte die Stirn. „Aha, dein Plan ist ja sehr, nun ... ausgereift." Der Aurox schüttelte den Kopf. „Dir ist hoffentlich klar, dass nicht jedes Dorf dich mit offenen Armen empfangen wird und du gewiss auch von einem der Grauelfen an den König verraten wurdest.

Immerhin wäre ich sonst wohl kaum hier. Und selbst wenn du das Vertrauen der Dörfler gewinnst. Was dann?"

Silvan blinzelte, der Kerl stellte die richtigen Fragen. „Nun ja, wenn du das so formulierst, klingt alles ein wenig unüberlegt." Verdammt, daran hatte Silvan in seiner Planung nicht gedacht, er war davon ausgegangen, dass die Grauelfen einfach froh über ein wenig Hilfe wären, doch dass diese Männer und Frauen kein anderes Leben kannten und ihrem König womöglich aus Überzeugung heraus folgten ... dieser Gedanke war ihm nicht in den Sinn gekommen.

Liam stieß den Atem aus. „Was du nicht sagst, Kleiner. Das Beste, was du tun könntest, ist zurückzugehen. Hier, das kann ich dir versprechen, wirst du so nichts bewirken, außer schnell den Tod zu finden."

Sofort trat Silvan näher auf den andern zu. „Auf keinen Fall! Ich bleibe und wenn ich den Tod finde, dann ist das so, aber ich will wenigstens versuchen, etwas zu tun. In meinem Dorf sterben Leute! Ich will, dass es aufhört, und werde nicht aufgeben, nur weil der Plan nicht gut überlegt war. Es wird eine andere Möglichkeit geben! Es muss einfach!"

Liam schnaubte, augenscheinlich unbeeindruckt von dem Ausbruch. „Und was ist dein Ziel?", fragte er barsch.

„Der König muss weg", antwortete Silvan prompt und ballte die Fäuste. Hoffentlich würde Liam seine Meinung jetzt nicht ändern und ihn doch töten. Immerhin war der Mann ein Aurox und soweit Silvan wusste, waren diese die mächtigsten Waffen des Goldkönigs.

Doch statt ihn anzugreifen, nickte Liam nur. „Ja, so weit gehe ich mit. Und dann? Wer soll den Platz einnehmen? Wie soll es dann mit Torya, den Goldkriegern und den Hauptmännern weiter gehen? Wer wird der neue König?"

Silvan schluckte. „Gute Fragen", gab er zu und überlegte. „Man sollte vorher einen fähigen und guten Mann finden. Jemand, der es mit allen Rassen unserer Welt gut meint und das Königreich Torya sicher führen kann."

Liam sah ihn schweigend an, dann lachte er. „Ach ja? Und wer soll dieser Mann sein? Wie kommst du darauf, dass so ein dahergelaufener Kerl von den Hauptmännern akzeptiert wird? Von den Silberfürsten? Denkst du nicht, dass einfach einer von denen übernimmt, sollte der König plötzlich sterben? Ich weiß ja nicht, was man euch da im Dritten Silberreich beibringt, aber logisches Denken scheint euch fremd zu sein."

Diesmal fühlte Silvan sich angegriffen und knurrte dumpf. „Glaub von mir aus, was du willst, aber natürlich weiß ich, dass es nicht so einfach ist. Man müsste versuchen, Verbündete im Schloss zu finden. Ich glaube nicht, dass alle dort Mistkerle sind. Nicht jeder ist gleich böse, nur weil er für den König arbeitet! Wenn man wirklich will, findet man einen Weg. Du bist doch auch kein Mistkerl, du gibst mir eine Chance."

Liam verschränkte die Arme vor der Brust. „Alles gut gesprochen, aber ich sehe keine Möglichkeit, irgendetwas davon in die Tat umzusetzen. Außerdem arbeite ich wohl kaum freiwillig für diesen faltigen Haufen Elfendreck."

Was?

Ein kleiner Hoffnungsschimmer glomm in Silvan und er trat erneut näher auf den größeren Mann zu. „Dann hilf mir, etwas zu verändern! Dann können wir allen helfen! Wenn wir uns zusammentun, können wir etwas bewegen!", drängte er und hoffte, nicht die falsche Entscheidung zu treffen. Silvan war klar, dass er allein kaum etwas erreichen würde, deshalb hatte er gehofft, die Grauelfen auf seine Seite zu ziehen.

Doch wieso nur auf Elfen setzen, wenn er die Hilfe eines Aurox haben könnte? Die Frage war, konnte er Liam vertrauen, oder besser gesagt, würde der Aurox ihm vertrauen?

Gerade knurrte dieser dumpf. „Du hast keine Ahnung! Ich kann dir nicht helfen, selbst wenn ich wollte. Dein sogenannter Plan ist nichts als ein Hirngespinst. Du kannst nichts erreichen, sondern wirst scheitern, wie jeder in den letzten Jahrhunderten."

Silvan schüttelte den Kopf, hinter den harten, barschen Worten verbarg sich etwas. Resignation und Frust. Liam sagte zwar, dass Silvan scheitern würde, aber er wünschte sich das Gegenteil, das konnte man in den silbernen Augen deutlich sehen.

„Es mag möglich sein, dass es mir misslingt, aber ich will es wenigstens versuchen. Und wenn du mir hilfst, hätte ich schon mal jemanden im Schloss, der dort etwas bewirken kann. Dann hätten wir den ersten Schritt getan!", versuchte Silvan ihn zu überzeugen.

Liams Augenbrauen schossen in die Höhe, dann warf der Mann den Kopf in den Nacken und lachte. „Mich? Ich soll was bewirken? Silvan, mach die Augen auf! Ich bin ein Aurox, niederstes Gewürm. Selbst der jüngste Goldkrieger steht über mir und kann mit mir machen, was er will. Ich kann dir nicht helfen."

Silvan blinzelte irritiert. „Wie meinst du das? Ich dachte, ihr arbeitet direkt unter dem König?"

Diesmal lachte Liam nicht, sondern schüttelte den Kopf. „Nein, das ist Unsinn. Wir müssen dem König dienen, weil er unser Leben in Händen hält. Niemand weiß, was wir tagtäglich durchleiden müssen und es interessiert auch niemanden", stellte er barsch klar. „Meine Leute, meine Brüder und Schwestern, wir sind nichts außer Werkzeuge, die der König nach seinem Willen lenkt. Gehorchen wir nicht, tötet er uns."

Silvan war fassungslos. „Das", setzte er an und musste kurz durchatmen. „Mich interessiert es! Ich will es erfahren. Bitte Liam, gib mir eine Chance. Wenn es wirklich so ist, wie du sagst, dann will ich auch euch helfen! Aber ich brauche dich dazu, alleine schaffe ich das nicht." Silvan spielte jetzt mit offenen Karten, denn damit würde er den Mann wohl am besten erreichen.

Tatsächlich zögerte Liam, ehe er den Atem ausstieß. „Der König gab mir zehn Tage, um dich zu suchen und zur Strecke zu bringen, solltest du wirklich in Torya sein. Zwei Tage habe ich noch übrig, so lange hast du Zeit, mich von deinem Vorhaben zu überzeugen. Allerdings werde ich dich nicht mehr aus den Augen lassen, nicht dass du mir noch türmst."

Silvan lächelte, Erleichterung durchflutete ihn. Er hatte doch die richtige Entscheidung getroffen! Liam gab ihm eine Chance und diese würde er nutzen. „Damit komme ich klar! Ich will es versuchen und verspreche dir, nicht abzuhauen!" Er hob den Blick und linste durch die Kronen der Bäume. „Die Sonne steht fast an höchster Stelle, wir könnten uns einen geschützten Platz suchen und etwas essen. Dann kannst du mir von dir und deinen Brüdern und Schwestern erzählen."

Auch Liam sah zu den Wolken, dann nickte er. „Klingt nach einem ... vernünftigen ... Plan. Komm, ich kenne einen passenden Ort." Damit wandte der Aurox sich ab und verschwand zwischen den Bäumen.

Silvan schnappte sich seine Tasche und ging hinterher. „Hör auf, mich aufzuziehen. Ich weiß ja, dass es unüberlegt war, aber so habe ich dich kennengelernt. Hatte also auch etwas Gutes."

Liam blickte über die Schulter. „Dir ist klar, dass noch nicht feststeht, ob ich dich umbringe, oder nicht?"

Als könnte Silvan das so einfach vergessen, dennoch zuckte er die Achseln. „Ich versuche eben, positiv zu bleiben. Du hast mich bisher am Leben gelassen, dafür bin ich dir dankbar und ich bin sicher, dass ich dich überzeugen kann", antwortete er und schloss zu Liam auf.

Dieser brummte nur etwas Unverständliches und nach einem kurzen Marsch durch den Wald, packte er ihn plötzlich am Arm. „Vorsicht, hinter dem Gebüsch geht es einen Abhang hinunter. Fall nicht hin", warnte der Aurox, ehe er ihn losließ und sich durch das Dickicht kämpfte.

Silvan sah dem Kerl hinterher. „Ein Abhang also", murmelte er und trat durch das Gebüsch.

Schon beim ersten Schritt rutschte Silvan aus und ruderte mit den Armen. „Ah!" Als er nach vorn taumelte und beinahe das Gleichgewicht verlor, wurde er plötzlich von hinten am Oberteil gepackt.

„Ich sagte doch Vorsicht", knurrte Liam und zog ihn abrupt zurück.

Silvan keuchte und lugte zu Liam. „Entschuldige ... und danke."

Liam brummte lediglich und stieg den Abhang hinunter, wo er, den Göttern sei Dank, auf Silvan wartete, und dann noch ein Stück weiter ging.

Die Natur in diesem Bereich war ziemlich dicht, sodass sie sich teilweise durchschlagen mussten, bis sie zu einer kleinen Lichtung kamen, an der sogar ein schmaler Bachlauf vorbeiführte.

„Hier findet uns niemand", stellte der Aurox klar und trat zum Bach. Dort ließ er sich in die Hocke fallen und füllte die hohle Hand mit Wasser, um zu trinken.

Silvan stellte die Tasche ab und drehte sich im Kreis. „Unglaublich, wie schön es hier ist!" Sichtlich erstaunt blickte Liam ihn an. „Das ist doch nur Wald, was ist daran so besonders?" Silvan lächelte traurig. „Wenn du sehen könntest, wie es bei mir zu Hause aussieht. Dort sterben nicht nur die Leute, sondern auch die Natur und so etwas wie das hier habe ich in meinem gesamten Leben noch nicht gesehen. Es ist wirklich schön und sollte immer gut behandelt werden. Die Natur gibt uns so viel und es ist einfach traurig, zu wissen, dass viele Leute das anders sehen", sprach Silvan mit belegter Stimme und strich über die vereinzelte Blätter der Bäume und deren Baumstämme.

„Gerade ihr, die ihr die Natur so dringend braucht", hörte er Liam leise murmeln. „Der König ist ein Mistkerl und verdient den Tod, da stimme ich dir voll und ganz zu. Doch die Frage, wie wir das erreichen können, bleibt offen."

Silvan glaubte erst, sich verhört zu haben, hatte Liam gerade wirklich ‚wir' gesagt?

Er blickte den Aurox einen Moment an, ehe er sich wieder dem Baum zuwandte. „Wenn wir mehr Leute hätten, die uns helfen würden, ... Ich meine, wenn wir überall ein paar davon hätten, dann könnten selbst kleine Veränderungen Wirkung zeigen. Der König darf davon natürlich nichts mitbekommen, man müsste praktisch eine Revolte planen."

Zuerst herrschte Schweigen auf der kleinen Lichtung, dann konnte Silvan den anderen Mann tief durchatmen hören. „Das wäre eine Möglichkeit", lenkte dieser beinahe schon widerwillig ein. „Allerdings ist die Frage, wen willst du auf uns... deine Seite ziehen und vor allem, wie?"

Silvan schloss die Augen, er kam voran. „Es wäre natürlich von Vorteil, wenn man sich die potenziellen Verbündeten anschauen könnte. Vielleicht sind nicht alle Goldkrieger der gleichen Ansicht wie der König, oder auch deine Brüder und Schwestern könnten uns helfen. Wenn wir von ihnen welche überzeugen, dann könnten sie wiederum andere auf unsere Seite ziehen. Und irgendwann vielleicht, könnte auch jemand Wichtiges dabei sein."

Liam

Liam war noch immer beim Bach und hatte die Finger einer Hand im kühlen Wasser. Silvans Worte klangen zu schön, zu einfach.

Ob das wirklich funktionieren könnte?

Liam war sich beim besten Willen nicht sicher. Doch wenn an der Geschichte des Druiden etwas Wahres dran war, dann litt diese Rasse ebenso wie Liams.

Er ballte instinktiv die Fäuste und kam auf die Füße. „Ich könnte versuchen, bei meinen Brüdern herauszufinden, wer wirklich in der Lage wäre, gegen den König zu arbeiten und ... uns nicht zu verraten. Die meisten würden sich dies nämlich nicht zutrauen, zu groß ist die Angst. Andere haben längst resigniert und ihr Schicksal angenommen", zählte er auf und lehnte sich mit der Schulter gegen einen Baumstamm. „Aber der ein oder andere könnte sich überreden lassen."

Silvans Lider hoben sich und er atmete hörbar durch, ehe er ihn ansah. „Das klingt gut. Ich weiß leider nicht, wie das bei euch im Schloss funktioniert, aber ich kann wohl kaum mit hinein, oder?"

Mit reinkommen? Der Kerl hatte vielleicht Vorstellungen!

Liam schüttelte den Kopf. „Keine gute Idee, wie gesagt, die meisten meiner Brüder würden dich entweder gleich töten, oder dem König melden. Du bleibst also besser hier draußen, da ist es im Moment noch sicherer", stellte er schnell klar. „Wenn, dann müsste ich allein zurück und versuchen, den König davon zu überzeugen, dass kein Druide hier ist. Allerdings besteht weiterhin die Möglichkeit, dass ein Dörfler dich verraten hat. Sollte das der Fall sein, würde mir das einen äußerst unschönen Aufenthalt in der Folterkammer bescheren, auf den ich gut verzichten kann."

Kopfschüttelnd trat der Druide zu ihm. „Ich will nicht, dass du meinetwegen verletzt wirst. Was kann ich tun, damit das nicht passiert?"

Liam blinzelte, dieser Mann war wirklich sonderbar. „Das fragst du tatsächlich? Erstaunlich", murmelte Liam und lächelte dann freudlos. „Nun, es gibt einen Weg, dieser fordert tatsächlich nur etwas von deinem Blut."

Er trat einen Schritt zurück und zog die schwarze, ärmellose Weste aus, die er über dem Kettenhemd trug. Dann folgte auch dieses und schließlich das kurzärmlige, ebenfalls schwarze Hemd, welches er darunter anhatte. Erst dann wandte er sich wieder dem Druiden zu.

„Das hier", sprach Liam ruhig und wies auf die schwarze, dornenumrankte Rose, die auf seiner rechten Brusthälfte zu sehen war. „Ist die Fessel, durch die der König uns Aurox kontrolliert."

Silvan schluckte, sein Blick huschte über Liams Körper, ehe er bei dem Mal hängen blieb. „Ein Fluch? Das ist grausam", stellte der Druide fest und musterte die Rose genau.

Liam nickte mit grimmiger Miene. „Ja, es ist ein Fluchmal. Der König besitzt ein Amulett, welches mit jedem einzelnen Mal verbunden ist. Dadurch kann er uns jeden Abend rufen, wenn die Sonne untergeht. Wer sich zu dieser Zeit außerhalb des Schlosses befindet, erleidet schreckliche Qualen. Wenn derjenige es nicht mehr aus eigener Kraft zurück ins Gebäude schafft, geht er jämmerlich zugrunde. Genauso bestraft der König uns mithilfe des Amuletts. Es sind grauenhafte Schmerzen und selbst das Tragen eines einfachen Hemds ist unangenehm. Das Kettenhemd darauf schmerzt noch extra, aber das sind wir alle gewohnt. Auf jeden Fall dient das Fluchmal dem König zusätzlich als Beweis, wenn wir getötet haben. Etwas vom Blut des Toten auf das Mal und das Amulett teilt es dem König mit, sozusagen. Zumindest behauptet er das immer und sobald Blut mit dem Fluchmal in Berührung kommt, tobt es regelrecht und scheint es in sich aufzunehmen. Es ist ebenfalls extrem schmerzhaft, doch das wäre zumindest ein Weg, den König glauben zu machen, dass ich dich getötet habe. Aber das schieben wir jetzt zur Seite, ich will erst sehen, wie es weiter läuft."

Liam überlegte, inwiefern er Silvan in das einweihen sollte, was er über die Jahre hinweg erfahren hatte, und zögerte kurz. Doch was konnte der Druide ihm schon anhaben? Er könnte die Informationen niemals gegen ihn verwenden, also war es eigentlich kein Risiko, das Liam einging.

„Ein Gerücht besagt, dass für jedes Mal eine schwarze Steinrose existiert", erzählte er, was er schon mehrfach von älteren Aurox gehört hatte. „Es heißt, in jeder dieser Rosen ist einer unserer Flüche und wenn du deine Rose findest, müsstest du sie nur zerstören, um endlich frei zu sein."

Liam zuckte die Achseln. „Ich weiß nicht, ob es stimmt, oder einfach nur leeres Gerede ist, aber wenn, dann hält es sich schon viele Jahrzehnte."

Silvan nickte mit nachdenklichem Blick. „Wenn das so ist, dann muss etwas Wahres daran sein, aber einfach das Schloss zu durchsuchen ist wohl kaum möglich. Man müsste herausfinden, ob es einen Ort gibt, an dem der König diese Rosen aufbewahren könnte, und dann versuchen, diesen zu zerstören."

Liam winkte ab. „Vergiss es, das ist zu groß gedacht. In das Stockwerk des Königs und seiner Hauptmänner kommt man nur, wenn man befohlen wird. Zumindest als Aurox. Wir leben nämlich alle in einem einzigen, großen Raum im untersten Keller des Schlosses. Über einhundert Mann zusammengepfercht." Liam lachte freudlos. „Und den Frauen unserer Rasse geht es auch nicht besser. Sie leben abgeschottet von den Männern in einem separaten Lager, das sie nicht verlassen dürfen." Er sah dem Druiden in die Augen, während sein Lächeln erstarb. „Sie sind nur zur Zucht da."

Silvan öffnete den Mund nur einen kleinen Spalt. „Das ... Das ist abartig! Wieso geht man so mit euch um? Das ist doch ekelhaft! Wenn ich nur könnte", knurrte der Druide und ballte die Fäuste.

Liam schloss die Augen und atmete durch. „Es ist das einzige Leben, das wir kennen", erklärte er ruhig, dann stockte er. Vielleicht ... „Silvan, Planänderung", sprach er den Druiden an. „Du kommst mit und wir gehen in Richtung Schloss. Wenn ich wirklich ein paar meiner Brüder überzeugen möchte, dann werden sie - und da bin ich mir sicher - selbst mit dir sprechen wollen."

Silvan starrte ihn aus großen grünen Augen an. „Mit mir?", quietschte er viel zu hoch und Liam blinzelte. „Mit wem sonst, bitte?" Silvan schüttelte schnell den Kopf. „Hattest du nicht gesagt, dass sie mich umbringen würden, wenn sie nicht einverstanden mit unserem Plan sind?"

Liam nickte. „Ja, das würden sie, aber ich werde auch nur denjenigen sagen, dass du hier bist, die dich natürlich nicht töten wollen. Glaub mir, so gut kenne ich meine Brüder", versuchte er den ängstlichen Mann zu beruhigen.

„Nun ich weiß nicht, ob es das besser macht, aber ich will dir vertrauen und mitkommen", erwiderte Silvan.

Erstaunlich, dachte Liam, der kleine Kerl besaß Rückgrat. „Sehr schön, dann sollten wir uns morgen auf den Weg machen. Ich will ungern so viel früher dort ankommen und meinen Brüdern eine Nacht draußen verwehren", erklärte er und zog seine Kleidung wieder an. „Der König kann uns nämlich mit dem Amulett nur alle zusammen rufen. Das heißt, wenn einer von uns länger auf Mission ist, haben die anderen die Möglichkeit, die Nächte einmal nicht eingesperrt zu verbringen."

Silvan nickte verstehend und ein Lächeln legte sich auf seine Lippen. „Du bist ein ziemlich netter Kerl." Bitte was? Liam zog sein Hemd über, ließ jedoch das Kettenhemd am Boden liegen und wandte sich dem Druiden zu.

„Ich bin was?", fragte er irritiert.

Silvan blickte ihn offen an, die Furcht, die zuvor in seinen grünen Augen geglänzt hatte, war gänzlich verschwunden. „Nett, ich finde, du bist ein toller Kerl und ich bin froh, dich getroffen zu haben", sagte er und ging zu seiner Tasche. „Hast du Hunger?"

Liam starrte den Rücken des Mannes an und merkte, dass er unwillkürlich Grinsen musste.

Was war denn das nun auf einmal?

Liam schüttelte den Kopf, Schluss damit!

Er setzte wieder eine ruhige Miene auf und noch ehe er auf Silvans Frage antworten konnte, knurrte sein Magen laut.

Das brachte den Druiden zum Lachen. „Na wenn das mal keine Antwort ist. Moment ich habe zwar keine warme Mahlzeit dabei, aber ich habe etwas Obst. Isst du sowas?", fragte Silvan und warf ihm einen Apfel zu. „Sonst habe ich auch Pökelfleisch."

Liam fing den Apfel auf und biss hinein. „Danke", murmelte er, nachdem er geschluckt hatte. „Die letzten acht Tage ernährte ich mich von Äpfeln und Pökelfleisch, das mir die Dorfbewohner zugeworfen haben. Wörtlich. Ich würde dich hier einfach kurz sitzen lassen und jagen gehen. Du könntest ja ein Lagerfeuer machen. Oder kannst du das nicht?"

Silvan schnaubte. „Natürlich kann ich das. Es wäre nicht das erste Mal. Geh ruhig, ich bereite ein Lager vor und bleibe auf der Lichtung." Diesmal konnte Liam ein Grinsen nicht zurückhalten. Dieser eingeschnappte Gesichtsausdruck war einfach niedlich.

Warte was? Niedlich?

Liam wandte sich ab.

Wieso dachte er so über den Druiden?

Er lief durch den Wald und suchte nach Spuren eines potenziellen Abendessens. Silvan spukte ihm unaufhörlich im Kopf herum und das ärgerte Liam.

Was hatte dieser Kerl an sich, dass Liam ihn nicht einfach getötet hatte, wie jeden anderen vor ihm?

Er zog die Brauen zusammen, als er die Spur eines Hasen entdeckte. Das sollte für ihn und Silvan locker reichen. Also versteckte Liam sich im Schatten und wartete geduldig. In der Regel kam seine Beute zu ihm, er musste nur warten.

Erneut blitzte Silvans Bild vor seinem inneren Auge auf und er unterdrückte mit Mühe ein Knurren. Es war nicht unüblich, dass sich zwei Männer oder zwei Frauen zusammenfanden. Dies war es auch nicht, was Liam störte. Es war die blanke Tatsache, dass er Silvan nicht kannte und trotzdem irgendwie etwas für den kleinen Kerl empfand.

Er wusste absolut nicht, woher diese Gefühlsregung kam, denn so etwas hatte er in seinem ganzen Leben noch nicht empfunden. Liam biss die Zähne zusammen, er musste sich hier konzentrieren! Noch war gar nicht klar, was Silvan wirklich wollte und ob der Kerl ihn nicht einfach für seine Zwecke nutzte. Genau das wollte Liam nämlich herausfinden und deshalb würde er Silvan zum Schloss mitnehmen.

Er hatte da ein paar Leute im Lager, die ihm gewiss Klarheit verschaffen könnten, zumindest hoffte er das.

Im Gebüsch zu seiner Linken raschelte es.

Der Hase sprang heraus und schon hatte Liam den Dolch geworfen. Das Tier war sofort tot. Liam entfernte die Klinge und zog dem Hasen sogleich die Haut ab. Irgendwie konnte er sich nicht vorstellen, dass Silvan das gern gesehen hätte.

Also entfernte Liam hier direkt alles, was sie nicht verwerten konnten, und ging dann mit seiner Beute zurück zur Lichtung.

Dort brannte bereits ein perfekt hergerichtetes Lagerfeuer. „Gut gemacht", lobte er den Druiden, ohne groß darüber nachzudenken, und legte den Hasen neben dem Feuer auf den Boden.

Silvan grinste ihn an. „Du aber auch. Kannst du eigentlich kochen, oder soll ich das übernehmen? Ich habe ein paar Kräuter in meiner Tasche, die wir auch gut dafür verwenden können."

Liam zuckte die Achseln. „Kochen ist übertrieben. Wir bekommen im Schloss nichts zu essen und müssen uns selbst versorgen. Entweder wir stehlen aus der Küche, was wiederum dafür sorgen kann, dass wir in der Folterkammer landen, sollten wir erwischt werden, oder wir gehen jagen. Fleisch über dem Feuer zu braten ist also nichts Neues für mich. Allerdings habe ich noch nie Fleisch mit Kräutern gewürzt", gab er zu und beobachtete Silvan. Dieser holte gerade einige Beutel aus der Tasche. „Wenn du mir erlaubst das zu machen, verspreche ich dir, dass du staunen wirst." Liam zögerte, er hatte keine Ahnung, was der Kerl da alles hatte.

Andererseits grinste er schon wieder und Liam glaubte nicht, dass Silvan es böse mit ihm meinte. Irgendwie konnte er den Mann nicht einschätzen, aber da war etwas. Liam konnte den Finger nicht drauflegen und das störte ihn gewaltig!

„Klar, mach einfach", winkte er schließlich ab und setzte sich beim Bach in die Hocke, um seine Hände vom Blut des Tieres zu säubern.

„Du wirst es nicht bereuen", versprach Silvan und fing an, den Hasen mit bestimmten Kräutern einzureiben. Dann hängte er ihn über das Feuer und achtete darauf, dass das Fleisch immer gut mit diesem Grünzeug bedeckt war.

Liam beobachtete den Druiden skeptisch, hielt sich aber mit etwaigen Kommentaren zurück, denn es roch wirklich ziemlich lecker und Liam hatte Hunger.

Kurz darauf rief Silvan ihm auch schon zu, dass das Tier durch sei, und Liam trat zu dem Druiden. „Ging schnell", stellte er fest und musterte das herrlich duftende Fleisch. „Wenn das so gut schmeckt, wie es riecht", murmelte er, „dann fall ich vor dir auf die Knie."

Silvan fing an zu lachen. „Das ist wirklich nicht notwendig, ein Danke tut es auch, aber probiere doch erst einmal. Ich verspreche auch, es ist nicht vergiftet." Liam lief das Wasser im Mund zusammen, dennoch zögerte er. Er hatte nicht gesehen, welche Kräuter der Druide verwendet hatte. Es könnte vergiftet sein.

Kurz schielte er zu Silvan, ob dieser versuchen würde, ihn zu töten?

„Wenn du nicht willst, ich nehme gern ein Stück", sprach der kleinere Mann und schnitt sich etwas ab, was er sich auch gleich in den Mund steckte. „Ja, das ist gut", lächelte er hörbar zufrieden.

Nun warf Liam alle Bedenken über Bord und riss sich kurzerhand einen Schenkel ab, in den er dann herzhaft hineinbiss. „Mh, verdammt, das ist gut", murmelte er mit vollem Mund.

Silvan legte den Kopf etwas schief und lächelte ihn immer noch an. „Lass es dir schmecken."

Das ließ Liam sich nicht zweimal sagen und nach kurzer Zeit war der Hase komplett vertilgt.

Erneut lugte er zu dem Druiden und diesmal grinste Liam offen, während er sich Silvan zuwandte und wie versprochen auf die Knie sank. „Ich danke dir und deinen hervorragenden Kochkünsten!" Das brachte Silvan zum Lachen. „Nicht doch, bei den Göttern, steh wieder auf. Aber ich freue mich, dass es dir geschmeckt hat. Beim nächsten Mal kann ich auch Pilze machen. Kennst du gebratene Pilze? Wirklich lecker."

Liam schüttelte den Kopf und kam wieder auf die Füße. „Nein, habe ich noch nie gegessen. Ich muss sagen, bei Pilzen bin ich vorsichtig, ich weiß einfach nicht, was bei denen genießbar und was, nun ja, tödlich ist."

Silvan grinste, ging in die Hocke und legte eine Hand auf den Boden. Direkt vor Liam wuchs plötzlich ein Pilz. „Der ist genießbar. Wenn du willst, mache ich dir ein paar fertig", bot Silvan ihm an.

Erschrocken sprang Liam zurück und starrte auf das Gewächs. „Wie? Wie hast du das gemacht?", fragte er fassungslos und Silvan schüttelte den Kopf. „Schon vergessen? Ich bin ein Druide und mit der Natur und ihren Elementen verbunden. Ich kann mit Samen auch Gemüse und Obst wachsen lassen. Oder einen Baum aus einem Ast. Oder eben viele Pilze", erklärte der Druide, während noch mehr Pilze wuchsen.

Liam starrte den Mann an und schüttelte dann den Kopf. „Silvan, das ... das ist erstaunlich", gab er offen zu. „So etwas habe ich noch nie gesehen. Ich hatte ja keine Ahnung, zu was ihr alles fähig seid." Liam zog die Brauen zusammen und knurrte dumpf. „Kein Wunder, dass der König euch nicht in seinem Reich haben will. Eure Magie ist unglaublich und davor hat der lächerliche Wicht Angst."

Silvan fing an, die Pilze zu pflücken, und steckte sie auf einen Ast. „Ja, gut möglich, dass er das hat. Unsere Magie ist, insofern wir unsere eigene Energie nicht komplett verbrauchen, so gut wie grenzenlos. Ich meine allein das Beherrschen der Elemente kann wirklich angsteinflößend sein, aber wir würden nie jemandem schaden. Wir sind ein sehr friedvolles Volk und wollen einfach nur in Ruhe leben", erklärte Silvan, der gerade die Äste um das Lagerfeuer in den Boden steckte.

Liam beobachtete ihn dabei und nickte zustimmend. „Ja, das kann es wohl und für einen die Kontrolle liebenden Elf wie den König ist das natürlich ein Dorn im Auge."

Silvan schien ehrliche Absichten zu haben, das wurde Liam immer klarer und ein Teil von ihm begann, dem Druiden zu vertrauen. Er war wahrlich gespannt, wie seine Leute das sehen würden.

Plötzlich hielt Silvan ihm einen der Äste mit den nun gegrillten Pilzen hin. Skeptisch besah Liam sich diese, nahm aber den Ast entgegen und aß direkt einen davon.

Er schloss kurz die Augen und brummte leise. „Verstanden, Pilze sind lecker."

Bald darauf brach der Abend an und somit die Dunkelheit über sie herein.

Instinktiv griff Liam sich an seine Brust, doch wie auch schon die letzten Tage, blieb der Ruf des Königs aus. Wäre dies heute anders gewesen, wäre Liam tot.

Silvan hatte sich neben dem Feuer hingelegt und spielte mit einem Ast. „Sag mal, du hast doch sicher auch Freunde im Lager, oder?"

Liam hob eine Augenbraue. „Ja, habe ich. Wieso fragst du?"

Silvan schloss die Augen und legte den Ast weg. „Nur so. Wer weiß vielleicht können wir ihnen ja ein paar Pilze mitbringen. Sie haben sicher Hunger und wenn ich vor dem Schloss einige wachsen lasse, können sie die doch holen. Du kannst ja bezeugen, dass sie essbar sind."

Liam blinzelte. Merkwürdiger Kerl. „Ja klar, warum nicht", meinte er lediglich und merkte, dass Silvan bereits eingeschlafen war.

Liam schüttelte schmunzelnd den Kopf und schloss selbst die Augen. Er schlief nicht, aber er entspannte sich und als die Sonne aufging, weckte er den Druiden.

„Na komm, brechen wir auf, der Weg ist weit. Einen guten Tagesmarsch werden wir schon brauchen", informierte er Silvan.

Verschlafen blinzelte dieser ihn an und fuhr sich mit einer Hand durch die Haare. „Morgen, Liam", murmelte er und streckte sich ausgiebig.

Liam legte den Kopf schief. „Morgen. Jetzt komm schon, hoch mit dir."

Silvan nickte, stand auf und folgte ihm, wenn auch etwas wackelig. Liam ließ sich Zeit, denn Silvan war augenscheinlich noch nicht wirklich wach und es auch nicht gewohnt, gleich nach dem Aufstehen loszulaufen. Für Liam hingegen war dies Alltag, dennoch nahm er Rücksicht auf den Druiden. Zum wiederholten Male fragte er sich, wieso er dies eigentlich tat.

„Geht es?", fragte er nach einer Weile und lugte zu Silvan zurück. „Ja alles gut, ich bin nur nicht ganz so schnell mit der Tasche unterwegs. Ist ziemlich viel drin, verzeih", antwortete dieser.

Liam zog die Brauen zusammen und streckte die Hand in Richtung des Druiden. „Wenn du sie mir gibst, trage ich sie für dich."

Silvan sah ihm einen Moment lang in die Augen. „Aber nur wenn es dir wirklich nichts ausmacht. Danke", lächelte er und gab ihm die Tasche.

Liam nahm sie entgegen und schüttelte den Kopf. „Nein das stört mich nicht, sie ist ja nicht schwer."

Sofort war Silvan zu ihm aufgerückt. „Ja ja, mach dich ruhig lustig", grinste der Druide.

Überrascht sah Liam zu diesem. „Lustig machen? Ich habe mich nicht lustig gemacht. Für mich ist die Tasche nicht schwer."

Silvan schüttelte den Kopf. „Verzeih, eigentlich wollte ich lustig sein. Ich find es nämlich schön, wenn lächelst oder lachst."

Liam blinzelte langsam. „Ach, ist das so?", fragte er leise und merkte, wie ihm plötzlich die Hitze in die Wangen stieg.

Kapitel 3

Silvan

Oh ja, und wie!, dachte Silvan. „Du bist ein hübscher Kerl, wenn du mehr lachen und weniger so grimmig schauen würdest. Mich würde das freuen", gab er zu.

Liam warf ihm einen absolut skeptischen Blick zu und schnaubte. „Wenn du das sagst."

Silvan grinste. „He, nicht gleich so mürrisch werden, das war ein Kompliment."

Diesmal ließ der Aurox sich nicht mal zu einer Antwort herab, sondern lief gleich etwas schneller.

„Oh weh, da habe ich wohl einen wunden Punkt getroffen. Nun warte doch mal!", rief Silvan ihm nach und beschleunigte ebenfalls.

Plötzlich blieb der größere Mann stehen und drehte sich zu ihm herum. „Redest du immer so viel?"

Silvan strauchelte und wäre fast in Liam gerannt. „Redest du immer so wenig?", konterte er und die silbernen Augen des Aurox wurden schmal. „Verdammt, was hab ich mir da angetan?", knurrte Liam und drehte sich wieder um. „Komm jetzt, weniger reden, mehr laufen!"

Silvan grinste und schüttelte den Kopf. „Ja doch, komme schon." Liam knurrte dumpf, schwieg jedoch und wurde absolut nicht langsamer.

Silvan hatte ordentlich Mühe, dem Kerl zu folgen, und nach einer Weile musste er stoppen. „Jetzt renn doch nicht so. Komm schon, ich halte auch meinen Mund. Können wir kurz eine Pause machen?", bat er schwer atmend.

Ein genervtes Seufzen war zu hören, aber der Aurox blieb stehen.

„Na gut, aber nur kurz", brummte Liam und stellte Silvans Tasche auf dem Boden ab.

Silvan keuchte und ließ sich einfach ins Gras fallen. „Bei den Göttern, bin ich erledigt."

Liam schnaubte geringschätzig. „Wir sind kaum gelaufen, ich bitte dich."

Silvan setzte sich mit schmalen Augen auf. „Wenn man es, wie du, gewohnt ist, hat man damit auch keine Probleme. Ich allerdings bin noch nie so weite Strecken gelaufen. Also verzeih, wenn ich schneller ermüde als du", erwiderte er, legte sich dann wieder ins Gras und schloss die Augen.

„Das hat weniger mit Gewohnheit, als mit hartem Training zu tun", stellte Liam klar. „Aber augenscheinlich hattest du das nie. Mein Ausbilder würde mir die Hölle heiß machen, wenn ich so schnell aus der Puste wäre. Der hetzt dich auch einen ganzen Tag durch den Wald und das mit gezückten Klingen. Wer zu langsam ist, kriegt Prügel."

Silvan zog die Brauen zusammen. „So ein Ausbilder ist ein Ungeheuer, das ist wirklich übertrieben. Aber nein, ich hatte nie ein solch hartes Training, wieso auch? Ich bin ein Druide, bei mir zählt die Magie der Natur und diese beherrsche ich ausgesprochen gut."

Ein leises Lachen lag in der Luft. „Ein Ungeheuer ist er nicht, aber ein Mistkerl allemal. Doch er ist einer der besten Kämpfer im Lager und das sagt so einiges", erzählte Liam und kurz raschelte es.

Silvan öffnete die Augen und zuckte zusammen, er sah, dass Liam sich neben ihn setzte.

„Weißt du", sprach der Aurox weiter und blickte gen Himmel. „Unser Leben ist von Geburt an von Gewalt und Missbrauch geprägt, aber wir kennen es nicht anders. Trainieren, stark werden und es vor allem auch bleiben, ist der einzige Weg, um das Überleben in irgendeiner Form zu sichern. Die Schwachen werden die Opfer der Goldkrieger und da wir uns gegenüber keinem Elfen wehren dürfen, werden meine Brüder, die nicht so stark und geschickt sind, oft schlicht im Spaß heraus getötet."

Silvan zog fassungslos die Brauen zusammen. „Das ist furchtbar. Ich kann nicht verstehen, warum der König so etwas zulässt. Er behandelt euch wie Dreck und dabei seid ihr seine stärksten Waffen. Aber letzten Endes seid auch ihr nichts anderes als eine Rasse, Männer Frauen und Kinder, die doch nichts anderes wollen, als einfach und in Ruhe zu leben", murmelte Silvan. „Zwar wusste ich nicht, dass es um euch so schlecht bestellt ist, aber ich werde alles tun, was in meiner Macht steht, um euch zu helfen. Gemeinsam wird es uns gelingen. Irgendwie werden wir allen helfen, das ist ein Versprechen!"

Liam betrachtete ihn einen Moment lang schweigend, dann seufzte er. „Versprechen gibt man nicht leichtfertig, Silvan und du hast keine Ahnung, wie du auch nur einen Bruchteil dessen umsetzen willst, was du dir vorgenommen hast", erklärte der Aurox. „Aber ich danke dir allein für den Versuch, auch wenn er womöglich scheitert."

Silvan setzte sich auf und drehte sich zu Liam. Mit den Händen ins Gras abgestützt beugte er sich zu dem Mann. „Mein Versprechen ist nicht leichtfertig gegeben und auch, wenn ich vielleicht nicht so viel Ahnung habe, werde ich dennoch nicht aufgeben. Und dank dir bin ich jetzt nicht mehr allein, das heißt, wir haben eine Chance. Du musst nur daran glauben und darauf vertrauen."

Liam hatte die Brauen zusammengezogen und schnaubte. „Kurz dachte ich, du würdest einen vernünftigen Gedanken akzeptieren, aber da habe ich mich wohl getäuscht." Er kam auf die Füße und schnappte sich die Tasche. „Genug ausgeruht, jetzt komm!"

Silvan blickte dem Aurox nach.

Was hatte er denn jetzt wieder falsch gemacht?

Seufzend folgte er ihm schweigend. Sie liefen, bis die Sonne längst ihren höchsten Stand erreicht hatte und noch immer machte Liam keine Anstalten stehen zu bleiben.

Mittlerweile hatten sie die dichtesten Bereiche des Waldes hinter sich gelassen und auch schon einige weitläufigere Lichtungen überquert, wobei Liam den Druiden immer wieder zurückließ, um zu prüfen, ob auch ja keiner der Goldkrieger hier unterwegs war.

Als Silvan durch die Bäume hindurch einen Pfad erkennen konnte, packte Liam ihn plötzlich an der Schulter und schob ihn hinter einen dicken Baumstamm. „Keinen Laut!", zischte der Mann beinahe unhörbar.

Silvan schluckte, gab jedoch keinen Ton von sich.

Was war denn los?

„Na sieh an, hat der König mal wieder einen seiner Bluthunde losgeschickt?", keifte eine männliche Stimme und mehrstimmiges Lachen folgte darauf.

Silvan konnte Liam von der Seite sehen, er stand nur etwas neben dem Baum, hinter dem Silvan sich versteckte.

Der Aurox hatte eine ruhige Miene, wirkte aber angespannt.

„Habt ihr ein Problem, oder wollt ihr mir nur im Weg stehen?", fragte er kühl, was kurzes Schweigen hervorrief.

„Wie wäre es, wenn wir dem Kerl mal zeigen, wer seine Herren sind?", lachte einer der Fremden und erneut wurde miteingestimmt.

Liams Augen wurden schmal und blitzschnell hatte er zwei Dolche gezogen, die er über seine Unterarme gleiten ließ, ehe die Klingen wieder in den Scheiden verschwanden. „Wir sind nicht im Schloss, ihr Maden", knurrte Liam, nun blitzten die Silberaugen wütend. „Versucht es und ich filetiere euch wie die Schweine, die ihr seid!"

Silvan beobachtete das Schauspiel und konnte ein Knurren nur schwer unterdrücken.

Wie konnte man nur so miteinander umgehen!

Und im Schloss sollte es schlimmer zugehen. Was wusste er noch alles nicht und vor allem, wie konnte er Liam gerade helfen?

„Wie kannst du Stück Dreck es wagen?", fauchte einer der Fremden und in diesem Moment glitten die dunkelrot glänzenden Blutklingen aus Liams Unterarmen. „Wisst ihr was?", fragte der Aurox mit klirrend kalter Stimme. „Ihr kommt mir gerade recht!" Und schon zischte Liam wie der Blitz los.

Schreie wurden laut und das Klirren von Metall war zu hören.

Silvan zuckte zusammen, er leckte sich unschlüssig die Lippen und lugte dann vorsichtig um den Baumstamm herum.

Liams Blutklinge durchbohrte soeben den Brustkorb eines etwas kleineren Mannes, der nur noch jämmerliches Japsen von sich gab, ehe er tot zu Boden sank. Hart riss der Aurox die Waffe aus dem Körper und wirbelte zum nächsten Gegner.

Es waren drei Männer, allerdings ohne richtige Rüstung. Sie trugen nur feste Lederhemden mit dem Wappen des Königs auf der Brust, gehörten also augenscheinlich zum Schloss.

Der zweite Mann konnte Liam kurz ausweichen und ihn sogar mit dem Schwert am Oberarm verletzen, ehe der Aurox ihm die Kehle durchstieß und ihn damit tötete. Der dritte Mann versuchte zu fliehen, dabei traf sein Blick aus verängstigten, blauen Augen Silvans.

Der Fremde strauchelte und schon war Liam bei ihm und jagte ihm die Blutklinge durch den Rücken. Die blauen Augen wurden leblos, der Mann fiel tot zu Boden.

Liams Klingen zogen sich zurück in seine Arme und der Aurox drehte sich herum. Seine Miene war bar jeder Emotion und er sah Silvan direkt in die Augen.

Der Druide ließ sich zu Boden sinken und starrte Liam an.

Dieser hatte gerade alle Elfen umgebracht! Er hatte angegriffen und dieser Blick!

Silvan schluckte und stand langsam auf, um ein paar Schritte zurückzuweichen.

Liams Augenbrauen zuckten, dann wandte er den Blick ab.

„Willkommen in der wirklichen Welt, Druide", knurrte er barsch. „Wenn du wahrlich darauf aus bist, Veränderungen zu bewirken, dann wird das schon sehr bald ein alltägliches Bild für dich werden. Wenn du weglaufen willst, dann tu es jetzt."

Silvan schluckte hart, schüttelte jedoch den Kopf und atmete durch. Er trat auf Liam zu und blieb erst direkt vor dem Aurox stehen. „Ich bleibe, denn meine Worte entsprachen der Wahrheit und ich gebe nicht auf. Aber ich will es verstehen, also sag mir, warum du angegriffen hast?"

Die hellen Silberaugen fixierten ihn sofort. „Weil sie dich gesehen haben. Ich war nicht schnell genug", erklärte Liam. „Im ersten Moment war ich mir nicht sicher, aber sie haben zu häufig auf den Baum geblickt, hinter dem du dich verstecktest. Sie hatten dich entdeckt, das Risiko war zu groß, also mussten sie weg."

Silvan blinzelte. „Du hast mich beschützt", stellte er fest und lächelte leicht. „Danke, dafür danke ich dir."

Er zog ein Tuch aus der Hosentasche und streckte die Hand nach Liams Verletzung aus. Der Aurox war am linken Oberarm von einem Schwert erwischt worden, allerdings nicht sehr tief, wie Silvan sogleich feststellen konnte. Der andere Mann verfolgte jede seiner Bewegungen, blieb jedoch, wo er war.

„Nichts zu danken, immerhin beschütze ich damit auch mein Leben", erklärte Liam, aus dessen Blick das Eis verschwunden war.

Silvan blickte lächelnd auf die Verletzung. „Dennoch, ich bin dir dankbar. Du bist verletzt, darf ich das verbinden? Es könnte sich sonst entzünden."

Liam besah sich die Wunde und zuckte dann die Achseln. „Das ist nicht der Rede wert, aber wenn du meinst. Tu, was du nicht lassen kannst."

Silvan nickte, lief zu seiner Tasche und holte eine Phiole heraus. Auf ein weiteres Tuch ließ er ein wenig der Flüssigkeit tropfen und trat zurück zu Liam. „Vorsicht, das könnte brennen, aber wenn du sie bis morgen drauf lässt, ist die Wunde so gut wie verheilt."

Damit drückte er das Stück Stoff auf die Wunde und machte einen Knoten, damit es auch am Arm blieb. „Schon fertig." Der Aurox hatte keinen Ton von sich gegeben, obwohl Silvan wusste, dass die Tinktur ordentlich brannte.

„Danke", brummte Liam und musterte dann die Toten. „Bleib hier, ich muss die verstecken." Damit ging er auch schon zu dem Ersten und warf ihn sich über die Schulter, ohne auf eine Antwort zu warten. Silvan war dichter an eine der Leichen getreten und besah sich den Mann genauer.

Er wirkte jung, mit hellem braunem Haar, die Augen waren geschlossen und Blut lief aus der großen Wunde, die Liam ihm in den Brustkorb geschlagen hatte. Kopfschüttelnd wandte Silvan sich ab.

Diesen Anblick würde er wohl nie vergessen können. Nach einem tiefen Atemzug drehte er sich wieder um, er musste die Leiche durchsuchen, womöglich hatte sie nützliche Sachen bei sich.

Also kniete er sich neben sie und musterte den Gürtel, den der Tote trug. Ein kleiner Beutel mit Münzen hing daran, den Silvan an sich nahm. Wer wusste schon, wofür man das später gebrauchen konnte. Auch die zwei Dolche steckte er ein, doch das Schwert ließ er liegen, damit konnte er eh nicht umgehen.

„Nimm dir, was du brauchen kannst", erklang Liams Stimme und schon trat der Aurox aus dem Schatten der Bäume hervor und schnappte sich den Toten, den Silvan gerade ausgenommen hatte. „Ich bring sie weg, um das Verbrennen kümmern wir uns später." Dann verschwand der Mann wieder, nur um kurz darauf auch die dritte Leiche wegzubringen, ehe er erneut zu Silvan trat. „Gut, das wäre geschafft. Weiter", forderte Liam und lief ungerührt los. Silvan folgte dem Mann stumm und war in Gedanken.

Verbrennen also. Wahrscheinlich, weil man sie auf keinen Fall finden durfte.

„Liam?", murmelte Silvan, um auf andere Gedanken zu kommen. „Werde ich eigentlich draußen schlafen müssen, oder versteckst du mich durchgehend im Schloss?" Liam sah über die Schulter. „Ich habe dir doch schon gesagt, dass du nicht mit ins Schloss kannst, Kleiner, das geht nicht. Du musst draußen bleiben!"

Silvan schloss zu dem größeren Mann auf. „Aber draußen kann ich mich nicht so gut allein wehren. So wie du mit den Goldkriegern gekämpft hast, glaube ich kaum, dass ich das lange überlebe. Da fühle ich mich bei dir sicherer."

Liam schüttelte den Kopf. „Nettes Kompliment, aber ich kann dich dennoch nicht mit ins Schloss nehmen. Denk dran, dass nicht alle meine Brüder von dir begeistert sein werden. Wenn sie dich entdecken, bist du tot, noch ehe ich etwas tun könnte. Nein Silvan, das Schloss ist keine Option. Außerdem", hängte Liam an. „Du bist ein Druide und hast vorhin erst mit deinen großen Kräften vor mir geprahlt, also bitte, dann verteidige dich auch damit. Was jedoch noch besser wäre, lass dich nicht erwischen."

Silvan seufzte. „Ich habe nicht geprahlt, aber wir Druiden nutzen unsere Kräfte nur für das Gute." Mit einem harten Lachen fuhr Liam zu ihm herum. „Das ist ja wohl eine verdammte Lüge!", warf er ihm vor. „Wer hat schon so einige meiner Brüder auf dem Gewissen? Das ist dein Volk, Silvan! Auch deine Leute können kämpfen, dann wirst du das auch hinbekommen."

Silvans Blick ging zu Boden. „Ja, das mag stimmen, doch wir sind an sich kein kriegerisches Volk und der Tod sollte immer als letzte Option gewählt werden. Meist kann man über alles sprechen und muss sich nicht sofort bekämpfen."

Liam schüttelte seufzend den Kopf. „In der Theorie vielleicht, Kleiner, aber in der realen Welt ist es nun mal so, dass Befehle ausgeführt werden müssen, und es ist dem König egal, ob jemand friedliche Absichten hat, oder nicht. Wenn man ein Dorn im Auge des Elfen ist, wird man aus dem Weg geräumt, und zwar von meinen Brüdern und mir."

Silvan blickte zu dem anderen Mann auf. „Aber du hast mich nicht umgebracht. Du gibst mir eine Chance."

Der Aurox warf ihm einen Seitenblick zu. „Ja, das habe ich und das könnte mich ins Grab bringen, also lass dich besser nicht erwischen!"

Silvan verzog das Gesicht. „Ich gebe mein Bestes."

Sie liefen, bis die Nacht hereinbrach und der Himmel immer dunkler wurde. Zwischen den Bäumen konnte Silvan längst das große Schloss des Königs sehen.

Liam war langsamer geworden und zog ihn durch das dichteste Gebüsch, damit sie ja keinem Goldkrieger mehr begegneten.

„Du wartest hier", wies der Aurox ihn plötzlich an. „Bleib in Deckung, wir sind nahe der Tunnel. Lass mir etwas Zeit, ich spreche mit meinen Brüdern und komme dann wieder zu dir. Verstanden?"

Silvan zögerte, dann nickte er. „In Ordnung, ich vertraue dir und warte hier." Liam neigte nur schweigend den Kopf, dann wandte er sich ab und verschwand zwischen den Bäumen.

Silvan blickte dem Mann einen Moment nach, ehe er seine große Tasche an sich nahm und einen sicheren Platz im Gebüsch suchte, wo er sich niederließ. Unsicherheit erfasste ihn und er musste sich zwingen, ruhig durchzuatmen.

Er hatte die Entscheidung getroffen und war mit Liam gegangen.

Ob diese nun richtig oder falsch gewesen war, das würde sich wahrscheinlich noch in dieser Nacht zeigen.

Oder spätestens morgen, je nachdem wie lange der Aurox im Schloss brauchen würde.

Das Schloss ...

Silvan hob den Blick und lugte zwischen den Bäumen hindurch gen Himmel. Dort erhob sich das gewaltige Gebäude und er musste schlucken.

So nahe war er dem Goldkönig Jiltoryas noch nie gewesen.

Dieser Elf war der Grund, warum seine Rasse so leiden musste. Seinetwegen war Silvan überhaupt losgezogen!

Weil sein Volk immer schwächer wurde und immer mehr starben.

Sein Herz stach allein beim Gedanken an die letzten Verstorbenen, die ihre trauernden Familien zurückgelassen hatten.

Er schloss für einen Moment die Augen, das musste aufhören!

Entschlossenheit verdrängte den Schmerz der Erinnerung und er hob die Lider.

Hoffentlich würde Liam ihm tatsächlich helfen und ihn jetzt nicht kurzerhand den Goldkriegern des Königs ausliefern.

Auch wenn ein Teil von ihm sagte, dass der Aurox ihm nicht schaden wollte, so hatte Silvan noch keine Gewissheit und eine leise Stimme in seinem Hinterkopf riet ihm zur Vorsicht.

Außerdem bestand noch immer die Möglichkeit, dass Liam im Schloss an jemanden geriet, der Silvan nicht wohlgesonnen war.

Der Aurox hatte selbst gesagt, dass es unter seinen Brüdern Leute gab, die Silvan, ohne zu zögern, töten würden.

Er schluckte hart, dann wäre seine Mission vorbei. Er würde sterben, ohne auch nur das Geringste erreicht zu haben.

Ein schrecklicher Gedanke!

Silvan packte die Tasche fester und drückte sie an sich. Liams Worte ließen ihn nicht los. Ja, Silvan war ein Druide, aber kein Kämpfer.

Mit seiner Magie konnte er hervorragend umgehen, aber sie gegen jemanden einsetzen?

Silvan schauderte, er wollte doch niemandem schaden! Aber daran würde kein Weg vorbeiführen.

Veränderungen zu bewirken war nicht leicht und es würde Opfer geben, dessen wurde er sich mehr und mehr bewusst.

Er konnte nur hoffen, dass er an die richtigen Leute geraten würde, die ihm auch wirklich helfen wollten.

Schon keimte erneute Nervosität in Silvan auf. Auch, dass Liam wollte, dass er mit dessen Brüdern sprach, gefiel ihm nicht.

Silvan konnte nicht gut mit Worten umgehen, er plapperte gerne drauf los, aber wie der Aurox schon mehrfach beanstandet hatte, sprach er oftmals zu naiv, zu planlos und das könnte seine potenziellen Unterstützer abschrecken.

Es wäre wohl besser, wenn Liam das Reden übernahm, aber das würde der Mann nicht tun, was er leider auch schon klargemacht hatte.

Silvan seufzte, er wollte sich gerade am liebsten hinter seiner Tasche vergraben und bis zum Morgen warten. Neben der Nervosität kam nun auch die Müdigkeit, denn sie waren den ganzen Tag gelaufen und ihm taten die Beine weh.

Silvan musste ein Gähnen unterdrücken.

Da er die Nächte jetzt auch noch draußen verbringen musste, würde er sich nach den kommenden Gesprächen mit Liams Brüdern auch noch einen Schlafplatz suchen müssen.

Er schüttelte den Kopf, das hatte er sich so völlig anders vorgestellt!

Liam

Er hatte ein ungutes Gefühl dabei, den Druiden einfach zurückzulassen, aber Liam hoffte inständig, dass Silvan sich nicht verraten und in Deckung bleiben würde.

Die Goldkrieger, die in der Nacht ihren Dienst taten, waren meist nicht die Aufmerksamsten und so hatte er gute Hoffnung, dass niemand den Druiden bemerken würde. Bevor er ins Schloss ging, lief Liam noch zu einem kleinen Teich und wusch sich.

Seine Brüder würden Silvan womöglich an ihm riechen, auch wenn von ihnen wohl niemand wusste, wie genau ein Druide roch. Vorsicht war in diesem Fall besser als Nachsicht.

Liam wählte den Tunnel, den er genommen hatte, als er das Schloss vor mittlerweile neun Tagen verlassen hatte, und kam so wieder in der Nähe des Lagers heraus.

Zu dieser Tages- oder besser gesagt Nachtzeit, war es relativ still hier unten, die meisten seiner Brüder schliefen tief und fest. Liam lief leise zum Lager und ging hinein.

Er hielt auf seine Pritsche zu und kaum kam er dort an, hob sich der Kopf von Raven, der nur eine Pritsche weiter geschlafen hatte.

„Liam, du bist ja schon zurück", grinste dieser und setzte sich auf, wobei er sich durch die langen, zerzausten schwarzen Haare fuhr. „Ich hatte nicht vor morgen Mittag mit dir gerechnet."

Liam zuckte die Achseln, Raven war sein bester Freund, eigentlich hatte er vorgehabt, ihn in Silvan und dessen Pläne einzuweihen, aber Liam kannte auch Ravens Einstellung zu Druiden. Die Wahrscheinlichkeit, dass er Silvan tot sehen wollte, war nicht nur groß, sie war gewaltig, und Raven würde sich kaum aufhalten lassen.

„Sag es mir gleich", verlangte der andere Aurox und Liam blinzelte.

„Was soll ich dir sagen?", fragte er betont unschuldig, aber das Funkeln in Ravens blauen Augen verriet ihm, dass sein Freund längst Lunte gerochen hatte. „Du hast ein Geheimnis! Spuck es aus."

Liam seufzte, wieso konnte er diesem Mann nichts verheimlichen?

Kopfschüttelnd nickte er in Richtung des Eingangs. „Komm mit, nicht hier drin."

Raven erhob sich und folgte ihm aus dem Lager. Sie gingen das Stück bis zum Tunneleingang, durch den Liam gekommen war, ehe er sich zu Raven umwandte.

„Ja, ich habe ein Geheimnis, aber wenn ich es dir schon verrate, dann musst du mich ausreden lassen, klar?", verlangte Liam und Raven hob die Augenbrauen. „Von mir aus, na sag schon!"

Liam blickte sich verstohlen um, trat näher an Raven heran und erzählte ihm knapp von seiner Begegnung mit Silvan und dass er vorhatte, dem Druiden zu helfen.

Wie erwartet wurden Ravens Augen groß. „Das kann nicht dein ...", wollte sein Freund auffahren, aber Liam hielt ihm schnell den Mund zu.

„Leise, du Narr!", zischte er und lauschte, ob sich jemand näherte.

Als es still blieb und Raven nickte, nahm er die Hand wieder weg.

„Wieso willst du ihm helfen?", knurrte Raven, noch immer wütend, aber diesmal wenigstens leise.

„Ich habe etwas in ihm gesehen", versuchte Liam zu erklären. „Ich kann es nicht greifen, aber ein Teil von mir möchte ihm glauben. Und findest du nicht auch, dass es langsam Zeit wird für eine Veränderung?"

Raven verschränkte die Arme vor der Brust. „Da will ich dir ja gar nicht widersprechen, aber warum muss es gerade einer von denen sein?"

Liam verdrehte die Augen und seufzte. „Ich weiß, Raven, glaube mir, doch versuche, es einmal mit offenen Augen zu sehen und dich nicht auf die Rasse zu fixieren."

Raven brummte, nickte aber nach kurzer Überlegung. „Ich will ihn treffen", stellte er klar und Liam lächelte. „Das ist kein Problem. Eigentlich hatte ich mit dem Gedanken gespielt, noch ein paar Leute einzuweihen", meinte er und Raven verzog das Gesicht. „Wirklich? Wen denn?"

Liam zuckte die Achseln. „In erster Linie dachte ich an Ace, er ist halbwegs aufgeschlossen im Gegensatz zu den meisten anderen."

Raven schüttelte den Kopf. „Nein, ich glaube nicht, dass Ace so begeistert von deinem Kerl wäre."

Liam stieß den Atem aus. „Also gut, dann komm vorerst mal nur du mit."

Er wandte sich ab und ging wieder in den Tunnel, Raven dicht hinter ihm.

Erst als die dicke Eisentür ins Schloss fiel und sie schon eine kleine Strecke gelaufen waren, sprach Liam erneut. „Sei bitte nett, er scheint wirklich ein guter Mann zu sein und will etwas bewirken."

Raven lachte hinter ihm. „Du sprichst ja in den höchsten Tönen, ich bin gespannt!"

Ja, das war Liam allerdings auch. Hoffentlich würde Silvan bei Ravens Anblick nicht einfach Reißaus nehmen.

Sie erreichten das Ende des Ganges und huschten in den Wald.

„Dort drüben", raunte Liam seinem Freund zu und Raven folgte ihm schweigend. Erst als Liam nochmals überprüft hatte, dass wirklich niemand in der Nähe war, trat er auf das Dickicht zu, in dem Silvan sich versteckte.

„Komm raus, es ist sicher", rief er dem Druiden zu und stellte sich neben Raven. Nur für den Fall, dass dieser die Kontrolle verlieren und angreifen würde. So hatte Liam die Chance, ihn vorher zu packen, sicher war nun einmal sicher.

Silvan lugte erst nur sichtlich skeptisch hervor und stellte sich dann aufrecht hin. „Hallo", grüßte der kleine Mann und Liam linste zu Raven, der sich nicht bewegte, sein Freund schien im ersten Moment nicht mal zu atmen, aber wenigstens attackierte er den Druiden nicht.

Stattdessen drehte der größere Aurox sich plötzlich zu ihm und deutete mit dem Finger auf Silvan. „Ist das dein Ernst?", fragte er hörbar fassungslos und Liam knurrte. „Raven, wie oft muss ich dir noch sagen, dass du die Leute nicht nach der Körpergröße beurteilen sollst? Denk an Ace!"

Raven brummte unwirsch und taxierte Silvan ein weiteres Mal. „Du bist also der ominöse Druide, der hergekommen ist, um den Goldkönig zu stürzen. Na, wie du das anstellen willst, würde mich mal interessieren ... Knirps."

Silvan schloss seine Augen. „Zuallererst bin ich kein Knirps! Zum Zweiten freut es mich, dich kennenzulernen und ja, ich bin hier, um den König zu stürzen. Aber das wird nicht so einfach und leider auch nicht von heute auf morgen funktionieren. Dennoch hatte ich gehofft, dich für mein Vorhaben gewinnen zu können."

Liam behielt Raven im Blick, doch plötzlich richteten sich die Härchen in seinem Nacken auf.

Jemand beobachtete sie!

Schon trat ein Mann hinter Silvan aus dem Gebüsch und legte eine rot glänzende Blutklinge seitlich gegen dessen Hals. „Für welches Vorhaben möchtest du denn Raven gewinnen?", fragte der Mann, den Liam sofort als Ace erkannte. Er fluchte unterdrückt, so war das eigentlich nicht geplant gewesen!

Ace war quasi der Vorsteher des Lagers. Er gehörte noch nicht zu den Alten, hatte aber auch schon fast dreihundert Jahre auf dem Buckel. Tatsächlich war der Aurox mit den klugen, braunen Augen und den etwas zu langen, ebenfalls braunen Haaren, die ihm in alle Richtungen abstanden, kaum größer als Silvan.

Doch Ace' Größe tat nichts zur Sache, der Kerl war der beste Kämpfer im Lager, niemand stellte sich ihm leichtfertig in den Weg. Silvan versteifte sich sofort. „Ähm ...", fing der Druide an und atmete dann tief durch. „Darf ich dich nach deinem Namen fragen?"

Liam biss sich auf die Zunge, wieso antwortete Silvan nicht einfach, verdammt? Ace hingegen blieb ebenso ruhig wie der Druide. „Mein Name ist Ace."

Silvan versuchte anscheinend, irgendwie ruhig zu bleiben, auch wenn sein Blick ängstlich wirkte. „Ich heiße Silvan und wie ich sehe, bist du ein Aurox. Ich bin hier, weil ich etwas verändern und auch dir und deinen Brüdern und Schwestern helfen möchte", erklärte er.

Ace brummte, die Klinge blieb, wo sie war, aber allein, dass er Silvan noch nicht getötet hatte, war für Liam ein Zeichen, dass er dem Druiden zuhörte. „Und wieso möchtest du das? Was geht dich meine Rasse an?", fragte Ace und Liam hob die Hand. „Ich bin schon zwei Tage mit Silvan unterwegs, darf ich es dir erklären?", bat er und Ace nickte. Liam wiederholte das, was Silvan ihm über die Druiden erzählt hatte. Dass sie in Zonen leben mussten und ihre Magie zum Erhalt der dortigen Natur nutzten. Und auch, dass immer mehr von ihnen wegen eben dieser Anstrengung starben.

Tatsächlich flackerte es in Ace' braunen Augen und Liam schöpfte vorsichtig Hoffnung. „Ist das so, Druide?", fragte Ace Silvan, während die Blutklinge noch immer an Ort und Stelle lag.

„Ja, alles, was Liam sagte, ist die Wahrheit und durch Liam habe ich von eurem Leid erfahren. Das muss aufhören, für uns alle!", antwortete Silvan mit erstaunlich fester Stimme.

Liam blickte Ace in die Augen, der ältere Mann schwieg, dann zog er schließlich die Klinge zurück. Diese verschwand im Schnitt seines Armes und Ace trat neben Silvan, um sich dem Druiden zuzuwenden. „Das ist ein nobles Ziel", sprach er und verschränkte die Arme vor der Brust. „Wie willst du das erreichen?"

Liam verzog das Gesicht. „Nun, er kam nicht wirklich mit einem Plan her."

Silvan seufzte. „Ja das habe ich doch verstanden Liam. Mein eigentlicher Plan war, na ja, sagen wir nicht sonderlich gut überlegt. Aber ich glaube, wenn ich mit euch zusammen arbeite, können wir etwas bewegen. Wir müssen kleine Veränderungen anstreben, damit wir uns dann an die großen Möglichkeiten heranwagen können. Doch allein schaffe ich das nicht, deswegen wollte ich Raven für mein Vorhaben gewinnen. Und ich glaube, mit dir haben wir gleich noch mal bessere Chancen."

Liam beobachtete Ace genau, der hatte weiterhin Silvan im Blick und legte nun den Kopf etwas schief. „Interessant", war alles, was er zuerst sagte.

74

„Veränderungen sind schwierig und fordern Opfer. Wie kommst du darauf, dass gerade du so etwas vollbringen könntest? Und wieso sollte ich dir helfen?"

Silvan schüttelte den Kopf. „Nicht ich, sondern wir alle. Ich denke, wenn wir zusammenhalten, können wir wirklich etwas bewegen. Und ja, ich weiß, dass es Opfer fordert, ich bin bereit, diese zu bringen."

Ace hob eine Augenbraue. „So weit, so gut, Silvan, aber ich würde noch immer gern wissen, wieso ich dir glauben, wieso ich dir bei dem Vorhaben helfen sollte? Was kannst du tun, um etwas zu bewegen? Wie willst du dein Ziel erreichen und die Leute auf deine Seite holen?"

Silvan kratzte sich sichtlich unsicher den Nacken.

Liam trat vor und lenkte somit Ace' Aufmerksamkeit auf sich. „Silvan hatte keinen allzu ausgereiften Plan, Ace", versuchte er dem offensichtlich überforderten Druiden auszuhelfen. „Er wollte das Vertrauen der Grauelfen gewinnen, sie auf seine Seite ziehen, damit er mit ihnen zusammen eine Revolte planen könnte. Silvans Druidenkräfte erlauben es ihm, Obst, Gemüse und auch Pilze wachsen zu lassen, so hat er den Elfen in den Dörfern aus der Hungersnot geholfen. Du weißt selbst, wie es dort aussieht und wie schlecht es den Grauelfen geht. Dank Silvan ist es jetzt besser, zumindest in den zwei Dörfern, in denen er bereits war, bevor ich ihn gefunden habe. Er kann auch uns so helfen, Ace, es ist einen Versuch wert, denkst du nicht?"

Ace blickte ihm schweigend in die Augen, dann seufzte er tief. „Das klingt alles sehr einfach, Jungs, ich weiß nicht, ob das auch nur im Ansatz so funktionieren kann", sprach er ehrlich und sah dann zu Silvan. „Aber wer bin ich, einem jungen Mann eine Chance zu verwehren?" Silvan lächelte sichtlich erleichtert. „Ich wäre dir wirklich dankbar und ich möchte, dass es für uns alle besser wird. Deswegen hoffe ich, dass wir gut zusammenarbeiten werden", meinte der Druide und reichte Ace die Hand.

Liam beobachtete die beiden Männer und als Silvan die Hand ausstreckte, zuckten Ace' Mundwinkel. Der Druide hatte ihn gerade beeindruckt.

Ace ergriff die Hand und drückte sie einen Moment, ehe er sie wieder losließ. „Wir werden sehen, würde ich sagen. Die Zeit wird es offenbaren."

Kaum hatte Ace die Worte gesprochen, als es laut über ihnen donnerte und der Himmel nur einen Wimpernschlag später seine Pforten öffnete. Es regnete wie aus Eimern. „Oh Mist, ihr solltet schnell rein. Nicht dass ihr krank werdet", drängte Silvan und hielt sich notdürftig die Hände über den Kopf.

Liam wollte sich schon abwenden, als Ace den Kopf schüttelte. „Du kommst mit rein, wir lassen dich doch nicht hier draußen im Regen stehen."

Liam blickte verblüfft zu dem kleineren Mann, der Silvan kurzerhand am Arm packte und mit sich zog. „Kommt schon, sonst sind wir durchweicht, bis wir zum Tunnel kommen!"

Liam beobachtete, wie Silvan eilig seine Tasche aus dem Gebüsch zog, ehe sie Ace gehorsam bis zum Eingang Tunnels folgten. Raven öffnete diesen und sie huschten hinein.

„Dunkel", war alles, was Silvan sagte.

„Ach ja, die Druiden sehen ja im Finstern nichts", murmelte Ace und Liam ergriff, ohne nachzudenken, Silvans Hand. „Halte dich an mich und laufe mir einfach nach", brummte er und zog sanft an Silvans Hand. Dieser gehorchte, blieb dicht bei ihm und drückte seine Hand.

Liam warf dem Druiden einen kurzen Blick zu, den dieser natürlich nicht sehen konnte, Raven hingegen schon. Sein Freund hatte die Augen zusammengekniffen, ihm war das Ganze anscheinend gar nicht geheuer, was Liam nachvollziehen konnte.

Er verstand Ace gerade selbst nicht so genau, aber er würde dem älteren Aurox nicht widersprechen. Schnell erreichten sie das Ende des Tunnels und erneut wurde die schwere Eisentür von Raven geöffnet, der hinaus spähte und sie nach einem Moment nachholte.

„Alles sicher", brummte der offensichtlich verstimmte Mann und trat beiseite.

Liam zog Silvan mit sich aus dem Tunnel und sah dann zu Ace. „Und wo genau sollen wir Silvan unterbringen? Mit ins Lager kann er schlecht." Ace nickte. „Stimmt, das geht nicht, aber die Kammer ist unbesetzt und solange das der Fall ist, wäre er dort sicher und vor allem trocken aufgehoben."

Liam blinzelte. Die ‚Kammer' war ein Raum, der den Tunneln fast gegenüber lag. Sie war den sterbenden Aurox vorbehalten, die ihre Strafen nicht überleben würden. Denn Hilfe brauchten sie hier unten von den Goldkriegern nicht zu erwarten.

„Der Raum hat kein Fenster, aber wenigstens eine Öllampe, so kann Silvan etwas sehen", sprach nun Raven und verschränkte die Arme vor der Brust. Auch wenn Liams bester Freund alles andere als begeistert von ihrem Gast war, so würde er den Druiden nicht verraten, dessen war Liam sich sicher.

Er lächelte Raven an und nickte dann. „Stimmt, das müsste gehen. Na dann, komm mal mit", bat er Silvan, während Ace bereits zu der Tür der Kammer gegangen war und diese öffnete.

In dem Raum befand sich eine Pritsche, zusammen mit einer halbwegs brauchbaren Decke, einem kleinen Beistelltisch und einer Öllampe, die darauf stand. Silvan beäugte die spärliche Einrichtung. „Gemütlich."

Liam schnaubte. „Das ist mehr, als die meisten von uns bekommen."

Ace war hinein getreten und hatte die Öllampe mit den dabei liegenden Streichhölzern entzündet. „Damit hast du etwas Licht. Sieh aber zu, dass die Lampe nicht zu hell brennt, sonst werden noch Goldkrieger auf dich aufmerksam und das könnte dein Ende bedeuten."

Der Druide wirkte nicht wirklich überzeugt, aber dann nickte er. „Verstanden, ich werde mich unauffällig verhalten."

Ace lächelte leicht. „Sehr schön. Liam, du bleibst bei ihm."

Bitte was?

„Aber …", setzte er an, brach jedoch bei Ace' Blick sofort ab. „Raven und ich werden uns im Lager umhören, ob es die Möglichkeit gibt, noch ein paar mehr unserer Leute einzuweihen, aber das kann dauern. Du bleibst bei ihm, du hast ihn hergebracht, Silvan ist deine Verantwortung", stellte Ace klar und Liam konnte schlecht widersprechen, also ließ er geschlagen die Schultern hängen. „Jawohl, du hast recht."

Raven bedachte ihn noch mit einem letzten Blick, den Liam nicht ganz deuten konnte, dann gingen Ace und er davon. Sein bester Freund war noch immer nicht glücklich, das war ihm klar, doch Liam hatte die Entscheidung getroffen, Silvan zu vertrauen, und jetzt musste er dazu stehen.

Er lugte zu dem Druiden, hoffentlich hatte er nicht aufs falsche Pferd gesetzt.

Liam griff die Tür und zog sie zu, dann nahm er die Öllampe und drehte sie weit herunter, sodass sie den kleinen Raum nicht einmal mehr ganz erleuchtete. „Das muss reichen, sonst wird es auffällig." Er hörte Silvan seufzen und wandte sich dem kleineren Mann zu, der sich soeben auf der Pritsche niederließ. „So war das alles eigentlich nicht geplant", murmelte der Druide und fuhr sich durch die Haare.

Liam verschränkte die Arme vor der Brust und lehnte sich gegen die Wand neben der Tür. „Geplant war ja bei dir nicht wirklich was." Dieser Satz brachte ihm einen bösen Blick ein. „Das weiß ich mittlerweile!", schimpfte Silvan. „Ich habe nicht gut geplant, aber dennoch bin ich in Torya und jetzt sogar im Schloss."

Liam legte den Kopf schief. „Ja, da ist vielleicht was dran, aber dir ist hoffentlich klar, dass du nicht ewig hierbleiben kannst. Diese Nacht, aber morgen musst du wieder raus, das hier wäre viel zu gefährlich auf Dauer."

Silvan verzog das Gesicht. „Ja, das hatte ich befürchtet. Wir sollten vielleicht besprechen, wie es weiter geht, oder willst du das erst mit deinen Brüdern klären?"

Liam überlegte, darüber hatte er mit Raven und Ace nicht gesprochen, aber im Prinzip hatten sie keine großen Möglichkeiten. „Wenn du das mit den Dörfern weiterverfolgen willst, wirst du früher oder später an den Falschen geraten und beim König landen", stellte Liam klar. „Bis ein sinnvoller Plan steht, müsstest du also die Füße stillhalten und dich gut verstecken."

Silvan starrte ihn schockiert an. „Ich soll nichts tun? Ich kann doch nicht herumsitzen und Däumchen drehen! Deshalb bin ich nicht aus meiner Zone geflohen!"

Liam hob schnell beide Hände. „Sch! Nicht so laut, oder willst du die Goldkrieger auf uns aufmerksam machen?"

Silvan knurrte und senkte den Blick. Liam sah dem Mann die große Frustration an und ohne dass er darüber nachgedacht hätte, trat er vor den Druiden und ließ sich in die Hocke sinken. „Hör mal, ich weiß, dass du dich um das Überleben deiner Leute sorgst, aber es hat für keinen von euch einen Sinn, wenn dir etwas zustößt. Also brauchst du Geduld und jetzt hast du immerhin unsere Hilfe. Zusammen werden wir schon etwas Vernünftiges auf die Beine stellen."

Silvan hob den Blick und musterte ihn aus waldgrünen Augen. Gegen seinen Willen stockte Liam der Atem und für einen Moment setzte sein Herz aus. Wieso wollte er nicht, dass der Druide sich schlecht fühlte? Was ging es ihn an, ob der Kerl traurig war, oder nicht?

„Du hast recht", lächelte Silvan wackelig. „Zusammen können wir mehr tun, auf jeden Fall. Verzeih, ich bin tatsächlich in großer Sorge. In den letzten Monaten wurde es in unserer Zone immer schlimmer und ich will mir gar nicht ausmalen, wie es in den anderen aussieht. Die Druiden dort werden wohl kaum besser behandelt werden und auch Tote zu beklagen haben."

Sein Blick senkte sich wieder und Liam legte den Kopf schief. „Wahrscheinlich. Denkst du, auch von ihnen haben sich schon welche auf den Weg nach Torya gemacht?", fragte er und Silvan zuckte die Achseln. „Gut möglich, aber wenn, dann habe ich nicht davon gehört, oder sie haben es erst gar nicht geschafft."

Der kleine Druide klang völlig niedergeschlagen und das tat Liam in der Seele weh. Noch ehe er einen klaren Gedanken fassen konnte, nahm er Silvan in den Arm. „Das tut mir leid."

Kapitel 4

Silvan

Silvan versteifte sich im ersten Moment, legte dann aber seine Stirn auf Liams Schulter ab. Seine Arme schlossen sich nur leicht um Liam. „Ich fühle mich gerade so machtlos", murmelte er leise.

Eine von Liams Händen strich über seinen Rücken und er hörte den Aurox seufzen. „Das Gefühl kenne ich zu gut. Ich denke, die Entscheidung, dich nicht zu töten, war richtig und ich werde versuchen dir zu helfen, versprochen.", erwiderte dieser ebenso leise. „Bisher hat niemand einen Weg gefunden, aber vielleicht haben wir zusammen wirklich eine Chance."

Silvan nickte kaum merklich. „Bis jetzt haben sich die Rassen auch noch nie zusammengetan und ich glaube, wenn wir nur lange genug durchhalten und dranbleiben, können wir es schaffen und etwas verändern. Für uns alle."

Langsam löste Liam sich wieder von ihm und ließ sich neben ihm auf der Pritsche nieder.

„Das stimmt", meinte der Aurox. „Immerhin hatten wir auch keine Ahnung, wie schlecht es euch geht und wie du schon selbst gesagt hast, hat es auch noch kein Druide hierher geschafft. Nun ja, mal von dir abgesehen."

Silvan neigte zustimmend den Kopf.

„Und wer hätte ahnen können, dass ihr eigentlich vollkommen in Ordnung seid und nicht die Monster, als die ihr hingestellt werdet", lächelte er und stieß Liam mit der Schulter an. „Auch wenn du immer so grimmig schaust."

Liams Augen wurden schmal, doch dann zuckten seine Mundwinkel und er grinste. „Ich schau nicht grimmig!", wehrte er ab. „Ich hab nur nicht oft einen Grund zu lachen."

Silvan grinste. „Dann sollten wir das ändern", neckte er und kitzelte Liam an der Seite.

Blitzschnell sprang der Mann von der Pritsche und wirbelte zu ihm herum. „Lass das", zischte er mit blitzenden Augen, aber seine Lippen waren weiterhin zu einem Lächeln verzogen. „Wir müssen leise sein, wenn du keinen Besuch von Elfen haben willst. Die kommen vielleicht selten hier runter, aber selten heißt nicht nie", erinnerte Liam und Silvan zuckte mit den Schultern. „Na gut, aber ich werde mir merken, dass du kitzlig bist", zwinkerte er.

Der Aurox schüttelte den Kopf und lehnte sich neben der Tür an die Wand. „Du solltest die Chance nutzen und schlafen, es ist längst dunkel und morgen wirst du das Schloss wieder verlassen müssen. Ich kann mir nicht vorstellen, das Ace einen Weg findet, dich hierbehalten zu können."

Silvan streckte sich ausgiebig und musterte den anderen Mann. „Willst du dich nicht umziehen? Deine Sachen kleben ja regelrecht an dir."

Liam winkte ab. „Keine Sorge, mir geht es gut und das trocknet wieder. Ich habe nur eine Uniform zum Wechseln im Lager und da Ace sagte, ich soll hierbleiben, werde ich das auch." Silvan nahm seine Tasche auf den Schoß und öffnete sie. Er wühlte eine Weile herum, bis er ein frisches Oberteil hervorzog. „Hier, trockne dich wenigstens ab", meinte er und warf dem Aurox das Kleidungsstück zu.

Dieser fing es und hob eine Augenbraue, ehe er mit den Achseln zuckte. „Auch recht", murmelte Liam, zog sein Kettenhemd aus und auch gleich sein Oberteil. Dann rubbelte er sich die feuchte Haut mit dem sauberen Hemd trocken.

Silvan beobachtete den Mann dabei und legte den Kopf etwas zur Seite. „Du hast viele Narben", stellte er fest und Liam sah freudlos lächelnd auf. „Nein, so viele sind es gar nicht, andere tragen mehr. Kommt darauf an, wie oft man in die Folterkammer gezerrt wird."

Silvan stand auf und musterte Liam genauer. „Du hast auch frische Narben, das heißt, du warst vor kurzem erst darin, oder?" Er beuge sich über seine Tasche und holte erneut die Phiole heraus, die er schon im Wald genutzt hatte. „Lässt du mich das behandeln?"

Liam zog die Augenbrauen zusammen. „Die Wunden sind doch schon verheilt, was willst du da noch machen?"

Silvan lächelte und tat sich etwas von der Tinktur auf zwei Finger. „Es würde zumindest die Narben weicher werden lassen, dann kannst du dich besser bewegen. Komm schon, es brennt auch kaum", zwinkerte Silvan dem Aurox zu und Liam verdrehte die Augen. „Von mir aus", brummte er und wandte Silvan seine linke Seite zu, an der eine tiefe, noch sehr frische Narbe verlief. Von wegen verheilt.

„Vorsicht", warnte Silvan und verteilte die Tinktur auf der Narbe. Liam gab keinen Ton von sich, aber er spannte die Muskeln seines Oberkörpers an, das war deutlich zu sehen. „Verzeih, gleich wird es besser", lächelte Silvan entschuldigend und pustete auf die

Stelle, damit es schneller einzog. Liam brummte nur etwas Unverständliches, griff dann nach seinem Hemd und zog es sich wieder über. Das Kettenhemd ließ er weg.

„Also gut, jetzt leg dich hin und schlaf", wies Liam ihn an. „Du kannst die Ruhe brauchen."

Silvan nickte und packte die Tasche unter die Pritsche. „Und was ist mit dir?"

Liam ließ sich neben der Tür auf den Boden sinken und lehnte sich mit dem Rücken an die Wand. „Alles gut, schlaf jetzt."

Na, das war mal eine klare Antwort, dachte Silvan und legte sich auf die Pritsche. „Dir auch gute Nacht."

Liam schwieg, doch schon nach kurzer Zeit waren plötzlich Stimmen auf dem Gang vor der Tür zu hören und Silvan setzte sich sofort auf.

Mit einem Schlag war er wieder hellwach und blickte mit großen Augen zu Liam. Dieser kam langsam auf die Beine, sein Blick wachsam. Er legte einen Finger an seine Lippen und schloss konzentriert die Augen.

„Ach hier bist du", drang eine dunkle Stimme zu ihnen in die Kammer.

„Verzeiht, Hauptmann, hatten wir eine Verabredung?", fragte ein anderer, den Silvan als Raven identifizieren konnte.

„Nein, aber jetzt haben wir eine. Komm!", befahl der Fremde und Silvan bemerkte, dass Liam die Fäuste ballte. „Jawohl, Hauptmann, wie Ihr befehlt", antwortete Raven mit devot gesenkter Stimme und schon erklangen Schritte, die sich schnell entfernten.

„Dieses dreckige Scheusal!", knurrte Liam wütend und Silvan blickte verwirrt zu dem Mann. „Was ist denn los?" Das Silber in Liams Augen tobte regelrecht. „Das war Hauptmann Gerom", raunte der Aurox leise und trat zu ihm. „Er ist ein Blutelf und hat Raven bereits seit fast zwanzig Jahren in einem Blutbund. Weißt du, was das ist?"

Silvan schüttelte den Kopf. „Nein, weiß ich nicht."

Liam verschränkte die Arme vor der Brust und zog die Augenbrauen zusammen. „Blutelfen sind gerade für uns Schattenwandler gefährlich. Zu früheren Zeiten erzählt man sich, gab es diesen Blutbund oft unter Liebenden, heute ist es nur eine weitere Form der Folter, wobei sich der Blutelf an unserem Leid ergötzt."

Liam hob den Arm und wies auf den langen, dünnen Strich, der knapp unterhalb der Ellenbeuge begann und fast bis zum Handgelenk reichte. „Darin, das konntest du ja schon beim Kampf sehen, befindet sich meine Blutklinge. Mit ihr verbunden ist auch die Quelle, durch die sie entsteht. Es ist sozusagen der Ursprung meiner Kraft, wie bei allen Schattenwandlern. Blutelfen drückten bei der Bildung eines Blutbundes ihre Hand dort hinein und berühren die Quelle, um sich damit und somit mit uns zu verbinden. Ist das einmal geschehen, ist der Schattenwandler an den Blutelf bis an sein Lebensende gebunden. Der Bund muss sogar regelmäßig erneuert werden, denn der Körper wird abhängig davon. Ohne den Bund stirbt der Schattenwandler."

Silvan war fassungslos. „Was? Aber das ... das ist grausam! Warum macht ein Blutelf so etwas? Ich meine, was hat dieser Gerom davon, Raven so zu quälen?"

Liam knurrte und schüttelte den Kopf. „Ich habe keinen Blutbund und kann nicht aus Erfahrung sprechen, aber ich habe mit Raven hin und wieder darüber geredet, wenn er es zugelassen hat. Das bei der Verbindung entstehende Gefühl ist mit einem heftigen Orgasmus zu vergleichen, meinte Raven. Nur artet das bei ihm meist in Schmerz aus, jedoch ist es für Gerom ein berauschendes Gefühl und er zwingt Raven nicht selten dabei zum Sex."

Silvan schloss die Augen. „Sowas ist unter aller Würde. Gibt es keinen Weg, Raven von diesem Monster zu befreien?"

Liam schüttelte den Kopf. „Nein, leider nicht, denn ohne den Blutbund wird Raven sterben, er ist bis an sein Lebensende darauf angewiesen."

Silvan seufzte. „Das ist ... Es tut mir so leid. Da weiß ich nicht mal, was ich sagen soll."

Liam winkte ab und ließ sich erneut neben der Tür nieder. „Raven ist nicht der Erste, der in den Bund gezwungen wurde, und er wird auch nicht der Letzte sein. Solange die Elfen in uns nur Spielzeug und das Werkzeug ihres Königs sehen, werden sie mit uns machen, was sie wollen."

Er schloss die Augen und zog ein Bein an den Körper.

Silvan legte sich wieder auf die Pritsche. „Noch ein Grund mehr, etwas zu verändern, sowas darf einfach nicht sein", murmelte er leise.

Er musste eingeschlafen sein, denn das Nächste, was er hörte, war, dass Liam mit jemandem sprach.

„Ist das wirklich eine gute Idee?", fragte Raven skeptisch.

„Alles andere wäre zu unsicher", antwortete Ace ruhig. „Ich würde es so machen, sofern er einverstanden ist."

Liams dunkles Brummen hing in der Luft. „Ich rede mit ihm, aber ich denke, für den Moment sollte es in Ordnung sein. Allerdings kann ich nicht gehen, der König wird heute mit mir sprechen wollen."

Irritiert setzte Silvan sich auf und blinzelte etwas verschlafen zu den Aurox.

„Guten Morgen zusammen."

Sofort richteten sich drei Augenpaare auf ihn. „Guten Morgen, Silvan", lächelte Ace. „Ich hoffe, du hattest eine halbwegs ruhige Nacht?"

Silvan fuhr sich durch die Haare. „Na ja, ich habe besser geschlafen als die letzten paar Nächte, danke. Was ist denn los?"

Erneut tauschten die Männer Blicke, ehe Liam sich zu ihm umwandte und die Arme vor der Brust verschränkte. „Es hat bei dem ein oder anderen im Lager Unmut ausgelöst, als das Gerücht über einen Druiden laut wurde. Das heißt, du kannst unmöglich hier bleiben, wir brauchen einen sicheren Ort für dich und die Dörfer fallen weg. Dort könnten sich die falschen Leute aufhalten und du würdest schneller beim König landen, als dir lieb ist."

Liam lugte zu Ace, der nur stumm nickte. „Es gibt einen sicheren Ort, an dem du auf jeden Fall ungestört und für dich alleine wärst, bis sich das ‚Druidenproblem' des Königs in Luft auflöst", erklärte Liam weiter und Silvan schluckte. „In Ordnung und wo wäre das?"

Diesmal war es Ace, der sprach, seine Miene ernst. „Es ist ein sehr wichtiger Ort für uns Aurox", stellte er klar. „Es ist ein kleines Waldtal in der Nähe des dritten Silberreiches, etwa einen Tagesmarsch vom Schloss entfernt. Dort steht eine Hütte, gut versteckt. Die könntest du nutzen, allerdings gäbe es ein paar Bedingungen." Silvan neigte den Kopf. „Welche?"

„Nichts in diesem Wald darf angefasst werden", erklärte Ace. „Keine Beeren von den Büschen gegessen und keine Tiere gejagt. Er ist uns heilig, weil das der Ort ist, an dem der König all die toten Aurox hinbringt. Es ist ein Massengrab, wenn man es genau nimmt." Ein Massengrab?

Das waren ja Aussichten, aber was bleibt mir anderes übrig, ging es Silvan durch den Kopf.

„Und wie genau soll ich dann dort leben? Ich meine ich brauche schon etwas zu essen und trinken", gab er zu bedenken und Ace schüttelte den Kopf. „Darüber haben wir gesprochen. Hinter der Hütte verläuft ein Bachlauf, der zum Fluss gehört, der durch Torya fließt. Den kannst du für Wasser nutzen. Außerdem ist ein Bereich vor der Hütte angelegt, in dem du dein eigenes Gemüse wachsen lassen kannst. Durch deine Kräfte sollte dies kein Problem sein und das wäre dann eine Ausnahme, mit der wir leben können. Fleisch allerdings ... Das müsstest du dir vorher besorgen und dann mit ins Tal nehmen. Fische aus dem Bach wären wiederum in Ordnung."

Silvan überdachte die Worte, ehe er nickte. „Also gut, das sollte machbar sein. Fleisch ist keine Notwendigkeit, ich bin es gewohnt, viel von Gemüse zu leben."

Ace lächelte zufrieden. „Sehr gut, dort kannst du dann für die nächsten Tage und Nächte bleiben. Sobald über der ganzen Sache Gras gewachsen ist und der König nicht mehr überall Druiden herumlaufen sieht, sollte es auch hier im Schloss ruhiger werden. Dann können wir auch nochmal über deinen Plan mit den Dörfern sprechen. In Ordnung?"

Silvan nickte knapp. „Gut, ich bin einverstanden." Sowohl Liam als auch Ace blickten nun plötzlich zu Raven, der gar nicht glücklich wirkte.

„Ja, ist gut", knurrte der große Aurox. „Ich bringe ihn hin."

Was? Ob das gutging?

Eigentlich hatte Silvan ja nichts gegen den großen Kerl, aber der anscheinend gegen ihn.

Ace klopfte Raven auf die Schulter. „Guter Mann!" Dann sah der kleinere Aurox zu Silvan. „Wir sehen uns in ein paar Tagen oder so. Pass auf dich auf, Junge." Damit verließ Ace auch schon die Kammer und

Liam sah ihm einen Moment lang nach, ehe er die Türe schloss.

„Also gut, Silvan", wandte sich der silberäugige Mann an ihn. „Raven bringt dich so nahe es geht ans Tal, aber bis ganz dorthin ist es nicht möglich, ansonsten schafft er den Rückweg nicht und heute Abend ruft der König. Das letzte Stück musst du also allein gehen, aber das solltest du schaffen, oder?"

Silvan lugte zu Raven, der grimmig vor sich hinstarrte. „Ja, auf jeden Fall. Ich will nicht, dass Raven etwas passiert", antwortete er nun und Liam grinste. „Das klingt gut, ich denke, ihr werdet auskommen. Nicht wahr, Raven?"

Der große Kerl knurrte dumpf, nickte jedoch. „Ja ja, ich passe schon auf den Zwerg auf. Versprochen ist versprochen und ich stehe zu meinem Wort, das weißt du doch."

Liam schmunzelte. „Ja das weiß ich, mein Freund. Also gut, ich muss dann los. Wenn ich zu spät erscheine, ist der alte Elf wütend und ich lande gleich wieder in der Folterkammer."

Silvan lächelte Liam zu. „Pass auf dich auf, ja?"

Der Aurox zögerte, die silbernen Augen richteten sich auf ihn, dann nickte er kaum merklich. „Gewiss." Liam wandte sich ab und verließ die Kammer, womit Silvan nun allein mit Raven war.

„Also gut, Kleiner, pack zusammen, wir müssen los", befahl dieser gerade barsch. Seufzend sammelte Silvan seine wenigen Sachen auf und nickte Raven zu. „Ich bin so weit, wir können los."

Der Aurox wandte sich ab, öffnete die Tür und spähte nach draußen. „Frei", raunte er und huschte hinaus, direkt zu der schweren Eisentür, die zu dem Tunnel führte, durch den sie gestern gekommen waren. Diese zog Raven nun auf. „Nach dir."

Silvan hasste es, nichts zu sehen, dennoch ging er hinein. „Danke."

Die Tür schloss sich hinter ihnen und Raven griff ihn etwas grob am Arm. Er zog ihn schweigend neben sich her und im Gegensatz zu gestern, schien der Weg dieses Mal endlos. Abrupt blieb Raven stehen und zog ihn etwas zurück.

„Wir sind da", murmelte er und schon hörte Silvan das leise Quietschen einer weiteren Tür, als Raven sie öffnete.

Sofort flutete helles Sonnenlicht den Gang und endlich konnte Silvan wieder etwas sehen. Raven hatte ihn augenblicklich losgelassen und wies nun nach draußen. „Gehen wir."

Silvan nickte und folgte Raven.

Er hatte sich die Stelle kurz gerieben, wo Raven ihn festgehalten hatte. Sie schmerzte, dennoch schwieg Silvan, immerhin wollte er sich nicht noch unbeliebter bei dem Aurox machen.

Raven lotste ihn durch das dichte Gebüsch des Waldes, fernab jeden Weges und sah sich dabei immer wieder aufmerksam um. Nach kurzer Zeit blieb er plötzlich stehen.

„Mist", murmelte Raven. „Versteck dich, schnell!" Eilig suchte Silvan nach einem passenden Versteck und huschte schließlich hinter einen umgefallenen Baumstamm.

„Was tust du hier draußen?", tönte nur wenige Momente später eine fremde, männliche Stimme. „Du bist nicht auf Mission und dein Freund ist auch schon zurück."

Raven schnaubte geringschätzig. „Und deshalb darf ich mir nicht die Füße vertreten? Geh jemand anderem auf die Nerven, Nahom. Auf deine Gesellschaft kann ich gut verzichten!"

Leises Lachen wehte zu ihm und Silvan richteten sich die feinen Härchen im Nacken auf. Das klang alles andere als freundlich.

„Ja, das kann ich mir denken, immerhin bin ich ein Aurox und kein Hauptmann. Also weit unter deiner Würde, nicht wahr, Raven?", stichelte dieser Nahom und diesmal knurrte Raven wütend. „Halt deine Klappe! Du hast keine Ahnung, was du da von dir gibst. Geh mir einfach aus dem Weg und steh mir nicht länger im Weg herum."

Schweigen entstand auf diese Worte und nach wenigen Augenblicken hörte Silvan jemanden schnauben. „Aber gewiss, wo sind meine Manieren? Zieh nur deiner Wege, wir sehen uns im Lager", spottete Nahom, dann entfernten sich Schritte.

Plötzlich legte sich eine Hand auf den umgefallenen Baumstamm und Raven beugte sich darüber.

„Sehr sicheres Versteck", murmelte er und schüttelte den Kopf.

„Was anderes war ‚schnell' nicht zu machen. Verzeih, dass ich so kurzfristig keine Höhle gefunden habe", brummte Silvan und stand auf.

Raven verdrehte nur die Augen. „Wir müssen vorsichtig sein, wenn Nahom noch in der Nähe ist, wird er uns Schwierigkeiten machen und gegen ihn will ich nur sehr ungern kämpfen. Der Mistkerl ist stark." Damit wandte sich der Aurox ab und lief weiter.

„Ich will dir keinen Ärger machen, verzeih", versuchte Silvan es versöhnlich und Raven brummte. „Erstaunlicherweise glaube ich dir."

Erneut liefen sie eine ganze Weile schweigend weiter, ehe es plötzlich im Gebüsch zu Silvans Linken raschelte.

Er erschrak und blieb stehen. „Äh, Raven?" Dieser wirbelte soeben herum und knurrte einen Fluch.

„Sieh an, sieh an", tönte es aus dem Wald und im nächsten Moment wurde ein Mann sichtbar. Hellbraune, etwas zu lange Haare fielen dem Kerl ins Gesicht und er trug die gleiche Kleidung wie Raven. Er war also auch ein Aurox.

„Nahom!", zischte Raven und bestätigte somit Silvans Verdacht.

Sofort schob Raven sich schützend vor ihn. „Ich sagte, du sollst dich verziehen!"

Nahom schnaubte und ließ die Fingerknöchel knacken. „Meine Nase hat mich also nicht getäuscht. Du bist nicht nur die Hure eines Hauptmanns, sondern jetzt lässt du dich auch noch mit Druiden ein. Jämmerlich Raven, aber von dir nicht anders zu erwarten."

Raven duckte sich leicht und drängte Silvan mit einer Hand weiter zurück. „Ich beschäftige ihn", raunte der Aurox ihm zu. „Lauf, sobald du die Chance dazu hast." Im nächsten Moment zog Raven blitzschnell zwei Messer und schnitt sich damit die Unterarme auf.

Nahom tat dies fast zeitgleich und schon glitten dunkelrot glänzende Blutklingen aus den Unterarmen der Männer.

„Du hättest zurückgehen sollen", knurrte Raven, aber Nahom grinste nur kalt. „Und du wirst nun endlich sterben!"

Blitzschnell schoss der Mann auf Raven zu, der sich breitbeiniger hinstellte und den Angriff geschickt blockte.

Die Männer bewegten sich rasend schnell, die Klingen blitzten und nur wenige Momente später waren sie zwischen den Bäumen verschwunden.

Raven sagte, er solle verschwinden, da hörte Silvan am besten darauf. Mit einem Aurox könnte er es sowieso nicht aufnehmen, also packte er seine Tasche fester und lief, so schnell ihn seine Beine trugen. Doch es dauerte nicht lange, da hörte Silvan, wie sich wahnsinnig schnelle Schritte näherten.

„Du kommst mir nicht davon!", rief Nahom und sprang. Silvan konnte sich gerade noch fallen lassen, da sauste eine Blutklinge nur um Haaresbreite an seinem Kopf vorbei.

„Mistkerl!", ertönte plötzlich Ravens Stimme. „Lass ihn in Ruhe!" Schon setzte der große Mann über Silvan hinweg und verpasste Nahom eine schmerzhafte Wunde an der Seite. Das Kettenhemd verhinderte Schlimmeres, dennoch zuckte der Kerl heftig zusammen. Silvan kam wieder auf die Beine und wollte um die beiden Kämpfenden herum laufen. Ein lauter Schrei hallte in der Luft und Raven wurde hart zurückgestoßen, wobei sich eine von Nahoms Blutklingen durch dessen Schulter gebohrt hatte.

Der große Mann taumelte, was seinem Gegner die Chance gab, ihm einen Schlag ins Gesicht zu verpassen, der Raven endgültig von den Füßen holte. Dann wandte Nahom sich sofort Silvan zu. „Und nun zu dir, kleiner Druide."

Silvan zuckte zurück, das war nicht gut, absolut nicht gut! „Nahom warte doch mall! Lass mich erklären, bevor du mich tötest!", flehte Silvan, doch der Aurox grinste nur, sein Blick glänzte regelrecht vor Mordlust. „Rede was du willst, solange du noch kannst!" Damit wollte Nahom einen Satz auf ihn zu machen, erstarrte jedoch in der Bewegung.

Nahoms Augen wurden groß, als sich eine Blutklinge von hinten durch seinen Hals bohrte.

„Du ... hättest nach Hause ... gehen sollen", keuchte Raven, der hinter dem anderen Aurox auf die Füße gekommen war. Er riss die Blutklinge zurück und Nahom fiel tot zur Seite. „Raven! Bei den Göttern, geht es dir gut? Lass mich bitte deine Wunden versorgen!", bat Silvan und lief zu Raven, doch dieser schüttelte abwehrend den Kopf. „Nein, wir haben keine Zeit. Ich muss dich wenigstens bis zum Fluss bringen", brachte der andere keuchend hervor. „Den Rest musst du allein gehen, denn ich muss auch noch Nahom verschwinden lassen. Komm weiter."

Silvan blickte Raven unentschlossen nach. „Aber deine Wunde, sie blutet ziemlich stark!"

Raven lugte kurz über die Schulter, ehe er die Hand auf die Verletzung legte und die Augen schloss. Aus der Schulterwunde, die Nahom ihm zugefügt hatte, floss plötzlich deutlich mehr Blut, doch statt auf den Boden zu tropfen, bildete es eine schützende Schicht über der Verletzung. „So, die gibt jetzt erst mal Ruhe", murmelte Raven. „Komm weiter, Kleiner, die Zeit drängt."

Silvan war besorgt, nicht nur, dass Raven für ihn hatte kämpfen müssen und das gegen seinesgleichen. Nein, er war auch noch verletzt worden und hatte Nahom töten müssen, nur um Silvan das Leben zu retten.

Das hatte er so nicht gewollt. Schweigend folgte er Raven, der deutlich langsamer lief als zuvor und sich immer mal wieder an einem Baumstamm festhielt, um zu Atem zu kommen. Dass Raven erschöpft war, war unverkennbar, dennoch kämpfte der Mann sich weiter durch. Ob das noch lange gut gehen würde?

Nachdem er Silvan und Raven verlassen hatte, machte Liam sich sogleich auf dem Weg zum Thronsaal. Er musste dem König Bericht erstatten, immerhin hätte er heute offiziell zurückkommen sollen. Der alte Elf würde nicht glücklich sein, wenn Liam ihm mitteilen würde, dass er keinen Druiden gefunden hatte.

Dennoch, ein paar Anhaltspunkte konnte er ihm liefern und dadurch hoffentlich davon überzeugen, dass besagter Druide sich wieder aus Torya zurückgezogen hatte.

Er lief die breiten Treppen nach oben und wich den Goldkriegern aus, die ihrer Arbeit nachgingen.

Die meisten von ihnen hatten nicht mal einen einzigen Blick für Liam übrig, nur manch einer ließ sich zu einem Spruch herab, den er gekonnt ignorierte.

Nun bog er in den langen Gang ein, der zum Saal führte. Die breite Tür wurde wie immer von einigen Goldkriegern flankiert, die ihn argwöhnisch musterten.

„Was willst du hier?", fragte einer von ihnen und Liam blieb stehen. „Ich komme von einer Mission und will dem König Bericht erstatten", antwortete er ruhig.

Der Goldkrieger öffnete die Tür und steckte den Kopf hinein. Liam hörte nicht wirklich, was gesprochen wurde, doch nach einem Moment öffnete der Mann die Türe ganz. „Tritt ein, die Königin erwartet dich."

Verflucht, Liam hatte aber auch gar kein Glück!

Mit dem König war es schon immer schwierig und man musste aufpassen, was man sagte, um nicht postwendend in der Folterkammer zu landen, aber die Gemahlin des Herrschers war mit ihren Launen zum Teil noch viel schlimmer.

Liam straffte sich und schritt in den Thronsaal. Pflichtbewusst wandte er sich der Königin zu, die auf ihrem Thron saß, und ließ sich in einiger Entfernung auf die Knie sinken, den Blick zu Boden gerichtet. Königin Kaya von Torya war eine großgewachsene, schlanke Elfe mit grünen Augen und langen, braunen

Haaren, die sie, wie so oft zu einer kunstvollen Frisur hochgesteckt hatte. Wie zumeist trug sie auch heute ein bodenlanges, schwarzes Kleid mit grünen und goldenen Ornamenten.

„Meine Königin", sprach Liam unterwürfig.

„Aurox, sprich und berichte zügig", befahl die Elfe in gewohnt kaltem Tonfall. Liam hielt den Blick zu Boden gesenkt, augenscheinlich hatte die Frau mal wieder schlechte Laune.

„Wie von Eurem Gemahl befohlen habe ich Torya abgesucht, um dem Gerücht nachzugehen, dass ein Druide gesehen worden sei. Dabei habe ich die Karawane begleitet, die durch alle Dörfer zog. In zweien von ihnen gab es Anzeichen für einen ungewöhnlich guten Aufschwung", sprach er ruhig. „Ich sah mich dort genauer um und ja, es wäre möglich, dass da ein Druide war. Doch sollte das so gewesen sein, dann spricht im Ort niemand darüber. Ich hielt mich in jedem der Dörfer mehr als einen Tag ungesehen auf, doch kein Wort fiel über einen Druiden. Auch nachdem ich die Umgebung und die Grenzgebiete geprüft hatte, zeigten sich mir keine Anhaltspunkte. Schlussendlich ist die Lage folgendermaßen: Sollte ein Druide in Torya gewesen sein, dann ist er wieder fort."

Ein höchst unzufriedenes Knurren war zu hören. „Das ist ein Problem, dem ich auf den Grund gehen werde. Nun du hast deine Aufgabe erfüllt, jetzt verschwinde du Made!", herrschte die Königin.

Liam verneigte sich im Knien, ehe er auf die Beine kam und dies wiederholte.

„Habt Dank für Eure Güte, meine Königin", sprach er, wandte sich ab und schritt bemüht ruhig aus dem Saal.

„Das ging ja schnell und der Schädel ist noch dran. Wie schade!", tönte einer der Krieger vor der Tür.

Liams Kopf schnellte herum und er fixierte den Mann. Wie erwartet zuckte dieser erschrocken zurück und Liam grinste höhnisch. Dennoch verkniff er sich jeden Kommentar und ging den Gang entlang zu den Treppen.

Dort lief er etwas schneller direkt nach unten und wieder ins Lager. Erst da erlaubte er es sich, durchzuatmen. „Und?", fragte Ace, der sofort zu ihm kam. „Wie ist es gelaufen?"

Liam zuckte die Achseln. „Der König war nicht da, sondern sie."

Ace verzog das Gesicht. „Wie schlimm?"

Liam winkte sofort ab. „Alles gut, sie hatte schlechte Laune, doch ich habe anscheinend die richtigen Worte gewählt, also hat sie mich ohne Strafe gehen lassen. Aber Ace, sie wird nicht so leicht von dem Thema ablassen. Sie will dem Problem nachgehen, das heißt, wir könnten Schwierigkeiten bekommen. Und mit wir, meine ich ihn."

Wenn die Königin wirklich nach Druiden suchen lassen würde, dann müsste sich Silvan deutlich länger in der Hütte verstecken als eigentlich geplant. Das würde dem Mann gar nicht gefallen, er hatte ja schon Probleme damit gehabt, ein paar Tage untätig zu sein.

„Mal sehen, was sie ausruft", meinte Ace. „Vielleicht spuckt sie auch nur wieder große Töne, das kennen wir doch alles. Warten wir ab, was passiert, aber halte die Füße still, Liam."

Er nickte sofort. „Natürlich, ich werde mir jetzt erst mal ein wenig die Beine vertreten. Wir sehen uns später!"

Damit verließ er das Lager erneut und ging durch den Gang nach vorne, an der breiten Treppe, die nach oben führte, vorbei und zu dem Seiteneingang, der ihn zum Trainingsgelände bringen würde. Dort trat Liam hinaus und schon war das laute Klappern und Scheppern von Schwertern zu hören.

Hier befand sich der große Trainingsplatz der Goldkrieger, den er mied und ein gutes Stück um das Schloss herum lief. Da fühlte er sich deutlich wohler, denn als Aurox hatten sie ihren eigenen Platz, auf dem sie so viel trainieren konnten, wie sie wollten.

Seine Brüder hatten nicht gerade viele Möglichkeiten, sich zu beschäftigen und so feilten die meisten von ihnen täglich an ihrer körperlichen Verfassung, um stark zu sein, sollte eine Mission anstehen, oder sie aus irgendeinem Grund in der Folterkammer landen.

Liam trat auf den Platz und dehnte sich, wobei seine Gedanken sofort zu Silvan zurückkehrten.

Die letzten Tage waren, nun ja, ereignisreich gewesen und Liam hätte niemals damit gerechnet, plötzlich auf der gleichen Seite wie ein Druide zu stehen. Doch Silvan, er hatte etwas an sich, das Liam bereits im ersten Moment bemerkt hatte. Diese hellen, waldgrünen Augen sahen mehr, als es auf den ersten Blick erscheinen mochte. Ein leichtes Lächeln legte sich auf seine Lippen und er schüttelte kaum merklich den Kopf.

Hoffentlich würde Raven dem Druiden nichts antun, aber sein Freund hatte sein Wort gegeben und Raven hielt sein Wort, immer.

Doch Liam machte eher die Königin Sorgen. Ace schien relativ gelassen auf ihre Aussage zu reagieren, aber er selbst sah das anders. Die Elfe würde nicht so einfach von dem Druiden ablassen, sie würde Antworten fordern, das tat sie immer.

Manchmal hatte Liam das Gefühl, sie sei schlimmer als der König selbst, auch wenn er offiziell über ihr stand. Liam schnaubte, von wegen, sobald die Frau pfiff, würde der König angerannt kommen wie ein wohlerzogener Hund.

Er musste einen Weg finden, das Druidengerücht aus Torya zu vertreiben, bevor es noch mehr Fuß fassen konnte und die Königin eine echte Fährte entdecken würde, denn das könnte gewaltige Probleme für Silvan bedeuten.

Liam stutzte, wieso machte er sich so viele Gedanken um den Kerl? Er kannte ihn kaum und versprochen hatte er ihm ... Verdammt!

Liam hatte es versprochen!

Er schloss die Augen, natürlich, er hatte Silvan versprochen, ihm zu helfen, und ein Versprechen gab man nicht leichtfertig.

Er hob den Blick gen Himmel und fluchte. Jetzt hatte er sich den Mist eingehandelt, nun würde er auch dementsprechend handeln müssen.

Liam stieß den Atem aus und wandte sich dem Wald zu, der nicht weit vom Trainingsgelände begann. Laufen würde ihm guttun, gewiss. Er nahm die Beine in die Hand und rannte durch den wohlbekannten Wald. Nach einiger Zeit wurde er langsamer und ein fremdartiger Geruch kitzelte seine Nase.

Liam zog die Brauen zusammen und huschte instinktiv in den Schatten großer Bäume. Aufmerksam taxierte er die Umgebung, konnte jedoch nichts Auffälliges entdecken.

Wurde er nun auch noch paranoid?

Das fehlte gerade noch!

Er rieb sich den Nacken, noch immer hatte er das Gefühl, etwas zu übersehen.

Wurde er beobachtet? Hatte die Königin jemanden auf ihn angesetzt, um ihn im Auge zu behalten?

Nein, wohl kaum, für die Elfe war er doch nur eine Made, das hatte sie mit eigenen Worten gesagt. Es musste etwas anderes sein, aber Liam konnte keine Gefahr erkennen.

Er beschloss, den Rückweg einzuschlagen, vielleicht würde einer seiner Brüder ihm sagen können, ob hier etwas geschehen war, das seine Instinkte so in Alarmbereitschaft versetzte.

Er lief eilig zurück zum großen Platz und sah sich um. Einige andere Aurox trainierten, doch er suchte nach jemand bestimmten und nach einem Moment wurde er auch schon fündig.

Er hielt auf den blonden, etwas breiter gebauten Mann zu und stellte sich in sicherer Entfernung in dessen Nähe.

Isaak war selten tagsüber im Schloss, zumeist war er auf Mission unterwegs. Wenn also etwas in den Wäldern um sie herum geschah, würde er es wissen. Zudem war Isaak der Ausbilder der jüngeren Aurox, Liam hatte sogar Silvan von ihm erzählt, fiel ihm gerade ein.

Ja, der Mann war ein Mistkerl, aber ein verdammt guter Kämpfer.

„Isaak", sprach Liam den älteren Aurox jetzt an. Sofort hob dieser den Kopf und helle, graublaue Augen fixierten ihn. „Liam."

Wortkarg wie immer, dachte Liam.

„Warst du heute schon im Wald?", fragte er den anderen.

Isaak schüttelte den Kopf, dabei wehte sein kurzes, dunkelblondes Haar um ihn herum. „Nein, heute noch nicht. Heute jage ich nur ein paar Faulpelze über den Platz. Warum?"

Unschlüssig blickte Liam zum Waldrand zurück. „Weil dort drin etwas vor sich geht", teilte er sein ungutes Gefühl. „Ich war laufen und glaubte ständig, beobachtet zu werden. Irgendetwas stimmt nicht."

Isaak folgte seinem Blick. „Klingt nicht gut, das werde ich mir ansehen. Warte kurz, ich schick meine

Gruppe laufen." Isaak ging zu seinen Schülern, die sofort laut aufstöhnten. „Jetzt hört auf zu jammern, sonst komme ich hinterher!"

Schon liefen die jungen Aurox los und Isaak wandte sich wieder ihm zu. „Zeig mir die Stelle."

Liam nickte und ging dem anderen voraus in den Wald.

Kaum überquerte er die Grenze der Baumreihen, war auch dieses komische Gefühl zurück. „Merkst du das?"

Isaak schloss die Augen. „Ja, hier ist was faul, aber ich kann den Finger nicht darauf legen."

Liam knurrte dumpf. „So geht es mir auch und es war auch die ganze Zeit über so, als ich gelaufen bin, deshalb bin ich umgekehrt. Lass es übertrieben sein", wandte er sich an den Älteren. „Aber ich denke, es sollte vorerst niemand mehr allein hier laufen gehen."

Isaak nickte. „Richtiger Ansatz, Junge. Ich werde das mit Ace besprechen und du wirst dich auch daran halten. Da fällt mir ein, wo ist dein zu groß geratender Freund Raven? Den habe ich schon den ganzen Tag nicht gesehen."

Liam kniff die Augen zusammen, er hasste diese Ansprache!

„Du sollst mich nicht Junge nennen, Isaak!", fauchte er. „Und was weiß ich, wo Raven ist. Er ist kurz nach dem Morgengrauen aufgebrochen und wird schon wieder herkommen." Damit wandte er sich ab und ging in Richtung Trainingsplatz zurück.

„Ich werde dich so lange Junge nennen, wie ich will. Akzeptiere das", konterte Isaak.

Blitzschnell wirbelte Liam herum, doch statt auf seine Blutklingen zurückzugreifen, wie er es eigentlich getan hätte, warf er noch während der Bewegung einen etwa handtellergroßen Stein, der Isaak an der Schulter traf. „Lass das!", fauchte er, die Silberaugen blitzten wütend.

„Niemand nennt mich so, niemand! Hast du das verstanden, du Mistkerl?"

Isaak rieb sich die Schulter. „Ach, mehr hast du nicht drauf? Mit Steinchen werfen und wütende Sprüche klopfen ... Junge!"

Liam fühlte, wie die Wut in ihm hochkochte, doch mit ihr kam noch viel mehr. Er hörte das ihm so gut bekannte Lachen einer Frau und spürte einen Moment lang sogar beinahe so etwas wie eine Hand auf seiner Schulter.

Sein Blick ging zu Boden und er schluckte hart. „Mach doch was du willst", brachte er heiser hervor, ehe er sich abwandte, und weiterging.

Isaak knurrte und lief ihm hinterher. „Liam! Was ist los?"

Er wollte nicht darüber reden, erst recht nicht mit Isaak, es tat so schon zu weh. Also schnaubte Liam nur und warf dem anderen Mann einen wütenden Blick zu. „Geh die anderen nerven und lass mich in Ruhe!"

Isaak seufzte und zuckte mit den Achseln. „Du darfst dich im Kampf nicht von Gefühlen leiten lassen, egal ob gut oder schlecht. Aber nun gut, dann sehen wir uns."

Abrupt wirbelte Liam herum. „Wir waren jedoch nicht im Kampf! Ich habe dir lediglich etwas gezeigt und du hattest nichts Besseres zu tun, als mich zu provozieren! Du willst mir was von Gefühlen erzählen? Pah! Schau mal in den Spiegel, du hast keine!"

Isaak hob eine Augenbraue. „Kann sein, ist mir auch egal, ich brauche das nicht. Es stimmt, dass wir nicht im Kampf waren, aber hast du schon mal darüber nachgedacht, dass ich das nicht ohne Grund mache? Was ist denn meine Aufgabe? Mal abgesehen davon, dass du ja nie im Training mitmachst, wollte ich sehen, wie du dich entwickelst. Aber ich glaube, dir ist etwas ordentlich über die Leber gelaufen."

Liam schnaubte und verschränkte die Arme vor der Brust. „Deine Aufgabe geht mir sonst wo vorbei, Isaak und ich bin gewiss kein Teil davon. Und ja, mir ist was über die Leber gelaufen, nämlich du. Wie konnte ich auch nur annehmen, etwas vernünftig mit dir bereden zu können? Geh lieber wieder deiner Aufgabe nach."

Liam hatte keine Lust mehr, hätte er sich doch an jemand anderen gewandt, wäre einfach zurück ins Lager und damit zu Ace gegangen. Mit Isaak konnte man nicht vernünftig reden, der hatte den ganzen Tag nichts anderes außer sein geliebtes Training im Kopf und wie er seine Schützlinge damit quälen konnte.

Isaak seufzte und hob beschwichtigend die Hände. „Na dann gehe ich lieber. Nicht, dass ich dich noch mehr verärgere, obwohl ich es nur gut gemeint habe. Man sieht sich." Noch beim Sprechen wandte sich Isaak ab und ging in Richtung Trainingsplatz.

Liam zwang sich, durchzuatmen. An manchen Tagen könnte er diesen Kerl in der Güllegrube ertränken!

Er rieb sich die Brust, neben dem schmerzenden Fluchmal und ging langsam wieder zurück. Dieses Wort, Junge, so wie ihn Isaak genannt hatte, das hatte etwas in Liam wachgerüttelt, das er lieber schlafen gelassen hätte.

Die Stimme seiner Mutter, die vor gut zehn Jahren bei einer Mission ums Leben gekommen war, zusammen mit seinem Vater.

Seitdem war Liam allein, auch wenn er die anderen hatte und vor allem Raven.

Dennoch, seine Eltern waren fort und das für immer. Nur seine Mutter hatte ihn immer Junge genannt. Das von Isaak zu hören, es hatte fürchterlich wehgetan und ja, da hatte Liam die Nerven verloren, aber dafür würde er sich dem Kerl gewiss nicht erklären.

Stattdessen lief Liam wieder durch den Seiteneingang zurück ins Schloss, wobei er beim Platz der Goldkrieger ein bisschen langsamer wurde und aufmerksam lauschte. Doch niemand sprach über Druiden, oder Pläne der Königin, aber das wäre auch noch reichlich früh.

Liam ging in das große Gebäude und blieb kurz bei der breiten Treppe stehen. Sein Blick ging nach oben, zu gern hätte er im Thronsaal ein wenig gelauscht, doch dorthin würde er es wohl kaum ungesehen schaffen.

Er stieß den Atem aus, nein, das war keine gute Idee.

Also ging er wieder ins Lager und setzte sich auf seine Pritsche. Es war noch nicht mal Mittag, wie weit Raven und Silvan wohl schon waren?

Verdammt, schon wieder dachte er an den Druiden! Dieser kleine Kerl ging ihm einfach nicht mehr aus dem Kopf.

Liams Magen gab ein lautes Knurren von sich und er rieb sich den Bauch. Ja, etwas zu essen wäre jetzt wirklich eine gute Sache, doch leider bekamen sie hier unten nichts. Sie mussten sich selbst versorgen, das war er gewohnt, nur hatte er leider vergessen, sich im Wald etwas mitzunehmen.

Nicht mal ein paar Beeren hatte er jetzt!

Ganz toll, gerade würde er auch die Pilze von Silvan nehmen. Er biss sich auf die Unterlippe, also gut, dann würde er das Risiko eingehen müssen.

Erneut verließ er das Lager und huschte zur Treppe. Er spähte hinauf und als niemand zu sehen war, lief er zwei Stockwerke nach oben. Hier befanden sich die große Küche und die Quartiere der Goldkrieger.

Normalerweise hatte er als Aurox hier nichts verloren, aber an manchen Tagen trieb ihn der pure Hunger hinauf und dann riskierte er es auch, gefasst und gefoltert zu werden.

Er nutzte die Fackeln, die teilweise große Schatten verursachten, und huschte immer ein Stück weiter in Richtung der Küche. Es war gerade die Zeit zwischen Frühstück und Mittagessen, also war hier wenig los, sodass er gut vorankam. Die große Tür, die in den Speisesaal führte, war offen und Liam wagte es, hinein zu spähen.

Eine einzelne Elfe in schlichter Dienstkleidung deckte gerade die vielen Tische, die in kürzester Zeit voller Goldkrieger sein würden. Liam kannte die junge, schöne Frau und lächelte. Vielleicht hätte er heute Glück! Er huschte in den Raum und stellte sich neben die Tür an die Wand.

„Hallo Ammey", grüßte er und die Frau wirbelte erschrocken herum. Dabei ließ sie beinahe die Teller fallen, die sie gerade trug.

„Liam!", zischte sie tadelnd, legte das Geschirr ab und kam zu ihm.

Sie hatte ihre langen, weißgrauen Haare hochgesteckt und ein Küchennetz darüber gelegt, damit sie auch dortblieben und nicht bei der Arbeit störten. Die hellen, graubraunen Augen waren erschrocken geweitet. „Was tust du hier? Du könntest gefasst werden, das ist dir doch klar?"

Er nickte und lächelte unschuldig. „Verzeih, meine Liebe, aber ich habe wirklich großen Hunger. Gibt es vielleicht die Möglichkeit ...?", setzte er an und Ammey seufzte. „Warte hier!"

Sie verschwand hinter die breite Theke, die zu seiner Rechten stand und durch die Schwingtür, die in den Arbeitsbereich der Köchinnen und Köche führte.

Liam hoffte inständig, dass jetzt keiner der Goldkrieger oder gar Hauptmänner hier aufkreuzen würde, sonst hätte er ein gewaltiges Problem. Doch Ammey ließ nicht lange auf sich warten und schon kam sie mit einem kleinen, geflochtenen Korb zurück.

„Hier und jetzt sieh zu, dass du verschwindest", befahl sie und drückte ihm das Mitgebrachte in die Hand.

„Ich danke dir!", lächelte Liam, beugte sich zu der Elfe und küsste sie auf die Wange. „Was würde ich nur ohne dich tun?"

Sofort nahm ihr Gesicht eine tomatenrote Färbung an. „Liam!", schimpfte sie und wich seinem Blick aus. „Geh jetzt!"

Gehorsam zog er sich aus der Küche zurück und huschte ungesehen nach unten ins Lager, wo er sich wieder auf seine Pritsche setzte und den Inhalt des Korbes begutachtete.

Ammey hatte ihm eine schöne Schale Eintopf eingepackt, zusammen mit ein paar belegten Brötchen. Ihm lief das Wasser im Mund zusammen und er fing sogleich an zu essen.

Nach etwa der Hälfte begann er, die Brötchen zu teilen und sie an seine Brüder weiter zu reichen. Es gab im Lager viel zu oft jemanden, der verletzt oder krank war und die brauchten das Essen dann dringender. Liam war halbwegs satt, das würde genügen. Nachdem alles verteilt war, ließ er sich auf seiner Pritsche nieder und streckte sich darauf aus. Kaum schloss er die Augen, musste er wieder an Silvan denken.

Verflucht noch mal!

Wieso ließ der Druide ihn nicht in Ruhe?

Kapitel 8

Silvan

„Raven? Können wir eine Pause machen?", fragte Silvan und sah zu einem kleinen Bachlauf, an dem sie gerade vorbeigingen. „Ich würde gerne meine Wasserschläuche füllen."

Raven blieb stehen, dabei lehnte er die unverletzte Schulter an einen Baum. „Mach schnell, wir haben keine Zeit für eine Pause", beschied der Aurox ihn. „Der Weg ist noch weit und wir müssen uns beeilen."

Silvan nickte und füllte bereits den ersten Schlauch. „Hör mal Raven, deine Wunde sieht wirklich nicht gut aus", versuchte er erneut, den Mann zur Vernunft zu bringen. „Ich mache mir Sorgen, wir sollten sie wirklich ausbrennen, sonst entzündet sie sich noch."

Der andere knurrte dumpf. „Ach was, so schlimm ist das nicht, es tut auch kaum noch weh", wehrte er stur ab. „Es ist mehr der Blutverlust, der mich schwächt, aber auch das werde ich überleben. Wir haben keine Zeit für sowas, Druide, wir müssen weiter."

Geschlagen seufzend füllte Silvan den letzten Schlauch voll. „Du bist echt ein Sturkopf."

Diesmal schnaubte Raven. „He, es geht hier um dein Leben! Wenn du Zeit vertrödeln willst, von mir aus, aber das nächste Mal rette ich dich nicht."

Silvan stand auf und verschloss den Schlauch. „Ich mache mir Sorgen um dich. Du bist weiß wie Kreide und atmest viel zu schwer. Mal abgesehen davon, würdest du mich in deinem Zustand eh nicht retten können. Du kannst dich kaum auf den Beinen halten und ich möchte dir nur helfen, immerhin bin ich dir sehr dankbar, für das, was du für mich getan hast."

Ravens blaue Augen wurden schmal, doch dann stieß er den Atem aus. „Mag ja alles sein, doch wenn wir noch mehr Zeit vertrödeln, kann ich dich nicht mal bis zum Fluss bringen. Pass auf, wir gehen jetzt weiter und sollte beim Fluss noch Zeit sein, kannst du dir meinetwegen die Verletzung ansehen, auch wenn ich nicht glaube, dass du da was machen kannst. Einverstanden?"

Silvan lächelte leicht. „In Ordnung, aber wenn es wirklich nicht geht, sagst du etwas, ja?" Raven brummte nur und wandte sich zum Gehen. „Weiter jetzt." Silvan seufzte und folgte den Aurox, so schnell er konnte.

„Raven?", fragte er nach kurzer Zeit. „Du und Liam, wart ihr einmal ein Paar?"

Das brachte den großen Mann gleich noch mehr ins Straucheln. „Wie bitte?", fragte Raven und blickte erschrocken über die Schulter zu ihm. „Liam und ich? Nein, bei den Göttern, ganz gewiss nicht! Liam ist mein bester Freund und Bruder, ich sehe nichts anderes in ihm. Er ist mir wichtig, aber nicht so, wie du denkst. Warum fragst du das?"

Silvan zuckte verlegen mit den Achseln. „Ach nur so, ich versuche, das alles noch zu verstehen und ihr wirkt so vertraut."

Raven zuckte die Achseln und fuhr dann zischend zusammen. „Verdammter Mist!", keuchte er und griff sich an die verletzte Schulter. Silvan sah Raven besorgt an. „He, alles gut?" Der Aurox keuchte und hatte die Augen geschlossen. „Geht gleich wieder", brachte er zwischen zusammengebissenen Zähnen hervor und atmete einen Moment später tief durch. „Ich muss besser aufpassen, das war nicht gut."

Silvan trat etwas näher an den Mann heran. Auch wenn er irgendwie gruselig wirkte, er wollte ihm helfen. „Raven, ich habe eine Salbe, die könnte zur Heilung beitragen, wenn wir die Verletzung ausbrennen. Danach werden wir es schon zum Fluss schaffen, oder du erklärst mir den Weg und ich gehe allein. Dir geht es nämlich nicht gut, das wird dir zu viel."

Raven schien zum ersten Mal wirklich darüber nachzudenken, sein Blick schweifte auch für einen Moment in die Ferne.

„Durch das Ausbrennen würden wir viel Zeit verlieren", murmelte er vor sich hin. „Dann könnte ich dich nicht mehr zum Fluss begleiten, du müsstest die ganze Strecke allein laufen und ich weiß nicht, ob du das hinbekommst."

Silvan stemmte die Hände in die Hüften. „Was glaubst du denn, was ich die letzten Tage über getan habe? Ich bin tagelang hier herum gelaufen, von einem Dorf zum nächsten und die Strecke von meiner Zone nach Torya habe ich auch allein bewältigt. Wenn du mir erklärst, wo ich lang muss, schaffe ich das schon. So hilflos bin ich nicht."

Raven hob eine Augenbraue, er wirkte nicht gerade glücklich und knurrte erneut. „Also gut, dann gehst du allein weiter, immerhin muss ich Nahom noch verschwinden lassen. Ach, verdammter Dreck, so war das nicht geplant."

Jetzt lächelte Silvan sanft. „Ist schon in Ordnung. Wir bekommen das hin, aber ich will dir gerne helfen. Immerhin hast du mir das Leben gerettet. Dafür möchte ich mich auch nochmal bei dir bedanken." Raven brummte und verzog das Gesicht. „Ich wünschte, ich hätte das nicht tun müssen." Schnell schüttelte er den Kopf. „Also nicht, dass ich dich nicht gern gerettet habe, aber ich wünschte, ich hätte Nahom nicht töten müssen. Er mag ein Mistkerl gewesen sein, aber auch er war einer meiner Brüder."

Silvan nickte. „Ja ich verstehe, was du sagen willst, und es war wirklich alles andere als schön. Es tut mir leid und ich hoffe, er kann jetzt in Frieden ruhen." Raven seufzte tief. „Das hoffe ich auch."

Langsam ließ der Aurox sich am Baumstamm nach unten gleiten und setzte sich schließlich. „Ah Mist, mir ist wirklich schwindlig."

Silvan stellte seine Tasche auf den Boden neben den Mann. „Dann lass uns nicht mehr warten", drängte er und zog seinen Dolch. Er umfasste die Klinge und ließ seine Feuermagie diese erhitzen. Feuer war nicht sein stärkstes Element, aber es reichte dennoch, um eine einfache Klinge zum Glühen zu bringen. „Wenn ich ‚jetzt' sage, nimmst du dann bitte dein Blut weg?"

Ravens Blick war auf die Waffe gerichtet. „Das ist unheimlich", verkündete er mit leiser Stimme, nickte aber.

Silvan verzog das Gesicht. „Verzeih, aber in diesem Fall wird es dir helfen. Ich verspreche dir bei meinem Leben und alles, was mir heilig ist, das ich dir nicht unnötig Schmerzen bereiten werde."

Raven war noch etwas weißer um die Nase herum geworden, wenn das überhaupt noch möglich war, und Silvan konnte sehen, wie er hart schluckte.

„Ist gut", murmelte der große Mann und beobachtete ihn wachsam. „So das sollte genügen. Jetzt, Raven", befahl Silvan ruhig. Raven starrte die glühende Klinge einen Moment lang an, ehe er fluchte und den Blick abwandte. In diesem Moment zog sich die Blutschicht von der Wunde zurück und sogleich floss frisches Blut daraus hervor.

Silvan verlor keine Zeit und drückte die Klinge auf die Verletzung. Sofort zischte es und Qualm stieg auf. Es roch nach verbranntem Fleisch und Raven schrie aus voller Kehle.

„Gleich geschafft!", knurrte Silvan und nahm den Dolch wieder weg. Der Blutstrom war versiegt, die Wunde ausgebrannt. Ravens Stimme brach und er keuchte atemlos, während Tränen über seine Wangen liefen. Silvan umfasste erneut die Klinge, während er Raven mitleidig ansah. „Es tut mir so leid. Einmal noch, dann hast du es geschafft."

Der Aurox nickte nur kaum merklich, er keuchte noch immer und zitterte sogar etwas. Dennoch setzte er sich anders hin, sodass Silvan an die Austrittswunde herankommen würde, über der gerade noch die Blutschicht lag. Nur einen Moment später war die Klinge wieder heiß genug und Silvan atmete durch.

„Jetzt, Raven!"

Diesmal brauchte der Schattenwandler länger, doch dann zog sich die Blutschicht erneut zurück und gab die darunterliegende Wunde frei, die noch immer blutete. Schnell drückte Silvan auch hier den Dolch darauf. Wieder roch es nach verbranntem Fleisch und Raven schrie vor Schmerz, doch seine Stimme brach schnell und er japste nach Luft.

„Nur noch einen kurzen Moment", versprach Silvan und nahm dann das Messer weg.

Raven sackte gegen den Baumstamm, seine Atmung kam gepresst und erneut liefen ihm Tränen über wie Wangen, wobei seine Augen geschlossen waren.

Silvan legte den Dolch ins Gras und kniete sich zu Raven. „He, du hast es geschafft", sprach er den Aurox sanft an und wischte ihm die Tränen fort. Raven reagierte erst nicht, dann nickte er schwach. „Gleich ...“, murmelte er, seine Stimme heiser vor Schmerz.

Silvan nahm einen der gefüllten Schläuche und öffnete ihn. „Erschrick nicht, das wird jetzt ein bisschen kalt, aber es ist nur Wasser, versprochen.“

Er goss etwas Wasser aus dem Schlauch in seine Hand und wirkte seine Wassermagie, damit es eine Kugel auf seiner Handfläche bildete. Dann legte er den Schlauch wieder beiseite und teilte die Kugel, so das in jeder Hand eine war, die er nun an beide Wunden hielt. Trotz der Warnung zuckte Raven zusammen und stöhnte kurz vor Schmerz, doch er entzog sich ihm nicht und nach einem Moment öffnete er sogar die Augen einen Spaltbreit.

Der Aurox lugte zu ihm und rümpfte die Nase. „Ich mag keine Magie ...“

Silvan nickte. „Das musst du auch nicht, aber sie hilft dir gerade und rettet dir das Leben. Du wärst sonst wahrscheinlich verblutet.“

Raven blinzelte, sein Blick wirkte völlig verschleiert. „Ich habe schon eine Magie, die mir das Leben rettet, ... Niemand hat gesagt, dass sie es mir zeitgleich nimmt“, murmelte er leise.

Etwas verwirrt musterte Silvan den anderen Mann. „Wovon sprichst du?“

Ravens Blick erfasste ihn, doch dann schloss er die Augen wieder. „Blutbund“, murmelte er unverständlich. „Gerom.“

Silvan stockte der Atem, dieses Monster war es, das diesen armen Kerl so quälte. „Ich werde dir aber nicht wehtun, Raven, ich möchte dein Freund sein.“

Bei diesen Worten öffnete der Aurox die Augen erneut. „Du bist komisch“, verkündete er leise. „Aber für einen Druiden ganz in Ordnung.“

Silvan lachte. „Na, wenn das kein Kompliment war. Du bist auch in Ordnung, sogar sehr."

Erneut schlossen sich Ravens Lider und er seufzte leise. „Ich bin so müde."

Silvan verzog das Gesicht. „Ich weiß mein Freund, aber du darfst jetzt nicht schlafen. Du musst mir doch erklären, wie ich zu der Hütte komme, und um Nahom wolltest du dich auch kümmern. Außerdem wird Liam sich Sorgen machen, wenn du nicht rechtzeitig zurückkommst."

Doch Raven schien gar nicht mehr richtig bei sich zu sein, der Mann reagierte nicht und sein Körper kippte gefährlich zur Seite.

Silvan ließ seine Magie fallen und zog Raven in seine Arme. „He, großer Kerl, aufwachen! Du kannst nicht schlafen, geh wenigstens zurück zum Schloss. Ich kann dich da nicht hintragen, du bist viel zu schwer!"

Leider rührte Raven sich weiterhin nicht und in Silvan kam der Verdacht auf, dass der Aurox nicht schlief, sondern bewusstlos war. „Verdammt, Raven, du hättest auf mich hören sollen." Das war gar nicht gut, jetzt musste schnell ein Plan her.

Silvan sah sich um und entdeckte einen breiten Baum mit einer starken Vertiefung, beinahe einer Höhle gleich. Silvan legte Raven im Gras ab und brachte seine Tasche dorthin, um sie zu verstecken. Gut, dort würde sie erst mal keiner finden.

„Jetzt zu dir, du zu großgeratender Kerl", murmelte Silvan und wandte sich wieder Raven zu.

Er beugte sich zu dem Aurox und griff mit einem Arm um dessen Hüfte und mit einer Hand nach dem unverletzten Arm.

Mühevoll zog er Raven hoch und schaffte es irgendwie, ihn halbwegs sicher über seine Schulter zu heben.

„Gut, dann wollen wir mal zurück", keuchte Silvan und

wankte langsam den Weg zurück. Schon nach kurzer Zeit wurde Raven zu schwer für ihn, seine Beine fingen an zu zittern und er war gezwungen, den Aurox wieder abzulegen.

„Verdammt, so wird das nichts!", schimpfte Silvan und fuhr sich durchs Haar.

Was nun?

Wenn er den Kerl nicht zurück zum Schloss brachte, würde der Ruf des Königs ihn heute bei Sonnenuntergang töten, das hatte Liam ihm erklärt!

„Bei den Göttern, was ist denn hier los?", erklang plötzlich eine Stimme und nur einen Moment später lief jemand zwischen den Bäumen auf sie zu.

Silvans Herz blieb kurz stehen, doch dann erkannte er Ace.

„Silvan, was ist passiert?", wollte der Aurox wissen und blieb bei ihnen stehen.

Silvan fasste sich an die Brust. „Du hast mich vielleicht erschreckt!", stieß er hervor und fasste sich dann wieder. „Raven ist ohnmächtig. Wir wurden von Nahom angegriffen und er hat mit ihm gekämpft, dabei zog er sich an der Schulter eine böse Verletzung zu und musste Nahom schlussendlich töten, um mir das Leben zu retten. Die Wunde habe ich ausgebrannt und etwas gekühlt, aber er hat danach das Bewusstsein verloren. Ich wollte ihn zurück ins Schloss bringen, aber er ist zu schwer für mich."

Ace schüttelte den Kopf. „Bei den Göttern, was für ein Unglück", murmelte er und fuhr sich durch seine eh schon zerzaust wirkenden, braunen Haare. „Ich nehme ihn und bringe ihn zurück. Es war jetzt wirklich reiner Zufall, dass ich noch einen Patrouillengang gemacht habe und so weit draußen bin."

Er stieß die Luft aus und hob Raven problemlos auf die Arme. „Hör gut zu, Silvan", drängte Ace. „Dreh dich um. Siehst du den hohen Felsen, der zwischen den Baumwipfeln zu erkennen ist?"

Silvan wandte sich um. „Ja, den sehe ich."

Ace trat neben ihn. „Du behältst diesen Fels immer im Auge, bis du den Fluss erreichst. Diesen zu überqueren, sollte dir mit deinen Fähigkeiten nicht schwerfallen. Auf der anderen Seite folgst du den steiler werdenden Bergen, diese führen dich hinauf bis ins Tal. Da ist genau ein Weg, er ist versteckt, aber wenn du gut hinsiehst, findest du ihn. Er bringt dich zur Hütte. Beeil dich, auch wenn hier draußen nur wenige Goldkrieger unterwegs sind, gibt es dennoch Wegelagerer und auch wilde Tiere. In der Nacht unterwegs zu sein ist keine gute Idee, wenn du verstehst."

Silvan nickte. „Verstanden, ich werde mich beeilen." Ace lächelte, neigte den Kopf und wandte sich um. „Ach Ace?", fragte Silvan.

Der Aurox hatte innegehalten und blickte nun über die Schulter. „Ja?"

Silvan rieb sich den Nacken. „Geht es Liam gut? Ist alles nach Plan gelaufen?"

Erstaunen blitzte in Ace braunen Augen, dann lächelte er. „Ja, alles in Ordnung, allerdings scheint die Königin ein größeres Interesse an Druiden zu haben, sie will das Thema nicht so schnell fallen lassen. Sieh also zu, dass du ins Tal kommst, und bleibe dort. Es könnte sonst sehr gefährlich für dich werden. Mehr, als es jetzt schon ist."

Silvan biss die Zähne zusammen, so ein Mist aber auch! „Verstehe, ich nehme die Beine in die Hand. Könntest du Liam von mir grüßen? Ich bin froh, dass es ihm gut geht und wenn Raven wach wird, sagst du ihm bitte, dass seine Worte mich gefreut haben?"

Ace hob eine Augenbraue, seine Mundwinkel zuckten belustigt. „Sonst noch etwas, Eure Majestät?"

Silvan grinste und merkte, wie ihm die Röte in die Wangen stieg. „Verzeih, ja, das wäre alles."

Der Aurox wandte sich kopfschüttelnd ab und lief los. „Ich werde es ihnen ausrichten!", rief Ace, dann war er auch schon zwischen den Bäumen verschwunden. Dabei schien ihn Ravens zusätzliches Gewicht nicht wirklich zu stören, obwohl der schwarzhaarige Mann deutlich größer war als Ace.

Silvan blickte ihnen nach, dann machte sich auf den Weg. Seine Tasche hatte er wieder an sich genommen und lief durch den Wald, wobei er den hohen Fels immer im Blick behielt. Es dauerte eine ganze Weile, bis er den Fluss fand, und tatsächlich hatte er sogar einmal den Fels aus den Augen verloren.

Das würde er jedoch niemandem erzählen. Es reichte, wenn Liam ihn mit seinen unüberlegten Plänen aufzog.

Er konzentrierte sich und rief die Wassermagie an, die ihm inne war.

Dieses Element beherrschte er deutlich besser als Feuer und so konnte Silvan sogar auf dem Wasser laufen.

Den Fluss zu überqueren war dadurch eine Kleinigkeit. Doch dann hätte er beinahe die Orientierung verloren und brauchte viel zu lange, um den Fels wieder zu finden, der ihn schließlich zu dem beginnenden Anstieg führte.

„Ich bin echt kein guter Wanderer", brummte Silvan und sah in den Himmel, es wurde dämmrig. „Ich muss mich beeilen", murmelte er und sein Magen knurrte lautstark.

Er lief die Anhöhe hinauf und pflückte nebenher immer wieder ein paar Beeren von den Sträuchern, die er sich sogleich in den Mund steckte.

Zum Jagen hatte er keine Zeit mehr, also würde er heute damit auskommen müssen.

Oben angekommen staunte Silvan, als sein Blick über das doch recht große Tal glitt, das sich zu seinen Füßen erstreckte.

„Es ist wunderschön", murmelte er und sah sich um. Hochgewachsene Bäume standen im satten Grün, die Büsche hingen voller Beeren und viele Insekten schwirrten umher.

„Ja, es ist absolut unberührt", lächelte Silvan und schloss für einen Moment die Augen. Er sog die Luft tief ein, und atmete sie durch den Mund wieder aus. „Hier lässt es sich wirklich aushalten."

Doch dann erinnerte er sich daran, was ihm seine neugewonnen Freunde erzählt hatten.

„Ich werde diesen Ort mit Würde behandeln", versprach er sich selbst, „und all die Toten, die hier ihre letzte Ruhe gefunden haben."

Silvan suchte nach dem Weg, von dem Ace gesprochen hatte und musste genau hinsehen, ehe er ihn endlich entdeckte.

„Also wirklich", schimpfte er sich selbst. „Das darf ich doch niemandem erzählen!"

Da es mittlerweile immer dunkler wurde, beeilte sich Silvan und tatsächlich kam irgendwann eine Hütte in Sicht. „Ha! Da bin ich wohl doch nicht so verloren, wie ich dachte." Er ging auf das Gebäude zu und zog seinen Dolch.

Immerhin wusste man nie!

Er öffnete vorsichtig die Tür und griff seine Tasche etwas fester. Doch nichts passierte, kein Geräusch drang aus dem Inneren der Hütte und Silvan wagte es, durchzuatmen. Er stellte die Tasche auf dem Boden ab und untersuchte vorsorglich jedes Zimmer. Der Innenraum war größer, als Silvan gedacht hatte.

Zu seiner Linken befanden sich mehrere Regale und eine kleine Feuerstelle. Etwas davor stand ein Tisch, an dem gewiss vier Personen Platz nehmen konnten. Das komplette Untergeschoss war offen gestaltet, nur hier und da stützten dicke Holzsäulen die Decke.

Im hinteren Bereich gab es sogar einen Kamin, vor dem zwei etwas alt wirkende, verstaubte Sessel standen, zusammen mit einem ebenso alten Sofa.

Wer hat nur all diese Möbel hierher gebracht, ging es Silvan durch den Kopf und er beschloss, einen der anderen danach zu fragen, wenn er sie wiedersehen würde.

Im Erdgeschoss befand sich zudem eine kleine Waschkammer.

Dann lief Silvan die schmale Treppe hinauf, die ein paar unschöne Geräusche von sich gab, wobei er glatt Angst bekam, dass diese unter ihm nachgeben würde. Glücklicherweise hielt sie und im Obergeschoss konnte Silvan noch zwei gemütliche Schlafzimmer entdecken, wobei eines davon eine eigene Waschkammer besaß.

Unglaublich, wer auch immer diese Hütte, oder besser gesagt, dieses kleine Haus, erbaut hatte, hatte sich sehr viel Mühe gegeben. Silvan steckte den Dolch weg und ging zurück nach unten.

Da sogar Feuerholz vorhanden war, konnte er sich ein schönes Feuer im Kamin schüren, ehe er sich mit seiner Tasche in einen Sessel setzte.

„Was meine Mutter wohl gerade macht?" Wahrscheinlich schimpfte sie mit Vater, der schon wieder zu viel Met getrunken hatte. Es war jedes Mal eine Qual, ihn danach ins Bett zu schaffen.

Silvan lächelte traurig.

„Ich vermisse euch", seufzte er und klammerte sich an seine Tasche.

Er holte ein Buch heraus, welches er von seiner Mutter bekommen hatte, und strich beinahe sanft über den Einband. Sie hatte viele Kräuter darin aufgeschrieben und Tinkturen, die Silvan vielleicht einmal gut gebrauchen könnte. Dann fiel sein Blick auf den Ring, den er am Finger trug.

„Vater ...", wisperte Silvan traurig. „Ich werde dich nicht enttäuschen, das verspreche ich dir. Tatsächlich habe ich sogar schon Freunde gefunden. Na ja, wenn man das so bezeichnen kann, aber es sind Aurox ... Und sie sind keine Monster, nein, im Gegenteil! Sie sind eigentlich sehr nett, wenn man sie näher kennenlernt. Und diese drei sind schon ... ja wie soll ich es sagen? Etwas Besonderes."

Liam

„Was ist denn mit dem passiert?", hörte Liam ein paar seiner Brüder murmeln.

Er setzte sich auf und sah Ace mit einem offensichtlich bewusstlosen Raven auf dem Arm ins Lager kommen. Sofort war er auf den Beinen und lief zu Ravens Pritsche, wo Ace diesen gerade ablegte.

„Was ist vorgefallen?", wollte Liam leise wissen und plötzlich kamen Zweifel in ihm auf.

Hatte Silvan Raven angegriffen, war der Druide doch nicht der, für den er sich ausgegeben hatte?

„Es gab einen Kampf", antwortete Ace nichtssagend. „Raven schläft erstmal, komm mit, wir haben zu tun."

Liam biss die Zähne zusammen, offensichtlich wollte Ace nicht im Lager darüber sprechen, also folgte er dem Mann durch die Tunnel in den Wald.

„Ace! Sag schon, was ist passiert?"

Der andere wandte sich um. „Nahom ist Raven und Silvan im Wald begegnet."

Liam erstarrte. „Nahom?", fragte er leise.

Der Kerl war wegen seiner ruppigen, oft unfreundlichen Art nicht gerade beliebt unter seinen Brüdern war jedoch ein ausgezeichneter Kämpfer.

„Wo ist er jetzt?", fragte Liam, denn er hatte den anderen nicht im Lager entdecken können.

Ace' Miene war bitterernst. „Tot."

Liam blinzelte langsam und starrte Ace in die Augen. „Tot?", wiederholte er ungläubig. „Hat Raven ...?"

Ace nickte. „Ihm blieb laut Silvan keine Wahl, Nahom wollte den Druiden töten und Raven hat ihn beschützt. Dabei streckte er Nahom nieder und dessen Leiche müssen du und ich jetzt verschwinden lassen."

Liam war fassungslos, genau das hatte er vermeiden wollen!

Darum hatte er es für keine gute Idee gehalten, Silvan mit ins Schloss zu nehmen, und dennoch hatte er den Druiden eigenhändig dorthin gebracht.

Nahoms Tod ging auf ihn und das schmerzte Liam tief im Herzen.

„Ich ...", begann er, doch Ace winkte ab. „Nahom hätte uns bei dieser Sache nie geholfen, er war viel zu verbohrt in seinen Ansichten und dem König treu ergeben. Sein Tod ist schrecklich und hätte verhindert werden können", erklärte Ace ernst. „Doch nun ist es, wie es ist, und wir müssen alle damit zurechtkommen. Schaffst du das, Liam?"

Eine gute Frage, dachte Liam, doch dann nickte er entschlossen. „Ja, das tue ich. Wenn Silvan in einer Sache recht hat, dann darin, dass jemand einen Anfang machen muss, und du hast selbst gesagt, dass Veränderungen Opfer fordern."

Ace lächelte, auch wenn sein Blick traurig blieb. „Das ist wahr und jetzt komm, erweisen wir Nahom die letzte Ehre und kehren dann ins Schloss zurück. Uns bleibt nicht viel Zeit, die Sonne geht bald unter." Schweigend folgte Liam dem kleineren Aurox.

Er wusste, das Ace und Nahom nicht unbedingt Freunde gewesen waren, dennoch waren sie alle im Lager eine Gemeinschaft. Jeder Tote war ein Verlust, auch wenn es ein Mistkerl wie Nahom war.

Sie rannten schnell durch den Wald und bereits nach kurzer Zeit wehte Liam der Geruch von Blut um die Nase. Er biss die Zähne zusammen und schon erspähte er einen Körper, der halbherzig in ein paar Büsche gezogen worden war. „Wo sollen wir ihn hinbringen?", fragte Liam besorgt. Der Fluss war weit weg, das würden sie niemals schaffen. Der Sonnenuntergang war zu nah.

„Wir nehmen ihn mit zurück und werfen ihn in die Güllegrube beim Tor", erwiderte Ace und verzog unglücklich das Gesicht.

Auch Liam gefiel diese Vorstellung nicht, sein Bruder hatte mehr verdient, aber ihnen blieb kaum eine Wahl. Mit zusammengebissenen Zähnen packte Liam den Toten und warf ihn sich über die Schulter.

Eilig rannten sie zurück zum Schloss, gerade als die Sonne begann, unterzugehen. Die große Güllegrube für all den Unrat aus der Stadt befand sich auf halber Strecke zwischen Haupttor und Tunneleingang. Es stank bestialisch und Liam schluckte krampfhaft, doch wenigstens waren hier keine Wachen postiert, denn niemanden interessierte es, was in diesem Loch landete.

Nach einem letzten Blick zu Ace, der stumm nickte, warf er Nahom hinein und sah dabei zu, wie dieser versank.

„Ruhe in Frieden mein Bruder", murmelte Liam und plötzlich schoss scharfer Schmerz durch seine Brust.

„Zurück, komm schon!", keuchte Ace, der ebenfalls schmerzgeplagt klang, und sie rannten so schnell sie konnten zu den Tunneln zurück. Die Pein ging vom Fluchmal aus, das war der Ruf des Königs, der sie alle jeden Abend ereilte. Wenn man zu weit vom Schloss weg war, wurde man durch ihn getötet. Ace und Liam hatten Glück, sie waren nahe genug, um die Tunnel zu erreichen, ehe der Schmerz sie lähmte. Kaum waren sie darin, wurde es leichter und Liam atmete durch.

„Verdammter König", schimpfte Ace vor ihm und nach kurzer Zeit traten sie aus dem Tunnel hinaus und gingen ins Lager.

Liam beobachtete, wie Ace' Blick sofort umher schweifte und er lächelte. Ja, der andere Mann kontrollierte immer, ob auch wirklich alle zurück waren. Er hatte sozusagen die Anführerrolle hier unten übernommen. Niemand stellte sich leichtfertig gegen Ace und nicht nur das. Für einige hier war er sogar mehr als nur ein Anführer, er war wie ein Vater für sie.

Liam hatte seine Eltern gehabt, zumindest eine ganze Zeit lang, deshalb sah er Ace nicht so, aber selbst sein Vater hatte immer mit höchster Achtung von dem kleinen Mann gesprochen.

Kopfschüttelnd wandte er sich ab und ging zu Raven an die Pritsche, an deren Kante er sich niederließ. Sanft strich er seinem besten Freund durch die langen, schwarzen Haare. „Komm schon, Raven, wach auf", murmelte Liam leise und tatsächlich blinzelte der andere plötzlich. Unverständnis glänzte in Ravens Blick und abrupt setzte er sich auf.

„Was? Wie? Warum?", murmelte Raven und seine Augen zuckten wirr umher.

„Ruhig mein Freund", versuchte Liam ihn zu beruhigen und drückte ihn sachte nieder. „Du bist in Sicherheit, zu Hause, alles ist gut."

Der größere Mann ließ sich wieder auf die Pritsche sinken und starrte ihn ungläubig an. „Aber ... Was ist passiert?" Liam lächelte erleichtert, seinem Bruder ging es gut. „Du wurdest bewusstlos, nachdem deine Verletzung versorgt worden war. Ace hat dich zurückgebracht, alles in Ordnung. Jedem geht es gut."

Er konnte nicht ins Detail gehen, hier waren viel zu viele neugierige Ohren, doch Raven verstand sofort. Erleichtert nickte er. „Schön, das ist ausgezeichnet."

Liam drückte ihm die unverletzte Schulter. „Hast du heute etwas gegessen?"

Raven schüttelte den Kopf und winkte ab. „Ich besorge mir morgen was, das reicht. Ich bin einfach nur müde und erschöpft. Meine verfluchte Schulter tut weh."

Liam verzog das Gesicht, nickte aber. „Wie du meinst, dann ruh dich aus."

Er ging wieder zurück zu seiner Pritsche und legte sich hin. Auch er war müde, dennoch hielt ihn die Sorge wach. Hatte Silvan es bis zur Hütte geschafft, oder war dem Mann was passiert? Liam hatte tatsächlich ein schlechtes Gewissen, weil er kurz gedacht hatte, der Druide hätte Raven angegriffen.

Er drehte sich auf die Seite und versucht, nicht mehr zu denken. Was leider nur halbherzig funktionierte, sodass die Nacht wenig erholsam blieb und Liam bereits vor Sonnenaufgang wieder auf den Beinen war. Er verließ das Lager und ging durch die Tunnel nach draußen in den Wald. Die kühle Morgenluft tat ihm gut und er streifte ein wenig ziellos umher.

Unvermittelt kribbelte sein Nacken und Liam blieb stehen. Schon wieder dieses komische Gefühl. Was wurde hier gespielt? Er taxierte aufmerksam die Umgebung, sein Körper angespannt, wartend auf einen Angriff, der nicht kam. „Ich werde noch verrückt", schimpfte er sich selbst, schlug jedoch sicherheitshalber den Rückweg ein.

Als es in seinem Rücken knackte, wirbelte er herum, doch nichts rührte sich zwischen den Bäumen. Liams Herz schlug nun schneller, er war nervös, fühlte sich beobachtet und hatte ein absolut ungutes Gefühl.

„Ich werde ihn finden", drang es plötzlich an seine Ohren und Liam erstarrte.

„Nahom?", raunte er fassungslos, doch er konnte den Mann nirgendwo sehen.

Unmöglich! Er hatte dessen Leiche in die Güllegrube geworfen, er war tot!

Spielte sein Kopf ihm einen Streich?

Niemand antwortete ihm, alles blieb still und Liam fluchte. Abrupt wandte er sich ab und rannte, so schnell es ging, zurück zu dem Tunnel.

Er riss die Tür auf und erstarrte.

„Kaleb?", stieß er hervor.

Einer der ältesten Aurox im Lager lag zusammengesunken und bewusstlos auf dem Boden.

Liam roch kein Blut, aber der große, breit gebaute Mann rührte sich nicht.

Kaleb trug wie er selbst die Uniform der Aurox, die aus einer schwarzen, festen Hose, einem ebenso schwarzen, kurzärmligen Oberteil und einem Kettenhemd bestand, über dem noch eine ärmellose Weste getragen wurde.

Er atmete ruhig und gleichmäßig, als würde er schlafen, reagierte jedoch nicht auf Liams Ansprache. Die etwas zu langen, braungrauen Haare wirkten zerzaust, als wäre er hindurchgefahren, aber es zeigten sich keine Zeichen eines Kampfes.

„Verdammt, was ist hier los?", knurrte Liam und warf den großen, schweren Mann über die Schulter. Als er aus dem Tunnel ins Schloss trat, rief er sogleich laut nach Ace. Der andere kam fast sofort um die Ecke und riss die Augen auf.

„Was, bei den Göttern?", fragte er verständnislos. „Was ist passiert?" Liam schüttelte den Kopf. „Ich weiß es nicht, ich habe Kaleb so hinter der Tür des Tunnels gefunden."

Ace half ihm und zusammen brachten sie den Mann in die Kammer, in der er mit Silvan eine Nacht verbracht hatte. Dort legten sie den Aurox auf die Pritsche und musterten ihn.

„Er scheint unverletzt", meinte Liam und sah zu Ace, der langsam nickte. „Ja, ist er, aber wieso kommt er dann nicht zu sich?"

Liam beugte sich etwas über Kaleb und witterte.

„Er riecht komisch", erkannte er. „Ich kann es nicht zuordnen."

Auch Ace schnupperte und schüttelte den Kopf. „Ich finde keinen komischen Geruch an ihm. Jetzt warten wir einfach mal ab, vielleicht kommt er wieder zu sich."

Liams Sorge wuchs, irgendetwas war hier im Gange und er würde es herausfinden.

„Ich habe Nahoms Stimme im Wald gehört", teilte er Ace mit, ehe dieser sich abwenden konnte. „Das ist nicht möglich", widersprach der kleinere Mann und Liam schnaubte. „Ich weiß, aber dennoch habe ich ihn gehört. Er sagte, dass er ihn finden wird. Ace, er sprach von Silvan!"

Ace zog die Brauen zusammen und verschränkte die Arme vor der Brust. „Liam, nimm das jetzt bitte nicht als Angriff, aber kann es sein, dass du Angst hast und dir das eingebildet hast?"

Instinktiv wollte Liam auffahren, doch Ace hatte nicht ganz unrecht. Immerhin spukte Silvan ihm die ganze Zeit im Kopf herum und Liam konnte nicht leugnen, dass er nervös war. Das Gespräch mit der Königin hatte sein Übriges getan und er konnte nicht ausschließen, dass er sich Nahoms Stimme eingebildet hatte.

„Vielleicht", lenkte er unwillig ein. „Ich habe die ganze Zeit so ein komisches Gefühl, das gefällt mir nicht!" Ace nickte und legte ihm die Hand auf die Schulter. „Ich weiß, Liam, wirklich. Wir werden allem auf den Grund gehen, versprochen. Jetzt versuche, dich zu beruhigen und einen klaren Kopf zu bekommen."

Ace hatte Recht, das wusste Liam. „Verstanden."

Sie ließen Kaleb allein in der Kammer und Liam nahm sich vor, später nochmal nach ihm zu sehen. Im Lager blickte er sich nach Raven um, doch der Mann war nicht hier, wahrscheinlich war er auf der Suche nach etwas zu Essen in den Wald gegangen.

Liam ließ sich auf seine Pritsche sinken und rieb sich unschlüssig den Nacken.

Dieses Gefühl ließ ihn nicht los!

Er hatte eine Stimme gehört, dort draußen, vielleicht war es die von Nahom gewesen, oder eben auch nicht, aber jemand wusste augenscheinlich von Silvan.

Plötzlich erklangen Schritte und ein Goldkrieger erschien im Durchbruch zum Lager. „Aurox Liam! Die Königin ruft!"

Liam ließ die Schultern hängen. „Nicht wirklich", murmelte er und knurrte dumpf.

Er kam auf die Füße und fühlte, wie die Blicke seiner Brüder auf ihm ruhten. Alle wussten, dass Liam auf Befehl des Königs einige Zeit auf Mission gewesen war, doch dass jetzt nach nur einem Tag die Königin nach ihm rief, war mehr als ungewöhnlich.

„Ich komme", sagte er zu dem Goldkrieger und ging an diesem vorbei.

Zähneknirschend stieg Liam die Treppen hinauf und lief zum Thronsaal. Ohne ein Wort wurde ihm eine Hälfte der großen Flügeltür geöffnet und er trat in den Raum. Schweigend wandte er sich dem Thron der Königin zu und ließ sich auf die Knie fallen.

„Meine Königin, Ihr habt nach mir gerufen, hier bin ich." Die Königin verschränkte die Arme. „Du hast lange gebraucht, Made. Ich will, dass du heute noch deine Sachen packst, denn du gehst auf Mission und wirst die Grenze zum dritten Silberreich kontrollieren. Mir ist zu Ohren gekommen, dass dort ein verdächtiger Mann herumlaufen soll. Du kennst deine Aufgabe!"

Liam stutzte, das konnte nicht Silvan sein, außer der Druide hatte kalte Füße bekommen und war auf dem Weg zurück nach Hause. Doch wie dem auch sei, diese Mission kam Liam äußerst gelegen.

„Verstanden meine Königin", antwortete er pflichtbewusst, blieb jedoch auf den Knien, denn die Frau hatte ihn noch nicht entlassen.

„Du hast ab heute genau eine Woche Zeit. Solltest du mir nicht mindestens einen Hinweis oder den Kopf des Druiden bringen, wird dir die Folterkammer sicher ebenso lange ein Zuhause sein, verstanden?", drohte die Elfe und Liam schluckte hart. „Jawohl, verstanden meine Königin."

Verflucht, er musste sich gute Hinweise einfallen lassen, die dann aber auch dafür sorgen würden, dass die Frau endlich von dem Gerücht eines Druiden abließ!

„Geh jetzt und tu, was ich dir aufgetragen habe", tönte die Königin und Liam verneigte sich, ehe er auf die Beine kam und dies wiederholte. „Jawohl, Eure Majestät." Erst dann verließ er den Thronsaal und ging nach unten ins Lager.

Er trat zu Ace und nahm ihn bei der Schulter. „Ich muss erneut auf Mission", teilte er dem Mann mit. „Ich werde eine Woche unterwegs sein und die Grenze zum dritten Silberreich absuchen. Ein neues Gerücht hat die Aufmerksamkeit der Königin erweckt und dem soll ich nachgehen."

Ace sah ihn einen Moment lang an, dann nickte er. „Verstanden, pass auf dich auf. Druiden können gefährlich sein, denk daran."

Liam lächelte. „Ja, ich werde es nicht vergessen. Wir sehen uns." Er blickte sich um, doch von Raven war noch immer nichts zu sehen, also packte er seine wenigen Habseligkeiten zusammen und verließ das Schloss erneut durch die Tunnel.

Er würde nicht zur Grenze laufen, sondern erst mal zu Silvan, der eigentlich in der Hütte sein sollte. Würde er diese leer vorfinden, dann wäre es gut möglich, dass der Druide wirklich auf dem Weg nach Hause war.

Ein Teil von Liam hoffte inständig, dass Silvan seine Mission nicht abbrechen würde, bevor sie richtig begonnen hatte.

Er schulterte den Lederbeutel und rannte los.

Dieses Mal hatte er kein schlechtes Gefühl, als er den Wald durchquerte. Vielleicht hatte er sich das alles wirklich eingebildet, aber wieso hatte Isaak ihm dann gestern dahingehend recht gegeben?

Nein, Liams Instinkte hatten ihn bisher noch nicht im Stich gelassen und er würde sich auch weiterhin darauf verlassen. Hier geschah etwas und Liam ahnte, dass sie alle schon bald herausfinden würden, was.

Er rannte an der Stelle vorbei, an der sie Nahoms Leiche gefunden hatten, und musste kurz stehen bleiben. Er trat zu dem Gebüsch und taxierte den Boden. Hier war viel Blut gewesen, doch jetzt war alles fort.

„Wie ist das möglich?" Liam runzelte die Stirn, es hatte nicht geregnet, das Blut müsste noch dort sein. Er schüttelte den Kopf, das gefiel ihm gar nicht.

Eilig lief er weiter und schon bald kam er zum Fluss, doch anders als Silvan, der mit seinen Druidenkräften gewiss einfach darüber gelaufen war, musste Liam schwimmen. Er suchte sich eine Stelle, an der die

Strömung nicht allzu stark war und zog sich aus. Seine Kleidung steckte er in den Lederbeutel, nahm ordentlich Schwung und warf diesen auf die andere Seite des Flusses.

„Sehr schön", lächelte er, als der Beutel im Gebüsch landete. Dann stieg Liam nackt ins Wasser und schwamm zügig ans andere Ufer. Es war eisig, obwohl die Luft warm war, und er fröstelte, als er aus dem Wasser stieg.

Mit einem seiner Oberteile rubbelte er sich die nasse Haut trocken und zog sich schnell wieder an.

Der Weg zum Tal, in dem sich die Hütte befand, war noch ein ganzes Stück und er wollte dort sein, noch ehe der Abend anbrach, denn dann würde es selbst für ihn schwierig werden, den einen, schmalen Weg zu finden, der sich durch den dichten Wald dort bahnte.

Er folgte der steiler werdenden Anhöhe, bis diese plötzlich brach und in ein breites Tal auslief.

Hier war es, das Grab von so vielen gefallenen Aurox. Liams Herz zog sich zusammen, es war ein beklemmendes Gefühl, hier zu sein, und zeitgleich fühlte er sich seinen Eltern an keinem Ort in ganz Jiltorya näher.

Mittlerweile war es bereits dunkel, er hatte länger gebraucht als geplant, doch jetzt stieg er die Anhöhe langsam nach unten und fand den schmalen Pfad, der ihn zur Hütte führen würde. Er lief eine kleine Strecke, ehe er diese erblickte.

„Na sieh an, Silvan ist definitiv hier", murmelte er und ein Lächeln legte sich auf seine Lippen.

Vor dem Gebäude waren kleine Gemüsebeete angelegt worden und der Schein einer Flamme flackerte in einem der unteren Fenster.

Erleichterung durchflutete Liam, also hatte der Mann doch nicht gekniffen.

Wieso genau freute ihn das so?

Egal dachte Liam und schüttelte den Kopf.

Er lief bis zur Eingangstür und klopfte dagegen. „Silvan, ich bin es", rief er laut, um den Druiden nicht zu erschrecken. Es dauerte einen Moment, ehe die Tür geöffnet wurde.

„Liam, was tust du denn hier?", freute sich der kleinere Mann und Liam musste lächeln. „Es hat sich so ergeben, dass ich ein paar Tage lang einen gewissen Druiden suchen soll", erklärte er und lehnte sich gegen den Türrahmen. „Tja, ich schätze, ich habe ihn gefunden."

Silvan grinste breit, seine waldgrünen Augen blitzten. „Komm doch rein, ich koche gerade! Du bist sicher hungrig von der ,Suche'", spottete er und machte ihm Platz.

„Ja ziemlich", gab Liam dem Druiden recht und ging in die Hütte. „Eine Woche habe ich Zeit, die sollten wir nutzen, um ordentlich zu planen."

Er trat sich die Schuhe ab und legte den Beutel daneben auf den Boden.

„Hast du gut hergefunden?", fragte er Silvan und ging zu dem Mann in die Küche. „Sagen wir so, ich bin vor Anbruch der Nacht, wie ich es Ace versprochen hatte hier angekommen. Über alles andere lässt sich streiten", lachte Silvan leise.

Liam schnaubte. „Ah, verstehe, da lief also doch das ein oder andere schief, aber das habe ich schon befürchtet. Gerade wenn man den Weg noch nicht kennt, ist er wirklich schwierig."

Liam trat neben den Druiden und lugte in den Kessel, der über dem Feuer hing. „Das riecht sehr gut", lobte er und schon knurrte Liams Magen laut.

Silvan lächelte. „Es ist leider ohne Fleisch, aber ich denke wir beide können dennoch satt werden. Du magst doch Pilze, oder?"

Das brachte Liam zum Lachen. „Du und deine Pilze! Aber ja, die mag ich, und morgen gehe ich außerhalb des Tals jagen, so haben wir auch Fleisch für die nächsten Tage." Silvan nickte. „Das klingt gut, dann kann ich bestimmt ein schönes Essen für uns machen. Doch etwas anderes, Liam, geht es Raven gut? Hat es Ace noch geschafft? Als er mir Raven abnahm, war es schon recht spät."

Sofort wurde Liam ernst. „Ja, sie haben es rechtzeitig geschafft, alles in Ordnung. Raven kam noch am selben Abend wieder zu sich, er wird sich erholen. Danke, dass du ihm geholfen hast."

Kapitel 6

Silvan

Silvan lächelte. „Ach was, nachdem er mir das Leben gerettet hatte, war es selbstverständlich, dass ich ihm helfe. Ich hoffe die Wunde entzündet sich nicht. Aber sag mal, kann er sich erinnern, was er zu mir gesagt hat?"

Liam zuckte die Achseln. „Das kann ich dir nicht beantworten, ich habe gestern nur kurz mit ihm gesprochen und da war er noch nicht wirklich bei sich. Als ich heute los bin, war er nicht da, aber der kommt gewiss klar, mach dir keine Sorgen."

Silvan nickte. „Der Sturkopf schon, ja. Und wie lief es bei dir? Gab es Ärger?"

Der Aurox schüttelte den Kopf. „Nein alles gut, die Königin war zwar nicht glücklich, sah aber, den Göttern sei Dank, keinen Grund, mich in die Folterkammer zu stecken. Dummerweise hat sie an diesem Gerücht einen Narren gefressen, weshalb sie mich nochmal losgeschickt hat."

Plötzlich zog Liam die Augenbrauen zusammen. „Es gibt nämlich ein neues Gerücht. An der Grenze zum Dritten Silberreich soll ein verdächtiger Mann herumlungern. Wohl auch ein Druide. Ist dir vielleicht jemand aus deiner Zone gefolgt?"

Silvan hob eine Augenbraue und rührte das Essen um. „Nein, das kann ich mir nicht vorstellen. Es gab so einen Aufstand, als ich erklärte, dass ich gehen würde ... Mein Vater ist förmlich ausgerastet!"

Liam brummte und stieß sich von der Küchenzeile ab. „Denkst du nicht, er könnte dir vielleicht aus Sorge gefolgt sein?"

Das ließ Silvan leise lachen. „Nein, er würde das Dorf nicht noch mal verlassen. Dafür hat er zu viel Angst. Er denkt nicht, dass ich etwas erreichen kann, und hat behauptet, ich wolle das Dorf im Stich lassen. Wir haben uns zwar ausgesprochen, bevor ich ging, jedoch haben wir uns nicht wirklich im Guten getrennt."

Schritte erklangen hinter ihm, als sich Liam durch den Raum bewegte. „Kann ich verstehen, aber dann bleibt die Frage, wer streunt durch Torya? Es ist natürlich auch möglich, dass sich ein paar Wegelagerer einen Spaß daraus machen, dieses Gerücht zu schüren, um den König zu ärgern. Ich muss dem wohl oder übel wirklich auf den Grund gehen."

Silvan drehte sich zu dem Mann um. „Heißt das, du wirst schon bald wieder aufbrechen?"

Die Silberaugen des anderen richteten sich auf ihn. „Nein, noch nicht. Ich brauche nicht lange, um dem auf den Grund zu gehen, also werde ich mindestens vier, wenn nicht fünf Tage hierbleiben."

Sofort lächelte Silvan. „Das freut mich sehr, dann kann ich dich ja richtig bekochen!"

Liam hob eine Augenbraue. „Wenn ich wegen dir wie eine Kugel herumrolle, darfst du das dem König erklären!"

Silvan füllte die Schalen und stellte beide auf den Tisch. „Ach der alte Elf! Ich werfe dich einfach auf ihn und schon ist er platt!"

Belustigt schnaubend setzte Liam sich zu ihm an den Tisch. „Das wäre ein Bild", murmelte er und nahm den Löffel, um den Eintopf zu probieren. „Verdammt, das ist lecker!", verkündete er grinsend.

Silvan lächelte ebenso und stellte noch zwei Becher Wasser dazu. „Dann lass es dir schmecken!"

Liam aß in kürzester Zeit die gesamte Schale leer und trank den Becher aus, wobei Silvan ihn immer wieder ansah.

Mist, seit er Liam im Schloss zurückgelassen hatte, musste er die ganze Zeit an ihn denken. Sein Herz hatte einen richtigen Satz getan, als er vorhin die Stimme des Mannes durch die Tür gehört hatte. Silvan wusste nicht recht, was er davon halten sollte.

Was hatte Liam nur an sich, das ihn so anzog?

Dieser lehnte sich soeben seufzend in seinem Stuhl zurück. „Das war wirklich gut, du bist ein hervorragender Koch."

Silvan schüttelte den Kopf. „Ich koche einfach nur nach, was meine Mutter mir beigebracht hat. Es gibt sicher Besseres, aber dennoch danke."

Liam zuckte die Achseln. „Man lernt immer von Meistern, das ist doch normal und du kochst gut."

Der Aurox stand auf und räumte das Geschirr zur Spüle, wo er sogleich anfing, alles abzuwaschen.

„Warte, ich helfe dir", meinte Silvan und nahm sich ein Tuch, um das Geschirr gleich wieder abzutrocknen. „Darf ich dich mal was fragen?", murmelte Silvan und lugte zu Liam, der knapp nickte.

„Frag einfach."

Silvan schnappte sich eine Schale. „Ich bin neugierig. Ich habe dich und jetzt auch Raven schon kämpfen sehen, eure Blutklingen sind wirklich unglaublich, aber ich verstehe nicht ganz, wie sie entstehen oder wie sie in eure Arme passen."

Liam schnaubte grinsend. „Es ist ja nicht so, als wären die Klingen in unseren Armen, das nicht. Sie entstehen durch die Blutquelle. Ich habe dir doch vom Bund erzählt, den Raven mit Gerom hat."

Silvan nickte und runzelte die Stirn.

„Durch die Blutquelle, die in diesem Bereich ist", erklärte Liam und hielt ihm den rechten Unterarm hin. Mit der linken Hand wies er auf den oberen Teil des dünnen Strichs, der auf dem Arm zu erkennen war. „Hier ungefähr sitzt die Blutquelle, etwas weiter hinten und durch sie entstehen die Klingen."

Silvan betrachtete die Stelle interessiert. „Sie scheinen hart wie richtige Schwerter zu sein, oder täuscht das?"

Liam grinste. „Sie sind sogar härter. Noch nie ist eine Blutklinge abgebrochen, sie scheinen unzerstörbar zu sein."

Silvan schüttelte den Kopf, das war faszinierend und nicht wirklich leicht vorstellbar. „Unglaublich, eure Fähigkeiten sind erstaunlich."

Liam zuckte nur locker die Achseln. „Jeder hat seine eigenen Kräfte, Silvan, da sind keine mehr oder weniger besonders."

Daraufhin trat Schweigen ein, bis sie fertig waren und alles wieder sauber war.

„Vermisst du dein Dorf?", fragte Liam dann unvermittelt.

„Sehr", gab Silvan sofort zu und seufzte. Er legte etwas Feuerholz nach und starrte in die Flammen. „Aber ich weiß, ich tue das Richtige und es muss endlich etwas geschehen. Wenn wir nicht jetzt anfangen ... wird es mein Dorf bald nicht mehr geben."

Eine Hand legte sich auf seine Schulter, als Liam neben ihn trat. „Es ehrt dich wirklich, dass du hergekommen bist und es versuchen willst. Nicht viele hätten den Mut dazu, einfach loszuziehen, so ganz ohne

Plan und das meine ich jetzt nicht herablassend", sprach der Aurox und lächelte ihn leicht an. „Ich weiß nicht, ob wir wirklich etwas schaffen können, doch wir versuchen es."

Silvan sah nach oben zu Liam. „Ja das tun wir, aber egal, was passiert, wir haben schon jetzt etwas erreicht. Allein, dass wir so denken und dies weiter geben ... Es ist ein Anfang."

Liam nickte, dann legte er den Kopf etwas schief und verzog einen Mundwinkel zu einem Grinsen. „Du sprichst ganz schön weise, Kleiner. Wie alt bist du eigentlich?"

Silvan blinzelte, überrascht von der Frage. „Ich? Sechzig, aber ich sage einfach nur, was ich denke, das ist alles. Aber wie alt bist du denn, wenn ich fragen darf?"

Liam grinste nun etwas mehr. „Nicht viel älter als du. Achtundsechzig. Setzen wir uns ans Feuer?"

Silvan nickte. „Gerne. Möchtest du vielleicht einen Tee?"

Liam lachte leise und neigte zustimmend den Kopf. „Ja gern. Bei den Göttern, ich hätte nicht gedacht, dass ich heute mit einem Druiden am Feuer Tee trinken werde. Unwirkliche Welt."

Silvan schmunzelte und ging in die Küche, um das heiße Wasser in zwei Becher zu gießen. „Weißt du, um das in Ravens Worten auszudrücken, du bist gar nicht so verkehrt", meinte Silvan und reichte Liam einen Becher.

Dieser schnaubte. „Du darfst Raven nicht so ernst nehmen, zumindest nicht, was Druiden betrifft. Da kann er nicht klar denken."

Silvan winkte ab. „Alles gut. Er war sogar ziemlich nett und er sagte, ich sei in Ordnung für einen Druiden. Abgesehen davon glaube ich, dass er hinter seiner grimmigen Fassade eigentlich ein toller Kerl ist."

Liam hatte den Tee entgegengenommen und ließ sich in den Sessel sinken. „Er ist auch ein guter Mann, er ist mein bester Freund, aber er hat schon verdammt viel durchmachen müssen und seine Familie früh verloren."

Silvan setzte sich in den anderen Sessel. „Darf ich fragen, was passiert ist?"

Liam starrte erst schweigend in seinen Tee, dann seufzte er. „Raven und ich sind gleich alt. Als wir sechzehn waren, mussten unsere Väter und auch Ravens Mutter mit einer kleinen Gruppe auf Mission. Unsere Mütter waren übrigens die letzten Frauen im Lager, die noch kämpfen durften, die anderen waren längst im Frauenlager untergebracht", erzählte Liam. „Diese Mission war ausgerufen worden, weil sich ein paar Druiden über die Grenze gewagt hatten. Unsere Leute sollten sie töten, was sich aber schwierig gestaltete, wie mein Vater mir damals erzählte. Es war ein brutaler Kampf und nur er kam zurück, der Rest starb."

Silvan schluckte hart. „Wann war das ungefähr?"

Der Aurox hob den Blick. „Wir waren sechzehn, also war das genau vor zweiundfünfzig Jahren. Weshalb?"

Silvan schloss die Augen. „Ich hoffe, dass sich dadurch nichts ändert aber ... ich glaube diese Druiden, gegen die eure Leute damals gekämpft haben, ... waren mein Vater und seine Truppe."

Liam schwieg, dann schüttelte er den Kopf. „Nein, dadurch ändert sich nichts. Wir sind nicht für die Handlungen unserer Familie verantwortlich. Dennoch, erzähl es bitte nicht Raven, er könnte damit nicht umgehen. Er hat damals seine Familie verloren." Silvan seufzte. „In Ordnung ... Bei den Göttern, das tut mir so leid. Ich weiß gar nicht, was ich dazu sagen soll."

Liam schüttelte den Kopf. „Es war eine heftige Zeit für Raven, er hatte plötzlich niemanden mehr und eine

Weile hatte ich wirklich Angst, dass er sich das Leben nimmt. Nur zusammen konnten wir ihn davon überzeugen, dass das Leben nicht verloren war. Tja und jetzt hat er seit fast zwanzig Jahren diesen verfluchten Blutbund mit Gerom. Der Mistkerl hat Ravens Einsamkeit ausgenutzt, wie ich diesen Blutelf hasse!"

Silvan hielt den Blick im Feuer. „Dieser Gerom ... Sind eigentlich alle Blutelfen so?"

Liam knurrte und zuckte die Achseln. „So viele von denen laufen nicht im Schloss herum. Derzeit sind es vielleicht fünf oder sechs. Drei von ihnen sind Hauptmänner. Gerom ist einer davon, genauso wie sein Neffe, aber mit dem und auch mit den anderen Hauptmännern habe ich nichts zu schaffen."

Silvan nickte. „Verstehe. Es ist einfach schade, dass man sich nicht gegenseitig respektiert und so annimmt, wie man ist. Und dass der König so ein hinterhältiges ... Nein ... er wirkt eher wie ein Angsthase. Er vertreibt das, was ihm bedrohlich vorkommt, hält euch mit einem Fluch klein und behandelt euch wie Dreck. Er hat Angst, ein richtiger Angsthase!"

Liam schnaubte, trank vom Tee und lehnte sich dann im Sessel zurück. „Mag ja sein, aber dieser Kerl regiert dennoch ganz Jiltorya. Wir können im Moment nichts dagegen tun und selbst wenn, wäre die Gefahr dadurch nicht gebannt, sondern der nächste Elf würde sich auf den Thron setzen und das Werk seines Vorgängers fortführen." Liam strich sich durchs kurze schwarze Haar. „Um wirklich was zu erreichen, müssten wir an des Königs Amulett kommen, oder diese Steinrosen finden, die es angeblich gibt, oder auch nicht." Er schloss die Augen. „Egal wie wir es anstellen wollen, leicht wird es nicht und ich fürchte, Nahom war erst das erste Opfer."

Silvan schwieg einen Moment. „Möge er in Frieden ruhen. Aber ich denke, du hast leider recht, wir müssen das schaffen", sprach Silvan und sah zu Liam. „Nicht nur für uns, auch für alle anderen!"

Der Aurox hob die Lider und lächelte matt. „Ja, du hast recht, ich weiß, aber heute schaffe ich gar nichts mehr. Ich bin erledigt, der Weg war weit und ich würde jetzt gern schlafen gehen."

Sofort war Silvan auf den Beinen. „Warte noch kurz, ich mache dir ein Bett zurecht, dann kannst du dich sofort schlafen legen", lächelte Silvan den Aurox an und ging die Treppe hoch, um das Bett im vorderen Zimmer zu beziehen.

Tatsächlich hatte er in den Schränken frische, wenn auch etwas staubige und alte Bettwäsche gefunden. Genauso wie Geschirr in der Küche.

Verflucht, er hatte Liam eigentlich fragen wollen, wer die Hütte errichtet hatte. Aber egal, dafür blieb die Tage noch genug Zeit. Silvan bezog schnell das Bett und stellte Liam auch einen Becher Wasser für die Nacht hin. „So alles fertig, du kannst, wenn du magst ins Bett gehen", rief er nach unten und nach einem Moment trat der Aurox durch die Tür und hob eine Augenbraue. „Na, so habe ich auch noch nicht genächtigt."

Silvan war etwas verwirrt. „Stimmt was nicht?"

Liam schüttelte den Kopf. „Nein gar nicht, im Gegenteil. Ich bin es gewohnt auf einer harten Pritsche und mit einer dreckigen, alten Decke zu schlafen. Das hier ist außergewöhnlich und nun ja, wirklich schön."

Ein Lächeln legte sich auf Silvans Lippen. „Dann genieße es, du hast es dir mehr als verdient."

Kurz sah Liam ihn an, als wolle er etwas sagen, doch dann seufzte er nur.

„Gute Nacht", murmelte der Aurox und ging an ihm vorbei in die dem Zimmer angrenzende Waschkammer. „Schlaf gut Liam", antwortete Silvan und stieg wieder hinunter.

Er wusch die Becher ab und setzte sich dann noch mal in einen Sessel vor dem Feuer. Wie jeden Abend, seit Silvan von zu Hause weggegangen war, erzählte er dem Ring, den er von seinem Vater hatte, was er erlebt hatte. So fühlte er sich seinen Eltern nahe, selbst wenn sie weit weg waren.

Silvan war überzeugt von seiner Mission und jetzt hatte er durch Liam und die anderen auch noch Hilfe, aber es stand weiterhin in den Sternen, ob sie Erfolg haben würden. Er schloss die Augen und sandte ein Stoßgebet an die Götter, erst dann ging er und legte sich im Zimmer neben Liams ins Bett.

Er schlief ziemlich schnell ein, wurde jedoch von Albträumen heimgesucht.

Er sah sein Dorf vor sich, jedes einzelne Haus leer, die Bewohner tot. Silvan hatte versagt, seine Aufgabe nicht erfüllt, seinetwegen hatten sie alle sterben müssen.

Ruckartig setzte er sich auf und fuhr sich durch die Haare. „Nein, das darf nicht passieren!", knurrte er entschlossen und stand auf. Nach ein paar tiefen Atemzügen schlich er auf leisen Sohlen nach unten, um sich auf andere Gedanken zu bringen.

Er würde für Liam und sich ein Frühstück machen, so weit das mit den Sachen ging, die sie hier hatten.

„Frische Tomaten mag er sicher gern", murmelte er, öffnete die Tür, erstarrte in der Bewegung und riss die Augen auf. Liam war schon wach und trainierte mit freiem Oberkörper.

Verdammt, dieser Mann war wirklich heiß!

Geschmeidig wirbelte Liam in seinen Bewegungen herum, ehe sein Blick plötzlich zu ihm zuckte und der Aurox innehielt. Er wandte sich Silvan zu und lächelte leicht. „Guten Morgen, ich hoffe, ich habe dich nicht aufgeweckt?", fragte er und verschränkte die Arme vor der bloßen Brust.

Silvan brauchte einen Moment, ehe er den Kopf schüttelte. „Nein, alles gut, ich konnte nur nicht mehr schlafen und wollte Frühstück machen. Da dachte ich, Tomaten würden gut dazu passen", erklärte er und hoffte, nicht die Farbe einer Tomate angenommen zu haben.

Liams Blick glitt über ihn und er lächelte etwas mehr. „Das klingt gut", brummte der Aurox und schlenderte zu ihm. Fast direkt vor ihm blieb er stehen und sah auf Silvan hinab.

„Du bist echt niedlich, wenn du rot wirst", raunte Liam und ging an ihm vorbei ins Haus.

Silvan schluckte hart, verflucht war das peinlich! „Das ist deine Schuld", murmelte Silvan und plötzlich war Liam wieder direkt neben ihm. „Was ist meine Schuld?", fragte der Aurox, der sich ein Handtuch um die Hüften geschlungen hatte und um das Haus herum zum Bach schlenderte.

Silvan starrte auf Liams fast nackten Körper und schluckte. „Ich", setzte er an und blickte Liam nach, als dieser um die Ecke verschwand. „Wie soll man da einen klaren Gedanken fassen können?", brummte Silvan und beugte sich zu den Tomaten, um ein paar zu pflücken.

Zurück in der Hütte wusch er das Gemüse und holte ein Messer. Als er nach dem Brett greifen wollte, welches noch in der Spüle stand, sah er aus dem Fenster und entdeckte Liam.

Vollkommen nackt!

Sofort spürte er, wie die Hitze wieder in seine Wangen stieg, doch er konnte den Blick nicht abwenden. Der große Mann hatte zahlreiche Narben auf seinem Körper, seine Haut war einen Ton dunkler als die von Silvan, was davon zeigte, das er wohl so oft es ging, außerhalb des Schlosses unterwegs war.

Liam war gut gebaut, wenn auch nicht so breit wie Raven. Sehnige Muskeln zogen sich über seinen Körper und wie es auch für Silvans Rasse typisch war, hatte Liam keine Körperbehaarung, nicht mal an den Armen oder Beinen.

In diesem Moment wandte der Mann sich plötzlich mehr seitlich und goss sich mit einer hölzernen Schale Wasser über den Kopf. Das stachlig schwarze Haar schmiegte sich nun an seinen Schädel und als er die Augen öffnete, waren sie auf ihn gerichtet.

Silvan schluckte und blinzelte, ehe er einfach in die Hocke ging.

Sein Herz raste und er konnte sich sein Verhalten selbst nicht erklären. Das war das erste Mal, dass er so nervös bei einem Mann war, bei den Göttern! Nur langsam lugte er wieder durch das Fenster und sah Liam.

Der Aurox hatte den Ellbogen auf den Fenstersims gelehnt, den Kopf schief gelegt und grinste ihn frech an. „Na, ist dir was runtergefallen?"

Silvan zuckte zurück und landete auf seinen Hintern. „Autsch", murmelte er und sah zu Liam auf. „Ach Unsinn, ich wollte nur ein frisches Tuch nehmen", erklärte er und zog eines aus den unteren Regalen.

Er kam wieder hoch und versuchte, seine Unsicherheit zu verbergen, indem er einfach auf die Tomaten sah und das Messer ansetzte.

„So?", fragte Liam und zog eine Augenbraue hoch, in den silbernen Augen blitzte es wissend. „Na, wenn das so ist, und ich dachte schon, du willst mir den Rücken schrubben."

Damit verschwand der Aurox vom Fenster und ging ungeniert zurück zum Bach.

„Na klar, auf jeden Fall ...", flüsterte Silvan und versuchte, Liam nicht hinterherzuschauen, was ihm leider nicht gelang. Er lugte immer wieder verstohlen zu dem anderen Mann und schluckte. Verdammt, dieser Kerl war wirklich ein verführerischer Anblick.

Nein, Silvan, konzentriere dich, rief er sich selbst streng zur Ordnung.

Liam war indes fertig, er schlang sich das Handtuch wieder um die Hüften und verschwand aus Silvans Blickfeld. Nur Momente später hörte er Schritte und der Aurox kam auf nackten Füßen ins Haus.

Silvan beschwor sich erneut, sich nicht umzudrehen, er starrte nur auf die Tomate, die noch immer ungeschnitten war.

„Hm, ich bin mir nicht sicher, was du da tust", erklang plötzlich Liams Stimme sehr nah hinter ihm. „Willst du die Tomate schneiden, oder gehst du eine Liebesbeziehung mit ihr ein?"

Silvan zuckte zusammen und erstarrte. „Ich schneide sie natürlich!"

Leises Lachen wehte an sein Ohr. „Das sieht nicht so aus, Kleiner", brummte Liam und Silvan hörte, wie er tief einatmete. „Ich mag deinen Geruch."

Da entfernten sich Schritte und Liam stieg die Treppe hinauf.

Silvan war noch immer wie erstarrt.

„Was? Mein Geruch?", flüsterte er und schüttelte den Kopf. „Nein, Konzentration, das geht nicht!"

Jetzt schnitt er endlich die Tomaten und richtete einen großen Teller mit Gemüse an. Schnell mischte er aus ein paar Kräutern eine Soße zusammen, die er dann mit einem Tee für Liam und sich selbst auf den Tisch stellte.

Gerade kam der Aurox die Treppe wieder hinunter, dieses Mal voll angezogen, jedoch ohne Kettenhemd. Er trat zu ihm in die Küche und begutachtete den Teller. „Sieht gut aus", lobte er und setzte sich an den Tisch. „Du hast echt ein Händchen für sowas."

Silvan winkte nur ab. „Ach was, das ist nicht schwer. Mit ein wenig Übung schaffst sogar du das. Ich habe auch ein paar Pilze wieder am Spieß. Mit der Soße sollte es noch besser schmecken."

Liam sah ihm in die Augen und grinste offen. „Du verwöhnst mich viel zu sehr. Was mache ich denn, wenn ich wieder im Schloss bin?"

Silvan sah plötzlich traurig auf den Teller. „Ich würde euch wirklich gerne mehr helfen. Aber ich müsste vor Ort sein, um Sachen wachsen zu lassen."

Liam schüttelte den Kopf. „Lass nur, wir kommen zurecht, wirklich. Wir sind es nicht anders gewohnt, es war schon immer so. Meist klappt es ganz gut und wenn der Hunger mal zu groß ist, dann versuchen wir auch hin und wieder, etwas aus der Küche zu stehlen. Geht nicht immer gut aus, aber manchmal hilft es uns."

Silvan verzog das Gesicht, tauchte einen Pilz in die Soße und reichte ihn Liam. „Dann lass mich dich, solange du hier bist, wenigstens verwöhnen."

Der Aurox sah auf den Pilz, ehe er lächelte und ihn entgegennahm. „Danke." Nach kurzem Schnuppern steckte er ihn auch schon in den Mund und seufzte leise. „Oh Mann, das ist wahrlich unverschämt gut!"

„Das freut mich, greif zu und iss dich satt", lächelte Silvan und nahm sich ein Paprikastück, um es ebenfalls in die Soße zu tunken und in den Mund zu schieben. Sie aßen in einvernehmlichem Schweigen und von dem großen Gemüseteller blieb schließlich nichts übrig. Auch die Pilze samt der Soße hatten sie aufgegessen.

„Ich könnte mich wirklich daran gewöhnen, so in den Tag zu starten", grinste Liam und zwinkerte ihm zu. „Auch wenn ich heute zum ersten Mal so einen interessierten Zuschauer beim Waschen hatte."

Sofort wurde Silvan rot und sah nach unten. „Verzeih, ich weiß auch nicht, was mit mir los war."

Liam

Dieser kleine Druide verdrehte ihm gehörig den Kopf und diese Farbe stand dem Mann wirklich gut, ging es Liam durch den Kopf. Es machte Spaß, Silvan zu reizen und zu ärgern, er sprang sofort darauf an.

„Na wenn nicht du, wer dann?", fragte Liam, zwinkerte erneut und räumte das Geschirr ab, um sauber zu machen. Silvan erhob sich ebenfalls und trocknete wieder ab. „Ich weiß es ehrlich gesagt nicht. Wahrscheinlich ist einfach alles etwas viel, denke ich."

Liam nickte. „Möglich."

Sobald alles sauber war, lehnte er sich mit verschränkten Armen gegen die Küchenzeile. „So wie die Dinge stehen, wirst du wohl länger hierbleiben müssen, Silvan. Solange die Königin keine Ruhe gibt, ist es für dich nicht sicher außerhalb des Tals." Liam ahnte, dass der Druide nicht gut reagieren würde, er hatte ja vorher schon Probleme damit gehabt, ein paar Tage die Füße stillzuhalten.

„Noch länger? Bei den Göttern, so hatte ich mir das eigentlich nicht gedacht", murmelte Silvan und blickte unglücklich drein.

Liam legte ihm eine Hand auf die Schulter und drückte sie. „Ich weiß, aber wenn du dich jetzt zu offen zeigst, dann werden zum Schluss die falschen Leute auf dich aufmerksam, denn auch in den Dörfern gibt es viele, die dem König treu ergeben sind. Ich bin mir sicher, dass selbst bei den beiden, in denen du schon warst, ein paar dabei waren, die dich schlussendlich verraten haben. Immerhin hat sich das Gerücht nicht umsonst so schnell weiterverbreitet und hält sich jetzt auch so hartnäckig."

Silvan hob den Blick und Liam sah in diese wunderschönen, waldgrünen Augen. „Ich weiß", lenkte Silvan ein. „Ich werde hier warten. Es gefällt mir nur nicht, tatenlos herumzusitzen."

Liam nickte sofort. „Das ist mir bewusst, glaub mir, doch gerade jetzt gibt es keine andere Möglichkeit. Sobald sich dieser Aufruhr, vor allem bei der Königin, gelegt hat, wirst du dich wieder freier bewegen können. Bis dahin sollten wir die Zeit nutzen, um einen wirklich sinnvollen Plan auf die Beine zu stellen. Ich weiß, dass auch Ace im Schloss daran arbeitet, doch leider wird das nicht so einfach. Denn selbst unter meinen Brüdern im Lager gibt es die, die dem König ergeben sind. Sie kennen kein anderes Leben und sind dem Mistkerl für jede noch so kleine Kleinigkeit dankbar. Würden sie von dir wissen, würden sie dich jagen."

Silvan verzog das Gesicht. „Alles nur wegen eines unwichtigen Druiden. Aber gut, ich habe verstanden. Ich werde mich hier mal ordentlich einrichten."

Liam klopfte dem sichtlich niedergeschlagenen Mann auf die Schulter, ehe er in Richtung Tür ging. „Richte du dich ein, ich gehe jagen, damit wir dann auch mal wieder Fleisch haben", meinte er.

„Liam!", rief Silvan ihm nach. Abrupt blieb er stehen und lugte über die Schulter. „Ja?"

Der Druide lächelte leicht, die Wangen etwas gerötet. „Pass bitte auf dich auf."

Verwirrt blinzelte Liam, dann schnaubte er. „Keine Sorge, ich werde mich nicht vom Bären fressen lassen." Damit ging er los und lief den schmalen Pfad durch den Wald zurück, über den er gekommen war.

Schon nach kurzer Zeit erreichte er die Anhöhe und blickte auf die dichten Wälder hinab. Vielleicht würde er ein Reh erwischen, dann hätten sie für die nächsten Tage ausgesorgt, ging es ihm durch den Kopf und Liam ballte die Fäuste. Er rannte in den Wald und verschmolz mit den Schatten. Konzentriert schnupperte und lauschte er auf verräterische Geräusche.

Da!

Sehr bald hörte er, wie ein größeres Tier durchs Gebüsch lief. Tatsächlich, ein Reh. Sehr gut, dachte Liam und zog eines seiner Messer. Ein gezielter Wurf und das Tier wäre sofort tot.

Er wartete geduldig und duckte sich, während er das Reh beobachtete. Als dieses nahe genug an ihn herankam, warf Liam das Messer mit aller Kraft und traf. Das Tier zuckte kurz, dann sackte es auch schon tot zusammen.

„Perfekt", grinste er und ging zu dem Kadaver, um ihn über die Schulter zu werfen. „Das genügt leicht für die nächste Zeit!" Zufrieden machte er sich auf den Rückweg, wobei erneut ein seltsames Gefühl von ihm Besitz ergriff.

Immer wieder blickte er sich verstohlen um, hier stimmte doch etwas nicht. Einem Impuls folgend, wandte er sich in eine andere Richtung und lief nicht zurück zum Tal.

Tatsächlich blieb dieses Gefühl und Liam glaubte, verfolgt zu werden. Er legte das Tier an einer kleinen Lichtung ab und streckte sich durch.

Aufmerksam lauschte er und blickte sich immer wieder um, doch kein Feind zeigte sich ihm. Also machte er sich bemüht normal daran, das Tier auszunehmen und ausbluten zu lassen.

Dass er dabei angespannt war, sah man hoffentlich nicht. Nach einer Weile war er so gut wie fertig und plötzlich wurden seine Instinkte ruhiger, das Gefühl zog sich zurück und verschwand schließlich ganz.

Irritiert blickte Liam sich nun offen um, aber er sah nur Wald. „Das gibt es doch nicht", murmelte er und rieb sich den Nacken. „Das gefällt mir nicht."

Er nahm das ausgenommene Tier wieder über die Schulter und eilte zurück zum Tal, wobei er dieses Mal darauf achtete, vermehrt im Schatten zu bleiben, um es potenziellen Verfolgern schwer zu machen.

Als er dort ankam, fiel ihm beinahe ein Stein vom Herzen, denn das Gefühl blieb aus. Was auch immer da im Wald gewesen war, es war ihm nicht nachgekommen.

Kopfschüttelnd lief Liam zurück zur Hütte und öffnete die Tür. „Bin wieder da", rief er und trat in die Küche, wo er das Reh auf den Tisch legte. Doch der Druide antwortete nicht. Liam runzelte die Stirn.

„Silvan?", rief er nun lauter und zog sicherheitshalber einen Dolch, mit dem er sich geschickt die Unterarme öffnete.

Hatte er etwas übersehen, waren ihm seine Verfolger voraus gewesen?

Doch dann spähte er durch ein Fenster und atmete erleichtert aus.

Der Druide badete nur im Bach!

Liam seufzte und schüttelte den Kopf. „Bei den Göttern, muss der mir so einen Schrecken einjagen?" Er steckte den Dolch weg und lief wieder aus dem Haus, welches er umrundete und zum Wasser ging.

Silvan hatte ihm den Rücken zugewandt und Liam ließ den Blick über den Mann gleiten.

Der Druide war schmäler gebaut als er selbst, aber man sah dessen Körper an, dass er ebenfalls schon trainiert hatte.

Wenn die Muskeln auch nicht so ausgeprägt waren, waren sie dennoch vorhanden und zeichneten sich unter der hellen Haut ab. Kurz blieb Liams Blick an

Silvans Hintern hängen und er biss sich auf die Unterlippe.

Verflucht, das war keine gute Idee, auch wenn er den schönen Mann nur zu gern zu sich ins Bett gelockt hätte. Er schüttelte den Kopf und atmete tief durch.

„Nette Aussicht, auch daran könnte ich mich gewöhnen", schmunzelte Liam.

Silvan quietschte erschrocken und schnappte sich das Handtuch, das neben ihm lag, um es sich um die Hüfte zu binden. „Liam, erschreck mich nicht so!" Liam lachte ohne das geringste schlechte Gewissen. „He!", verteidigte er sich. „Ich habe dich im Haus schon gerufen, was kann ich dafür, dass du nicht hörst?"

Silvan wurde wieder tomatenrot und nahm seine Kleidung an sich. „Ich war halt in Gedanken!"

Liam schnaubte und ließ den Blick offen über den Druiden gleiten. „Du hättest ruhig noch etwas länger in Gedanken verbringen können." Nach diesen Worten wandte er sich ab und ging wieder zum Haus.

„Was soll das?", rief Silvan ihm hinterher.

Liam überlegte kurz, dann grinste er und sah zurück. „Was denn? Ich finde dich eben süß." Damit trat er ins Haus und verlor den sichtlich geschockten Druiden aus dem Blick. Er begab sich in die Küche und machte sich daran, das Reh zu häuten.

Silvan kam immer noch nur mit einem Handtuch um die Hüften ins Haus. Liam bekam nur einen kurzen Blick von dem Druiden zugeworfen und konnte erkennen, dass dieser noch immer rot war.

Schon war der andere die Treppe hinauf verschwunden und Liam grinste vor sich hin. Nachdem er die gesamte Haut von dem Tier entfernt hatte, teilte Liam es in mehrere Stücke und schnitt diese nochmals zurecht. Silvan kam nach einer Weile wieder herunter, dieses Mal hatte er eine dunkelbraune Hose an, die wie eine zweite Haut saß und ein dunkelgrünes Oberteil mit einer ebenso dunkelbraunen Weste.

Er fuhr sich durch die noch feuchten Haare und trat zu Liam. „Kann ich dir helfen?"

Liam starrte auf den Druiden und achtete einen Moment lang nicht auf sein Messer.

„Autsch!", zischte er und ließ es fallen, als er sich damit in die Hand geschnitten hatte.

Silvan schüttelte den Kopf. „Was machst du denn?", fragte er und nahm Liams Hand, um diese in eine Schale Wasser zu halten und die Wunde zu säubern.

„Was tust du da?", beschwerte sich Liam, ließ die Hand aber im Wasser. „Das ist doch nur ein kleiner Schnitt und ich bin mit dem Messer ausgerutscht. Nichts passiert."

Verdammt, dieser Kerl!

Die Kleidung stand Silvan wirklich gut und Liams Mund war trocken geworden.

Es war schon eine Weile her, dass er sich das letzte Mal auf etwas eingelassen hatte. Da sie im Lager nur unter sich waren, hatten sie nicht gerade eine große Auswahl. Dennoch hatte Liam eine Zeitlang mit einem seiner Brüder Spaß gehabt, bis dieser sich ernstlich verliebte und der Spaß somit vorbei war.

Doch Silvan löste etwas in ihm aus, das er so noch nicht kannte.

Es machte ihm ein wenig Angst und dennoch würde er gerade nichts lieber tun, als Silvan über die Schulter zu werfen und ihn ins Bett zu tragen.

Ob der Druide schon Erfahrung hatte? Verdammt, über was dachte Liam hier bitte nach?

Sie waren gewiss nicht hier, um sich zu vergnügen!

„Egal wie klein die Wunde ist, es muss sauber gemacht werden. Sonst könnte es sich entzünden und du mit einer Blutvergiftung mir hier wegsterben und das will ich nicht!", sprach Silvan, ohne Liam dabei anzusehen.

Liam blinzelte, aber dann schnaubte er. „Ach was, das ist nicht nötig und eine Blutvergiftung kriege ich erst recht nicht. Frag doch mal, wer unsere Wunden sauber macht, wenn man drei Tage in der Folterkammer ist und mit dreckigen Peitschen und sonst was geschlagen wird?"

Silvan schloss kurz die Augen und knurrte. „Ich weiß das, Liam, aber du bist hier nicht in der Folterkammer. Ich will dir nur helfen, weil ich nicht möchte, dass dir was passiert." Liam schwieg, dann sagte er nur ein Wort. „Warum?"

Silvan schluckte und blickte noch immer auf die Wunde, die er mittlerweile mit einem sauberen Tuch abtupfte. „Weil ich dich gern habe." Liam hielt still und fühlte, wie ihm warm ums Herz wurde. Warum bedeuteten ihm diese Worte so viel?

Während Silvan mit seiner Verletzung beschäftigt war, musterte Liam den Druiden.

Wieso war ihm dieser Mann wichtig?

Er leckte sich unschlüssig die Lippen.

Empfand er etwas für Silvan?

Wann war das bitte passiert?

Er kannte den Mann doch kaum!

Dennoch konnte er nicht leugnen, dass er ihn mochte und auch, dass er sich gefreut hatte, als die Mission der Königin ihn hierher führte.

„Ich hab dich auch gern", antwortete er leise.

Silvan hielt einen Moment in seiner Bewegung inne. „Ach ja?", fragte er und zog eine Phiole aus seiner Hosentasche.

Liam nickte, dann fiel sein Blick auf den Gegenstand und er versteifte sich. „Ist dass das brennende Zeug?", fragte er argwöhnisch.

Silvan öffnete die Phiole und blinzelte ihn unschuldig an. „Vielleicht!", raunte er und tröpfelte noch bei den Worten ein bisschen was auf die Wunde.

„Aua!", fluchte Liam und riss die Hand zurück. „Mistkerl! Das Zeug brennt schlimmer als der Schnitt!" Silvan lachte und schloss die Phiole wieder, ehe er nach Liams Hand griff.

Diesmal sprang Liam zurück und somit außer Reichweite. „Hör auf!"

Silvan grinste. „Ach tat das weh?", neckte er und verschränkte die Arme vor der Brust. „Strafe muss sein!"

Liam kniff die Augen zusammen und knurrte. „Strafe für was? Dass ich gesagt habe, dass ich dich mag? Verzeihung!"

Silvan schüttelte den Kopf. „Nein, darüber habe ich mich gefreut, aber die Strafe war dafür, dass du mich immer ärgerst!"

Liam schnaubte und wandte sich wieder dem Fleisch zu. „Tue ich nicht", wehrte er ab. „Aber gut, wie du meinst, ich lasse dich ab sofort in Ruhe."

Silvan atmete tief durch und trat an ihn heran. „Dann werde ich das Ärgern wohl ab sofort übernehmen", raunte der Druide ihm ins Ohr und wollte danach an ihm vorbei in Richtung Türe gehen.

So nicht, dachte Liam, griff blitzschnell nach dem Mann und hob ihn hoch. In derselben Bewegung setzte er Silvan auf die Küchenzeile und stellte sich zwischen dessen Beine. „Ich denke nicht, dass du das musst", knurrte Liam und küsste Silvan.

Dieser keuchte überrascht und hatte seine Hände auf Liams Schulter gelegt. Der Druide erwiderte den Kuss und krallte sich an ihm fest. Verdammt, so war das eigentlich nicht geplant gewesen, doch Liams Herz raste in seiner Brust. Er schob eine Hand in Silvans Nacken und drückte sich etwas an den Druiden.

Das fühlte sich gut an, richtig gut!

Silvan keuchte und legte eine Arme nun ganz um Liams Hals. „Liam." Seinen Namen so zu hören, bescherte Liam eine Gänsehaut und er musste schlucken. Langsam löste er die Lippen von Silvans und sah dem Druiden in die Augen. „Ich ... also", murmelte er leise, ohne zu wissen, was er eigentlich hatte sagen wollen. „Das war so nicht geplant", murmelte Silvan.

Liam nickte, da hatte der Mann recht. „Nein, war es nicht", gab er zu und rückte von Silvan ab. „Bitte verzeih, ich habe nicht nachgedacht." Beinahe hektisch fuhr sich Liam durch die Haare, wandte sich ab und ging zur Tür. „Ich brauche frische Luft", brummte er dabei und floh hinaus, wo er über sich selbst den Kopf schüttelte. Sein Herz wollte sich nicht beruhigen und er leckte sich unwillkürlich die Lippen.

Verdammt, er konnte den Druiden sogar noch schmecken!

„Warte doch!", rief Silvan und Liam blieb wider besseres Wissen stehen.

Langsam blickte er zurück zur Hütte, er war nur ein paar wenige Schritte weit gegangen. Silvan stand im Türrahmen, sein Gesicht glühte förmlich und Liam musste schon wieder schlucken.

Was hatte dieser Mann an sich, das ihn so anzog?

„Bitte geh nicht", bat Silvan und schritt langsam auf ihn zu. „Ich wollte es auch."

Das warf Liam aus der Bahn. Er wandte sich Silvan ganz zu und musste die Fäuste ballen, um den Mann nicht einfach an sich zu ziehen.

„Ich werde nicht gehen", raunte er leise. „Ich brauchte nur Luft." Er schüttelte den Kopf und zwang sich, durchzuatmen. „Das hätte ich wirklich nicht tun sollen, aber du verdrehst mir den Kopf!", warf er Silvan vor. „Seit du das Schloss verlassen hast, vergeht kein

Moment, in dem ich nicht an dich denken muss. Als die Königin mir diese Mission gegeben hat, habe ich mich gefreut, und zwar nicht, weil ich eine Woche lang vom Schloss weg sein würde, nein, sondern weil ich dich wiedersehen konnte."

Silvan schloss für einen Moment die Augen. „Das klingt fast so ... als würdest du dich in mich verlieben."

Liams Augen wurden groß.

Moment, was? Liebe?

Er strauchelte.

War das denn möglich?

Er hatte noch nie geliebt, zumindest nicht so. Natürlich liebte er seine Brüder und hatte auch seine Eltern geliebt, aber diese Form von Liebe?

Nein, die kannte er nicht. Unsicher musterte er Silvan. Wäre es möglich?, fragte er sich selbst und fand keine Antwort.

„Ich", murmelte er leise. „Ich weiß es nicht."

Silvan blieb vor ihm stehen. „Musst du auch nicht, aber wir sollten uns beide klar werden, was wir wollen. Denn wenn ich ehrlich bin, ich denke auch die ganze Zeit an dich und du bringst mein Herz zum Rasen."

Dieses Geständnis hatte Liam nicht erwartet, absolut nicht. Er blickte Silvan noch einen Moment an, dann sah er zu Boden.

„Ja, meines rast auch", murmelte er und rieb sich geistesabwesend die Brust neben dem Fluchmal. „Wie wäre es, wenn wir das Fleisch verarbeiten? Es ist so warm, nicht, dass die Fliegen darüber herfallen", schlug er vor, um sich irgendwie abzulenken. Den Göttern sei Dank schien Silvan seinen Gedanken nachvollziehen zu können, denn er nickte. „Du hast recht. Wir sollten es schnell verarbeiten."

Liam lächelte wackelig, ging dann an Silvan vorbei und wieder ins Haus. Verdammt, er musste sich zusammenreißen! Es war absolut keine gute Idee, hier irgendwas zu überstürzen.

Ihre komplette Zukunft war ungewiss, allein schon, weil sie gegen den König vorgehen wollten, und dazu war Silvan ein Druide, der gerade in ganz Torya gesucht wurde. Sollte er geschnappt werden, würde er getötet werden, das war Liam klar.

Ungewollt ballte er eine Faust, nein, Silvan würde nichts geschehen, dafür würde er sorgen.

Niemand würde an den Mann herankommen!

Er blieb vor dem Tisch stehen und musterte das viele Fleisch beinahe beiläufig. Liam merkte, er hatte ein Problem.

Er hob den Blick, gerade, als Silvan wieder ins Haus kam. Schon wieder schlug sein Herz schneller und er behielt den Druiden im Auge.

Liebe?

Liam war sich einfach nicht sicher, aber wie könnte er das auch sein? Dieses Gefühl war ihm fremd! Doch war es das nicht für jeden, der sich zum ersten Mal verliebte?

Er schloss die Augen, also gut, er musste sich jetzt zusammenreißen, diese Gedanken brachten gar nichts. Entschlossen fing er an, die Fleischstücke von Sehnen und Ähnlichem zu befreien und beiseitezulegen, damit Silvan sie weiter verarbeiten konnte. Er sprach kein Wort, denn er traute seiner Zunge nicht.

So arbeiteten sie still nebeneinander her, doch dieses Mal war das Schweigen ganz und gar nicht angenehm. Liam standen die Haare zu Berge und ein Teil von ihm wollte gerade am liebsten abhauen.

Weit weg, um wieder einen klaren Kopf zu bekommen, doch das wagte er nicht. Allein schon, weil er nicht wusste, ob seine Verfolger - und Liam war sich sicher, dass er im Wald bei der Jagd beobachtet worden war - ihm nicht bis zur Hütte gefolgt waren. Dann wäre Silvan in Gefahr, sollte er gehen. Verflixt nochmal, er musste aber weg, zumindest in ein paar Tagen!

Bis dahin wahr es zwingend notwendig, herauszufinden, wer ihn beobachtet hatte, und ob derjenige wirklich hinter dem Druiden her war.

Erneut ging sein Blick zu Silvan und er schluckte. Angenommen, er verliebte sich tatsächlich in den Mann, wie würde es für sie weitergehen? Liam würde zurück ins Schloss müssen und Silvan war hier in Gefahr, solange sie keinen sinnvollen Plan und ein paar Unterstützer hatten. So wie die Dinge standen, hätte eine Beziehung keine Zukunft und bevor Liam sich wirklich auf den schönen Mann einlassen würde, mussten sich noch so einige Dinge regeln.

Kapitel 7

Silvan

Silvan wusch sich gerade die Hände und starrte darauf. Liam hatte ihn geküsst! Das war ... noch nie hatte er das so gewollt!

Ja Silvan hatte schon andere Männer geküsst und auch Sex gehabt, aber noch nie hatte es sich so angefühlt, wie gerade eben bei Liam.

Hatte er sich etwa verliebt? Konnte das möglich sein?

Eigentlich wollte Silvan sich doch voll und ganz auf die Mission konzentrieren, aber schon als er Liam das erste Mal gesehen hatte, war ihm klar gewesen, dass der Kerl irgendwie anders war.

Er lugte über die Schulter zu dem Aurox, der mit dem Rücken zu ihm gewandt stand. Sein Herz raste noch immer und wollte sich absolut nicht beruhigen. Liam hatte gerade die letzten Fleischstücke präpariert und trat nun vom Tisch zurück.

„Oh", hörte Silvan ihn murmeln. „Na ganz toll. Silvan, ich bin kurz beim Bach", teilte Liam ihm mit und eilte aus der Hütte. Silvan sah ihm nach, ehe sein Blick zum Fenster ging.

Die Bilder vom vorigen Mal, als er Liam draußen beobachtet hatte, tauchten vor seinem inneren Auge auf und er wurde wieder tomatenrot. Bemüht auf seine

Hände zu sehen und das Blut abzuwaschen, musste er sich regelrecht zwingen, nicht ständig aus dem Fenster zu spähen.

Doch er konnte einfach nicht anders. Liam zog ihn irgendwie an. Gerade schälte sich der Mann aus seinem Oberteil und ging beim Bach in die Hocke, um dieses ins Wasser zu tauchen.

Silvan seufzte.

„Verdammt, dieser Kerl", murmelte er und beobachtete, wie Liam sein Hemd sauber machte. Nach einem Moment kam der Aurox wieder auf die Beine und wrang sein Kleidungsstück aus, ehe er es über die Steine am Ufer legte. Dann rieb er sich die Hände an der Hose trocken und umrundete wieder die Hütte. Nur einen Wimpernschlag später kam er ins Haus zurück.

„Das muss jetzt erst mal trocken werden, ich hab ziemlich viel Blut dran gebracht", murrte Liam. „Hab ich gar nicht gemerkt, aber das Reh hat stärker geblutet, als ich gedacht hatte."

Tief durchatmen, dachte Silvan, reiß dich zusammen! Mit einem leichten Lächeln drehte er sich um und nahm dabei ein Handtuch, um seine mittlerweile schrumpeligen Finger trocken zu reiben. „Das wird sicher schnell trocken in der Sonne, es ist ja schön warm. Ich werde mal anfangen, uns etwas Ordentliches zu Mittag zu machen. Du hast sicher Hunger nach dem Jagen."

Liams Blick zuckte plötzlich zum Fenster und seine Augen wurden schmal, auf Silvans Worte reagierte er gar nicht.

„Bin gleich zurück", murmelte Liam und ging zur Tür. „Schließe hinter mir ab und bleib drin!", rief er ihm noch zu, dann war der Aurox verschwunden. Verwirrt blickte Silvan den Mann hinterher, ehe er dessen

Anweisungen folgte. Dann ging er zum Küchenfenster und spähte hinaus, ob er etwas erkennen konnte.

Gerade kam Liam in sein Sichtfeld, der den Wald aufmerksam taxierte. Er hielt einen Dolch in einer Hand und zog diesen soeben über seinen rechten Unterarm. „Ich weiß, dass du da bist!", rief er und plötzlich knackte es im Gebüsch.

Blitzschnell schoss Liam darauf zu und war nur wenige Momente später im Unterholz verschwunden. Silvan riss die Augen auf.

Hatte man sie entdeckt, waren sie jetzt in Gefahr? Hoffentlich passierte Liam nichts!

Schnell eilte er in sein Zimmer und holte seinen eigenen Dolch. Er lugte wieder aus dem Fenster, doch es war nichts zu sehen.

Es dauerte eine gefühlte Ewigkeit, ehe es plötzlich an der Tür klopfte.

„Liam?", fragte Silvan skeptisch und hielt den Griff der Waffe fest umklammert.

„Nein, ich bin es, Raven. Mach auf, Kleiner", kam die Antwort.

Silvan stieß die Luft aus, sein rasendes Herz beruhigte sich langsam.

Er bewegte sich zögernd zur Tür und öffnete sie einen Spalt.

Als er Raven erkannte, fuhr Erleichterung durch ihn. „Bei den Göttern hast du mich erschreckt."

Der große Mann hob eine Augenbraue. „Wen hast du denn erwartet?"

Silvan ließ den Blick über die Baumreihen schweifen. „Du hast Liam nicht zufällig gesehen? Er ist vorhin ins Unterholz verschwunden, hat jemandem zugerufen, dass er wüsste, dass er da sei. Zu mir sagte er, ich solle abschließen und niemanden reinlassen. Ich mache mir Sorgen um ihn!"

Raven zog die Augenbrauen zusammen und schob ihn ins Haus, ehe er selbst eintrat und die Tür verriegelte. „Liam kann auf sich aufpassen, ihm passiert nichts. Er ist ein talentierter Kämpfer. Wer auch immer da draußen ist, wird eher die Beine in die Hand nehmen."

Silvan umklammerte seinen Dolch immer noch fest und war richtiggehend nervös. „Aber was, wenn er doch in Gefahr gerät? Ich will nicht, dass ihm was passiert!"

Er merkte, wie ihn die Angst um Liam packte.

Silvan konnte es nicht mehr leugnen, er empfand etwas für diesen Mann!

Ob Aurox oder sonst was, das war ihm egal, aber dass er sich gleich in einen von ihnen verlieben würde, hätte er nie gedacht.

Raven nahm ihn bei der Schulter und drängte ihn in einen der Sessel vor dem Kamin. „Jetzt beruhige dich, Liam wird schon nichts geschehen. Ich bin mir sicher, er kommt jeden Moment zurück", versuchte Raven ihn zu beschwichtigen.

„Aber wenn der Angreifer stärker ist? Was ist, wenn Liam verwundet wird?", fragte Silvan aufgebracht.

„Silvan!", herrschte Raven ihn scharf an. „Jetzt komm endlich wieder zu dir, verflucht! Reiß dich zusammen, seit wann bist du denn so ein weinerlicher Knirps?"

Silvan zuckte zusammen und zwang sich, tief durchzuatmen. „Verzeih, ich weiß nicht, was mit mir los ist."

Raven schüttelte den Kopf. „Schon gut, das hier ist nicht gerade eine normale Situation für dich."

Kaum hatte der Mann geendet, klopfte es.

„Ich bin es, Liam", ertönte es von draußen.

„Ich mach schon auf", brummte Raven und ging zur Tür, gerade als Silvan hochfahren wollte. Raven öffnete Liam und grinste ihn an. „Hallo Bruder!"

Liam blinzelte irritiert. „Raven? Was machst du denn hier?", fragte er und umarmte den anderen Mann.

Dieser klopfte Liam auf den Rücken, ehe er ihn losließ und zurücktrat. „Hast du wen auch immer gefangen?", fragte Raven, aber Liam schüttelte den Kopf. „Nein, ich habe ihn oder sie gar nicht eingeholt. Wer es auch war, er ist verflucht schnell."

Silvan hatte seinen Dolch auf den Tisch gelegt und blickte Liam an. Er schien unverletzt, ein Glück.

Erleichtert lehnte er sich in den Sessel zurück und schloss die Augen. Was bitte war gerade mit ihm los gewesen? Das war wirklich nicht er! ... Aber Silvan hatte in diesem Moment einfach einen klaren Gedanken mehr fassen können. Wenn Liam wirklich verletzt gewesen wäre ...

Auf einmal legte sich eine Hand auf seine Schulter. „He, alles gut bei dir?", fragte Liam und klang besorgt. Silvan öffnete die Augen und nickte. „Ja, sicher und bei dir?"

Liam drückte seine Schulter, ehe er von ihm abließ und zurück in die Küche ging. „Alles bestens, aber leider habe ich ihn oder sie nicht erwischt. Wer auch immer uns also beobachtet hat, ist noch da draußen. Was es ganz praktisch macht, dass Raven hier ist. So sind wir noch besser auf Angreifer vorbereitet."

Silvan neigte den Kopf. „Ja, das ist wirklich gut. Ich ... werde mal was kochen. Ihr habt jetzt sicher beide großen Hunger."

Damit eilte auch Silvan in die Küche und holte sich ein großes Stück Fleisch, um das klein zu schneiden. Kochen beruhigte ihn immer, er hatte es schon im Dorf gern getan. Hatte seiner Mutter immer geholfen und jetzt konnte er Raven und Liam verwöhnen. Und sich so zeitgleich von seinen in Aufruhr geratenen Gefühlen ablenken ...

„Klingt gut", meinte Liam, ehe er sich wieder Raven zuwandte. „Sag mal, wann bist du eigentlich vom Schloss los? Das ist eine Tagesstrecke bis hierher!"

Raven brummte. „Ich bin um die Mittagszeit los, ich musste dort weg."

Es schwang etwas Drückendes in Ravens Worten mit und Liam knurrte hinter Silvan. Er hörte den beiden zu und ließ sie unter sich reden.

Sie kannten sich immerhin schon ihr ganzes Leben und waren Brüder. Leider konnte sich Silvan denken, warum Raven vom Schloss weggewollt hatte und er konnte es sehr gut verstehen.

Dieser Gerom war so ein Mistkerl!

Wenn Silvan könnte, würde er dem Aurox sofort helfen, aber leider war dies nicht so einfach, das hatte Liam ihm erklärt.

„Sehe nur ich das so, oder wird es in letzter Zeit schlimmer mit Gerom?", fragte Liam soeben und Raven brummte. „Es wird schlimmer, er kommt immer öfter und fordert mehr. Wenn das so weiter geht ... Ich weiß nicht, wie lange ich das noch aushalte."

Silvan schloss die Augen er konnte sich gar nicht vorstellen, wie Raven sich fühlen musste. Das musste einfach schrecklich sein.

Silvan nahm ein wenig Gemüse und schnitt es klein, um es mit dem Fleisch anzubraten. Da sah er auf die Pilze, die er hatte wachsen lassen.

Er konnte Raven zwar nicht helfen, aber vielleicht konnte er ihm wenigstens ein kleines Lächeln auf die Lippen zaubern, damit er sich für den Moment besser fühlte. Er nahm zwei große Pilze, briet diese an und spießte sie auf. Dann ging er an den Tisch und reichte einen Liam und einen Raven.

„Probiere mal", bot er Raven an und lächelte. Der Aurox musterte den Pilz skeptisch und nahm ihn eher zögernd entgegen. „Danke", murmelte er und lugte sogar kurz zu Liam, der seinen Pilz bereits verspeist hatte.

„Lecker, probiere ruhig", bestätigte Liam und Raven biss nach einem weiteren kurzen Moment ab. „Das ist wirklich gut", gab er zu und aß schließlich den großen Pilz auf. „Danke", sagte er zu Silvan und lächelte wackelig.

„Mit etwas Soße schmeckt es noch besser. Wie lange kannst du bleiben? Dann kann ich heute Abend ja welche fertig machen", fragte Silvan neugierig und Raven zuckte die Schultern, wobei er sofort zusammen-fuhr. „Autsch", knurrte er und rieb sich die verletzte Stelle. „Ich kann zumindest drei Tage wegbleiben, das hat auch Ace gesagt. Also wenn ich euch hier nicht störe", meinte er und Liam winkte ab. „Tust du nicht, wie gesagt, es ist ganz gut, dass du hier bist, sodass immer einer von uns ein Auge auf alles haben kann."

Silvan schnaubte, er hatte genau verstanden, dass Liam damit ihn gemeint hatte!

„Es ist ja nicht so, als könnte ich nicht auf mich selbst aufpassen", empörte er sich und funkelte Liam an. „Aber dennoch, danke. Liam rühre bitte das Essen um."

Damit lief er nach oben, suchte in seiner Tasche nach einer anderen Phiole und ging mit dieser wieder nach unten. „Raven, wenn du es erlaubst, würde ich mir die Wunde einmal ansehen."

Liam knurrte von der Küchenzeile aus. „Pass bloß auf, Raven, der Mist brennt schlimmer als jede Wunde!"

Silvan funkelte Liam erneut an, was den gar nicht zu interessieren schien. „Klappe! Das ist nicht dieselbe Tinktur", erklärte Silvan und blickte zu Raven. „Diese kühlt und hilft bei Schmerzen. Ich verspreche dir, sie brennt nicht."

Der große Mann starrte die Phiole an und schüttelte dann den Kopf. „Lass nur, es geht mir gut, ich brauche das nicht."

Silvan verschränkte die Arme. „Dann heb doch mal deinen Arm."

In Ravens Augen blitzte es. „Das sage ich das nächste Mal zu dir auch, wenn du von einer Blutklinge durchbohrt wurdest! Es dauert ein paar Tage, aber das ist normal, also hör auf, dich wie mein Vater aufzuführen, der ist nämlich tot."

Silvan seufzte traurig. „Raven, ich will dir nur helfen. Du bist nicht nur meinetwegen verletzt worden, sondern fast gestorben. Ich möchte dir wenigstens ein wenig die Schmerzen lindern, aber wenn du nicht möchtest, kann ich dich nicht zwingen."

Silvan stellte die Phiole auf den Tisch und ging wieder zur Küchenzeile. „Danke, ich mache jetzt weiter", sprach er Liam an. Dieser übergab Silvan den hölzernen Kochlöffel und setzte sich dann wieder zu Raven.

Nach diesem Gespräch herrschte plötzlich Schweigen, bis das Essen fertig war, welches Silvan zu den beiden Männern brachte. Silvan tat allen etwas auf den Teller und stellte auch noch ein paar gebratene Gemüse- und Pilzspieße auf den Tisch.

„Lasst es euch schmecken."

Raven nutzte seinen linken Arm kaum und Silvan merkte, dass dessen rechte Hand zittrig war, dennoch aß er etwas, so wie auch Liam.

Besorgt blickte Silvan zu Raven. „Ist etwas nicht in Ordnung? Deine Hand zittert sehr stark."

Der Aurox zog die Brauen zusammen und legte den Löffel weg, ehe er seinen rechten Unterarm mit der linken Hand umfasste und an sich drückte. „Mist, verdammter", knurrte er und Liam sah auf. „Wie oft?"

Raven schüttelte den Kopf und blieb still.

„Raven!", zischte Liam. „Sag schon, wie oft?"

Raven blickte sichtlich beschämt auf den Tisch, während er antwortete. „Fünf."

Ein lautes Knurren hallte durch den Raum und Liam fluchte. „Dieser dreckige Bastard! Verdammt, der bringt dich noch um!"

Silvan verstand nicht wirklich, was die beiden Männer meinten. „Was ist los?"

Liam bebte sichtlich vor Zorn und es war Raven, der ihm antwortete. „Gerom, der Blutelf, der den Bund mit mir hat, er wird immer gieriger und gestern hat er mich ganze fünf Mal zur Erneuerung des Bundes gezwungen und zu noch mehr."

Silvan schloss die Augen. „Das ist abartig. Dieser Mistkerl, dem gehört der Kopf abgeschlagen!", knurrte er und musterte Raven. „Kann man dir denn jetzt irgendwie was Gutes tun?"

Raven Augen weiteten sich, er wirkte fast erstaunt und lächelte dann sogar. „Danke, wirklich, aber ich wüsste nicht, wie. Ich würde mich jetzt nur gern hinlegen, ich bin die Strecke ohne Pause durchgelaufen."

Silvan nickte. „Natürlich. Du kannst", setzte er an und hielt dann abrupt inne.

Sie hatten nur zwei Schlafzimmer!

„Nimm doch einfach das hintere Zimmer, das ist frisch bezogen. Ich bring dir gleich noch etwas zum Trinken", bot Silvan an, denn er würde wohl sowieso wieder vor dem Kamin schlafen.

„Das ist nett, danke", antwortete Raven und kam hinter ihm auf die Beine.

Auch Liam war aufgestanden. „Ruh dich aus, mein Bruder", hörte Silvan ihn sagen und schon entfernten sich Schritte aus dem Raum und Raven ging die Treppe hinauf.

Silvan wusch das Geschirr ab, was Liam sogleich abtrocknete, füllte einen kleinen Krug mit frischem Wasser und ergriff einen Becher. Auch seine Phiole steckte Silvan ein, ehe er Raven folgte und an den Türrahmen der offenen Tür klopfte „Darf ich reinkommen?"

Raven hatte sich an die Bettkante gesetzt, die Stiefel sowie sein Kettenhemd und auch das Oberteil ausgezogen. Jetzt sah er auf und nickte. „Natürlich."

Silvan lächelte und stellte das Wasser samt Becher auf den kleinen Tisch, der neben dem Bett stand. „Ich weiß du magst es nicht, aber darf ich mir die Verletzung wenigstens ansehen?"

Raven seufzte und lachte leise. „Du gibst doch eh keine Ruhe, oder?", fragte er und sah auf seine linke Schulter, um die ein einfacher Verband geschlungen war. „Wie du möchtest."

Silvan schüttelte den Kopf und grinste. „Nicht bei Leuten, die ich mag. Vorsicht", murmelte er und nahm die Binden ab. Die Wunde war noch leicht gerötet, aber dafür, dass sie noch keine Woche alt war, war Silvan zufrieden. „Na, das sieht doch gut aus. Ich werde dir dennoch ein wenig von der Tinktur drauf machen, ja?"

Diesmal diskutierte Raven nicht, er nickte nur brav.

„Danke dir", lächelte Silvan und trug die grünliche Lösung vorsichtig auf. Dann machte er einen neuen Verband und sah auf Ravens rechten Arm. „Die Tinktur könnte dir vielleicht auch da helfen", erklärte Silvan ruhig und ging vor Raven in die Hocke.

Dieser hatte sich augenblicklich versteift und drückte seinen Arm noch enger an sich. „Passt schon", wehrte er leise, jedoch ohne großen Nachdruck ab.

Silvan ließ nicht locker. „Du kannst das auch allein machen, ich werde dich nicht berühren, wenn du es nicht möchtest, aber sie hilft gegen Schmerzen", erklärte er und hielt Raven die Phiole hin. Noch immer zögerte Raven, dann stieß er die Luft zwischen den Zähnen aus. „Der Kerl bringt mich um", murmelte er und drehte den Arm so, dass er auf seinem Oberschenkel zum Liegen kam und die Innenseite nach oben zeigte.

Silvan keuchte entsetzt. Der dünne Streifen, den Silvan von Liam kannte, wirkte stark gerötet und der gesamte Bereich war geschwollen. „Das sieht wirklich nicht gut aus. Darf ich sie dir auftragen?", fragte er dann an Raven gewandt. Der Aurox lächelte müde. „Ja ist gut."

Silvan nickte. „Erschreck nicht, sie ist etwas kalt." Schon tröpfelte Silvan ein wenig auf die Mitte des Unterarms und massierte nur ganz leicht mit den Fingerspitzen um den Schnitt herum die Haut.

Dennoch zischte Raven leise und verzog das Gesicht.

„Verzeih, ich bin schon fertig", lächelte Silvan entschuldigend. „Alles gut, im Moment tut mir einfach jede Berührung weh, aber das wird wieder. Danke Silvan", erwiderte Raven und lächelte ebenfalls, wenn auch nur leicht.

Silvan nickte und schloss die Phiole. Er stellte sie auf den Tisch und füllte Raven etwas Wasser in den Becher. „Wenn du Schmerzen hast, kannst du die Tinktur ruhig wieder drauf machen. Oder sag mir Bescheid, ich helfe dir gern."

Raven musste ein Gähnen unterdrücken und nickte. „Ist gut, ich merke es mir. Verzeih, ich bin wirklich müde."

Silvan nahm seine Tasche an sich, die neben dem Bett lag, in dem er die letzten Nächte geschlafen hatte. „Dann schlaf gut. Wir wecken dich, wenn es was zum Essen gibt."

Raven machte es sich im Bett bequem und seufzte tief. „Das klingt gut", murmelte der Mann und zog die

Decke über sich. Silvan schloss die Tür hinter sich und stieg die Treppe hinunter. Die Tasche stellte er neben den Sessel, in dem er abends immer lümmelte und sah sich um.

Liam saß am Tisch und Silvan ging in die Küche, um Teewasser aufzusetzen. „Magst du auch einen Tee?"

Liam zuckte zusammen. „Bei den Göttern! Wo kommst du denn auf einmal her?", fragte er und sah ihn irritiert an.

Silvan stieß die Luft aus. „Ich war bei Raven und habe ihn überreden können, die Tinktur doch zu nutzen. Geht es dir gut?"

Liam fuhr sich durch die Haare und schüttelte den Kopf. „Mir schon, aber ich mache mir Sorgen um Raven. Wenn Gerom so weitermacht und immer gieriger wird, dann wird es Raven immer schlechter gehen. Irgendwann gibt sein Körper dann auf und er stirbt."

Silvan setzte sich zu Liam und nahm seine Hand. „Das werden wir verhindern! Wir werden einen Weg finden, um ihm zu helfen. Das verspreche ich dir!"

Liam lachte freudlos. „Wir können ihm nicht helfen, Silvan, das ist ja das Problem! Sollte Gerom sterben, ist das auch Ravens Tod. Er braucht den Bund, ohne ihn stirbt er, genauso wie mit dem verfluchten Blutbund. Es gibt kein Entkommen aus diesem Mist."

Silvan schüttelte den Kopf. „Gib nicht auf Liam, es gibt immer einen Weg. Wir müssen nur einen finden, der Raven am Leben erhält. Ich bin vielleicht nicht so bewandert in manchen Dingen, aber wenn ich eines gelernt habe, dann, dass man niemals aufgeben soll."

Liam schnaubte. „Ich wüsste nicht, wie man Raven am Leben erhalten sollte. Raven braucht Gerom, sonst geht er elendig zu Grunde." Silvan stand auf und umarmte Liam. „Wir werden einen Weg finden, es muss eine Lösung geben. Wir werden Raven retten."

Liam

Erstaunt versteifte Liam sich und drehte dann den Kopf, um Silvan ansehen zu können. Wie grenzenlos optimistisch konnte ein Mann bitte sein?

Dennoch, die Worte taten irgendwie gut und ein Teil von Liam wollte sich einfach bei dem Druiden zusammenrollen und Trost suchen.

„Du hast recht", murmelte er leise und erlaubte es sich, sich in die Berührung zu lehnen. „Ich will ihn nicht verlieren."

Silvan drückte ihn fester an sich. „Das wirst du nicht, wir werden ihn retten, ganz bestimmt."

Er nickte und legte nun ebenfalls die Arme um Silvan. Der Geruch des Mannes beruhigte ihn und Liam schloss die Augen.

„Das hoffe ich", gab er zu und brauchte einen Moment, um sich von dem Druiden lösen zu können.

„Danke", murmelte er dann und rieb sich den Nacken, ehe er auf die Füße kam. „Ich werde mal eine Runde laufen gehen, um die Umgebung zu kontrollieren. Pass bitte gut auf, lass niemanden hier rein und geh am besten hoch zu Raven. Auch wenn er müde ist, kann er noch kämpfen und dir helfen, sollte es darauf ankommen und ich weiter weg sein. In Ordnung?"

Silvan nickte. „Versprochen, wir sehen uns nachher, ja?" Liam lächelte kaum merklich. „Natürlich, bis dann!"

Damit verließ er das Haus, streckte sich durch und lief los. Er sog die frische Luft tief ein und suchte instinktiv nach Gerüchen, die nicht hierher gehörten, doch er fand nichts. Auch das merkwürdige Gefühl, das er vorhin gehabt hatte, blieb aus. So wie es aussah, war niemand in der Nähe. Auch gut, Liam genoss es, einfach ein wenig zu laufen. Außerdem hatte er ein Ziel und schlug den Weg tiefer ins Tal ein.

Dass es Raven so schlecht ging, schmerzte ihn stark. Sein bester Freund war ihm unglaublich wichtig, sie waren wie richtige Brüder, waren zusammen großgeworden und hatten Seite an Seite gekämpft. Raven zu verlieren, würde etwas in Liam zerstören, er wollte gar nicht daran denken.

Kopfschüttelnd beschleunigte er das Tempo und sprang über einen großen, quer liegenden Baum. In der Ferne konnte er eine glitzernde Oberfläche erkennen. Ein Teich, in dem sich das Licht der Sonne spiegelte, genau dort wollte er hin.

Er wurde erst langsamer, als er die Lichtung sehen konnte, auf der sich der Teich befand. Hinter diesem erstreckte sich eine schöne, dichte grüne Wiese, auf der unzählige, kleine Blumen blühten. Ein einzelner, mächtiger Baum prangte in ihrer Mitte und vor ihm stand ein großer und breiter Fels.

Liams Herz schmerzte, als er über die Wiese und vorbei an dem Gewässer lief. Vor dem Gestein blieb er stehen und sank auf die Knie.

Erst wenn man näher kam, erkannte man, dass dort unzählige Namen fein säuberlich eingeritzt waren. „Hallo Mama, hallo Papa", murmelte er leise und strich über deren Namen. „Es ist lange her, verzeiht, ich hatte keine Gelegenheit mehr, herzukommen."

Er ließ sich auf die Knie zurücksinken und fühlte, wie der Wind durch seine Haare strich. Hier war es beinahe so, als würde er seine Eltern hören, wie sie sich unterhielten. Das Lachen seiner Mutter, ihre sanften Berührungen. Liam schloss die Augen, wie jedes Mal rannen ihm ein paar Tränen über die Wangen, aber er lächelte. Es waren mittlerweile gut zehn Jahre vergangen, seit er beide bei einer Mission verloren hatte. Er konnte sich noch viel zu gut daran erinnern, als Ace zurück ins Lager kam und ihn zu sich holte.

Der Mann hatte nichts sagen müssen, allein seinen schmerzerfüllten Blick zu sehen, hatte Liam gereicht, um zu wissen, dass etwas Schreckliches geschehen war.

Er schüttelte den Kopf und atmete durch.

Sich die Tränen wegwischend lächelte er. „Stellt euch vor, ich arbeite jetzt mit einem Druiden zusammen. Wie oft du mich vor ihnen gewarnt hast, Vater, und jetzt stehe ich doch Seite an Seite mit einem von ihnen. Wer hätte das gedacht, was?" Liam seufzte und kam wieder auf die Beine. „Ich hoffe, euch geht es gut, da, wo ihr jetzt seid. Grüßt mir die anderen, ja? Nicht vergessen. Ich komme wieder, wenn ich kann."

Damit wandte er sich ab und trat den Rückweg an.

Gern hätte er mehr Zeit hier verbracht, aber solange er die Gefahr, die sich in diesem Wald versteckte, nicht gebannt hatte, würde er das aufschieben. Also eilte er zurück zur Hütte, doch kurz vorher erregte eine Bewegung zu seiner Linken seine Aufmerksamkeit.

„Diesmal kriege ich dich!", knurrte Liam, er hatte die Gestalt gesehen.

Blitzschnell rannte er ihr hinterher und wie beim letzten Mal, floh sie vor ihm. „Verdammt, du Feigling!", rief er wütend, als er erneut zurückfiel. Wer auch immer das war, er war verflucht schnell und Liam würde denjenigen wieder nicht einholen.

„Was willst du von uns?", rief er und hoffte auf eine Antwort, die er jedoch nicht bekam.

Liam blieb stehen, sah der Gestalt nach, die zwischen den Bäumen verschwand und ballte die Fäuste. „Wer spielt hier seine Spielchen mit uns?", knurrte er und witterte, doch der Geruch war so gering, dass er Liam schlicht nichts sagte. „Verdammt!"

Gezwungen wandte er sich ab und ging zur Hütte zurück. Diesmal ohne Störung, so dass er sie schnell erreichte.

Er klopfte gegen die Tür und wartete.

„Ich bin es, Liam", rief er etwas lauter, da er Silvan gebeten hatte, bei Raven oben zu warten. Hoffentlich würde der Mann ihn hören.

Einen Moment später öffnete Silvan die Tür. „Du bist ja schon zurück."

Liam nickte und ging an Silvan vorbei ins Haus. „Es war erneut jemand im Wald", brummte Liam unzufrieden. „Er ist zu schnell für mich, ich komme da nicht hinterher. Das ist ein Problem, allerdings will unser Beobachter anscheinend nicht kämpfen, denn sobald ich ihn bemerkte, verschwindet er, so schnell es geht. Ich gehe davon aus, dass es ein Mann ist, denn er konnte vor mir fliehen. Müsste also ein Schattenwandler sein und da sind alle Frauen im Frauenlager."

Silvan zog nachdenklich die Augenbrauen zusammen. „Vielleicht will er etwas herausfinden oder sucht jemanden, und glaubt, ihn durch uns zu finden."

Liam knurrte unwirsch und nahm sich einen Becher aus einem der Schränke bei der Küche, um sich Wasser aus dem danebenstehenden Fass zu schöpfen. „Dann weiß ich nicht, wen er sucht. Anscheinend ist er mir schon beim Jagen gefolgt, allerdings hat sich auch da niemand gezeigt. Das gefällt mir nicht! Wenn Raven wieder auf den Beinen ist, stellen wir dem Mistkerl zusammen eine Falle, dann entkommt er nicht mehr."

Silvan nickte. „Er scheint immer dir zu folgen. Vielleicht will er etwas von dir oder durch dich erfahren. Das klingt alles irgendwie komisch, ich meine was könnten die von dir wollen?"

Liam trank den Becher in einem Zug aus und stellte ihn auf die Küchenzeile. „Ich weiß es nicht, an mir ist nichts besonders und ich habe auch keine wichtigen Kenntnisse über irgendwelche Dinge. Ich bin ein einfacher Aurox, mehr nicht." Er schüttelte den Kopf. „Nein, ich glaube das nicht, der will nichts von mir. Allerdings muss ich jetzt immer wieder an das Gerücht denken, wegen dem mich die Königin überhaupt losgeschickt hat. Vielleicht ist da tatsächlich etwas dran und irgendein komischer Kerl treibt hier bei der Grenze sein Unwesen. Allerdings kann es dann kein Druide sein, ansonsten würde ich ihm hinterherkommen. Außer, dein Volk kann schneller laufen als wir Schattenwandler."

Silvan brummte. „Nein das können wir nicht, aber an diesem Gerücht könnte etwas dran sein. Oder vielleicht weiß noch einer deiner Brüder von mir und will es dem König sagen?"

Liam verschränkte die Arme vor der Brust. „Daran habe ich auch schon gedacht, doch dann müsste ich den Geruch erkennen, auch wenn er noch so fein ist. Außerdem ergibt sein Verhalten dann keinen Sinn. Wieso sollte er mir immer wieder folgen, er weiß ja schon, wo du bist. Da passt also etwas nicht zusammen. Egal, wie dem auch sei, Raven und ich kriegen den Kerl schon und dann kriegen wir alle Antworten." Er sah zum Fenster und lächelte. „Ich hole mal schnell mein Hemd, das müsste trocken sein."

Liam lief zum Bach und nahm sein Oberteil von den Steinen. „Geht doch", freute er sich und zog es sich über, ehe er wieder ins Haus ging.

„Weißt du, was mir die ganze Zeit komisch vorkommt?", fragte Silvan nachdenklich. „Ihr habt doch gesagt, niemand weiß von dieser Hütte und dass diesen Wald eigentlich niemand außer euch betritt. Das heißt also, es muss jemand sein, der dir oder mir bereits hierher gefolgt ist. Was wiederum bedeutet, dass wir schon länger beobachtet werden."

Liam war in seiner Bewegung erstarrt und blickte Silvan nun an. Warum war ihm das nicht aufgefallen?

„Verdammt du hast recht!", knurrte er ungehalten.

War er wirklich so unvorsichtig gewesen, dass ihm jemand hatte folgen können? Er ballte die Fäuste und biss die Zähne zusammen. „Wir werden herausfinden, wer das ist. Ich will Antworten! Sobald Raven auf den Beinen ist, holen wir uns den Kerl."

Silvan sah ihn an und nickte. „Wir müssen aufpassen. Er scheint nicht dumm zu sein. Aber heute wird wohl nichts mehr draus", atmete Silvan tief aus. „Magst du vielleicht einen Tee?"

Liam musste Silvan Recht geben, Raven war zu geschwächt, er brauchte Ruhe und Zeit, um sich zu erholen. Also würden sie sich wohl oder übel in Geduld üben müssen, auch wenn das eigentlich keine von Liams Stärken war.

„Ja gern", gab er zurück und verschränkte die Arme vor der Brust, während er sich ans Fenster stellte.

Etwas war anders gewesen, vorhin, bei seiner Begegnung mit dem Fremden. Sonst hatte Liam immer schon vorher dieses merkwürdige Gefühl gehabt. Beim Schloss war es noch viel schlimmer gewesen, etwas in ihm ahnte, dass es sich nicht um das selbe Gefühl und somit nicht um die gleiche Person handelte. Die Vorstellung, dass sich sogar zwei neue, potenzielle Gefahren zeigten, gefiel ihm noch weniger.

Silvan reichte ihm einen Becher Tee und nickte zum Feuer. „Magst du dich zu mir setzen?"

Liam stieß die Luft aus und folgte Silvan zum Kamin, wo er sich in einen Sessel sinken ließ. „Ich bin nicht davon ausgegangen, dass ich mich wirklich mit dem verdammten Gerücht beschäftigen muss, oder mit dem anderen Mist", schimpfte er und trank einen Schluck. „Schon beim Schloss war irgendwie alles komisch, aber da war das Gefühl ein anderes."

Silvan legte den Kopf schief. „Beim Schloss? War da auch eine Person?" Liam verneinte. „Ich habe dort niemanden gesehen, aber das Gefühl, das mich da erfasste, ließ meine Instinkte in Alarmbereitschaft verfallen. Es war bedrohlicher, irgendwie stärker, ich kann es nicht beschreiben", erklärte er versuchsweise. „Außerdem habe ich einmal geglaubt, eine Stimme zu hören, die sagte: ‚Ich werde ihn finden.' Ich glaubte, es wäre Nahom, doch das kann nicht sein. Er ist tot, Ace und ich warfen seine Leiche in die Güllegrube beim Schloss."

Silvan rümpfte die Nase. „Die Güllegrube? Das hat er nicht verdient. Aber eine Stimme, bist du sicher?"

Liam verzog das Gesicht. „Das hat Ace mich auch gefragt", gab er zu. „Ich war mir sicher, aber als ich darüber nachdachte, kam es mir schon komisch vor und mittlerweile weiß ich es nicht mehr. Was aber definitiv da war, war das bedrohliche Gefühl. Sei es jetzt Nahoms Stimme, oder sonst etwas, irgendwas ist dort draußen und es ist gefährlich."

Silvan blickte in die Flammen. „Ich glaube dir, das du etwas gehört hast. Sowas bildet man sich nicht einfach ein. Ein Wort vielleicht, aber gewiss keinen ganzen Satz. Nur fürchte ich, dass diese Gefahr es im Moment auf uns abgesehen hat. Besonders auf dich", meinte Silvan und schielte zu Liam. „Ich möchte, dass du bitte gut auf dich aufpasst. Wenn dir was passiert", murmelte Silvan den letzten Teil und Liam schüttelte den Kopf. „Ich gebe acht, keine Sorge, allerdings fürchte ich, dass es nicht um die gleiche Gefahr handelt wie beim Schloss. Hier ist es anders, diese Person, die da

175

ständig hinter mir her ist und dann doch nur wieder verschwindet. Ich weiß nicht, was er will, aber auf einen Kampf ist er nicht aus, so viel steht fest. Genügend Gelegenheiten wären bereits dafür da gewesen."

Silvan starrte wieder in die Flammen. „Und wenn es wirklich so ist und er nicht kämpfen will und eigentlich nicht böse ist? Was ist, wenn diese Person dir nicht schaden, sondern Kontakt aufnehmen will? Dann solltest du nicht hinterherrennen, sondern ihm die Möglichkeit geben, sich dir zu zeigen. Weißt du wie ich das meine?"

Liam knurrte. „Ja, weiß ich, allerdings hatte er die Möglichkeit, mehrfach! Ich denke nicht, dass er reden will oder sonst was, allerdings fällt mir auch nichts anders ein, also lassen wir es auf einen Versuch ankommen."

Der restliche Tag verging ereignislos, auch wenn Liam nicht umhinkam, immer wieder über diese Gestalt nachzudenken.

Er war sogar schon drauf und dran gewesen, nochmal in den Wald zu laufen, wobei ihn Silvan jedoch zurückhielt und er letzten Endes einlenkte.

Nun hatten sie zusammen Abendessen hergerichtet und Silvan war gerade oben, um Raven zu wecken. Vielleicht würde sein bester Freund sich einen Reim aus dieser komischen Person machen können, Liam würde ihm auf jeden Fall von ihr erzählen.

„Geht es wirklich?", hörte er Silvan fragen, als dieser mit Raven die Treppe hinunterkam. „Ja, wirklich, alles in Ordnung", antwortete Raven. „Es geht mir besser."

Liam hob den Blick und lächelte, als er seinen Freund und den Druiden beobachtete.

„Ihr gebt wirklich ein interessantes Pärchen ab", kommentierte er und grinste, was Raven schnauben ließ. „Was hast du dem denn in den Tee getan, Knirps?", fragte er an Silvan gerichtet. „Scheint, es waren die falschen Kräuter, Griesgram", erwiderte Silvan achselzuckend und Liam lachte. „Sieh an, ihr versteht euch!", freute er sich. „Raven, wie geht es dir?"

Sein Bruder setzte sich ihm gegenüber und brummte dumpf. „Alles in Ordnung, es ist schon besser und ich muss sagen, die Tinktur von Silvan hilft tatsächlich, auch wenn sie schlimmer stinkt als die Güllegrube."

Silvan schnaubte geringschätzig. „Du hast an allem was auszusetzen. Sein froh, dass sie nur stinkt, denn das nächste Mal mache ich dir die brennende Salbe drauf."

Raven knurrte, während Liam grinste.

Das gefiel ihm und ein wenig von der Anspannung des Tages fiel von ihm ab.

Das Essen stand bereits auf dem Tisch und sie teilten es untereinander auf. Wie beim Mittagessen blieb auch jetzt nichts übrig und Liam lehnte sich deutlich entspannter zurück.

„Raven", sprach er seinen Freund an. „Ich muss dir was erzählen." Dieser war ganz Ohr und Liam berichtete von seiner mehrfachen Begegnung mit der ominösen Gestalt, die sie zu beobachten schien.

Raven zog die schwarzen Brauen zusammen und blickte nachdenklich drein. „Wir müssen ihn fangen, das kriegen wir gemeinsam hin", sagte der größere Mann schließlich und Liam nickte. „Sehe ich genauso. Morgen nach Tagesanbruch, einverstanden?"

Raven neigte zustimmend den Kopf. „Ja, das ist besser, als in der Nacht auf die Jagd zu gehen. Ich bin wirklich neugierig, wer das ist, denn ich kann mir nicht vorstellen, dass es einer unserer Brüder ist. Der hätte sich längst gezeigt, außerdem bist du schnell. Es gibt nicht viele, denen du nicht hinterherkommen würdest."

Das entsprach der Wahrheit, daran hatte Liam auch schon gedacht.

Der Schnellste im Lager war Ace, dicht gefolgt von Isaak. Den beiden kam Liam niemals hinterher, doch der Rest war eigentlich nicht das Problem. „Morgen krallen wir ihn uns", beschloss er und Raven lächelte. „Ja, eine klassische alte Jagd. Gut, da bin ich dabei."

Silvan, der das Geschirr verräumt hatte, setzte sich zurück an den Tisch. „Dann mache ich morgen euch beiden ein kräftiges Frühstück, so könnt ihr euch ordentlich austoben."

Liam schmunzelte. „Das klingt doch hervorragend!"

Raven stimmte ihm zu und gähnte erneut. „Verzeiht, ich bin wohl noch immer nicht ganz auf den Beinen."

Liam winkte ab. „Das ist kein Wunder, aber Hauptsache, du hast jetzt was gegessen. Komm, leg dich wieder schlafen, Morgen wird es ernst. Ich will diesen Kerl oder was auch immer es ist, kriegen."

Raven lächelte, seine dunkelblauen Augen blitzten. „Wir werden ihn oder sie kriegen, auf jeden Fall. Dann gute Nacht ihr beiden." Damit stand Raven auf und verschwand wieder die Treppe nach oben.

Liam blickte zum Fenster, es war längst dunkel und auch er war müde. „Also gut, dann sollten wir wohl auch schlafen gehen", meinte er zu Silvan und stand auf. Er streckte sich und gähnte. „Gute Nacht."

Silvan lächelte. „Dir auch eine gute Nacht."

Liam ging zur Treppe und hinauf.

„Du auch", rief er noch über die Schulter zurück und trat dann in sein Schlafzimmer. Er streifte sich die Schuhe ab und zog das Oberteil aus.

Noch einmal blickte er aus dem Fenster, doch der Wald lag ruhig vor ihm und seine Instinkte blieben entspannt. Er schüttelte den Kopf. Morgen würden sie auf die Jagd gehen und hoffentlich endlich antworten bekommen. Liam streckte sich im Bett aus und schloss die Augen, doch nur einen Moment, dann setzte er sich auf.

„Ach Mist!", zischte er und sprang auf.

Er lief die Treppe nach unten und sah sich nach Silvan um. Der Druide war vor dem Kamin sitzen geblieben und Liam trat hinter ihn.

„He Silvan", sprach er ihn an und legte ihm eine Hand auf die Schulter.

Sofort zuckte Silvan zusammen. „Bei den Göttern hast du mich erschreckt."

Liam lächelte verkniffen. „Verzeih, das lag nicht in meiner Absicht, allerdings solltest du auch ins Bett kommen. Du kannst bei mir schlafen, ich verspreche auch, meine Pfoten bei mir zu lassen. Ehrenwort."

Sofort wurde Silvan rot. „Ich, also", fing er an und blickte ihm in die Augen, ehe er tief Luft holte. „In Ordnung."

Liam lächelte und nahm die Hand von Silvans Schulter. „Na dann komm mit." Er wandte sich ab und ging mit dem Druiden wieder nach oben.

Im Schlafzimmer schloss Liam die Tür und blickte Silvan an. „Ich hoffe, es stört dich nicht, wenn ich ohne Oberteil schlafe. Das Fluchmal tut bei der kleinsten Berührung weh, also auch, wenn ich Kleidung trage. Das nervt, wenn man schlafen will."

Silvan schüttelte den Kopf und zog seine Weste aus. „Nein, schlaf ruhig, wie es bequem für dich ist. Ich werde meines auch ausziehen, da ich nicht viel Kleidung zum Wechseln bei mir habe."

Liam hatte die Bettdecke aufgeschüttelt und tat nun das Gleiche mit den Kissen. „Kenne ich irgendwoher", schmunzelte er. „Welche Seite willst du?"

Silvan zuckte mit den Achseln. „Das ist mir eigentlich egal, solange du mir etwas von der Decke lässt." Liam gähnte und legte sich einfach ins Bett. „Keine Sorge, teilen kann ich", beruhigte er den Druiden und zwinkerte ihm zu. „Na komm her, schöner Mann", grinste er dann und klopfte neben sich.

Silvan schluckte, dann setzte er sich an die Bettkante und schloss die Augen, noch während er sich hinlegte. Liam lachte. „Na sag mal, schläfst du jetzt schon im Sitzen ein, oder was?"

Silvan zog die Decke bis unters Kinn. „Nein, aber ich habe keine Lust, als Kerl ständig rot zu werden." Liam grinste und beugte sich ganz leise über Silvan. „Das bist du aber schon." Silvan öffnete erschrocken die Augen und sah Liam in die seinen. „Das ist nicht witzig!" Liam zwinkerte dem schönen, anziehenden Druiden zu und legte sich dann wieder auf seine Seite des Bettes. „Ansichtssache", gab er zurück und deckte sich zu, wobei er darauf achtete, nicht zu viel von der Decke zu beanspruchen.

„Gute Nacht, Silvan."

Silvan brummte. „Gute Nacht, Liam."

Kapitel 8

Silvan

Silvan fror trotz der Decke und konnte keinen Schlaf finden.

Er rollte sich zusammen und rieb seine Oberarme, verdammt war das kalt!

Am liebsten würde er sich wieder vor den Kamin legen, aber dann würde er womöglich Liam aufwecken und das wollte er nicht.

„Du zitterst so stark, dass das ganze Bett wackelt", brummte dieser plötzlich. „Komm her, ich verspreche auch, nicht zu beißen."

Silvan öffnete die Augen und lugte skeptisch über die Schulter „Aber was ist mit deinem Fluchmal?"

Der Aurox schüttelte den Kopf. „Das geht schon, im Lager wärmen wir uns auch immer gegenseitig, wenn die kalte Zeit kommt. Na los, komm her."

Silvan war zwar absolut nicht sicher, ob das eine gute Idee war, aber ihm war so kalt ...

Also drehte er sich um und kuschelte sich an Liams Brust. Dabei achtete er darauf, dessen Mal nicht zu berühren. „Du bist so schön warm."

Liam lachte leise und zog die Decke über ihnen zurecht. „Dann wärme ich dich hoffentlich gut genug, dass du schlafen kannst."

Silvan brummte. „Verzeih, ich friere schnell, deshalb habe ich die letzten Nächte auch die meiste Zeit vor dem Kamin verbracht."

Da öffneten sich Liams Augen und der Aurox sah ihn verblüfft an. „Du willst mir erzählen, du hast die Nächte vor dem Kamin geschlafen, statt in diesem tollen Bett?" Er schnaubte. „Versteh einer die Druiden."

Silvan verdrehte die Augen. „Weißt du, ich verstehe, dass es für euch ein tolles Gefühl sein muss, endlich in einem schönen Bett zu schlafen, doch wenn ich so friere, ist es egal, wie super es hier ist, dann komme ich nicht zur Ruhe", erklärte er. „Aber danke, dass du mich wärmst, das ist ... nett von dir."

Der Aurox lächelte und öffnete den Mund, als ein dunkles Grollen durch das Zimmer rauschte.

Erschrocken fuhr Silvan zusammen und setzte sich auf. „Was war das?"

Liams Hand legte sich auf seine Schulter und prompt wurde er zurück ins Bett gezogen. „Raven schnarcht."

Mit ungläubig aufgerissenen Augen starrte er den Aurox an. „Nicht dein Ernst! Das ist doch kein Schnarchen, das ist ein Gewitter!"

Liam lachte und schüttelte den Kopf. „Da muss ich dich enttäuschen, leider ist es wirklich Raven und ja, er schnarcht sehr laut." Und erneut rumpelte es durchs Haus, sodass Silvan gleich nochmal zusammenfuhr. „Na das kann ja eine Nacht werden! Wie soll man denn da schlafen?"

Beinahe demonstrativ gähnte Liam und drückte ihn enger an sich. „Indem man die Klappe hält und die Augen schließt", brummte er und tat genau das.

Perplex musterte Silvan den anderen Mann. „Du willst mir nicht ernsthaft sagen, dass du diesen Krach ausblenden kannst?"

Dieser nickte schlicht mit weiterhin geschlossenen Lidern. „Vergiss nicht, ich habe sonst im Lager mehr als hundert Männer um mich herum. Schnarchen sind noch die harmlosesten Geräusche, die man da hört", erinnerte Liam ihn und Silvan keuchte. „Du meinst, sie haben Sex? Mitten im Lager?"

Seufzend hoben sich Liams Lider. „Ja klar, manche von ihnen mögen sich eben mehr als andere. Die wenigsten Aurox sind wirklich verwandt, also spricht da nichts dagegen." Der Mann grinste schief. „Wir haben keine Privatsphäre, keine eigenen Zimmer oder auch nur Ecken, in die wir uns zurückziehen können. Es gibt nur das Lager, also ja, da muss man auch damit rechnen, das mal jemand Sex hat."

Mit großen Augen starrte Silvan Liam an. „Hast du auch schon mal dort mit jemanden geschlafen?", fragte Silvan und wusste nicht mal, warum er das überhaupt wissen wollte, aber Liam nickte sofort. „Ja schon ein paar Mal, aber auch öfters draußen, wenn die Zeit da war. Doch in den letzten Jahren nicht mehr. Der Kerl, mit dem ich hin und wieder was hatte, hat sich richtig verliebt, also war klar, dass das mit uns ein Ende hatte."

Silvan neigte verstehend den Kopf, dann legte er sich gemütlich an Liams Brust und spähte zum Fenster.

„Hattest du schon mal was Ernstes?", fragte er leise und merkte, dass Liam stutzte. „Eine Beziehung meinst du? Nein hatte ich nicht und wenn du das auch noch wissen willst, verliebt war ich bisher auch noch nie."

Silvan fühlte, wie ihm die Röte in die Wangen stieg. „Verzeih, ich bin zu neugierig."

Liams Hand strich über seine Seite und seinen unteren Rücken. „Nein bist du nicht", widersprach er. „Wenn ich etwas nicht sagen will, dann mache ich das einfach nicht."

Silvan schwieg kurz. „Verstehe."

Erinnerungen an ein Gespräch mit seinem Vater kamen ihm in den Sinn. Er sollte mit Jyllia eine Verbindung eingehen, da sie aus gutem Haus kam. Bei seinem Volk war es schon immer so gewesen, dass die Eltern bestimmten, mit wem ihre Kinder zusammen waren, und da er der Sohn des Dorfvorstehers war, musste es zudem auch noch eine von den Dorfbewohnern angesehene Verbindung sein.

Seufzend schloss Silvan die Augen, er hatte keine Lust, über diese nervige Frau nachzudenken, die er nicht mal wirklich leiden konnte.

Liam war indes still geblieben und mittlerweile ging seine Atmung ruhig und gleichmäßig. Der Aurox war eingeschlafen und das trotz des Lärms, den Raven veranstaltete. Silvan verzog das Gesicht, so würde er nie und nimmer Ruhe, geschweige denn Schlaf finden.

Vorsichtig löste er sich von Liam, kletterte aus dem Bett und huschte auf leisen Sohlen aus dem Zimmer.

Er tapste in die Küche und setzte Wasser für Tee auf. Es raschelte vor dem Haus, Silvan hob den Blick in Richtung Fenster und erstarrte.

Er sah in die hellen Silberaugen eines hochgewachsenen Mannes mit schwarzem, kurzem Haar und markanten Gesichtszügen.

Der Fremde schien genauso überrascht zu sein wie Silvan und rührte sich erst nicht, doch dann wich er langsam zurück, dabei blieb sein Blick auf ihn geheftet. „Warte, lauf nicht weg, ich tue dir nichts", versuchte Silvan den Mann aufzuhalten. „Warum folgst du uns, wer bist du?"

Der Fremde zögerte, er schien seine Möglichkeiten abzuwägen, doch dann trat er näher ans Fenster. „Wieso seid ihr hier?", verlangte er mit dunkler, doch überraschend sanfter Stimme zu erfahren.

Silvan musterte den Kerl, ehe er antwortete. Bei den Göttern, das waren die gleichen Silberaugen, wie sie auch Liam hatte! „Weil wir einen Platz brauchten, um ungestört zu planen."

Der Blick des anderen Mannes verdunkelte sich. „Planen? Ein Druide und zwei Aurox des Goldkönigs? Was für ein Plan soll das sein?"

Silvan stutzte. „Du weißt also, was ich bin. Dann sag mir bitte, warum folgst und beobachtest du uns?"

Der andere schüttelte den Kopf. „Das war nicht meine Absicht", antwortete er ausweichend. „Aber es ist wohl besser, ich gehe und du vergisst mich schnell wieder. Ich war nie hier und werde euch nicht mehr belästigen." Damit wandte er sich auch schon ab.

„So warte doch! Wie heißt du? Du siehst aus wie er ... wie Liam", stellte Silvan fest und das brachte den Mann ins Stocken.

„Liam", hörte Silvan ihn murmeln. „Verzeih, ich kenne niemanden mit diesem Namen, ich muss jetzt gehen." Schnellen Schrittes verschwand der Kerl zwischen den Bäumen.

Und wie er ihn kannte!, dachte Silvan und rannte, ohne zu zögern, aus dem Haus. Er lief in die gleiche Richtung wie der Mann und stand schon bald zwischen den hohen Bäumen des Waldes. „Warte!", rief er dem Fremden nach. „Du kennst ihn!"

Plötzlich sprang eine Frau von einem Baum und landete nur ganz knapp vor Silvan.

Er taumelte zurück und starrte ihr in die ebenfalls silbern schimmernden Augen. „Wer bist du?", knurrte sie und Silvan schluckte hart. „Ich ..."

Da trat der Mann wieder zwischen den Bäumen hindurch und packte die Frau am Arm. „Du solltest warten!", zischte er hörbar aufgebracht. „Was soll das?" Diese zog ihren Arm zurück und knurrte. „Als könnte ich da warten, wenn er so nahe ist! Wie kannst du das von mir verlangen!"

Der Mann hielt dem bohrenden Blick augenscheinlich problemlos stand.

„Du hast schon zu viel Aufmerksamkeit erregt und das weißt du!", konterte er mit nun ruhiger, aber fester Stimme. „Geduld, meine Liebste."

Sie sah ihm in die Augen und seufzte dann. „Ich vermisse ihn."

Silvan blickte zwischen den beiden hin und her. „Verzeiht, ihr sprecht von Liam, oder?"

Erneut wandte der Mann sich ihm zu. „Nun ist es wohl sinnlos, noch irgendetwas zu leugnen", murmelte er unzufrieden. „Ja wir sprechen von Liam. Er ist unser Sohn. Ich bin Grey und dies ist meine bezaubernde Frau Myla."

Silvan klappte der Mund auf. „Aber er sagte mir, ihr seid tot!"

Grey legte Myla einen Arm um die Mitte und zog sie an sich, sein Blick wirkte plötzlich betrübt. „Ja das denkt er auch, so wie die meisten im Lager. Doch wie du siehst, sind wir sehr lebendig, aber das sollte er besser nicht erfahren."

Silvan schüttelte den Kopf. „Warum? Er vermisst euch schrecklich!"

Myla schloss daraufhin die Augen und verzog das Gesicht. „Das tun wir auch, so sehr."

Grey blickte auf die Frau herab und stieß den Atem aus. „Du weißt, wir hatten keine Wahl, wir mussten es ihm glauben machen, sonst hätte er versucht, den gleichen Weg zu gehen. Denk daran, wie viele umgekommen sind."

Myla nickte ruckartig. „Ich weiß, aber ihn an dem Stein sitzen zu sehen, ihn weinen zu sehen. Es bricht mir das Herz."

186

Silvan merkte auf. „Was für ein Weg?"

Grey schüttelte den Kopf. „Keiner, den wir empfehlen könnten, also vergiss es bitte wieder."

Silvan straffte sich und trat einen Schritt näher. „Warum seid ihr hier und quält euch, wenn ihr euch Liam nicht zeigen wollt?"

Nun war es Grey, der das Gesicht verzog. „Das war nicht geplant, ich war jagen und eigentlich wollten wir ins Dritte Silberreich. Da habe ich ihn gerochen und bin der Fährte gefolgt."

Plötzlich zeichnete sich ein Lächeln auf seinen Lippen ab. „Er hat mich sofort bemerkt und eine falsche Spur gelegt, ehe er hierher zurückkehrte." Stolz schwang in seiner Stimme mit, ehe er die Augen schloss. „Myla wollte nur ebenfalls einen Blick auf unseren Sohn werfen, doch sie kam nicht zurück, also bin ich ihr gefolgt."

Erleichterung durchflutete Silvan. „Dann wart ihr das, die ihm die ganze Zeit dieses Gefühl der Gefahr gaben. Das ist gut zu wissen, denn ihr werdet uns nichts tun, oder?"

Sofort schüttelte Grey den Kopf. „Natürlich nicht, nichts läge uns ferner und ja, Myla ist ihm immer wieder gefolgt. Ich kam erst vorhin dazu und jetzt werden wir auch gehen. Bitte, Druide, sage ihm nichts von uns. Glaub mir, ich kenne meinen Sohn, er hat das Wesen seiner Mutter und würde es gar nicht gut aufnehmen. Es ist besser, wir bleiben tot."

Myla knurrte und boxte ihren Mann in den Bauch. „Er hat recht", stimmte sie dennoch zu. „Auch wenn ich nichts lieber täte, als meinen Sohn wieder in die Arme zu schließen."

Silvan schloss die Augen. „Mein Name ist Silvan und ich werde nichts sagen, vorerst. Aber ich glaube wirklich, dass es besser wäre, wenn er es wüsste."

„Danke für dein Verständnis", antwortete Grey. „Myla, wir müssen, komm schon, meine Liebste."

Die Frau blickte Silvan einen Moment lang traurig an. „Pass gut auf meinen Jungen auf", bat sie, drehte sich dann um und ging mit Grey davon.

Silvan starrte den beiden eine ganze Weile nach, ehe er wieder anfing zu frieren und ins Haus zurückkehrte.

„Wo warst du?", fragte Raven, der in der Küche stand und ihn irritiert ansah.

Silvan zuckte zusammen. „Bei den Göttern erschreck mich doch nicht so!", keuchte er und setzte sich vor den Kamin. „Ich habe lediglich frische Luft geschnappt, weil ich wegen deines Schnarchens nicht schlafen konnte."

Raven schnaubte und trat neben den Sessel. „Du weißt aber schon noch, dass wir beobachtet werden und eine potenzielle Gefahr -" abrupt verstummte der Aurox und starrte mit großen Augen auf ihn nieder. Seine Nasenflügel bebten, als er witternd die Luft einsog. „Dieser Geruch ... das ... das ist nicht möglich ...", murmelte er leise.

Silvans Blick blieb auf das Feuer gerichtet. „Sag es ihm nicht ... noch nicht."

Raven schwieg, dann schüttelte er den Kopf. „Das kann ich nicht, er muss es wissen! Er würde mir den Kopf abreißen, sollte ich ihm das verschweigen." Damit wandte er sich auch schon um und ging in Richtung der Treppe.

„Warte Raven, bitte!", drängte Silvan. „Versuche dich doch mal in seine Lage zu versetzen. Er trauert noch heute um sie. Wie wird er das wohl aufnehmen? Wie soll es dann weitergehen und kennst du den Grund, warum sie es gemacht haben?"

Raven blieb stehen, seine Hände ballten sich zu Fäusten. „Würden meine Eltern noch leben", raunte er leise,

„und Liam würde es mir verschweigen, egal aus welchem Grund, würde ich ihm das nie verzeihen. Er ist mein Freund, mein Bruder. Nein, ich muss es ihm sagen." Schon lief Raven die Treppe hinauf.

„Raven!", rief Silvan ihm nach. „Es tut mir leid um deine Eltern, wirklich, aber Grey und Myla haben es gemacht, um ihrem Sohn das Leben zu retten!"

„Was, bei den Göttern, ist denn hier für ein Lärm?", erklang auf einmal Liams Stimme von oben. „Silvan hat dir etwas zu sagen", knurrte Raven daraufhin und nur einen Moment später kam Liam die Treppe nach unten. „Silvan? Was ist los? Was machst du hier, mitten in der Nacht?"

Silvan stand auf, nun war es zu spät. „Es tut mir leid ...", murmelte er und umarmte Liam.

Dieser erstarrte sofort. „Wie?", murmelte Liam leise und machte sich schlagartig von ihm los. Die silbernen Augen waren weit aufgerissen und er taumelte zurück. „Das kann nicht sein ... Das ist nicht möglich! Ace sagte, sie sind tot!"

Der Aurox zitterte am ganzen Körper, sein Blick zuckte im Raum umher. „Wie kann das sein?"

Genau davor hatte er Angst gehabt, verdammt. Mit erhobenen Händen trat Silvan auf den aufgebrachten Mann zu. „Liam bitte, hör mir zu. Ich kann das erklären", bat er. „Als Raven so geschnarcht hat, bin ich in die Küche und wollte mir einen Tee machen. Da sah ich ihn, durch das Fenster. Ich erkannte deine Augen in den seinen und als er bei deinem Namen stockte, bin ich hinausgerannt. Dort kam dann auch deine Mutter dazu."

Der Aurox hatte ihn schweigend angestarrt, nun senkte er den Blick. „Sie sind also beide am Leben", murmelte er und fuhr sich durchs Haar. „All die Jahre ..." Liam wandte sich ab und lief wieder nach oben.

„Na das hab ich ja wunderbar hinbekommen", murmelte Silvan und setzte sich wieder in einen Sessel, um erneut in die Flammen zu blickten. Ob er mit ihm sprechen würde? Silvan stieß den Atem aus. Ein Versuch war es wert, also stand er auf und ging die Treppe hoch.

Vor dem Zimmer blieb er stehen und klopfte. „Liam? Darf ich reinkommen?" Kurz herrschte Schweigen, dann antwortete der Aurox. „Ja."

Silvan öffnete die Tür, trat ein und schloss sie wieder hinter sich. „Wie geht es dir?"

Hart lachte der größere Mann auf. „Das fragst du wirklich? Blendend!", fauchte er. „Wie soll es mir bitte gehen?"

Silvan verzog das Gesicht und hob erneut die Hände. „Verzeih, natürlich du hast recht, eine dumme Frage. Aber weißt du, ich mache mir Sorgen um dich."

Liam knurrte und sprang aus dem Bett. „Mir geht es bestens, kein Grund sich zu sorgen."

Er schnappte sein Oberteil und zog es über, ehe er in seine Stiefel stieg und dann nach dem Kettenhemd und der Weste griff.

Silvan beobachtete Liam verwirrt dabei. „Warte wo willst du hin?"

Dieser schnaubte. „Gerade einfach nur weg, mir völlig egal wohin. Raven passt auf dich auf, ich habe immerhin einen Befehl auszuführen." Er zog sich das Kettenhemd und die Weste an, ehe er zum Fenster ging und dieses öffnete.

„Liam, bitte warte! Es tut mir leid wirklich!", versuchte Silvan den Aurox aufzuhalten, doch dieser lugte nur mit eiskaltem Blick über die Schulter „Wieso tut es dir bitte leid? Du hast nichts getan, dennoch will ich jetzt weg. Hör auf Raven, ich komme bald zurück." Schon sprang Liam aus dem Fenster und war verschwunden. Silvan blickte ihm lediglich nach und ließ die Schultern hängen. „Liam."

„Er kommt zurück", sagte plötzlich Raven hinter ihm. „Er braucht nur Zeit, gib sie ihm." Erschrocken fuhr Silvan herum und sah, dass Raven die Tür geöffnet hatte und nun im Türrahmen lehnte.

Silvan nickte und starrte mit traurigem Blick nach draußen. „Pass auf dich auf", murmelte er, ehe er das Fenster schloss.

„Ich kann einfach nicht glauben, dass die beiden all die Jahre am Leben waren", brummte Raven, ging zum Bett und setzte sich an dessen Kante. Dabei drückte er seinen rechten Arm an sich. „Wie ist das alles nur möglich? Ich verstehe es einfach nicht."

Silvan setzte sich neben ihn. „Hast du noch Schmerzen?"

Der große Mann blinzelte und sah dann auf seinen Arm. „Es tut immer weh."

Mitleidig verzog Silvan das Gesicht. „Wenn du willst, machen wir noch etwas von der Tinktur drauf."

Verneinend schüttelte der Aurox den Kopf. „Habe ich vorhin erst, aber sie hilft nicht." Er knurrte dumpf und lächelte freudlos. „Das wird wohl nicht so schnell vergehen, fürchte ich."

Silvan strich sich ungehalten durchs Haar. „Warum? Warum muss das alles immer so ... Ach verflucht!", schimpfte Silvan und stand auf.

Stillsitzen konnte er gerade nicht, dazu war er viel zu aufgebracht.

„Sie wollten ihn schützen! Er sollte einen Weg nicht gehen ... Aber welchen Weg?", überlegte er laut und lief in Zimmer auf und ab.

„Hör auf, dir den Kopf zu zerbrechen, Knirps", meinte Raven. „Diese Frage können nur sie beantworten. Vielleicht trifft Liam auf sie, dann erfahren wir

morgen mehr. Oder wann auch immer er zurückkommt."

Silvan schnaubte. „Wie soll ich mir bei sowas nicht
den Kopf zerbrechen? Ich meine, sein eigenes Kind so
viele Jahre anzulügen ... Liam ist völlig am Ende. Er
tut mir so leid ..."

Raven nickte zustimmend. „Ja das mag schlimm sein,
aber im Lager laufen die Dinge seit jeher anders. So
einen großen Bezug hatte Liam nicht zu seinen Eltern,
das hatte keiner von uns. Es tat ihm weh, als sie ...
Nun ja, als gesagt wurde, sie seien gestorben, aber das
war innerhalb kürzester Zeit vergessen. Wir hatten nie
die Zeit, wirklich um jemanden zu trauern, das können
wir auch heute noch nicht. Er mag jetzt erst einmal
durch den Wind sein, aber du wirst sehen, morgen ist
er wieder da und die Sache gerät in den Hintergrund."

Silvan starrte Raven einen Moment lang an, dann
schnappte er sich sein Oberteil, zog dieses über und
setzte sich erneut neben den Mann. „Hoffentlich hast
du recht."

Das war zu viel!

Wie konnte das sein?

Seine Eltern waren tot, verdammt! Gestorben bei einer
Mission, das hatte ihm Ace selbst erzählt!

Hatte der Mann ihn angelogen?

Liam schwirrte der Kopf, ihm war übel und sein Herz
raste.

Ohne ein bewusstes Ziel vor Augen zu haben, lief er
tiefer in den Wald des Tales hinein und kam bald bei

der Lichtung an, auf dem der Stein für die Gefallenen stand. Abrupt hielt er inne und starrte den Fels an.

„Wieso?", murmelte er leise und ging darauf zu. Wie beim letzten Mal fiel er auf die Knie und starrte die beiden Namen an, die ihm all die Jahre so viel bedeutet hatten. „Warum seid ihr noch am Leben?" Wie von selbst hob Liam die Hand und strich mit den Fingerspitzen über die Namen.

„Liam", flüsterte eine Frauenstimme und eine Gestalt trat hinter dem großen Baum hervor, der nur wenige Schritte hinter dem Stein stand. Abrupt sprang er auf die Beine und kniff die Augen zusammen.

Diese Stimme!

„Mutter?", fragte Liam fassungslos und ließ die Frau nicht aus den Augen. Dieselben Augen, die er in jedem Spiegel sah, blickten zurück und Liam schluckte. Lange, rotbraune Haare fielen seiner Mutter über die Schultern. Dann noch die Narben, die sich über ihre linke Gesichtshälfte zogen ... Alles war so vertraut und Liams Herz zog sich zusammen. „Wie kann das sein?"

Myla blieb neben dem Baum stehen und lächelte ihn traurig an. „Es ist schön, dich wiederzusehen. Wie lange habe ich diesen Moment herbeigesehnt."

Er schüttelte den Kopf und ballte die Fäuste. „Rede verdammt! Wie kann das sein? Ace sagte, ihr seid tot!"

Sie seufzte tief. „Das waren wir auch, das alles hatte einen hohen Preis. Mein Sohn, lass es mich dir erklären", bat sie und trat näher heran. Instinktiv wich Liam zurück, ihm war das alles nicht geheuer. Diese Frau, seine Mutter! Wie bei den Göttern war das möglich? Nein, noch glaubte er gar nichts, womöglich lag ein Fluch auf ihm, der seine Sinne täuschte.

„Dann erklär es!", verlangte er barsch und seine Mutter nickte. „Bei der Mission vor zehn Jahren ergab sich eine Gelegenheit, über die wir schon lange gesprochen hatten. Die Leute, mit denen wir damals unterwegs gewesen waren, beschlossen, es zu wagen. Wir hatten die Chance mitzumachen oder mit Ace zurückzukehren" Sie schüttelte den Kopf. „Freiheit, sie war damals zum Greifen nahe. Nie wieder in die Nähe des Schlosses und vor allem, nie wieder das hier."

Myla zog ihr Oberteil am Hals etwas weiter nach unten und Liam riss die Augen auf.

Dort, wo eigentlich das Fluchmal hätte sein müssen, war eine großflächige Narbe.

„Moment!", murmelte er. „Habt ihr das etwa rausgeschnitten? Ich dachte, das geht nicht!"

Sie schüttelte sofort den Kopf. „Nein, mein Sohn das geht auch nicht, aber wir haben einen anderen Weg gefunden. Doch dieser birgt zu viele Risiken. Deswegen wollten wir dich schützen ..."

Liams Augen wurden schmal. „Schützen? Vor was bitte? Vor der Folterkammer des Königs, oder vor den Schändungen durch die Goldkrieger? Habt ihr hervorragend hinbekommen!" Er knurrte und schüttelte den Kopf, während er weiter zurückwich. „Es ist gut, dass ihr gegangen seid. Bleibt einfach weg von mir."

Damit wandte er sich ab und wollte wieder in den Wald laufen.

„Warte Liam! Bitte, so hör mir zu, wir wollten nicht, dass du stirbst!", versuchte Myla zu erklären.

Er hörte Schritte hinter sich und wirbelte herum, wobei er zeitgleich seine Messer zog. „Ich will deine Lügen nicht hören!", fauchte er, Wut bildete einen dicken Kloß in seiner Kehle und ein Teil von ihm wäre dieser Frau, die behauptete, seine Mutter zu sein, nur zu gern an die Kehle gegangen. „Geh dahin, wo du die letzten zehn Jahre warst, und lass mich in Ruhe!"

Vehement schüttelte sie den Kopf. „Liam, hör mir doch zu. Hätten wir dich damals mitgenommen, wärst du wahrscheinlich tot! Ich hätte es nicht ertragen, dich zu verlieren!"

Er lachte hart. „Aber du erträgst es, mich im Lager leiden zu sehen? Ach, na klar! Du siehst es ja nicht, dann ist es ja egal! Ich pfeif auf deine Erklärungen!"

Nun knurrte seine Mutter. „Liam, jetzt hör gefälligst zu! Du lebst! Ja du hast kein einfaches Leben unter diesem Mistkerl von König und es tut mir leid, was du alles durchmachen musst! Aber du lebst und das ist damals wie heute das Wichtigste für uns! Glaubst du etwa, die Entscheidung ist uns leicht gefallen? Glaubst du, ich hätte das Wichtigste zurückgelassen, wenn es nicht eine andere Möglichkeit gegeben hätte?"

Schnaubend schob Liam die Messer zurück in ihre Scheiden. „Was auch immer, es ist mir egal. Ihr seid tot und das bleibt ihr für mich auch. Verschwinde also und mach, was auch immer du tun willst!"

Myla ballte die Fäuste. „Was ich will, ist dich endlich in meine Arme zu schließen! Verdammter Sturkopf! Wir haben es getan, weil wir dich lieben und nein, wir sind nicht stolz darauf, aber du bist unser Sohn! Mein Sohn und ich werde dich nicht noch einmal zurücklassen!"

Ein bellendes Lachen entkam Liam. „Du hast jedes Recht, mich Sohn zu nennen, verwirkt! Meine Mutter ist tot, wer auch immer du bist, es ist mir egal." Erneut wandte er sich ab und ging in Richtung Wald.

„Jetzt komm langsam wieder runter, Junge", erklang nun plötzlich eine weitere Stimme und Liam knurrte. Sein Vater, ebenso wenig tot wie seine Mutter, trat zwischen den Baumreihen hervor und versperrte ihm den Weg. „Du weißt doch, dass wir damals zu zwanzigst losgezogen sind und nur Ace kam zurück."

Liam biss die Zähne zusammen, er hatte keine Lust auf dieses Gespräch, dennoch nickte er stumm. „Myla, ich und drei andere überlebten den Versuch, vom Mal und somit vom König wegzukommen, der Rest starb", erklärte Grey. „Wir haben uns gegenseitig über die Schwelle des Todes geschickt, in der Hoffnung, dass ein paar von uns zurückkehren würden. Wir mussten sterben, um frei zu sein."

Das brachte ihn nun doch etwas aus dem Konzept. Liam trat unwillkürlich einen Schritt zurück und zog die Augenbrauen zusammen. „Wie? Ich meine, wenn man tot ist, ist man tot! Da gibt es kein Zurück mehr!"

Grey nickte bedächtig. „Genau, die Grenze zwischen Leben und Tod ist sehr fein und wir haben damit gespielt. Die meisten haben verloren und starben, aber wir überlebten, und als wir zurückkamen, war das Mal verschwunden und diese Narbe erschien an seiner statt."

Liam blinzelte.

Gestorben, von den Toten zurückgekommen. Verdammt das klang alles nach einem dämlichen Märchen! Aber irgendwie mussten sie es geschafft haben.

Myla stellte sich neben Grey und nickte bekräftigend. „Wir wollten dich dieser Gefahr nicht aussetzen und eine andere Möglichkeit finden. All die Jahre schon ziehen wir durch ganz Jiltorya, um eine Möglichkeit zu finden, diesen dreckigen Fluch zu brechen."

Liam schüttelte machtlos den Kopf, es war ihm zu viel, alles! Er wich zurück, während er die beiden anstarrte.

Seine Eltern, die seit zehn Jahren tot waren. Er hatte getrauert, verdammt, geweint und jetzt standen sie plötzlich hier und erklärten ihm all das!

„Ich ...", fing er leise an und schluckte. „Nein ich kann das nicht."

Abrupt wandte er sich ab und rannte so schnell es ihm möglich war in den Wald hinein.

Statt den Weg zur Hütte zu nehmen, lief Liam das Tal entlang und die Anhöhe hinauf. Es war noch immer mitten in der Nacht und alles um ihn herum war still. Oben angelangt, gaben seine Beine plötzlich nach und er fiel auf die Knie.

Ein Keuchen kam über Liams Lippen, gerade als es über ihm donnerte. Nur einen Moment später öffnete der Himmel seine Pforten und es begann heftig zu regnen.

„Warum?", flüsterte er tonlos in die Dunkelheit und schloss die Augen. Sein Herz raste noch immer und es schmerzte so sehr, dass ihm selbst das Atmen schwerfiel. Seine Hände ballten sich zu Fäusten und sein Mund öffnete sich ohne sein Zutun.

Ein gellender Schrei hallte über die Wälder um ihn herum, bis Liam die Stimme versagte und er in sich zusammensackte, dabei schlug er die Hände vors Gesicht. Neben dem Regen liefen nun auch Tränen über seine Wangen.

Plötzlich legten sich zwei Hände auf seine Schultern.

„Mein Sohn ...", flüsterte Myla und drückte ihn an sich. „Ich liebe dich."

Liam hatte sich wehren wollen. Dieser Frau, seiner Mutter, so nahe zu sein, nach all dieser Zeit.

Nein, das wollte er nicht, stattdessen hätte er sie von sich stoßen sollen! Doch sein Körper gehorchte ihm nicht. Seine Hände lösten sich von seinem Gesicht und umschlangen den zierlichen Körper seiner Mutter, während er das Gesicht an ihrer Halsbeuge vergrub.

Myla drückte ihn noch fester an sich und streichelte ihn sanft über den Rücken. „Es tut mir so unendlich leid! Ich werde dich nie wieder zurücklassen, versprochen."

Liam schluckte krampfhaft und versuchte, die Tränen zurückzudrängen. Nur langsam gelang es ihm und die

Worte seiner Mutter drangen zu ihm durch. Noch immer tat es unglaublich weh, aber ihren Geruch in der Nase zu haben und ihre Wärme zu fühlen. Bei den Göttern, er hatte es so schrecklich vermisst. Hatte sie vermisst! „Ich liebe dich auch, Mama."

Myla brummte liebevoll und drückte Liam einen Kuss auf die Haare. „Mein geliebter Junge!"

Nach einem Moment löste Liam sich wieder von seiner Mutter und kam auf die Füße. Dieser Ausbruch war ihm peinlich und er blickte zur Seite, nur um seinem Vater in die Augen zu sehen.

„Na toll, du auch noch?", murrte er und wischte sich die restlichen Tränen weg.

Grey schmunzelte und zuckte die Achseln. „Natürlich ich auch noch, ich konnte doch nicht da unten alleine herumstehen."

Als sein Vater zu ihm trat, umarmte Liam auch ihn. „Es tut auch mir leid, mein Sohn", murmelte Grey und

Liam knurrte. „Hört auf mit den Entschuldigungen, das macht es nicht besser und ja, ich bin noch immer sauer." Sie lösten sich und Liam verschränkte die Arme vor der Brust.

Es regnete weiterhin wie aus Eimern und mittlerweile waren sie alle durchnässt.

„Wie wäre es, wenn ihr mit zur Hütte kommt?", bot er nach kurzem Zögern an. „Da ist es trocken, ihr könnt euch aufwärmen und Raven würde sich gewiss auch freuen, euch zu sehen."

Seine Eltern tauschten Blicke und nickten dann.

„Gerne", lächelte Myla. „Dann kannst du uns ja erzählen, wie du zu einem Druiden gekommen bist und warum er so stark nach dir gerochen hat."

Liam versteifte sich sofort und fühlte, wie seine Wangen heiß wurden. „Ich habe es mir anders überlegt, bleibt besser draußen."

Grey lachte und klopfte ihm auf die Schulter. „Zu spät, Junge, jetzt wirst du uns nicht mehr los. Na komm, gehen wir zurück."

Liam knurrte, das gefiel ihm gar nicht! Gerade seine Mutter war unglaublich neugierig und würde ihn die ganze Nacht ausfragen!

Dennoch lief er mit den beiden zurück zur Hütte und als sie dort ankamen, konnte er bereits durch das Fenster erkennen, dass Silvan aufgebracht herumlief.

Liam lief zur Tür und klopfte. „Silvan machst du bitte auf?", rief er dem Druiden zu und dieser riss sie förmlich auf, wobei ihm die Erleichterung ins Gesicht geschrieben stand.

„Du bist wieder da, den Göttern sei Dank!", stieß Silvan hervor, ehe er zur Seite trat und den Weg freimachte.

Liam brummte und ging ins Haus, wo er Raven in der Küche sitzen sah.

Der Mann wirkte extrem genervt, also hatte er mit seiner Vermutung wohl recht und Silvan war die ganze Zeit ruhelos umhergewandert.

Sein bester Freund kam sofort auf die Füße und sein Blick ging an ihm vorbei. Liam lächelte, seine Eltern hatten auch Raven aufgenommen, als er die seinen verloren hatte.

„Grey, Myla", murmelte der große Mann und blinzelte erstaunt. „Ich hatte es nicht geglaubt …"

Die schlanke Frau ging an Liam vorbei zu Raven. „Mein Junge, es ist so schön, dich zu sehen!" Sie umarmte ihn und drückte ihn fest an sich.

Liam lächelte, als Raven die Geste sofort erwiderte, und wandte sich Silvan zu. „Verzeih meinen plötzlichen Aufbruch", murmelte er und rieb sich den Nacken. „Ich musste hier raus, es war mir alles zu viel und da bin ich absolut keine gute Gesellschaft."

Silvan lächelte und schüttelte den Kopf. „Das ist mehr als verständlich, ich bin nur froh, dass es dir gut geht und du deine Familie wieder hast."

Liam verzog das Gesicht und seufzte. „Es ist so unwirklich", gestand er und lugte zu Raven, bei dem nun auch Grey war, der den anderen Mann in die Arme nahm. „Für mich waren sie all die Jahre tot." Er schüttelte den Kopf und strich sich durch sein klitschnasses Haar. „Da fällt mir ein", knurrte er dann, als ihm ein Gedanke kam. „Sobald ich wieder im Schloss bin, muss ich einem gewissen Aurox den Hintern aufreißen!"

„Liam!", knurrte Myla tadelnd. „Ich bitte dich, lass Ace in Ruhe. Wir würden auch ihn gern wiedersehen ... irgendwann."

Liam schnaubte. „Mal sehen."

Damit trabte er die Treppe nach oben und in das Schlafzimmer, welches er sich mit dem Druiden teilte. Von dort aus ging es in die kleine Waschkammer, wo Liam ein paar Handtücher nahm und mit ihnen wieder nach unten lief.

„Hier, damit könnt ihr euch abtrocknen", sagte er und reichte je eines davon seinen Eltern. Instinktiv suchte er nach Silvan und entdeckte den Druiden bei der Küchenzeile.

Während Liam sich die Haare trocken rubbelte, ging er zu dem kleinen Mann und stellte sich neben ihn.

„Machst du Tee?", fragte er und lugte in den Kessel, in dem bereits das Wasser dampfte.

Silvan nickte. „Ja, es tut euch bestimmt gut, wenn ihr euch auch von innen wärmen könnt. Wenn wir den Kamin noch besser schüren, könnten wir eure Sachen schnell trocknen", schlug er vor.

Liam blickte zum Feuer und sah dann an sich runter. „Ja gute Idee", stimmte er zu und ging zum Kamin, um

Holz nachzulegen. Als die Flammen stark genug waren, zog Liam seine Weste, das Kettenhemd und sein Oberteil aus, um sich auch gleich noch abzutrocknen, ehe er die Sachen vor dem Kamin auf dem Teppich ausbreitete. Sein Nacken kribbelte und Liam grinste.

Langsam drehte er den Kopf, um den Druiden im Blick zu haben, der ihn offen anstarrte.

Bewusst sah er dem Mann in die Augen, während er seine Hose öffnete.

Silvan schluckt und Liams Mundwinkel zuckten, irgendwie gefiel ihm dieser Blick.

Bei den Göttern, was tat der Kerl nur mit ihm?

Liam zog seine Hose aus und legte auch sie mit auf den Teppich, wobei er aus dem Augenwinkel mitbekam, wie Silvan dunkelrot anlief. Erst jetzt nahm Liam das Handtuch, schlang es sich um die Hüften und dann ging er zu dem Druiden, um ihm einen Becher Tee abzunehmen.

„Vielen Dank, Süßer", raunte er leise und lehnte sich an die Küchenzeile.

„B-bitte", stammelte der Druide und stellte die restlichen Becher mit gesenktem Blick auf ein Schränkchen.

Liam beobachtete das und lugte dann nochmals zu seinen Eltern, die sich mit Raven unterhielten.

Es war noch immer so merkwürdig und Liam wusste nicht, wie er damit umgehen sollte. Er freute sich einerseits, dass sie noch am Leben waren und er jetzt seine Familie zurückhatte, andererseits hatte er die letzten zehn Jahre damit verbracht, mit diesem Thema abzuschließen und zu trauern.

Doch jetzt?

Es war viel. Liam wusste nicht, wohin mit all diesen Gefühlen, die gerade durch ihn hindurch rasten, und leckte sich unschlüssig die Lippen.

„Ich werde mich hinlegen", meinte er nach einem Moment. „Wenigstens ein bisschen Schlaf, ehe die Nacht vorbei ist."

Dies hatte er mehr zu Silvan gesagt, der neben ihm stand, und ohne auf eine Antwort zu warten, ging Liam durch den Raum und die Treppe nach oben ins Schlafzimmer. Dort warf er das Handtuch in eine Ecke und legte sich nackt ins Bett. Die Decke zog er bis zu den Hüften hoch und starrte nach oben. Noch immer hatte er unzählige Fragen im Kopf, aber jetzt musste er erst einmal wieder einen klaren Gedanken fassen. Das alles war so unglaublich viel.

Liam schloss die Augen und versuchte, etwas Schlaf zu finden. Nach einer Weile hörte er, wie die Tür geöffnet und wieder geschlossen wurde. Nur einen Moment später hob sich die Decke, die sofort wieder fallengelassen wurde.

„Warum muss er nackt schlafen ...", murmelte Silvan und Liam schmunzelte. „Weil meine Sachen nass sind und ich nichts zum Wechseln habe."

„Du bist ja wach!", keuchte der Druide und Liam öffnete lachend die Augen. Wie er geahnt hatte, war der Mann erneut tomatenrot angelaufen. „Ja, ich bin wach", bestätigte er und legte den Kopf etwas zur Seite. „Ohne dich war das Bett so kalt."

Silvan starrte ihn an, seine Lippen öffneten sich einen Spalt. „Ohne mich?"

Nun merkte Liam, wie auch in seinen Wangen die Hitze stieg. „Ja", gab er leise zu und lächelte wackelig. „Deine Nähe hat mir gutgetan."

Silvan blinzelte und murmelte etwas Unverständliches, ehe er sich schnell unter die Decke kuschelte. „Deine tut mir auch gut ..."

Liam zögerte, dann griff er nach dem Druiden und zog ihn sachte an sich. „Das freut mich", gab er zu und schloss die Augen. Silvans Geruch beruhigte ihn irgendwie und schon nach kurzer Zeit konnte Liam tatsächlich einschlafen.

Kapitel 9

Silvan

Nach einer Weile ging Liams Atem ruhig und gleichmäßig, der Mann war endlich eingeschlafen.

Silvan lugte zu ihm auf und lächelte sanft.

Durch das Licht des Mondes, welches durch das Fenster fiel, wurde Liams Gesicht in ein beinahe romantisches Licht getaucht.

Die schwarzen, dichten Wimpern lagen auf seinen markanten Wangenknochen und Silvan juckte es in den Fingern, dem Aurox durch das seidig glänzende Haar zu fahren. Ein paar Strähnen hatten sich in seine Stirn verirrt und Silvan gab dem Drang nach, wenigstens diese sachte zurückzustreichen.

Sein Herz schlug sofort schneller und mittlerweile wollte er es gar nicht mehr leugnen. Er empfand etwas für diesen wunderschönen, sturen, eigensinnigen Mann.

Seine Lippen zuckten.

Nie im Leben hätte er damit gerechnet, dass seine selbstauferlegte Mission so verlaufen würde!

Wie gut er sich an sein letztes Gespräch mit seinem Vater erinnerte, als dieser ihn anflehte, zu bleiben. Doch dieses Mal, hatte Silvan sich gegen den großen Mann aufgelehnt. Der Tod so vieler Dorfbewohner hatte seinen Entschluss noch mehr gefestigt. Nach einem

hitzigen Streit hatte sein Vater ihm noch ein Versprechen abgenommen, er solle sich von Aurox fernhalten.

Dass gerade diese seine Verbündeten werden würden,
hätte Silvan niemals gedacht, doch er könnte nicht
dankbarer sein.

Durch Liam, Raven und Ace hatte seine Mission erst
richtig begonnen und ein Teil von ihm fühlte, dass sie
bereits erste Früchte trug.

„Schritt für Schritt", murmelte er, kuschelte sich an
Liam und schlief alsbald ein.

Die Strahlen der frühen Morgensonne weckten Silvan
und er setzte sich langsam auf. Liam schlief noch tief
und fest, sein Mund stand einen Spaltbreit offen und er
schnarchte leise.

Silvan schmunzelte und stieg aus dem Bett. Er
huschte in die Waschkammer und zog sich aus.

Der Raum war nicht einmal halb so groß wie das
Schlafzimmer, doch es war alles dort, was man brauchte. Gleich links neben der Tür stand ein großes Fass,
welches er selbst mit Wasser aus dem Bach gefüllt
hatte. Daneben befand sich ein etwa hüfthoher Schrank,
auf dem ein breites Eisenbecken befestigt worden war.
Hinter dem Becken war ein kleines Fenster in die
Wand eingelassen, das den winzigen Raum mit ausrei-
chend Licht versorgte.

Es war noch immer eher schummrig, doch das
genügte völlig, um alles sehen zu können. Das Zimmer
wurde durch ein etwas längeres Regal geteilt, in dem
Handtücher und frisches Bettzeug gelagert wurden.
Dahinter befand sich das Klo mit einem Eimer Erde
daneben.

Silvan erleichterte sich und wusch sich mit dem
kalten Bachwasser, ehe er seine Hose anzog und auch
das Oberteil, welches er gestern vor dem Schlafengehen
abgelegt hatte. Liam hatte sich weiterhin nicht gerührt,

sodass Silvan leise aus dem Raum schlich und die Treppe nach unten trabte.

„Guten Morgen Silvan."

Wie vom Blitz getroffen sprang Silvan ein gutes Stück zur Seite, als die Stimme eines Mannes erklang. Sein Herz raste sofort, ehe er Grey erkannte und den Atem ausstieß.

„Guten Morgen", murmelte er und versuchte, seinen Herzschlag wieder zu normalisieren. „Bei den Göttern, hast du mich erschreckt." Er hatte völlig vergessen, dass Liams Eltern die Nacht in der Hütte verbracht hatten.

„Verzeih", schmunzelte der große Mann. „Das war nicht meine Absicht."

Silvan strich sich durchs Haar und lächelte, ehe er in die Küche weiterging, wo Myla, Liams Mutter, gerade am Kessel stand.

„Guten Morgen", grüßte er auch sie. Die Frau, die nur etwas kleiner als er selbst war, drehte den Kopf in seine Richtung. „Guten Morgen Druide."

Silvan behielt sein Lächeln bei. „Mein Name ist Silvan", erklärte er und sie schnaubte. „Das weiß ich."

Er blinzelte, hatte er die Schattenwandlerin irgendwie verärgert?

„Was hast du mit meinem Sohn zu schaffen?", verlangte sie soeben zu wissen, doch noch ehe Silvan antworten konnte, kam Grey herbei. „Myla! Wir hatten darüber gesprochen und Raven hat dir doch schon alles erzählt."

Myla drehte sich um und wies mit dem Finger auf Grey. „Du hältst jetzt mal den Mund!", zischte sie. „Von dir will ich eine Antwort."

Silvan sah zwischen dem Paar hin und her, dann fixierte er die sichtlich aufgebrachte Frau. „Ich bin deinem Sohn begegnet, als dieser vom König ausgesandt worden war, um mich zu töten. Wenn ihr durch Jiltorya gereist seid, wart ihr dann einmal in der Nähe einer Druidenzone?", fragte er, doch die beiden schüttelten den Kopf. „Uns geht es dort sehr schlecht. Wir wurden extra in diese Bereiche der Welt getrieben, weil die Natur dort am Sterben ist. Sie ist krank und jeder Druide muss eine Magie dazu aufwenden, sie irgendwie am Leben zu erhalten. Das schwächt uns ungemein und es geht mittlerweile sogar so weit, dass einige sterben. Ihre Magie versiegt, ihre Körper geben auf. Deshalb habe ich meine Zone verlassen", erklärte er mit fester Stimme. „Ich will einen Weg finden, den König zu stürzen, damit mein Volk und auch das eure wieder frei leben kann. So wie es jetzt ist, und da sind wir uns wohl alle einig, kann es nicht weitergehen."

Myla starrte ihn noch immer aus kalten Silberaugen an, doch dann nickte sie. „Du hast recht, es muss sich etwas ändern, doch wie kommst du darauf, dass gerade du das bewirken kannst?"

Silvan zuckte die Achseln. „Wenn niemand einen Anfang wagt, kann sich nichts verändern", erwiderte er. „Ich war bereit und habe den Schritt getan. Ob es schlussendlich zum erhofften Ziel führt, oder ob ich vom König getötet werde, weiß ich nicht, aber ich habe den Anfang gemacht."

Die beiden Schattenwandler schwiegen, dann lächelte Grey. „Du hast ein tapferes Herz, Silvan und eine gute Sicht auf die Dinge, das gefällt mir."

„Danke", erwiderte Silvan und rieb sich den Nacken, ehe er sich wieder Myla zuwandte. „Deinen Sohn traf ich, als ich gerade auf dem Weg zu einem Dorf der Grauelfen war. Er hat mich nicht getötet, sondern mir eine Chance gegeben, mir zugehört. Das war der Beginn und über Liam habe ich dann Raven und Ace kennengelernt. Auch sie wollen mir helfen."

Grey lachte. „Dass Ace dabei ist, wundert mich nicht. Er hat schon immer gern bei den verrücktesten Plänen geholfen."

Mylas Blick wurde langsam etwas weniger eisig. „Schön und gut, das verstehe ich ja, aber warum hast du so stark nach Liam gerochen?"

Silvan rieb sich den Nacken und fühlte, wie schon wieder die Röte in seine Wangen stieg. „Da diese Hütte nur über zwei Schlafzimmer verfügt, und Raven in keinem guten Zustand war, als er hier ankam, haben Liam und ich uns ein Bett geteilt. Deshalb hast du ihn wohl so stark an mir wahrgenommen."

Myla hob eine Augenbraue. „Und mehr ist nicht passiert?"

Grey knurrte dumpf. „Myla, lass doch die jungen Leute in Ruhe, die können tun, was sie wollen."

Die Frau schnaubte, doch ihre Mundwinkel zuckten, dann wandte sie sich wieder der Küchenzeile zu. „Willst du Tee, Silvan?"

Das war wohl mit das unangenehmste Gespräch, das er je geführt hatte, dachte Silvan und starrte zu Boden.

„Gern", brachte er hervor und wünschte sich, im Bett geblieben zu sein.

„Unser Proviant reicht für ein gutes Frühstück für uns alle", meinte Grey und er hob verblüfft den Blick. Der ehemalige Aurox stand neben zwei großen Lederbeuteln, die neben der Tür lagen.

„Wo kommen die denn her?", fragte Silvan.

„Ich bin schon länger wach und habe sie geholt", erklärte Grey. „Es regnet seit heute Morgen nicht mehr, da hab ich die Zeit genutzt. Nicht, dass Wegelagerer noch unsere Sachen stehlen."

Liams Vater zog ein Paar in Tuch gewickelte Laib Brot hervor und legte sie auf den Tisch. „Wir werden nochmal in einem der Dörfer plündern müssen", meinte er nachdenklich und Myla nickte. „Wie viel Zeit bleibt uns überhaupt?"

Silvan zog die Brauen zusammen. „Moment, ihr müsst wieder gehen?"

Grey nickte. „Schon bald, ja. Wir haben Freunden im Dritten Silberreich versprochen ihnen bei ... Nun ja, ihnen zu helfen. Was genau kann ich nicht sagen, das habe ich geschworen."

Irritiert kniff Silvan die Augen zusammen. „Es gibt also mehr Schattenwandler, die nicht unter dem König leben?"

Grey und Myla tauschten Blicke, was Silvan an sich schon Antwort genug war, doch dann seufzte Liams Mutter. „Einige wenige haben es geschafft, doch auch sie müssen im Verborgenen leben und aufpassen, dass keine Elfen sie schnappen."

Grey legte einen Arm um seine Frau und knurrte. „Der Goldkönig weiß, dass es freie Schattenwandler gibt, aber er hat keine Ahnung, wo sie sind, und das wird sich nicht ändern. Wir passen aufeinander auf, helfen uns gegenseitig und stehen füreinander ein. Deshalb müssen Myla und ich noch heute aufbrechen, es geht nicht anders."

Silvan verzog das Gesicht, das würde Liam gewiss nicht gefallen, doch er würde es verstehen.

„Seid vorsichtig, wenn ihr deine Mission weiterverfolgt, Silvan", sprach Myla und er hob den Blick.

„Natürlich sind wir das", versicherte er schnell und dieses Mal lächelte sie sogar leicht. „Liam scheint mehr in dir zu sehen", meinte sie unvermittelt und Silvan blinzelte verwirrt.

„Was?", fragte er geistreich, was sie zum Lachen brachte. „Liams Blicke gestern sind mir nicht entgangen, ebenso wenig euer Spielchen, während mein Sohn sich ausgezogen hat. Du magst ihn und er mag dich. Da ist mehr!" Silvans Mund stand offen, er wusste nicht, was er sagen sollte.

„Myla", tadelte Grey seufzend. „Merkst du nicht, dass ihm das unangenehm ist? Komm schon, Liebste, richten wir Frühstück her und lass den Jungen in Ruhe."

Als die beiden sich abwandten, nutzte Silvan die Chance und huschte leise aus dem Haus, um zum Bach zu gehen. Dass er Gefühle für Liam hatte, stand außer Frage, er hatte es sich immerhin längst eingestanden. Doch ging es wirklich in demselben Maß ebenso von Liam aus?

Ja, der Mann hatte ihn geküsst, sie hatten geredet ...

Aber Silvan war sich so unsicher!

Er ging beim Wasser in die Hocke, tauchte die Hand unter und rieb dann über seinen Nacken. Ein Seufzen kam ihm über die Lippen und er schloss die Augen.

Wo sollte das hinführen?

Eine Zukunft mit Liam?

War das denn überhaupt möglich und vor allem, war das zu dieser Zeit angebracht?

Silvan musste all seine Konzentration auf die Planung seiner Mission richten, doch alles, was ihm derzeit im Kopf herumspukte, war Liam! Ob es dem Aurox genauso ging? Wohl kaum, dachte Silvan und seufzte. Immerhin hatte der Mann jetzt mit ganz anderen Dingen zu kämpfen. Wie würde er reagieren, wenn er erfuhr, dass seine Eltern noch heute wieder verschwinden würden?

Silvan schloss die Augen, Liam tat ihm leid, das alles musste verdammt viel sein. Noch einmal rieb Silvan sich mit der nassen Hand über den Nacken, ehe er wieder auf die Füße kam.

Eine Bewegung im Gebüsch ließ ihn zusammenzucken, aber als er hinüber spähte, konnte er nichts erkennen. „Wohl nur ein Tier", murmelte er, doch sein

Magen zog sich zusammen und ein merkwürdiges Gefühl machte sich in ihm breit. Den Wald aufmerksam taxierend ging Silvan rückwärts wieder ums Haus und huschte dann schnell hinein.

„Du siehst aus, als hättest du einen Geist gesehen", kommentierte Liam, der mit seinen Eltern am Tisch saß.

Silvan schüttelte den Kopf und verschloss die Tür. „Das nicht", meinte er nachdenklich. „Aber ich hatte das Gefühl, beobachtet zu werden. Es war seltsam."

Die drei Schattenwandler tauschten Blicke, ehe sie sich allesamt erhoben. „Wir sehen uns um", verkündete Liam und Silvan verzog das Gesicht. Wie gern auch er etwas tun würde, doch mit der Schnelligkeit und körperlichen Kraft von Aurox konnte er nicht mithalten. „Passt auf euch auf", mahnte er und ging in die Küche. „Ich koche neuen Tee."

Es war so frustrierend, immer nur herumstehen zu müssen!

Liam und seine Eltern verschwanden durch die Tür und Silvan verschloss sie vorsorglich. Von Raven war bisher nichts zu sehen, der Mann schien noch zu schlafen.

Da er nichts anderes zu tun hatte, kochte Silvan neuen Tee und schnitt ein paar Tomaten auf, die die anderen wohl aus dem kleinen Gemüsebeet genommen hatten, das er angelegt hatte. Auch eine Gurke schnitt er in dicke Streifen und halbierte sie dann, wobei sein Blick immer wieder zum Fenster ging.

Ein Teil von ihm erwartete, erneut einen Fremden dort stehen zu sehen, denn genau da hatte er gestern Grey entdeckt. Nur war dieses Mal niemand zu erkennen, dennoch blieb dieses komische Gefühl. Silvan rieb sich über einen Unterarm, auf dem sich Gänsehaut gebildet hatte. Hier war etwas faul, dessen war er sich sicher. Er nahm den Kessel vom Feuer und ging nach oben, um zu Raven ins Schlafzimmer zu huschen.

Der Aurox lag noch im Bett, doch als Silvan die Türe schloss, setzte er sich auf.

„Was? Habe ich verschlafen?", murmelte Raven.

„Nein, alles gut", beruhigte Silvan ihn. „Grey, Myla und Liam durchkämmen den Wald. Ich war beim Bach und hatte plötzlich das Gefühl, jemand würde mich beobachten."

Sofort war der verschlafene Ausdruck aus Ravens Gesicht verschwunden und der Mann war auf den Beinen. Er trat ans Fenster und knurrte. „Ist mir jemand gefolgt?"

Silvan schüttelte den Kopf. „Ich weiß es nicht, aber ich hoffe, die anderen werden entweder fündig, oder können Entwarnung geben."

Der große Mann schnaubte und zog die Stiefel an, die neben dem Bett standen, ehe er in ein schwarzes, kurzärmliges Hemd schlüpfte und ein Kettenhemd überzog. „Egal wer da draußen ist, gegen uns alle kommt er niemals an. Liams Eltern waren schon immer exzellente Kämpfer, weshalb damals auch das Entsetzen so groß gewesen war, als es hieß, sie seien gestorben."

Silvan brummte und lugte aus dem Fenster. Die Sache gefiel ihm gar nicht, aber gerade blieb ihm nichts anders übrig, als zu warten.

Um sich abzulenken, wandte er sich erneut Raven zu.

„Wie geht es dir, was macht dein Arm?"

Der Aurox blickte auf seinen rechten Unterarm und ballte die Faust. „Es tut weh und mich zieht es ... zu ihm. Das nervt!", knurrte er und Silvan verzog das Gesicht. Es musste ein grauenhaftes Gefühl sein, so an jemanden gebunden zu sein. „Das glaube ich dir", murmelte Silvan und fuhr sich durchs Haar. „Ich wünschte wirklich, ich könnte dir helfen."

Raven winkte ab. „Ich komme klar, keine Sorge, aber danke. Mich würde eher interessieren, ob die anderen was gefunden haben."

Silvan seufzte. „Wir müssen uns wohl in Geduld üben, fürchte ich. Sie werden gewiss das ganze Tal durchstreifen, ehe sie zu uns zurückkommen."

Raven knurrte. „Ich könnte helfen, aber jetzt weiß ich nicht, wo sie hin sind."

Silvan schüttelte den Kopf. „Tu mir den Gefallen und bleib hier, ja? Mal davon abgesehen, dass es nicht ratsam ist, allein durch den Wald zu streifen, wäre es mir lieber, wenn du bei mir bleiben würdest", gab er zu und bemühte sich um ein Lächeln.

Das entlockte Raven ein Grinsen. „So so, du hast mich also absichtlich schlafen lassen und erst dann geweckt, als die anderen fort waren!", warf er ihm vor und Silvan lachte. Das Geplänkel tat gut und ein Teil der Anspannung fiel von ihm ab. „Das war mein Plan, ganz genau! Ich wollte schon die ganze Zeit mit dir mürrischen Griesgram allein sein!"

Raven schnaubte und lachte dann, ehe er ihn abrupt zu sich zog. „Du bist wirklich in Ordnung für einen Druiden, Knirps und keine Sorge, ich werde auf dich aufpassen."

Silvan versteifte sich im ersten Moment, doch dann erwiderte er die Umarmung. „Du bist auch schwer in Ordnung, Raven."

Noch einmal wurde er von dem Aurox gedrückt, ehe er von ihm abließ und sich wieder aufs Bett setzte. Dabei presste er seinen Arm an sich und verzog das Gesicht. „Das tut weh", murrte er leise.

Silvan runzelte die Stirn und setzte sich neben den großen Mann.

„Darf ich mal sehen?", fragte er sanft und merkte sofort, dass Raven sich versteifte.

„Wenn du meinst", murmelte er nach kurzem Zögern und reichte ihm den Arm.

„Das sieht schlimm aus", zischte Silvan. Die dünne Linie in der Mitte des Unterarmes wirkte aufgequollen und der ganze Arm war rot. „Ist das immer so, nachdem dieser Gerom das getan hat?", fragte Silvan skeptisch und Raven schüttelte den Kopf. „Nein, eigentlich nicht. Ich fühle im Moment nicht mal mehr meine Blutklinge, das macht mir Angst", gab er zu.

„Wenn das nicht normal ist, hat er zuletzt etwas anderes gemacht? Oder dich vielleicht verletzt?", wollte Silvan wissen.

Raven zog die Augenbrauen zusammen und presste die Lippen zu einem dünnen Strich. „Ich weiß es nicht, beim letzten Mal war ich kaum noch bei Bewusstsein. Es tat brutal weh, daran erinnere ich mich, aber ich kann nicht sagen, ob etwas anders war."

Silvan brummte. „Ich weiß, dir wird das jetzt nicht gefallen, aber würdest du mich das von innen einmal ansehen lassen? Ich werde dir sicher nicht wehtun, aber das sieht alles andere als gesund aus."

Raven zögerte und schluckte sichtlich nervös, doch dann nickte er ruckartig. „Vielleicht nicht die schlechteste Idee", räumte er gepresst ein und zog ein kleines Messer, mit dem er in einem Zug den Schnitt am rechten Arm öffnete. Dabei zuckte er zusammen. „Verdammt selbst das tut weh!", schimpfte er und riss dann plötzlich die Augen auf, als tatsächlich Eiter aus dem Schnitt floss.

„Bei den Göttern, was hat der Mistkerl getan?", wisperte Raven mit schockierter Miene.

Silvan knurrte, genau das hatte er befürchtet. „Er wird dich verletzt haben und diese Wunde hat sich wohl entzündet. Raven, wir werden nicht drumherum kommen das zu säubern."

Erneut schluckte der Aurox, doch er nickte zustimmend. „So schlimm war es noch nie", murmelte er leise und leckte sich die Lippen.

„Hast du eine Idee, wie wir das jetzt am besten sauber bekommen? Ich meine, einfach mit Wasser ausspülen, wäre wohl nicht so gut", mutmaßte Silvan und besah sich den Arm genauer.

Raven knurrte hörbar unglücklich und kam dann auf die Füße. „Es gibt nur einen Weg", murmelte er und verließ das Schlafzimmer.

Sofort sprang Silvan auf und lief dem Aurox hinterher. „He, nun warte doch mal! Erklärst du mir auch, was du vorhast?"

Der große Mann war ins Zimmer nebenan gelaufen, wo Silvan mit Liam die Nacht verbracht hatte und ging gerade in die Waschkammer.

„Das siehst du gleich", antwortete Raven dumpf und schüttete einiges an frischem Wasser in die Eisenwanne. Dann atmete er tief durch und hielt den geöffneten Arm unter Wasser. „Ah verdammt!", keuchte er und schluckte hart.

„Das sieht wirklich schmerzhaft aus. Gibt es denn keine andere Methode? Denk dran, ich kann Wassermagie anwenden", erinnerte Silvan, doch Raven schüttelte den Kopf. „Eigentlich dürfte das nicht wehtun", keuchte er und leckte sich die Lippen. „Hilft alles nichts, du hast wohl recht und Gerom hat mich wirklich innerlich verletzt." Ravens dunkelblaue Augen fixierten ihn. „Du solltest rausgehen, was ich jetzt tun muss, ist nichts für schwache Nerven."

Kopfschüttelnd trat Silvan näher an den Aurox heran. „Nein, ich bleibe und werde dich unterstützen. Kann ich dir irgendwie helfen?" Ein etwas zittriges Lächeln legte sich auf Ravens Lippen. „Nein kannst du nicht, aber ... danke, dass du bleibst."

Liam

Zusammen mit seinen Eltern lief Liam durch den Wald und lauschte aufmerksam auf alles Verdächtige. Dass Silvan plötzlich ebenfalls ein komisches Gefühl gehabt hatte, hatte Liams Instinkte sofort in Alarmbereitschaft versetzt.

Er nutzte den Schatten der Bäume und blieb die meiste Zeit ungesehen, dennoch hatte er immer den Geruch seiner Eltern in der Nase, sie waren also in der Nähe. Genau das war der Plan, so waren sie früher schon immer vorgegangen, als sie gemeinsam auf Mission ausgesandt worden waren.

Auf diese Weise wusste Liam genau, wie sie das Gelände absuchen würden, um denjenigen zu finden, der sich hier womöglich versteckte.

Außer Silvan hatte tatsächlich ein Gespenst gesehen, was er sich bei dem schreckhaften Druiden zwar vorstellen konnte, doch etwas in dessen Blick hatte Liam aufmerken lassen.

Ein lauter Pfiff hallte durch den Wald und er wandte sich sofort in die Richtung. Sein Vater hatte etwas gefunden. Er folgte dem Geruch des Mannes und traf ihn zwischen einer kleinen Baumgruppe. Dort war Grey auf ein Knie gesunken und hatte die Finger auf der Erde. „Es ist definitiv jemand hier", knurrte sein er und Liam verspannte sich.

„Verdammt", schimpfte er und besah sich die deutliche Fußspur, die im Boden zu sehen war. „Dann kann Silvan nicht hierbleiben." Auch Myla stieß zu ihnen. „Ja, dein Freund braucht ein neues Versteck."

Liam knurrte und ballte die Fäuste. „Das war anders geplant! Aber gut, wir werden das irgendwie hinbekommen. Es gibt immer einen Weg", murmelte er und merkte, wie er Silvans Worte wiederholte.

Grey kam indes auf die Füße und sah sich um. „Wir sollten wohl alle aufbrechen. Die Wahrscheinlichkeit, dass es ein Schattenwandler ist, der hier herumstreunt, ist groß, doch wir wissen ni
cht, ob er uns wohlgesonnen ist."

Unzufrieden knirschte Liam mit den Zähnen, musste seinen Eltern aber zustimmen. Silvan allein hierzulassen wäre unverantwortlich. Druide hin oder her, gegen einen Aurox konnte Silvan nicht bestehen. Zusammen kehrten sie zur Hütte zurück und Liam griff gerade nach der Türklinke, als ein gellender Schrei durch das Haus hallte.

Ohne zu zögern, rammte er die Tür mit der Schulter, sodass diese hart nach innen aufschwang. Blitzschnell rannte er die Treppe nach oben, sich seiner Eltern im Rücken bewusst und sog die Luft ein.

Blut!

Er riss die Tür zu seinem Schlafzimmer auf und erstarrte.

„Raven?", keuchte er erschrocken, als er den Mann in der Waschkammer stehen sah, die linke Hand in seinem rechten Arm. „Verdammt was ist hier los?"

Silvan stand neben dem großen Aurox und hatte eine Hand auf dessen Schulter. „Liam, Ravens Arm sieht schlimm aus, Gerom hat ihn innerlich verletzt. Das muss gesäubert werden", erklärte der Druide.

„Raven! Mein Junge, was ist passiert?", fragte Myla und ging zu ihm, wobei sie mit Silvan den Platz tauschte und dieser sich zu Liam stellte.

Besorgt beobachtete Liam seine Mutter, während Raven das Gesicht verzog. „Gerom hat mich verletzt, es eitert und tut verflucht weh", erklärte er mit heiserer Stimme, wobei er langsam die Hand aus dem Armschnitt zog. Liam trat etwas näher und konnte erkennen, dass das Wasser eine bräunliche Färbung angenommen hatte.

Wut kochte in ihm hoch, dieser dreckige Gerom! Er würde Raven noch umbringen und so, wie es aussah, war er auch noch auf dem besten Weg dahin!

Eine Hand legte sich auf seine Schulter. „He, ganz ruhig. Wir finden eine Lösung, um Raven zu helfen", versuchte Silvan ihn zu besänftigen, doch Liam fiel es schwer.

Sein bester Freund litt schlimme Qualen und das war die alleinige Schuld eines dreckigen Blutelfen! Wenn er könnte, würde er die gesamte Rasse auslöschen, nur um Raven das Leben zu retten.

„Lass mich mal sehen", hörte er seine Mutter sanft sagen und Raven hielt still, als sie sich den Schnitt genauer ansah.

„Er ist stark", raunte Grey, der neben ihn getreten war. „Er schafft das." Nun war Liam von den beiden Männern flankiert und das gab ihm einen gewissen Halt, sodass er sich wieder beruhigen konnte.

„Du musst das täglich reinigen", erklärte Myla gerade ernst und Raven nickte, auch wenn er das Gesicht verzog. „Gerom darf die nächsten Tage nicht an dich herankommen, das würde sonst in einer Blutvergiftung enden und dich womöglich das Leben kosten", hing Liams Mutter an und allein bei diesen Worten verkrampfte sich Liams Magen.

Nein, nicht Raven!

Nicht sein bester Freund!

„Wir sollten runtergehen und den beiden etwas Freiraum geben", meinte Grey und Liam wandte sich nach kurzem Zögern ab. Zusammen mit Silvan stiegen sie

218

nach unten, während Myla sich um Raven kümmern würde. Da war er in guten Händen, das wusste Liam.

In der Küche setzten sie sich an den Tisch und Grey fiel direkt mit der Tür ins Haus. „Wir haben Spuren im Wald gefunden, die uns zeigten, dass du recht hattest, Silvan. Jemand beobachtet uns."

Der Druide schluckte und wurde etwas blass um die Nase. „Aber ihr konntet ihn nicht finden?", fragte er und Liam schüttelte den Kopf. „Nein er hat sich ausgezeichnet versteckt, was wohl heißt, dass es sich um einen Schattenwandler und womöglich sogar um einen Aurox handelt."

Liam legte die Hand auf Silvans Schulter und sofort sah der Druide ihn an. „Du kannst nicht hierbleiben", stellte Liam ruhig klar. „Das wäre viel zu gefährlich."

Silvans Augen weiteten sich. „Wo soll ich sonst hin?" Liam lugte zu seinem Vater, der seine Gedanken zu erraten schien.

„So gern ich ihn mitnehmen würde, das geht nicht. Da, wo Myla und ich hingehen, kann er uns nicht begleiten", erklärte Grey, noch ehe Liam fragen konnte. Resignierend stieß er die Luft aus und fluchte. „Dann musst du wieder mit ins Schloss, denn wenn wir dich allein lassen, ist die Wahrscheinlichkeit groß, dass wer auch immer dich findet und tötet."

Silvan Blick huschte zwischen Grey und ihm hin und her. „Aber Liam, eben erst habt ihr mich vom Schloss weggeschafft, weil es dort zu gefährlich sei, und jetzt willst du mich wieder dorthin zurückschleppen? Das geht doch nicht!"

Liam rieb sich knurrend über das Gesicht. „Ich weiß, aber eine andere Möglichkeit fällt mir gerade nicht ein! Vielleicht können wir zumindest noch ein paar Tage hierbleiben, bis Raven sich erholt hat. Wer auch immer da draußen ist, hat noch nicht angegriffen."

Grey schüttelte den Kopf. „Davon würde ich abraten, Liam. Du weißt nicht, wer es ist und wie stark er ist. Selbst zusammen könntet ihr den Kürzeren ziehen und unterliegen."

Liam überlegte und sah zu Silvan. „Wir haben aber auch noch einen Druiden." Dieser riss die Augen auf. „Mich? Du weißt, ich kann nicht kämpfen!"

Liam winkte ab. „Das kann ich dir beibringen, aber es geht vor allem um deine Fähigkeiten, deine Magie. Die kannst du einsetzen und uns somit einen Vorteil verschaffen. Aurox oder nicht, der Kerl, der da draußen ist, hat wohl kaum schon häufig gegen Druiden gekämpft. Er wird dich also nicht einschätzen können. Das allein würde uns als Vorteil reichen."

Grey brummte nachdenklich und nickte langsam. „Könnte sein, aber sei dir da nicht so sicher. Allerdings ... Silvan, hast du noch nie mit deinen Fähigkeiten gekämpft?"

Der Druide rang sichtlich die Hände und zuckte vage die Schultern. „Nicht richtig, nein. Da es so viel Magie kostet, die Natur in der Zone am Leben zu erhalten, hat niemand von uns genug Kraft, auch noch zu kämpfen. Wieso fragst du?"

Grey lächelte. „Nun ja, vor einigen Jahren hatte ich das zweifelhafte Vergnügen, gegen eine Gruppe Druiden zu kämpfen, und die konnten hervorragend mit ihrer Magie umgehen. Ich erinnere mich noch gut an den Mann, der mich beinahe getötet hätte."

Liam merkte auf, das war ja Silvans Vater gewesen! „Du meinst den Kampf, bei dem Ravens Eltern umkamen, nicht?", fragte er und Grey nickte. „Genau." Liams Blick huschte zu dem Druiden, der seinen Gedankengang zu teilen schien.

„Das war mein Vater", murmelte Silvan leise und nun wurden Greys Augen groß. „Warte, einen Moment!

Eilan ist dein Vater?", fragte er fassungslos und Silvan nickte. „Ja ist er."

Liam beobachtete, wie Grey plötzlich zu grinsen begann. „Bei den Göttern, was für ein Zufall! Andererseits ist es auch wieder keiner, denn wer, wenn nicht Eilans Sohn, hat den Mut, nach Torya zu kommen und die Dinge anzupacken! Wenn du wieder zu Hause bist, Silvan, grüße deinen Vater von mir, ja?"

Liam hob die Augenbrauen. „Du sprichst, als wärst du mit dem Mann befreundet."

Grey zuckte die Achseln. „Der Kampf war brutal und hart, aber ich ließ ihn am Leben und ja, irgendwie haben wir uns verstanden. Ich sehe ihn als Freund."

Liam schüttelte den Kopf. „Na, wenn du meinst", murmelte er und seufzte dann. „Auf jeden Fall werden wir noch ein oder zwei Tage hierbleiben, je nachdem wie sich der Kerl da draußen verhält. Vielleicht verzieht er sich auch oder greift wirklich an, das werden wir sehen, aber wir können uns verteidigen. Niemand wird ein leichtes Spiel mit uns haben."

Silvan wirkte alles andere als glücklich und da konnte Liam ihm sogar zustimmen, die Lage missfiel auch ihm, aber gerade hatten sie wenig Möglichkeiten.

„Myla und ich müssen leider dennoch gehen", sagte Grey und Liam seufzte. Seine Eltern hatten ihm bereits beim Frühstück verraten, dass sie aufbrechen mussten, um jemandem zu helfen. Auch wenn ihm das ebenfalls gar nicht gefiel, wusste Liam, dass sie ihr Versprechen halten mussten.

„Das ist in Ordnung", erwiderte er und nickte seinem Vater zu. „Wir werden zurechtkommen. Raven wird bald wieder auf den Beinen sein und selbst ohne Blutklinge ist er ein hervorragender Kämpfer. Er kann mir helfen, sollte es hart auf hart kommen." Das schien sein

Vater genauso zu sehen, denn er lächelte. „Ich bin wirklich stolz auf dich, Liam."

Liam blinzelte, solche Worte zu hören, war er nicht gewohnt! Sofort fühlte er, wie ihm die Röte in die Wangen stieg. „Ähm ... danke", murmelte er verlegen und starrte auf die Tischplatte. „Ich hoffe, Silvan und du findet einen Weg, etwas zu verändern", hängte Grey an und nun konnte Liam wieder aufblicken. „Das werden wir", versprach er und sah dann zu Silvan. Auch dieser hatte mit ernster Miene genickt. „Gemeinsam!", sagte der Druide mit fester Überzeugung und Liam lächelte.

„Ist schon alles besprochen?", erklang Mylas Stimme und Liam lugte über die Schulter. Zusammen mit Raven, der etwas blass um die Nase war, schritt sie die Treppe hinunter und gesellte sich zu ihnen.

„Ja es ist alles geklärt", antwortete Grey und kam auf die Beine, um zu seiner Frau zu gehen. „Wir müssen los."

Liam beobachtete Raven, der sich etwas langsamer als normal bewegte und sich zu ihnen an den Tisch setzte.

„Liam?" Bei der Ansprache seiner Mutter stand Liam sofort auf. „Ich weiß", sagte er und lächelte, während er sie umarmte. „Ich hoffe, wir sehen uns bald wieder, aber bis dahin, passt gut auf euch auf!"

Myla drückte ihn fest an sich und er hörte sie leise schniefen. „Und du auf dich, verstanden?", drängte sie und Liam nickte. „Natürlich Mutter." Langsam löste er sich von ihr und wandte sich seinem Vater zu, der ihn ebenfalls in die Arme schloss. „Machs gut, mein Junge, wir sehen uns hoffentlich bald wieder." Liam lächelte und nickte bekräftigend. „Bis bald."

Er blickte ihnen nach, als sie den schmalen Pfad entlangliefen, und nach kurzer Zeit verlor er sie auch schon aus den Augen.

Liam schloss die Tür, die nicht mehr wirklich zuhielt und verzog das Gesicht. „Das muss ich reparieren", murrte er und fuhr sich durchs Haar.

„Wieso hast du die Tür überhaupt kaputt gemacht?", fragte Raven und er knurrte. „Weil du das Haus zusammen geschrien hast!"

Raven lächelte freudlos. „Verzeih, es tat wirklich extrem weh."

Liam seufzte und schüttelte den Kopf. „Ich muss mich entschuldigen, ich bin schon wieder total gereizt, das liegt an diesem Mistkerl, der uns hier beobachtet."

Silvan war ebenfalls aufgestanden und hatte den großen Kessel wieder übers Feuer gehängt. „Ich mache jetzt erst mal Tee, dann reden wir nochmal in Ruhe über alles, in Ordnung?", bat der Druide und Liam brummte. „Wie du möchtest." Er würde allerdings nicht von seinem Vorhaben abweichen, denn es gab keinen sicheren Ort für Silvan hier draußen.

Das Schloss mochte alles andere als optimal sein, doch einen besseren Plan hatte er nicht und bis ihm etwas anderes einfiel, würde er den Druiden mit dorthin nehmen. Vielleicht hätte Ace noch eine Idee, mal sehen.

Er setzte sich zu Raven, dessen Arm eingebunden war. „Wie fühlst du dich?", fragte er seinen Freund, der das Gesicht verzog. „Ein wenig wie unter die Kutschräder gekommen", grinste er schief. „Es wird wieder, Myla meinte, das Schlimmste hätte ich hinter mir. Der Eiter ist draußen und sie konnte keine große Wunde finden, das ist wohl ein gutes Zeichen."

Liam schauderte, so wie es klang, hatte seine Mutter die Hand in Ravens Arm gehabt, um nach Wunden zu suchen.

Als sie noch im Lager gelebt hatte, war Myla oftmals für die Verletzten zuständig gewesen und hatte sich um allerlei Wunden gekümmert. Sie kannte sich also perfekt damit aus und man konnte sich auf ihr Wort verlassen.

„Dann hoffen wir mal, dass es dir bald besser geht", lächelte Liam verkniffen.

Silvan brummte leise und stellte Liam einen Becher Tee und Raven einen Becher mit Wasser hin. „Ich hoffe nur, dass es schnell verheilt, du musst gesund sein, wenn wir ins Schloss gehen. Und wir müssen dringend eine Möglichkeit finden dich von Gerom fern zu halten."

Liam horchte auf, hatte der Druide sich jetzt doch mit der Möglichkeit, zurück ins Schloss des Königs zu gehen, abgefunden?

„Das hat wenig Sinn", seufzte Raven. „Ich muss wieder zu ihm, spätestens in zehn Tagen."

Silvan setzte sich ebenfalls an den Tisch und nickte. „Ich weiß, aber es reicht in zehn Tagen. Es ist mir ja bewusst, dass du diesen Bund zum Überleben brauchst, aber er darf dich nicht umbringen. Allein der Gedanke daran macht mich wütend. Am liebsten würde ich ihm mal zeigen, wie es ist, so behandelt zu werden!"

Das erstaunte Liam nun wirklich, er hatte zwar gemerkt, dass Silvan und Raven sich freundschaftlich annäherten, doch dass es gleich so weit reichte?

Raven grinste freudlos. „Keine Sorge um mich, Knirps, ich komme klar. Mit Gerom werde ich seit gut zwanzig Jahren fertig, daran wird sich nichts ändern."

Zwanzig Jahre, bei den Göttern, wie die Zeit verging. Liam biss die Zähne zusammen und blickte auf die Tischplatte. Wenn er solche Zahlen wieder vor Augen geführt bekam, schrumpfte sein Optimismus in sich zusammen.

Ob sie es wirklich schaffen konnten, in Jiltorya einen Wandel zu bewirken? Den König zu stürzen?

Abrupt schüttelte er den Kopf, für solche Gedanken war es noch viel zu früh.

„Also gut ihr beide", meinte er schließlich. „Wir bleiben noch ein paar Tage hier, ich repariere jetzt die Tür und dann geht niemand von uns mehr allein hinaus. Einverstanden? Wir wollen ja nicht, dass unser Freund dort draußen denkt, er hätte leichtes Spiel mit uns."

Sofort nickte Silvan. „In Ordnung, aber da habe ich gleich noch eine Frage. Wann kannst du anfangen, mich zu trainieren?"

Das ließ Liam stutzen, dann lachte er. „Das war eigentlich mehr so dahin gesagt", meinte er achselzuckend. „Aber wenn du wirklich willst, dann trainiere ich dich ordentlich. Allerdings müssen wir aufpassen, weil der Kerl irgendwo da draußen ist, also sollte es Raven gut genug gehen, um bei uns zu sein und aufzupassen, statt einzuschlafen."

Raven, der gerade tatsächlich eingenickt gewesen war, schreckte hoch. „Was? Wer? Ich bin wach!"

Liam schmunzelte und schüttelte den Kopf. „Nein bist du nicht, mein Freund. Du gehst am besten wieder schlafen und ruhst dich aus. Silvan und ich riegeln hier unten die Hütte ab, damit wir keinen ungebetenen Besuch bekommen, und nachher gibts was Gutes zu essen. Einverstanden?"

Raven zögerte, dann nickte er dennoch. „Ist gut, ich bin wirklich müde. Dämlicher Arm, dämlicher Gerom!" Sichtlich frustriert kam der große Mann auf die Beine und schlurfte die Treppe nach oben.

„Also gut", wandte Liam sich an den Druiden. „Lass uns erst mal die Tür sichern. Du kannst da nicht zufällig irgendwelche Ranken wachsen lassen, damit das Ding zuhält, oder?"

Silvan blickte ihn mit großen Augen an, dann lachte er. „Für dich stell ich sogar einen Baum davor!"

Liam grinste und klatschte in die Hände. „Na, wenn das kein Angebot ist! Stell den Baum da hin und wir klettern immer brav über die Fenster raus und rein!"

Das Geplänkel tat gut und erneut fiel etwas von der Anspannung, die sich in ihm festgesetzt hatte, ab.

„Hat der Herr noch einen Wunsch? Einen bestimmten Baum, vielleicht einen Apfelbaum?", scherzte Silvan und krempelte die Ärmel hoch.

Liam tat, als müsse er überlegen, und zuckte dann die Achseln. „Solange es kein Nadelbaum ist, ist mir alles recht! Ich will hier nicht kehren müssen."

Kopfschüttelnd stand Silvan auf. „Na, wenn das so ist."

Eilig sprang Liam auf die Beine und griff den Druiden bei den Schultern.

„Hör ja auf! Wenn hier drin ein Baum wächst, reißt Ace mir den Kopf ab", lachte er und zog den kleineren Mann einfach an sich.

Silvan keuchte und lugte nach oben. „Ein kopfloser Liam, wie das wohl aussieht?"

Knurrend warf er sich den frechen Druiden über die Schulter. „Pah, was du nicht alles sehen willst!", schimpfte er und trug Silvan zum Kamin.

Dieser keuchte und versuchte sich festzuhalten. „Was tust du da?"

Liam grinste, dieser Laut gefiel ihm ausgenommen gut! Wäre die Lage eine andere und es würde keine potenzielle Gefahr vor der Tür lauern, würde er wirklich gern mit dem süßen Druiden spielen. Stattdessen setzte er ihn jetzt im Sessel ab.

„Dich hierher bringen und jetzt die Tür verriegeln, damit Ruhe ist", erklärte er und schnappte sich mehrere größere Stücke Feuerholz.

Mit großen Augen sah Silvan ihm nach. „Ich kann dir doch auch helfen! Und laufen übrigens auch." Liam konnte nicht anders, er grinste über die Schulter. „Dann hätte ich aber dein putziges Quietschen nicht gehört!" Sofort schoss dem Druiden die Röte in die Wangen und Liam leckte sich die Lippen.

Verdammt, dieser Kerl!

Kopfschüttelnd zog er einen der Schubladen im Wohnzimmer auf und nahm einen Hammer und mehrere, schmiedeeiserne Nägel heraus. „Wir werden wirklich durch die Fenster steigen müssen", seufzte er und ging zur Tür, um sie zuzunageln. „Besser so, als wenn hier jeder ein und ausgehen kann", murmelte er.

Kapitel 10

Silvan

Putziges Quietschen? Was erlaubte sich dieser Kerl eigentlich?

Silvan wäre gerne aufgefahren, doch er fühlte, wie seine Wangen schon wieder glühten, und verkniff sich jeden Kommentar. Sollte Liam doch die Tür allein zunageln! Gegen seinen Willen zuckten Silvans Lippen und immer wieder schielte er zu dem Aurox.

Trotz des kleinen Spaßes, den sie gerade gehabt hatten, war Silvan noch immer mulmig zumute. Die Vorstellung, wieder ins Schloss zurückzugehen, behagte ihm ganz und gar nicht. Allerdings war es hier kaum besser, mit einem potenziellen Feind vor der Nase, der jederzeit zuschlagen konnte.

„Du denkst schon wieder so laut", beschwerte Liam sich, der gerade mit der Tür fertig geworden war. „Verzeih, ich werde die Lautstärke verringern", brummte Silvan und starrte ins Feuer.

„So, das müsste halten", verkündete Liam soeben und es schepperte, als er an der Tür rüttelte. „Perfekt, wer sagt's denn!" Schritte näherten sich und schon ließ Liam sich im Sessel neben ihm nieder.

„Was meinst du, wie lange wird Raven brauchen, um wieder auf die Beine zu kommen?", fragte Silvan und

Liam zuckte die Achseln. „Zwei oder drei Tage bestimmt, der Arm sieht wirklich übel aus und gerade für uns Schattenwandler ist es ziemlich gefährlich, dort verletzt zu sein. Gerom hat ganze Arbeit geleistet, Raven hätte genauso gut eine Blutvergiftung bekommen können und sterben. Verdammter Blutelf."

Silvan nickte. „Verstehe, dann hoffe ich, dass er das gut übersteht. Er hat das wirklich nicht verdient, Raven ist ein guter Mann."

Liam brummte zustimmend. „Ja das ist er." Abrupt kam der Aurox wieder auf die Füße und trat zum Fenster. „Ob der Mistkerl gerade in der Nähe ist?"

Silvan zuckte zusammen und verzog das Gesicht. „Wie kommst du darauf, spürst du etwas?"

Kopfschüttelnd knurrte der andere. „Nein gar nichts, aber genau das nervt mich so! Was will dieser Kerl von uns? Wieso beobachtet er uns die ganze Zeit und greift nicht an? Auf was wartet er? Ich hasse solche Situationen! Immer diese Feigheit, dieses Versteckspiel. Ein offener Kampf wäre mir allemal lieber, da wäre das Problem gleich aus der Welt geschafft."

Silvan seufzte und kam auf die Beine. „So funktioniert das leider nicht immer", meinte er und trat zu Liam. „Aber wir werden es herausfinden und dem Ganzen auf den Grund gehen, gemeinsam."

Liam drehte den Kopf und fixierte ihn. „Ich hasse es dennoch, untätig zu sein."

Nachdenklich blickte sich Silvan um. „Dann trainiere mich doch! Irgendetwas, was wir beide auch hier drin hinbekommen."

Der Aurox zögerte, ehe er sich vom Fenster abwandte. „Wieso nicht, so kann ich wenigstens etwas Sinnvolles tun."

Er schob die Sessel zur Seite, sodass sie mehr Platz vor dem Kamin hatten, und wandte sich ihm zu. „Du hast keinerlei Erfahrung, was den Nahkampf betrifft, oder?"

Freudlos lächelnd schüttelte Silvan den Kopf. „Nein, keine."

Liam schnaubte und schien zu überlegen. „Also gut, dann fangen wir bei null an und ich zeige dir erstmal die richtige Haltung für einen Kampf."

Erstaunlich geduldig brachte Liam ihm einige grundlegende Dinge bei, die Silvan sich, so gut es ihm möglich war, einprägte.

Nach einer Weile ging der Aurox dann einen Schritt weiter und zeigte ihm ein paar Angriffs- und Verteidigungsmöglichkeiten, die er konzentriert mit ihm durcharbeitete.

„Du machst dich gar nicht übel", lobte Liam, als sie das erste Training beendeten und Silvans Beine sich wie Pudding anfühlten.

Er ließ sich auf den Boden sinken und streckte alle viere von sich.

„Bei dir sieht das so leicht aus!", jammerte er und Liam trat näher, um grinsend auf ihn herabzublicken. „Tja Druide, so ist das eben, wenn man sein Leben lang tagtäglich nichts anderes tut. Wenn ich es jetzt nicht könnte, würde Isaak mich köpfen."

Neugierig sah Silvan zu dem Mann hoch. „Einer deiner Brüder?"

Liam grinste und hielt ihm die Hand hin. „Isaak ist der Ausbilder, von dem ich dir erzählt habe, also ja."

Nur kurz zögerte Silvan, ehe er zugriff und sich hochziehen ließ. „Verstehe, dieser Kerl also."

Der Aurox lachte und schlug ihm ziemlich fest auf die Schulter, sodass Silvan keuchend im nächsten Sessel landete.

„Hoppla, das war zu fest", grinste Liam und rieb sich den Nacken. „Verzeih, das war nicht meine Absicht."

Silvan rappelte sich wieder auf und setzte sich ordentlich hin. „Das Training war hart genug, ja? Du musst mich nicht auch noch umwerfen", lachte er.

Schnaubend schüttelte Liam den Kopf. „Eigentlich darfst du das, was wir gemacht haben, nicht mal Training schimpfen. Das gilt maximal als Aufwärmübung für die Jugendlichen."

Silvan riss die Augen auf und stöhnte gequält. „Was? Das war schon Folter!"

Der Aurox seufzte und wandte sich ab, um in Richtung Küche zu gehen. „Ein hoffnungsloser Fall ..."

Bitte was? Das würde der Kerl zurückbekommen! Leise stand Silvan auf und schlich hinter Liam her.

Er wusste, der Aurox würde ihn hören, aber seinen Angriff dennoch hoffentlich nicht kommen sehen. Silvan hob die Hand und mithilfe seiner Wassermagie holte er aus dem Fass, welches in der Küche stand, eine Wasserkugel hervor. Dabei achtete er darauf, dass Liam diese nicht zu Gesicht bekam und ließ sie dann heimlich auf ihn zu schweben. Direkt über Liams Kopf blieb die Kugel hängen und Silvan grinste.

„Wenn du das Ding fallen lässt, Druide, werfe ich dich in den Bach", brummte Liam, der sich gerade Wasser aus dem Krug am Tisch einschenkte.

„Wirst du das?", fragte Silvan und ließ die Kugel fallen.

Liam bewegte sich blitzschnell, nur ein Teil des Wassers landete auf ihm, dafür bekam Silvan den kompletten Becherinhalt ins Gesicht und wurde nur einen Wimpernschlag später erneut über Liams Schulter geworfen. „Wie du willst."

Nach Luft schnappend strampelte Silvan und versuchte, von dem Aurox loszukommen. „Nein, warte! Ich habe doch keine Wechselsachen mehr! Ich will nicht nackt herumlaufen!"

Liam schnaubte geringschätzig. „Ich etwa schon?", fragte er und schlug ihm mit der flachen Hand hart auf den Hintern.

Silvan keuchte überrascht und ein völlig anderes Gefühl machte sich plötzlich in ihm breit. „He! Das tat weh!", beschwerte er sich. „Außerdem macht es euch doch nichts aus, ihr seht euch dauernd nackt!"

Abrupt änderte der Aurox die Richtung und ließ sich in einen Sessel fallen, wobei er Silvan so drehte, dass dieser plötzlich über Liams Schoß lag. „Wenn das so ist", knurrte der Mann und schlug ihm erneut auf den Hintern.

Wieder keuchte Silvan und fühlte, wie sein Körper anfing, auf den Mann zu reagieren. „Aua! Hör auf, das tut weh! Warum versohlst du mir den Hintern?"

Liams Hand blieb tatsächlich auf seinem Hintern liegen und der Mann beugte sich etwas über ihn. „Ich darf dich nicht in den Bach werfen, also muss ich dich anderweitig bestrafen, Süßer."

Bestrafen?

Süßer?

„Es tut mir leid, in Ordnung? Du musst mich doch nicht gleich verhauen! Ich kann so doch nicht mehr sitzen!", empörte Silvan sich und selbst in seinen Ohren hörte seine Stimme sich heiser an.

Liam seufzte und ließ ihn los. „Meine Güte bist du ein Jammerlappen. Das sind doch nur ein paar leichte Klapse, mehr nicht."

Als Silvan sich befreit hatte, achtete er darauf, sich nicht zu Liam zu drehen, denn die Hitze war ihm ins Gesicht gestiegen und bei den Göttern, es zog heftig in seinen Lenden!

Der Aurox blieb einen Moment lang still, dann hörte Silvan, wie der Mann die Luft einsog. „Sieh an", brummte Liam. „Das hat dir also gefallen."

Silvan schluckte und ging eilig in Richtung Küche. „Ich weiß nicht, was du meinst."

„Silvan", rief Liam ihm nach. „Ich kann deine Erregung riechen."

„Nein, kannst du nicht", antwortete Silvan unüberlegt. O Mann, war ihm das peinlich! Er wusste ja nicht mal, wie Liam wirklich dazu stand.

„Wie du meinst", hörte er den Aurox seufzen. „Ich sehe mal nach Raven."

Schritte erklangen und Silvan wirbelte herum. „Liam!"

Dieser blieb am Fuß der Treppe stehen und lugte über die Schulter zu ihm.

„Was?"

Ohne auf all die Warnsignale zu achten, die ihm zuriefen, dass das alles andere als eine gute Idee war, ging er zu dem großen Mann, packte ihn am Kragen seiner Weste und küsste ihn.

Liams Augen weiteten sich und er erstarrte, doch dann erwiderte er den Kuss und eine Hand legte sich auf Silvans unteren Rücken, während die zweite in seinen Nacken gelegt wurde.

Unglaublich, Liam erwiderte den Kuss und Silvan legte seine Arme um dessen Hals. Er drückte sich an den Aurox und erneut zog es in seinen Lenden.

Plötzlich glitt Liams zweite Hand nach unten und der Mann hob Silvan am Hintern hoch. Mit wenigen Schritten hatten sie das Zimmer durchquert und Liam setzte ihn an der Küchenzeile ab.

Silvan keuchte leise und zog Liam wieder dichter an sich. Er legte seine Beine um den anderen Mann, damit dieser nicht wieder abhauen konnte.

„Liam ..."

Der Aurox brummte und schob eine Hand in Silvans Haar, um seinen Kopf etwas nach hinten zu ziehen.

„Ja Silvan?", raunte er und ließ die Lippen an seinem Hals entlang gleiten. Dieses Gefühl verschaffte ihm eine Gänsehaut und Silvan keuchte. „Ich will dich!"

Er konnte fühlen, wie ein Schaudern durch Liam ging, dann biss der Aurox ihn sachte in den Hals. „Wenn das so ist", knurrte er leise und hob ihn erneut hoch. „Gehen wir ins Schlafzimmer."

Sofort schlang Silvan Arme um Beine um Liam und drückte sich an ihn.

Der Aurox trug ihn die Treppe nach oben und ging in ihr gemeinsames Zimmer, wo er mit dem Fuß die Tür ins Schloss warf und ihn im Bett ablegte. Mit glühenden Wangen und etwas schneller atmend blickte Silvan dem schönen Mann in die Augen. „Küss mich."

Liam lächelte und kam der Aufforderung sofort nach. Erneut vereinten sich ihre Lippen und dieses Mal wurde der Kuss schnell leidenschaftlicher.

Liam hatte sich über ihn gelegt und nun konnte Silvan auch dessen harte Erregung durch seine Hose hindurch fühlen.

Erneut keuchte Silvan. „Ah! Du bist hart", stellte er fest und biss Liam in die Unterlippe. „Das war ich vorhin schon, aber da bist du ja weggelaufen", brummte Liam und drückte sich fester gegen ihn.

Silvan stöhnte auf. „Doch nur weil ich mir nicht sicher war."

Das ließ den Aurox lachen und plötzlich schob er sich an seinem Körper nach unten. Dabei glitten Liams Hände über seine Seiten und geschickte öffnete der Mann Silvans Hose.

Offen leckte Liam sich die Lippen, als er sie ihm auszog. „Dir scheint zu gefallen, was du siehst", grinste Silvan.

Auch Liams Mundwinkel zuckten und verzogen sich zu einem Grinsen, als er zu ihm aufblickte. „In der

Tat", raunte er und senkte den Kopf, um Silvans Erregung in den Mund zu nehmen, wobei Liams Zunge seine komplette Länge umspielte. Sofort griff Silvan in die Laken und bäumte sich auf.

„Liam!"

Das schien den Mann zu bestätigen, denn er fing an den Kopf in schnellem Rhythmus zu bewegen und dabei immer wieder mit der Zunge über seine Spitze zu reiben. Eine von Liams Händen glitt über Silvans linkes Bein und drückte nur leicht in die Kniekehle. Sofort hob Silvan das Bein und griff mit einer Hand in Liams Haar, woran er leicht zog. „Ah!"

Der Aurox ließ sich davon nicht beirren, seine Bewegungen wurden schneller und schon fühlte Silvan, wie Liams Finger durch seine Spalte strichen und seinen Eingang massierten. Nach Luft schnappend versenkte er den Kopf in die Kissen.

„Bei den Göttern!", stöhnte Silvan und drückte sich den Fingern so gut es ging entgegen. Schon glitt eine Fingerspitze in ihn und er fühlte Liams Zähne sachte über seine Erregung kratzen.

Bei den Göttern, was machte Liam nur mit ihm?

Das war so anders als alles, was er bisher erlebt hatte. Es war so intensiv!

Sein Herz raste und er wünschte sich, dass dieser Moment niemals aufhören würde.

Silvan keuchte und fing bereits an, leicht zu zittern. Gerade umspielte Liams Zunge lediglich die Spitze seiner Erregung, während der Aurox den Finger tiefer und schließlich ganz in ihn führte. Nach einem Moment fing Liam auch schon an, diesen langsam zu bewegen.

Silvan sah an sich hinunter und leckte sich die Lippen. „Das ist verflucht gut."

Liam brummte zustimmend und bewegte den Kopf erneut in schnellem Rhythmus, während er nach einer

Weile einen zweiten Finger an Silvans Eingang drückte. Schon fühlte er, wie auch der langsam in ihn glitt. Das ließ Silvan etwas lauter aufstöhnen, wobei er sich hastig die Hand vor den Mund hielt.

Die Finger bewegten sich in ebenso schnellem Tempo in ihm und Silvan merkte, wie Liam sie dabei immer wieder leicht spreizte, um ihn zu dehnen. Dabei hielt er keinen Moment mit dem Kopf inne und saugte fest an ihm. Das Zittern wurde stärker und Silvan merkte, dass er nicht mehr lange aushalten würde. Es war schon eine Weile her und ... es war einfach verdammt gut!

Er stöhnte gegen seine Hand und drückte seinen Kopf in den Nacken. Silvan fühlte, wie Liam die freie Hand an seinen Sack legte und diesen nun zusätzlich massierte, was ihm den Rest gab.

Er kam heftig und stöhnte Liams Namen, während er sich in den Mund seines Mannes ergoss.

Der Aurox brummte und ließ einen Moment später von ihm ab.

„Du schmeckst wirklich gut", raunte er und entzog ihm die Finger. „Geh auf alle viere, Silvan."

Schwer atmend gehorchte Silvan und lugte über die Schulter. „So richtig?", scherzte er.

Liam grinste und schlug ihn auf den Hintern. „Du bist ganz schön frech!"

Silvan keuchte und warf dabei den Kopf in den Nacken. „Liam!"

Ein heiseres Knurren war zu hören, dann legten sich zwei Hände auf seine Backen und spreizten sie. „Du bist so ein heißer Anblick", raunte Liam und Silvan fühlte den Druck von dessen Erregung an seinem Eingang. Schon drängte sich Liams Spitze in ihn und der Aurox stöhnte auf, während Silvan keuchte und sich ihm entgegen drückte. Langsam glitt Liam tiefer in ihn und versenkte sich schließlich ganz in ihm. „Bei den

236

Göttern bist du eng!", ächzte der Aurox und nach einem Moment fing, er an sich in ihm zu bewegen.

„Du eher riesig!", keuchte Silvan und spannte seine Muskeln an.

Sofort wurden Liams Bewegungen schneller und auch härter, seine Hände hielten Silvan an den Hüften fest und zogen ihn noch etwas enger zu sich. Silvan kam jedem Stoß entgegen und lugte wieder über die Schulter, um Liam zu beobachten.

„Mehr! Liam, ich will mehr!"

Die Silberaugen des Mannes blitzten und er knurrte. „Alles, was du willst!" Er zog sich bei jedem Stoß weit zurück, griff um ihn herum und umfasste seinen erneut harten Schwanz, um ihn fest zu massieren.

Silvan schrie heiser auf und verlor den Halt. „Ah!", rief er aus und fiel mit dem Oberkörper ins Bett.

„Genau so!", knurrte Liam, der keinen Moment innehielt. Silvan verlor sich in den Empfindungen, es war einfach unglaublich! Sein Körper entspannte und er gab sich Liam hin, während er hemmungslos und laut stöhnte.

Viel zu schnell merkte er, wie ein neuer Höhepunkt heran rauschte, und spannte erneut die Muskeln in seinem Hintern an.

Diesmal war es Liam, der einen kurzen Schrei ausstieß und Silvan fühlte, wie sich dessen Fingernägel fest in seine Hüften bohrten.

Das würde wohl ein paar blaue Flecke geben, aber das war es allemal wert!

„Liam!", ächzte er und kam nur wenige Stöße später. Seine Hände vergriffen sich in den Laken und er schnappte nach Luft, als Liam noch einige Male in ihn stieß, ehe auch ihn der Orgasmus überwältigte. Dass der Mann dabei seinen Namen stöhnte, ließ Schauer über Silvans Körper laufen.

„Bei den Göttern", raunte Liam und zog sich aus ihm zurück. Der Aurox sank ins Bett und schmiegte sich an Silvans Rücken. „Du bist wirklich unglaublich."

Silvan war noch dabei, wieder zu Atem zu kommen, aber er lugte lächelnd über die Schulter. „Dieses Kompliment kann ich nur zurückgeben, das war Wahnsinn!" Sein Herz schlug noch immer viel zu schnell, aber Silvan fühlte sich einfach fantastisch. „Bleib liegen, ich hole was, um dich sauber zu machen", meinte Liam und stieg aus dem Bett. Mit großen Augen blickte er dem Aurox nach.

Wollte der das etwa machen?

Sofort schoss ihm die Röte ins Gesicht. „Das kann ich auch selbst", murmelte er leise, als Liam mit einer Schale Wasser und einem Tuch zurückkam. „Na komm schon, lass mich das machen", lächelte der Mann und irgendwie wirkte Liams Miene nun ... weicher, sanfter.

Silvan sprang über seinen Schatten und nickte, während er dennoch das Gesicht in die Kissen drückte und sich von Liam sauber machen ließ.

„So schon fertig. Jetzt müssen wir nur noch das Bett neu beziehen." Als Liam wieder in die Waschkammer verschwand, stand Silvan auf und zog das Laken ab. Die Decke und die Kissen waren nicht dreckig geworden, also legte er sie zur Seite.

Liam kam mit einem frischen Laken zurück und schnell war das Bett neu bezogen. Silvan rieb sich etwas verunsichert den Nacken.

Genau davor hatte er Angst gehabt!

Was war das eben gewesen?

Was waren sie jetzt?

Nur Spaß oder mehr?

„Du denkst", kommentierte Liam und Silvan setzte sich an die Bettkante, was er sofort bereute. Schmerz schoss durch seinen Hintern und seinen unteren

Rücken, was ihn sofort wieder aufspringen ließ. „Autsch!" Der dämliche Aurox lachte ihn einfach aus und Silvan funkelte ihn an. „Nicht lustig! Das tut weh!"

Die Hände hebend trat Liam vor ihn und zog ihn an sich, um ihn zu küssen. Überrascht ließ Silvan das zu und erwiderte den Kuss. Instinktiv hatte er aufgepasst, nicht an Liams Fluchmal zu kommen, was gar nicht so einfach war, da das blöde Ding mitten auf der rechten Brusthälfte saß.

„Verzeih, ich wollte nicht lachen", entschuldigte der Aurox sich und Silvan lugte zu ihm auf.

„Was sind wir jetzt?", fragte er leise und ein Teil von ihm fürchtete die Antwort.

Liam war still geworden und plötzlich legte sich eine leichte Röte auf seine Wangen, was ihn unglaublich jung wirken ließ! Natürlich war Liam auch noch nicht wirklich alt, denn wie bei jeder Rasse Jiltoryas galten auch Schattenwandler erst mit fünfzig Jahren als wirklich erwachsen und von der Gesellschaft als solche akzeptiert.

„Also", stammelte Liam und rieb sich verlegen den Nacken. „Ich ... Ich mag dich wirklich."

Dass der Mann ebenso nervös war, wie Silvan selbst, gab ihm ein gutes Gefühl und er lächelte. „Ich mag dich auch. Ich weiß, es ist klischeehaft so offen zu sprechen, aber wollen wir uns eine Chance geben?"

Liam

Die Frage verschlug ihm glatt die Sprache und im ersten Moment starrte er den kleinen Druiden nur wortlos an.

Eine Beziehung?

War er dazu überhaupt in der Lage?

„Ich bin nicht gut in solchen Dingen", meinte er langsam und Silvan schüttelte den Kopf. „Ich auch nicht. Eine wirkliche Beziehung hatte ich ehrlich gesagt auch noch nicht."

Wieso beruhigten Liam diese Worte so? Tatsächlich fühlte er, wie er ohne sein Zutun lächeln musste. „Wenn das so ist, ja, dann würde ich uns gern eine Chance geben."

Die waldgrünen Augen des Druiden strahlten und ehe Liam sich versah, fiel der Mann ihm um den Hals. Sofort schloss er ihn in die Arme und drückte ihn an sich. Das Silvan dabei an sein Fluchmal kam, ignorierte er und biss die Zähne zusammen.

Es tat weh, aber diese Schmerzen war er gewohnt und in geringem Maße war es für ihn erträglich.

Langsam löste sich Silvan von ihm und blickte zu Boden. „Verzeih den Ausbruch, ich bin ... Ich freue mich nur!"

Das fand Liam unglaublich süß und hob Silvans Kopf an, um ihn nochmals zu küssen. „Du bist wirklich ein außergewöhnlicher Mann", raunte er und strich dem Druiden durch die blonden Haare.

Silvans Wangen waren noch immer gerötet und er lächelte mit leicht geöffnetem Mund. „Du bist viel außergewöhnlicher und ... siehst auch noch wirklich gut aus", murmelte der Druide.

Liam schmunzelte und ließ sich wieder ins Bett fallen. „Das ist Ansichtssache, aber danke", grinste er und verschränkte die Arme hinter dem Kopf.

Silvans Wangen wurden noch etwas röter und er drehte den Kopf zur Seite. Dann versuchte er, sich langsam seitlich ins Bett zu legen, wobei er ihm das Gesicht zuwandte.

„Diese roten Wangen stehen dir ausgezeichnet", brummte Liam und ließ den Blick langsam über den Druiden wandern.

Sofort zog Silvan die Decke über sich. „Hör auf sowas zu sagen, das ist mir peinlich! Ich sollte nicht rot werden, immerhin bin ich ein Kerl!"

Unbeeindruckt schnaubte Liam und griff nach dem Druiden, um ihn zu sich zu ziehen. „Und Männer werden nicht rot, oder was? Stell dich doch nicht so an."

Silvan funkelte ihn böse an. „Ich stell mich nicht an!", knurrte er und biss ihn in die Nasenspitze.

Brummend rieb Liam sich die Nase. „He!", beschwerte er sich und kniff die Augen zusammen. „Frecher Kerl!" Er legte den Arm um Silvan und zog ihn an sich, sodass der Mann mit dem Kopf auf seiner linken Brustseite zum Ruhen kam.

Liam ließ die Hand unter die Decke gleiten und streichelte Silvan über den Rücken. „Daran könnte ich mich wirklich gewöhnen."

Der Druide schmiegte sich an ihn und lächelte. „Ja ich auch und du riechst so gut, das beruhigt mich irgendwie."

Weiterhin streichelte Liam über Silvans weiche Haut und schloss dabei entspannt die Augen. Es war ruhig und einen kleinen Moment Entspannung konnten sie sich schon gönnen.

„Seid ihr endlich fertig da drüben?", knurrte Raven durch die Wand und Liam musste ein Lachen unterdrücken, währen Silvan erschrocken keuchte. „Den habe ich total vergessen!"

Nun brach Liam doch noch in Gelächter aus und hörte seinen besten Freund vom anderen Zimmer aus schimpfen. „Ja klar, du kleiner Giftzwerg! Das nächste Mal vergesse ich mich!"

Schnaubend drehte Silvan das Gesicht zur Wand. „Das will ich sehen!"

Liam erstarrte und lugte zu Silvan. „Das hast du jetzt nicht gesagt", murmelte er und schon waren Schritte zu hören.

Silvan riss die Augen auf. „Warte was? Der kommt wirklich? Nein! Bleib bloß weg Raven!", rief Silvan und kroch unter die Decke. Liam rückte etwas von seinem Druiden ab, als die Tür aufschwang.

„Von wegen", knurrte sein bester Freund, auch wenn seine Lippen amüsiert zuckten. „Komm her du Knirps!"

Silvan quietschte unter der Decke und zog diese fester um sich. „Niemals! Verschwinde!"

Liam stieg aus dem Bett, das sollten die beiden mal schön unter sich ausmachen. Allerdings würde ihn Silvans Reaktion durchaus interessieren, denn Raven war ebenso nackt wie sie. Gerade packte sein bester Freund die Decke und riss sie mit einem Ruck von Silvan runter. „Na da ist ja der Druide!"

Silvan starrte schockiert zu Raven. „Du ... Du bist nackt! Bei den Göttern verschwinde!" Silvan versuchte sich vom Bett zu retten und griff nach seiner Hose. „Geh weg! Ich will dich nicht nackt sehen!" Noch ehe Silvan diese erreichen konnte, hatte Raven ihn schon am Fuß gepackt und zurückgezogen. „Erst die Klappe aufreißen und dann den Schwanz einklemmen", grinste der große Aurox und fasste Silvan auch am zweiten Bein, um ihn aus dem Bett zu ziehen und in der Luft zu halten.

Liam beobachtete das Spiel und schüttelte den Kopf. Die beiden waren Freunde geworden, sonst würden sie nicht so miteinander umgehen. Es erstaunte ihn, dass gerade Raven einen so guten Draht zu Silvan hatte, aber es freute ihn und das hier war wirklich lustig.

Silvan zappelte so gut er konnte und kniff dabei die Augen zu. „Ich will dich nicht sehen! Lass mich runter!"

„Dann sag Entschuldigung!", knurrte Raven und schüttelte den Druiden. Silvan hielt sich die Hände vor dem Mund und würgte kurz. „Entschuldigung! Und jetzt verdammt lass mich runter, du riesiger Griesgram!"

Liam trat zu den beiden, gerade als Raven den Druiden einfach ins Bett fallen lassen wollte.

Er konnte Silvan noch auffangen und nun hatte er den kleineren Mann auf den Armen. „Habt ihr es jetzt?", fragte er bemüht ernst und drückte Silvan an sich. Dieser hielt sich sofort an ihm fest und streckte Raven die Zunge raus. „Mistkerl!"

Raven schnaubte und Liam schüttelte den Kopf. „Aber dir scheint es besser zu gehen, mein Freund", sagte er zu Raven, der ihn sofort anblickte. „Ja richtig, der Arm schmerzt nicht mehr so und die Schwellung geht zurück. Deine Mutter weiß wirklich, was sie tut." Liam nickte und legte Silvan vorsichtig im Bett ab, wobei er ihn auf die Seite drehte.

Dann hob er die Decke auf, die dank Raven auf dem Boden gelandet war, und legte sie über Silvan.

„Ja das wusste sie schon immer", stimmte Liam seinem Bruder zu. „Kannst du unten die Wache übernehmen? Ich hab die Tür verriegelt, wir sollten also keinen ungebetenen Besuch bekommen, aber sicher ist sicher."

Sofort nickte Raven, alles Spielerische war aus seiner Miene verschwunden. „Dann ruht ihr euch jetzt aus." Damit drehte der Mann sich um und verließ das Schlafzimmer, wobei er die Tür hinter sich zuzog.

Liam wandte sich wieder seinem Druiden zu und lächelte schief. „Das passiert, wenn du Raven provozierst", grinste er und legte sich neben seinen ... seinen Mann.

Unglaublich, er hatte einen Mann!

„Das bekommt er zurück!", knurrte Silvan ohne Nachdruck und kuschelte sich an ihn. Kopfschüttelnd schob Liam erneut die Hand unter die Decke und streichelte Silvans Rücken und seine Seite. „Ihr beide seid wirklich ein besonderes Paar."

Schnaubend schüttelte Silvan den Kopf, musste dann aber doch lächeln. „Ich mag ihn, er ist ein guter Mann. Ein richtig toller Griesgram."

Liam gähnte und streckte sich durch. „Griesgram ... Passt irgendwie, auch wenn Raven nicht immer so war." Silvan schloss die Augen. „Ihr habt alle Dinge durchgemacht, die ich mir nicht mal vorstellen will. Das tut mir wirklich leid."

Liam zuckte die Achseln. „Mach dir deshalb keine Gedanken, jeder von uns hat sein Leben und muss seinen Weg gehen. Wir kommen klar, tun wir immer."

Silvan blinzelte und lugte zu ihm hoch. „Dennoch ... Ich möchte für euch da sein und euch helfen, dir helfen."

Liam lächelte, Silvans Ehrgeiz gefiel ihm, auch wenn er wusste, dass sich nichts so leicht und vor allem schnell ändern würde.

Er küsste seinen Mann und strich ihm über die Wange. „Versuch, etwas zu schlafen, denn wenn du wieder auf den Beinen bist, geht es weiter mit dem Training, klar?"

Brummend schloss Silvan die Augen. „Hätte ich doch bloß nichts gesagt. Na gut, aber eine Sache noch." Nun schob sich Silvan etwas nach oben und biss ihn fest in den Hals. „Meiner."

Erschrocken zuckte Liam zusammen und griff sich an die Stelle. „Aua!", beschwerte er sich, musste aber dennoch lächeln. Dass Silvan ihn gleich so offensichtlich markierte, gefiel ihm. Er drückte den Druiden fester an sich und bekam das Grinsen nicht mehr aus dem Gesicht. „Du bist so schön, wenn du lächelst", bemerkte Silvan und stupste ihn mit der Nase an.

Liam blinzelte perplex, dann pikste er Silvan in die Seite. „Sag sowas nicht!", meckerte er. „Schlaf jetzt!"

Silvan keuchte und funkelte ihn wieder böse an. „Pah! Das hatte ich eh vor!" Schon schlossen sich Silvans Augen und er legte den Kopf auf Liams Brust.

Erneut musste Liam lächeln, sein Herz schlug noch immer schneller und er fühlte sich gut.

Ob es wirklich eine gute Idee war, eine Beziehung mit dem Druiden einzugehen, würde sich zeigen, aber auf einen Versuch würde er es ankommen lassen. Allein Silvans Reaktion hatte ihm gezeigt, dass auch er es wollte, und im Prinzip hatte der Druide den ersten Schritt getan.

Liam schloss die Augen und versuchte, ebenfalls etwas Schlaf zu finden.

Doch die Ruhe währte nicht lange.

„Liam!", rief Raven laut und sofort war er wieder hellwach. Schnell sprang Liam auf die Beine und stieg in seine Hose, ehe er nach unten lief.

„Was ist passiert?", fragte er, als er Raven im Wohnzimmer antraf.

Der Aurox war kreidebleich und starrte aus zum Fenster. „Ich weiß, wer da draußen ist", murmelte er leise und Liam hörte, wie auch Silvan nach unten kam. „Ist etwas vorgefallen?", fragte der Druide und Raven schluckte. „Nahom. Ich habe ihn gesehen, Liam."

Liam wankte, nein, das konnte nicht möglich sein! Nahom war tot, Raven hatte den Kerl getötet!

Vehement schüttelte er den Kopf. „Das kann nicht sein, er ist tot. Und selbst wenn, hätte ich seinen Geruch auf der Jagd nach ihm erkennen müssen."

Raven wandte sich ihm zu, sein Blick wirkte beinahe ängstlich. „Nein Liam, Nahom ist anders, er ist nicht mehr der Mann, den ich töten musste. Seine Augen, wenn du sie gesehen hättest! Glühend rot und ... leblos."

Liam zog die Augenbrauen zusammen und nahm Raven bei den Schultern. „Jetzt atme mal tief durch, Bruder. Nur die Augen von Blut- und Fluchelfen können rot leuchten, das weißt du."

Noch während er die Worte sprach, wurde ihm eiskalt.

„Denkst du, jemand hat Nahoms Leiche mit einem Fluch belegt? Dass unser Bruder von jemandem kontrolliert wird?", fragte er leise, glaubte jedoch selbst nicht daran.

Raven schüttelte den Kopf und machte sich von ihm los. „Ich weiß es nicht! Hätten wir davon nicht gehört, wenn die Elfen diese Macht besäßen?"

Da räusperte Silvan sich. „Ich habe davon gehört", sprach er und Liam drehte sich sofort zu dem Druiden um.

„Wie meinst du das?", fragte er irritiert. „Was hast du gehört?" Silvan, der ebenfalls nicht mehr als eine Hose trug, lehnte sich mit der Schulter gegen die Wand. „Meine Mutter hat mir von einer Legende erzählt, in der ein Blutelf den Tod besiegte. Als er wiederkehrte, war er nicht mehr derselbe. Mächtiger, aber auch kälter und bösartiger. Mutter sagte, dass diese speziellen Blutelfen in der Lage wären, auch andere vom Tod zurückzuholen, als ihre Marionetten. Die Toten würden nicht mehr wirklich leben und nur durch den Blutzauber existieren."

246

Liam schluckte, seine Kehle war auf einmal staubtrocken. „Ein Blutelf, der den Tod besiegte", wiederholte er ungläubig.

„Es ist nur eine Legende", fiel ihm Silvan ins Wort. „Ich weiß nicht, wie viel davon wahr ist, ich erinnere mich nur an die Geschichte, die mir Mutter erzählt hat."

Raven schüttelte sich neben ihm. „Wenn auch nur ein Körnchen davon wahr ist, dann ist da draußen ein brandgefährlicher und mächtiger Blutelf, der Nahom irgendwie von den Toten zurückgeholt hat. Aber halt! Liam, sagtest du nicht, er wäre in der Güllegrube gelandet?"

Liam nickte vehement. „Das ist er auch", murmelte er leise und kniff die Augen zusammen. „Allerdings kam ich an der Stelle vorbei, wo du die Leiche versteckt hattest. Das ganze Blut, welches Nahom dort verloren hatte, es war weg. Nichts deutete mehr darauf hin."

Liam überlief es eiskalt, das gefiel ihm absolut nicht! „Silvan, hat deine Mutter noch mehr dazu gesagt?"

Der Druide fuhr sich durch die Haare, er hatte die Augenbrauen zusammengezogen und wirkte nachdenklich. „Nicht wirklich, nein und wenn, dann erinnere ich mich nicht mehr daran. Tut mir leid."

Unglücklich knurrte Liam, winkte aber ab. „Schon gut, allein jetzt wissen wir schon mehr als vorher. Sollte es stimmen, was sie dir erzählte, dann haben wir wohl ein ganz anderes Problem."

Liam musste nicht lange überlegen, er blickte erst zu Raven und dann zu Silvan. „Wir brechen morgen früh auf, zurück zum Schloss."

Entgeistert starrte Raven ihn ab. „Aber denkst du auch an deine Mission, die die Königin dir gegeben hat? Was willst du ihr sagen, wenn du jetzt so früh zurückkommst?"

Liam verzog das Gesicht. „Ich werde das Fluchmal füttern und hoffen, dass sie es mir verzeiht, dass ich keinen Kopf mitgebracht habe."

Silvan trat näher und musterte ihn besorgt. „Was heißt das?"

Liam lächelte den Druiden verkniffen an. „Das heißt, dass ich ein bisschen was von deinem Blut brauche, um es auf das Fluchmal zu geben. Ich habe dir davon erzählt, weißt du noch?"

Silvans Augenbrauen zogen sich zusammen, doch dann nickte er. „Ja, richtig. Und das funktioniert?"

Liam zuckte die Achseln und grinste schief. „Der König verlangt es jedes Mal, wenn wir jemanden im Auftrag töten. Er sagt, das Amulett teilt es ihm mit, also gehe ich davon aus, dass es die Wahrheit ist. Ich werde das Risiko eingehen. Schlimmstenfalls lande ich in der Folterkammer, aber töten wird sie mich deshalb nicht."

Sofort schüttelte Silvan den Kopf. „Ich will nicht, dass du in die Folterkammer kommst! Gibt es denn keinen anderen Weg? Kannst du ihr nicht sonst was erzählen, was du gefunden hast?"

Liam verschränkte die Arme vor der Brust und zuckte die Achseln. „Nein mir fällt nichts ein und das ist ein Risiko, welches ich gern eingehe. Es ist sicherer so und wir können schnell zum Schloss zurück."

Auch Raven wirkte nicht gerade begeistert, er knirschte mit den Zähnen. „Und wenn wir uns wirklich kurz bei der Grenze zum Dritten Silberreich umsehen?", fragte Raven, doch Liam winkte ab. „Nein, wir können keine Zeit verschwenden, außerdem wissen wir nicht, wer dieser Blutelf ist und ob er vielleicht in der Nähe ist. Das ist zu gefährlich. Kehren wir morgen zurück, ich kriege das mit der Königin schon hin. Wäre ja nicht das erste Mal."

Er sah den verbissenen Ausdruck in Silvans Miene und nahm seinen Druiden bei den Händen. „Es heißt noch lange nicht, dass die Königin mir wirklich etwas antun wird. Vielleicht wird sie auch zufrieden sein, immerhin habe ich das Mal mit deinem Blut gefüttert, oder sie drückt mir nur ein paar Peitschenhiebe auf. Das tut weh, bringt mich aber nicht um und du wärst erst mal in Sicherheit. Das Risiko ist gering und ist es auf alle Fälle wert. Bitte Silvan, vertrau mir!"

Die grünen Augen blickten sorgenvoll, aber der Druide nickte. „Ich vertraue dir, aber es gefällt mir dennoch nicht."

Liam zog ihn in seine Arme und küsste ihn sanft. „Ich weiß, ich freue mich auch nicht auf das Gespräch, aber im Moment haben wir kaum eine andere Möglichkeit und das Schloss, selbst die Königin, ist besser als ein Blutelf, der von den Toten zurückgekehrt ist."

Silvan hatte den Kuss erwidert und den Kopf an seine Schulter gelehnt. „Ich weiß, doch vergiss nicht, es ist nur eine Legende und muss auch gar nicht der Wahrheit entsprechen."

Liam nickte. „Ist mir bewusst, aber Ravens Augen funktionieren einwandfrei und wenn er Nahom mit glühend roten Augen gesehen hat ..."

Er ließ den Satz unvollendet und blickte zu Raven, der düster nickte. „Ich bin mir sicher, dass ich genau das gesehen habe. Lasst uns einfach mal vom Schlimmsten ausgehen, so kann uns wenigstens nichts mehr überraschen."

Liam lächelte leicht und neigte zustimmend den Kopf. „Sehr gut, also müssen wir nur noch die Nacht rumbringen. Ich würde vorschlagen, wir bleiben alle zusammen im Wohnzimmer. Die Sessel sind bequem und wenn wir die Decken von oben holen, sollte es gehen. Was meint ihr?"

Raven zuckte die Achseln, während Silvan aufsah. „Klingt gut und dann ist niemand allein, sollten wir wirklich angegriffen werden."

Liam lächelte, auch wenn er nicht davon ausging, war es so schlicht und ergreifend sicherer. „Schön, dann machen wir das so. Sobald die Sonne aufgeht, ziehen wir in Richtung Schloss los."

Der Abend brach indes herein und trotz aller Nervosität, die weiterhin spürbar im Raum lag, kochten sie gemeinsam etwas von dem Rehfleisch zusammen mit dem Gemüse, was von Silvans Beet übrig war.

Liam sorgte dafür, dass Raven sich ausruhte und seinen Arm schonte, der zwar schon besser aussah, aber noch nicht wirklich gut.

Das gefiel seinem Freund gar nicht, er wurde ständig angeknurrt, jedoch war Liam das von ihm gewohnt und konnte es gut ignorieren.

Zumindest hörte Raven auf ihn, als auch noch Silvan schimpfte, und setzte sich eingeschnappt auf einen Stuhl.

„Macht doch einfach alles allein!", maulte er, jedoch ohne Nachdruck.

Wenigstens war das Essen bald auf dem Tisch und sie stärkten sich ordentlich. Es blieb sogar etwas übrig, was gut war, so könnten sie vor dem Aufbruch morgen noch ein wenig zu sich nehmen. Liam ging danach nach oben und holte die Decken samt Kissen, die er dann vor dem Kamin verteilte.

„Das reicht doch locker für uns drei", meinte er und sah zu Raven und Silvan.

Während der andere Aurox nickte, blickte der Druide ein wenig unsicher drein.

Liam grinste und zog ihn zu sich. „Ich schirme dich schon vor Raven ab, du musst nicht mit ihm kuscheln", scherzte er und Silvan boxte ihm gegen die Schulter.

„Hör auf, sowas zu sagen!", schimpfte er und Liam schmunzelte, als der Druide rot wurde.

Ihre Sachen hatten sie ebenfalls gleich mit hinunter genommen und nun machten sie es sich auf dem erstaunlich weichem und dank dem Kamin sehr warmem Lager gemütlich.

Liam und auch Raven hatten ihre Oberteile ausgezogen, einfach weil es ohne Kleidung auf dem Fluchmal angenehmer und weniger schmerzhaft war. Liam lag in der Mitte, Raven links von ihm und Silvan rechts.

Der Druide hatte sich sofort wieder an ihn gekuschelt und war entspannt, auch wenn seine Augen noch offen waren.

„Versuche zu schlafen, morgen müssen wir die Strecke zum Schloss schaffen", raunte Liam seinem Mann leise zu, denn Raven war bereits eingeschlafen.

„Ich weiß", flüsterte Silvan zurück und schloss die Augen. „Dann gute Nacht."

Kapitel II

Silvan

Silvan war erleichtert, dass Liam ihn im Arm hielt, und konnte dadurch schnell einschlafen. Bis er plötzlich von einem dumpfen Stöhnen geweckt wurde und sich abrupt aufsetzte.

Sein Blick ging sofort zu Raven, der Mann schien Schmerzen zu haben. Er lag auf der Seite, hatte seinen rechten Arm an sich gezogen und hatte sich zusammengekrümmt.

Ohne groß darüber nachzudenken, stand Silvan auf und legte sich zwischen Liam und Raven, wobei er Letzteren einfach in den Arm nahm. „Psst, alles gut", murmelte Silvan und drückte Raven an sich.

Er lugte zum Fenster, wobei er ein komisches Gefühl bekam. Ob da draußen gerade jemand stand und sie beobachtete? Ein schrecklicher Gedanke!

Schnell kuschelte er sich umringt von den beiden Männern ein und streichelte Raven über den Rücken. Tatsächlich entspannte sich der große Aurox nach einer Weile und seine Miene wirkte nicht mehr so schmerzverzerrt.

Ein leises Seufzen kam über Ravens Lippen und er schmiegte sich an ihn. Silvan lächelte und streichelte Raven weiter, bis er selbst wieder einschlief.

Jemand rüttelte sanft an seiner Schulter, wodurch Silvan erneut wach wurde.

„Verzeih", murmelte Liam. „Die Sonne ist schon aufgegangen und wir wollen langsam los, damit wir es noch rechtzeitig zum Schloss schaffen. Frühstück wäre auch schon hergerichtet."

Noch etwas verschlafen blinzelte Silvan seinen Mann an. „Schon morgen?", fragte er und setzte sich auf. „Ich komme sofort."

Liam lächelte und ging vor ihm in die Hocke. „Lass dir Zeit", murmelte er und küsste ihn zärtlich, ehe er wieder auf die Füße kam und in die Küche verschwand. Silvan fuhr sich durch die Haare und streckte sich.

„O Mann, mir tut irgendwie der Arm weh. Hab wohl drauf geschlafen", murrte er und stand auf.

Erst als er sich angezogen und nochmals mit der Hand durch die Haare gefahren hatte, weil diese einfach nicht liegen wollten, wie sie sollten, ging er ebenfalls in die Küche.

„Guten Morgen."

Raven murmelte lediglich eine leise Erwiderung und mied seinen Blick, während Liam Silvan einen Teller mit Resten von gestern und sogar noch etwas Brot hinstellte. „Lass es dir schmecken." Er lächelte und nahm das Essen dankend an.

„Was ist denn mit ihm?", fragte Silvan und nickte zu Raven. Liam grinste und lugte zu dem anderen Aurox, der das Gesicht verzogen hatte und rot anlief. „Es ist ihm wohl etwas peinlich, gestern Nacht mit dir gekuschelt zu haben."

Silvan hob die Brauen und grinste. „Ach was, das ist doch völlig in Ordnung. Du hattest immerhin Schmerzen und ich dachte, es würde dir ein wenig helfen. Mach dir keine Sorgen, das bleibt unter uns", sagte er zu dem großen Mann und Raven knurrte dumpf. „Das will ich dir raten! ... Aber danke."

Silvan lachte und schüttelte den Kopf. „Immer wieder gern."

Nachdem er zu Ende gegessen hatte, packten sie ihre wenigen Habseligkeiten zusammen.

„Also gut", meinte Liam, während Raven schon aus der Hütte ging. „Ich brauche jetzt ein wenig von deinem Blut, Silvan. Damit ich der Königin auch glauben machen kann, ich hätte einen Druiden getötet und wäre dann direkt nach Hause gekommen."

Silvan nickte. „In Ordnung", erwiderte er und zog seinen Dolch. „Wie ist es am besten?"

Liam nahm ihm die Waffe aus der Hand. „Ich brauche etwas mehr, fürchte ich", murmelte er entschuldigend und fügte ihm gekonnt einen Schnitt am Unterarm zu.

„Autsch", zischte Silvan und verzog das Gesicht.

„Bitte verzeih, mein Herz", murmelte Liam und ließ den Dolch fallen, während er die gekrümmte Handfläche so hielt, das Silvans Blut hinein tropfte. Mit der anderen Hand zog Liam sein Oberteil am Kragen nach unten, das Kettenhemd hatte er noch gar nicht angezogen. Als seine Hand fast vor Blut überlief, biss der Mann die Zähne fest zusammen und drückte sie schnell auf sein Fluchmal.

Ein gepresstes Keuchen kam über Liams Lippen und er schloss die Augen, während ein lautes Zischen zu hören war. Nicht ein Tropfen fiel zu Boden und als Liam die Hand vom Fluchmal nahm, wirkte es so, als würden sich die schwarzen Dornenranken bewegen, ehe sie wieder in ihrer ursprünglichen Position erstarrten.

Silvan riss schockiert die Augen auf, während er ein Tuch aus seiner Hosentasche zog und damit den Schnitt verband. „Hast du große Schmerzen?", fragte er besorgt und musterte den Aurox.

Dieser lächelte verkniffen und schon hoben sich seine Lider wieder, wobei der Schmerz in seinen Augen erkennbar war.

„Es geht, ich bin es gewohnt", raunte er heiser und räusperte sich. „Verzeih, wir können los."

Silvan beobachtete seinen Mann skeptisch. „Sicher? Ich merke doch, dass du noch Schmerzen hast."

Der Aurox winkte ab. „Alles gut, das beruhigt sich gleich wieder und wir dürfen keine Zeit verlieren."

Silvan seufzte und gab nach. „In Ordnung, aber ich möchte dich was fragen, bevor wir losgehen." Liam, der sich bereits abgewandt hatte, blickte nochmals zurück.

„Was denn?" Silvan war plötzlich nervös und er fühlte, wie seine Wangen heiß wurden. „Du hast ... mich ,mein Herz' genannt, hat das eine Bedeutung für dich?"

Der Aurox blinzelte und nun stieg ihm die Röte ins Gesicht, doch statt es abzutun, wandte Liam sich ihm zu und lächelte. „Ja die hat es", gab er leise zu und ergriff Silvans Hand. „Du hast mein Herz gestohlen, Silvan und ich ... ich habe mich in dich verliebt."

Silvans Mund öffnete sich ein kleines Stück und sein Herz machte einen Satz.

„Ich ... ich habe mich auch in dich verliebt", antwortete er und das Silber in Liams Augen schien zu leuchten, ehe der Aurox ihn zu sich zog und leidenschaftlich küsste.

Sofort drückte Silvan sich an seinen Mann und erwiderte den Kuss. „Ich liebe dich."

Liam erschauderte und rückte dann langsam von ihm ab. „Ich liebe dich auch, mein Herz."

Ein Lächeln legte sich auf Liams Lippen und er schüttelte kaum merklich den Kopf. „Wo auch immer uns diese verrückte Mission hinführt, ich bleibe an deiner Seite, versprochen."

Silvan konnte nicht anders, er legte die Arme erneut um Liams Hals und küsste ihn nochmals. „Und ich auch an deiner Seite, für immer", versprach er und nach einem Moment zuckte Liam zusammen und rückte erneut von ihm ab.

„Aua", murrte er und lugte auf sein Mal. „Das Mistding brennt wie Feuer, bitte verzeih."

Kopfschüttelnd legte Silvan eine Hand an Liams Wange. „Es tut mir leid, das wollte ich nicht."

Sein Mann winkte ab. „Schon gut. Na komm, wir sollten los, sonst fragt sich Raven noch, ob wir wieder eingeschlafen sind."

Der Aurox zog sein Oberteil und auch sein Kettenhemd wieder über, wobei er ein Zischen ausstieß, und griff dann nach Silvans Hand. „Gehen wir", lächelte er und gemeinsam verließen die Hütte.

„Zusammenbleiben, Augen und Ohren offen halten", befahl Liam, der die Umgebung im Blick behielt. Silvan musste zwischen den Männern laufen, die beide kampfbereit wirkten.

„Sagt mal, wenn wir im Schloss sind, soll ich dann eigentlich wieder in der Kammer schlafen?", fragte Silvan nach einer Weile.

Liam brummte daraufhin nichtssagend. „Das werden wir sehen", wich er der Frage aus. „Ich muss zu Hause erst mit Ace sprechen, die Lage hat sich geändert."

Dem konnte Silvan nicht widersprechen, also schwieg er und sie liefen aus dem Tal hinaus, dabei blickte er sich ständig aufmerksam um. Auch wenn er nicht so gute Augen und Ohren hatte wie die Aurox, so konnte er wenigstens aufpassen.

Am oberen Teil des Hangs angekommen blieb Liam plötzlich stehen und sah zurück. „Auf bald", murmelte der Mann und lief erst dann weiter. Raven hatte nicht innegehalten und nach kurzer Zeit kamen sie am Fluss an.

Keiner der Aurox hatte etwas von einem Feind gefühlt, noch hatte sich irgendetwas Verdächtiges gezeigt. Sollte dieser Nahom in der Nähe sein, gab er sich größte Mühe, unentdeckt zu bleiben.

Am Flussufer legten Liam und Raven ihre Lederbeutel ab und machten Anstalten ihre Oberteile auszuziehen.

„Wartet, ihr müsst nicht schwimmen. Das geht einfacher", bot Silvan an und ließ eine Hand kurz durch die Luft gleiten.

Sofort fühlte er das vertraute Prickeln seiner Magie und lächelte. Erst vorsichtig dann im normalen Schritt trat er auf die Wasseroberfläche, die nun für ihn fest war, wie normaler Boden. „Kommt, wir können darüber laufen." Die beiden Männer starrten ihn mit großen Augen an und schüttelten synchron den Kopf.

„Das ist abartig", brummte Raven und rümpfte die Nase, während sich Liam auf die Unterlippe biss. „Wie geht das?"

Silvan schmunzelte aufmunternd und streckte die Hände aus. „Kommt einfach zu mir. Vertraut mir, ich verspreche euch, es ist sicher."

Während Raven weiß um die Nase geworden war, wagte Liam sich näher heran und tippte schließlich nur mit der Fußspitze aufs Wasser. „Das ist hart!", stellte er erstaunt fest und traute sich, den ganzen Fuß drauf zu stellen. „Einfach unglaublich! Raven, sieh dir das an!" Liam stand mittlerweile komplett auf dem Wasser. „Äh", murmelte Raven, der sich den Nacken rieb. „Ich würde lieber schwimmen ..."

Silvan hielt weiterhin die Hände ausgestreckt. „Na komm, das spart Zeit und du bleibst trocken", versuchte er Raven zu überreden. Er ging ein paar Schritte zurück und sah Raven direkt in die Augen. „Ich bitte dich, vertraue mir."

Nachdem der Aurox nochmals geschluckt hatte, wagte er sich näher und trat sachte auf die Wasseroberfläche.

„Das ist doch nicht normal", ächzte er und ging langsam los, während Liam schon auf der anderen Seite stand.

Nach einem Moment kam auch Raven drüben an und schlussendlich ging Silvan zuletzt vom Wasser.

„Seht ihr, war doch gar nicht so schlimm", lächelte er und grinste ganz besonders Raven an. Dieser brummte und rieb sich den rechten Arm.

„Ja ja", murrte er und wandte sich dem Wald zu. Liam schmunzelte und schüttelte den Kopf. „Ich bleibe dabei, deine Kräfte sind wirklich erstaunlich."

Silvan zuckte die Achseln. „Eure sind nicht minder erstaunlich."

Sein Aurox legte den Arm um ihn und lächelte. „Ansichtssache."

Zusammen liefen sie weiter und nach einer Weile blieb Raven plötzlich stehen. „Riechst du das?", fragte er leise, seine Stimme angespannt.

Auch Liam war stehengeblieben und nahm den Arm von Silvan runter. Er witterte konzentriert und knurrte dann. „Ist er das?"

Raven nickte und wich die wenigen Schritte zu ihnen zurück. „Wieso zeigt er sich jetzt?", fragte der große Mann leise. „Die ganze Zeit über war Ruhe und das, obwohl er in der Nähe gewesen sein muss, und nun stolpern wir über seinen Geruch?"

Silvan war nervös und schluckte. „Ihr riecht ihn? Seid ihr sicher? Was machen wir?"

Liam schüttelte den Kopf. „Nichts, wir bleiben zusammen und bewegen uns weiter Richtung Schloss.

Es könnte eine Falle sein, vielleicht will er uns dazu bringen, dass wir uns trennen. Den Gefallen tun wir ihm nicht."

Raven nickte bestätigend und sie liefen weiter.

Das große Schloss des Königs war mittlerweile zu sehen, doch bis dorthin war es noch eine ziemliche Strecke und sie würden wohl bis in den Abend brauchen, ehe sie dort ankämen.

Die beiden Aurox wirkten gespannt wie Bogensehnen, doch der erwartete Angriff kam nicht, es blieb ruhig und tatsächlich erreichten sie gerade bei Sonnenuntergang die Tunnel, die ins Schloss führten.

„Ich hole Ace", bot Raven an.

Liam nickte, während er einen Arm um Silvan legte. „Wir warten, aber beeil dich. Nahoms Geruch ist weg, doch ich will nicht zu lange hier draußen stehen."

Raven ließ ein Brummen hören und verschwand sofort.

Nervös trat Silvan von einem Fuß auf den anderen und blickte sich um. „Gefahr von draußen und von drinnen. Man ist auch nirgendwo sicher."

Liam lächelte freudlos und drückte ihn an sich. „Wir finden einen sicheren Ort für dich, das verspreche ich." Silvan nickte knapp. „Es hat ein Gutes wieder hier zu sein."

Liam brummte. „Ach ja?"

Lächelnd blickte Silvan dem Aurox in die Silberaugen und küsste ihn. „Ich bin näher bei dir und kann dich öfter sehen."

Liams Mund stand leicht offen und er setzte zu einer Antwort an, als eine andere Stimme erklang.

„Nun, sobald hätte ich nicht damit gerechnet, dich wiederzusehen und auch nicht, dass Liam und du euch so nahegekommen seid", meinte Ace amüsiert, der zwischen den Bäumen hervortrat, dicht gefolgt von Raven.

Silvan löste sich von Liam, blieb aber neben ihm stehen. „Tja, ich ehrlich gesagt auch nicht, aber ein Gutes hat die Sache, zumindest sehe ich das so."

Ace verschränkte die Arme vor der Brust. „Nun da sind wir uns schon mal einig, junger Freund, allerdings haben wir ein Problem", meinte der ältere Aurox und zog die Brauen zusammen. „Wohin mit dir?"

Achselzuckend stieß Silvan den Atem aus. „Soll ich wieder in die Kammer?"

Doch Ace schüttelte den Kopf. „Nein die ist besetzt, verzeih, allerdings gibt es vielleicht einen Ort, an dem du zumindest nicht gefunden wirst."

Liam rührte sich neben ihm und sofort fixierte Ace ihn. „Der Lagerturm?"

Ace nickte. „Ja an den hatte ich gedacht. Da geht so gut wie nie jemand rauf und wenn doch, gibt es genug Versteckmöglichkeiten."

Liam schien unsicher, aber dann neigte er den Kopf. „Das ist wohl die beste Lösung, würde ich sagen." Schon ging sein Blick zu Silvan. „Da wärst du zumindest sicher und ich könnte dich mit allem Nötigen versorgen."

Den Kopf schief legend sah Silvan zwischen Liam und Ace hin und her. „Der Lagerturm? Und das ist sicher?"

Ace lächelte beruhigend. „Ja ist er, denn das ist keiner der großen Haupttürme, sondern lediglich ein kleiner, der auch nur ein Fenster hat. Dort werden einige Gegenstände gelagert, alte Möbel, die gerade nicht gebraucht werden, und solche Sachen. Ich wüsste keinen besseren Ort im Schloss, um sich zu verstecken. Da vermutet dich niemand, das verspreche ich dir."

Silvan stimmte nach kurzem Zögern zu. „Na gut, ich vertraue euch. Aber könnt ihr dann auch zu mir kommen, wäre dies für euch nicht gefährlich?"

Liam schnaubte. „Mach dir darüber keine Gedanken, wir können schon zu dir und dich versorgen. Uns wird nichts passieren."

Silvan ergriff Liams Hand. „Ich will auf keinen Fall, dass einem von euch was passiert. Das ist mir wichtig und sollte an erster Stelle stehen."

Während Liams Miene weich wurde, war es Ace, der antwortete. „Wir bewegen uns seit jeher ungesehen durch das Schloss, das ist unsere Spezialität. Mach dir keine Gedanken, wir wissen, was wir tun und jetzt sollten wir zusehen, das du in den Turm kommst. Liam?"

Dieser nickte. „Du musst mit Ace gehen", teilte er Silvan mit. „Im Gegensatz zu uns anderen, kann Ace zwei weitere Personen mit sich im Schatten unsichtbar machen und das bietet euch einen großen Vorteil. Ist das für dich in Ordnung?"

Silvan hob den Blick und lächelte. „Wirst du mich bald besuchen?"

Statt zu antworten, küsste Liam ihn sanft. „Versprochen, sobald ich kann, komme ich zu dir", murmelte der Aurox an seinen Lippen.

„Ich liebe dich", flüsterte Silvan leise und küsste Liam nochmals zärtlich, dann wandte er sich zu Ace. „Ich bin bereit."

Dieser schmunzelte. „Junge Liebe ... Na gut, dann lass uns gehen. Liam, Raven, wir sehen uns im Lager, aber wascht euch vorher, beide!"

Die Aurox nickten gehorsam, während Ace Silvan an der Hand nahm und ihn hinter sich in den Tunnel führte.

„Du und Liam also", meinte Ace nach einem Moment des Schweigens. „Wie ist denn das zustande gekommen?"

Erneut wurde Silvan rot. „Ich ... Ähm ... Ich würde sagen, da hat es von Anfang an irgendwie geknistert.

Und ja, nach dem ersten Kuss habe ich gemerkt, dass ich mich verliebe. Tatsächlich glaube ich, Liam ging es da genauso."

Ace schmunzelte. „Das freut mich für euch und ich hoffe, ihr habt eine gemeinsame Zukunft. Also gut, leise jetzt, der Tunnel ist zu Ende."

Es quietschte, dann drang ein Lichtschein in den Gang, als Ace die Tür aufzog. „Alles frei", raunte der Aurox ihm zu, griff erneut nach seiner Hand und zog ihn mit sich. „Bleib dicht bei mir", befahl Ace und huschte mit ihm in den nächsten Flur. Stimmen waren zu hören, dort vorne war das Lager, das wusste Silvan.

In diesem Gang brannten nur vereinzelt Fackeln, doch zwei davon waren dem Lagereingang fast gegenüber und warfen neben dem Lichtschein auch Schatten, in den Ace nun mit ihm huschte, und plötzlich war Silvans Körper verschwunden.

Es war ein extrem merkwürdiges Gefühl, sich nicht selbst sehen zu können, aber Ace gab ihm nicht die Gelegenheit, wirklich darüber nachzudenken, sondern zog ihn einfach hinter sich her. Weiter vorne konnte Silvan eine breite Treppe erkennen, die nach oben führte.

„Da müssen wir hoch", murmelte Ace. „Das ist der kritischste Bereich, denn dort ist kein Schatten, also müssen wir schnell sein."

Ohne auf eine Reaktion von ihm zu warten, hob der Aurox ihn plötzlich auf die Arme und eilte mit ihm blitzschnell die Treppe hinauf, wobei Ace mehr sprang, als er wirklich lief.

Im darauf folgenden Stockwerk eilte er von der Treppe ab und schon standen sie im nächsten Schatten, wo der Mann ihn wieder auf die Füße stellte.

„So weit, so gut." Silvan klammerte sich an Ace und musste ein Keuchen unterdrücken. „Erschreck mich bitte nie wieder so ..." Etwas tätschelte seine Schulter, was erneut komisch war, weil er es nicht sehen konnte. Nicht seinen Körper und auch nicht Ace! „Verzeih, wir mussten uns beeilen. Nun komm, der Weg ist nicht mehr weit." Erneut wurde er an der Hand genommen und hinter Ace hergezogen.

Der Mann achtete darauf, dass sie stets im Schatten waren, und nach drei weiteren Gängen erreichten sie eine schmale Treppe, die beinahe versteckt hinter ein paar alten Regalen lag.

„Hier gehts hoch", raunte Ace ihm zu und lief ihm voraus.

Da im Treppenhaus kein Schatten war, aber auch nicht gerade viel Licht, konnte Silvan den Aurox kaum erkennen. Den Göttern sei Dank war die Treppe schnell zu Ende und Ace schob eine weitere Tür auf.

„Willkommen in deinem zeitweiligen Zuhause", meinte der Mann lächelnd und trat beiseite.

Silvan betrat den nicht allzu großen Raum und sah sich um. „Ähm ... gemütlich?", murmelte er verunsichert.

Wie die anderen gesagt hatten, standen hier nur einige mit Tüchern behangene Möbel und es gab ein Fenster, das wohl schon länger kein Wasser mehr gesehen hatte.

„Wir werden dich mit allem Nötigen versorgen", erklärte Ace nochmals. „Es ist nur wichtig, das du den Turm nicht verlässt, in Ordnung?"

Silvan neigte den Kopf. „Ist gut, ich werde hierbleiben."

Ace lächelte und drückte seine Schulter. „Also dann, ich muss wieder los, aber jemand von uns - und ich denke, Liam wird sich freiwillig melden - wird spätestens morgen herkommen, um dich mit Essen zu versorgen. Deine Wasserschläuche sind noch gefüllt, ja?"

Silvan kontrollierte lieber nochmal seine Tasche. „Ja alle noch gefüllt", stellte er zufrieden fest und nach einem letzten Lächeln wandte Ace sich auch schon ab. „Dann bleib unauffällig und wir sehen uns bald." Damit huschte der Aurox aus dem Raum und schloss die Tür lautlos hinter sich.

„Gut, nun bin ich allein", seufzte Silvan und ging zum Fenster. Er schnappte sich ein Tuch, welches in einem der beiden Schränke gelegen hatte, die in diesem Raum standen, und wischte provisorisch die Scheibe frei. Von hier aus hatte er einen schönen Blick über den Wald und konnte auch einen Trainingsplatz erkennen, auf dem aber gerade niemand war. Ob er hier wirklich sicher war?

Hoffentlich würde das alles gut gehen.

Liam

Liam war mit Raven zum Teich in der Nähe des Tunnels gegangen, um sich zu waschen.

„Hast du Ace von Nahom erzählt?", wollte er wissen, doch Raven schüttelte den Kopf. „Ich sagte nur, das es Probleme gab, mehr nicht, aber das können wir nachher noch immer."

Liam nickte zustimmend und sie kehrten ins Lager zurück. Dort setzten sie sich schweigend auf ihre Pritschen und warteten. Es waren nicht alle da, denn offiziell war Liam noch immer auf Mission und viele seiner Brüder nutzten diese Zeit, um die Nächte außerhalb des Schlosses zu verbringen.

Dennoch war der große Raum gut gefüllt und Liam streckte sich auf seiner Pritsche aus. Seine Füße taten weh, sie hatten kaum pausiert und es war anstrengend gewesen, ständig auf hab acht zu sein.

Hoffentlich konnte Ace seinen Druiden sicher in den Turm bringen, Liam wusste, dass Ace gut in dem war, was er tat, dennoch machte er sich Sorgen.

Doch schon kurz darauf kam der Mann zurück und nickte ihm kaum merklich zu.

Liam lächelte leicht, den Göttern sei Dank, Silvan war in Sicherheit.

Noch einer seiner Brüder betrat das Lager und kam in seine Richtung. „Ach na, wen haben wir denn da? Liam, Raven, ihr seid zurück. Ist die Mission gut gelungen?", fragte Isaak und Liam hob den Blick, auf den Kerl hatte er gerade gar keine Lust, aber sich jetzt bissig zu geben, würde ihm nur Ärger mit Ace einbrocken, also brummte er zustimmend.

„Ja, die Königin sollte zufrieden sein", meinte er.

Isaak nickte bedächtig. „Können wir kurz reden? Allein?"

Oh, bei den Göttern, so viel zum Thema Ausruhen. Liam kam auf die Beine. „Klar, wo?"

Isaak überlegte und wies zum Ausgang. „Ein Spaziergang wäre doch schön."

Superschön, dachte Liam und zuckte die Achseln. „Ist gut."

Er wusste, diskutieren hatte so und so keinen Sinn, also folgte er dem älteren Aurox aus dem Schloss und wieder in den Wald, wo Liam dann dennoch kurz innehielt.

Sollte er Isaak von Nahom erzählen?

Mittlerweile müsste eigentlich klar sein, dass dieser tot war, immerhin konnte kein Aurox mit Fluchmal außerhalb des Schlosses überleben. Doch Liam entschied sich dagegen, er wollte erst mit Ace sprechen, ehe er andere einweihte. So lief er weiter neben dem anderen her.

„Was willst du denn bereden?", fragte er, als sich das Schweigen in die Länge zog.

„Ich bin kein Mann der Worte aber Liam ... es tut mir leid. Ich hätte dich nicht provozieren dürfen. Dass es dich an deine Eltern erinnert, hätte ich wissen müssen", sprach Isaak ruhig und drehte sich zu ihm. „Es tut mir leid."

Das erstaunte Liam nun doch. Isaak entschuldigte sich eigentlich bei niemandem. Hatte wohl Ace ein Wörtchen mit ihm gesprochen? Das wäre der einzige Grund, den Liam sich vorstellen könnte, wieso der sture Kerl so einen Schritt gehen würde.

Er schüttelte kaum merklich den Kopf. „Schon gut, Bruder", meinte er lächelnd. „Längst wieder vergessen, aber danke, dass du dich entschuldigst."

Isaak nickte. „Ehrensache. Also gut, dann erzähl mal, wie lief die Mission?"

Nun denn, das war immerhin eine gute Vorbereitung dafür, was er morgen der Königin erzählen konnte. „Ich bin zur Grenze des Dritten Silberreiches, wie die Königin verlangte", erzählte Liam und seufzte. „Die ersten zwei Tage habe ich rein gar nichts gefunden und war in Gedanken eigentlich schon in der Folterkammer, aber am dritten Tag kam ich in einen Bereich des Waldes, der mir merkwürdig vorkam. Ich meine, unsere Wälder sind gesund, aber dort war es anders, irgendwie blühender und das weckte mein Misstrauen. Es war zwar nur eine kaum wahrnehmbare Spur, aber ich bin ihr nachgegangen und habe so ein altes, bereits verlassenes Lager gefunden. Da habe ich die Duftspur des Kerls aufgenommen und konnte ihr folgen. Gestern am frühen Morgen habe ich den Druiden dann entdeckt. Er war wohl auf dem Weg zurück ins Dritte Silberreich", mutmaßte er und zuckte die Achseln. „Er sah nicht wirklich gefährlich aus, ich konnte nicht mal Waffen an ihm erkennen, aber da Druiden Magie nutzen, musste das nichts heißen, also habe ich aus dem Hinterhalt angegriffen. Er hatte keine Zeit sich zu wehren, ich habe ihn direkt getötet."

Da verzog Liam das Gesicht und stieß den Atem aus.

„Und dann habe ich den Fehler begangen, mir lediglich sein Blut aufs Fluchmal zu schmieren, statt die Leiche mitzunehmen, was mir schlicht und ergreifend zu mühselig gewesen war. Ich meine, ich war wirklich direkt bei der Grenze, also hätte ich ewig mit dem Toten laufen müssen, das war mir zu blöd."

Isaak brummte. „Lass mich raten, die Königin will einen Beweis? Du weißt, das gibt Strafe."

Liam knurrte dumpf.

„Sie sagte, ich solle entweder Hinweise bringen, oder den Kopf des Kerls", gab er zu. „Aber ich hoffe jetzt einfach mal, die Strafe wird nicht zu heftig ausfallen, immerhin ist der Druide tot und das verdammte Amulett sollte ja auch angeschlagen haben. Die Götter allein wissen, vielleicht erkennt das Ding es auch, wenn es das Blut einer bestimmten Rasse ist, dann bin ich hoffentlich fein raus."

Isaak seufzte. „Dann hoffen wir mal, dass die Frau einen guten Tag hat, auf jeden Fall drücke ich dir die Daumen."

Liam lächelte den anderen an. „Danke dir."

Nach dem Gespräch gingen sie gemeinsam zurück zum Schloss, wo sich ihre Wege im Lager trennten. Doch erneut kam Liam nicht dazu, sich hinzulegen, denn Ace packte ihn am Arm.

„Komm mit", zischte der andere leise und Liam musste ein gequältes Stöhnen unterdrücken. Dennoch folgte er Ace in die Kammer, in der Kaleb noch immer lag.

„Es hat sich bei ihm also gar nichts verändert?", fragte er verblüfft. Der große Mann lag wie schlafend auf der Pritsche, sein Brustkorb hob und senkte sich ruhig und regelmäßig.

„Nein, leider gar nichts", antwortete Ace. „Und jetzt erzähl mir mal, was vorgefallen ist. Raven wollte nicht ins Detail gehen." Liam seufzte und nickte gehorsam.

Er berichtete Ace über seine Eltern, ihr Zusammentreffen und auch über Nahom, samt Silvans Theorie über den wiederauferstandenen Blutelfen. Ace schüttelte den Kopf. „Bei den Göttern, dann geht es Grey und Myla gut, das freut mich sehr. Doch Silvans Theorie über Nahom und den Blutelf ist erschreckend. Ich habe davon noch nie gehört, allerdings kenne ich mich auch nicht so gut mit Blutelfen aus. Wir müssen uns umhören, ob es jemanden gibt, der darüber Bescheid weiß, doch im Moment ist es wichtiger, dass du dich ausruhst und morgen die Königin milde stimmst."

Liam nickte und lächelte freudlos. „Ich freue mich schon sehr auf das Gespräch mit Eurer Majestät."

Ace seufzte und klopfte ihm auf die Schulter. „Das schaffst du."

Liam stieß den Atem aus, und nachdem Ace ihn entließ, konnte er sich endlich auf seine Pritsche legen. Da zog er sogleich sein Oberteil und das Kettenhemd aus und fiel in einen traumlosen Schlaf.

„Aurox Liam!", rief eine Frau mit lauter Stimme und Liam flog fast von seiner Pritsche.

„Wer? Was?", stammelte er verschlafen und fuhr sich durch die Haare.

Sein Blick ging zum Eingang des Lagers und er stöhnte, als er eine Goldkriegerin in Rüstung dort stehen sah.

„Was ist denn jetzt schon wieder?", knurrte er hörbar genervt. Die Elfe zog die Augenbrauen zusammen.

„Die Königin will dich sehen. Sofort." Liam konnte ein weiteres Knurren nicht unterdrücken, ehe er sich ein Oberteil und das Kettenhemd überzog. Dann stieg er in seine Stiefel und strich sich nochmals durchs Haar.

„Beeil dich du Made! Sonst schleife ich dich dorthin", knurrte die Frau und packte den Griff ihres Schwertes, welches an ihrem Gürtel hing.

Liam sah auf und fixierte die Goldkriegerin.

Dieses kleine Weib nervte ihn gewaltig!

Dennoch verkniff er sich jeden Kommentar und ging an ihr vorbei, wobei ihm plötzlich ein Stoß in den Rücken verpasst wurde. Er taumelte einen Schritt nach vorne, wirbelte denn herum und nagelte die Goldkriegerin gegen die nächste Wand.

„Jetzt pass mal auf, Schätzchen", knurrte er warnend. „Versuch das noch einmal, und ich reiße dir deinen süßen kleinen Kopf ab, haben wir uns verstanden?"

Die Frau grinste frech. „Wage es und du kommst aus der Folterkammer nie mehr raus. Sieh zu, dass du deinen Hintern nach oben bekommst, die Königin ist schlecht gelaunt."

Liam kniff die Augen zusammen und ließ beim Lächeln die Zähne sehen. „Buh huh, als hätte ich Angst, du Göre", lachte er abschätzig und zog der Frau die Beine weg, sodass sie hart auf dem Rücken aufschlug. „Sieh zu, dass du hochkommst, Schätzchen!", rief er über die Schulter und ging den Gang entlang zur Treppe, wo er einer weiteren Goldkriegerin in die Arme lief.

Diese Frau kannte er sogar, sie diente schon viele Jahre im Schloss.

„Guten Morgen Layla", grüßte er sie höflich und wollte an ihr vorbeigehen.

„Guten Morgen Liam, das nächste Mal bitte auf den Beinen stehen lassen", bat sie und nickte ihm zu.

Er schmunzelte. „Ich gebe mir alle Mühe, versprochen."

Layla seufzte und sah zu der jungen Goldkriegerin. „Sie ist neu und noch sehr jung, sieh es ihr nach. Warte doch kurz, ich bringe dich zur Königin", sprach Layla und lächelte Liam zu.

Er brummte und beobachtete, wie Ace aus dem Lager trat und der jungen Frau auf die Beine half, die sich wegen der schweren Rüstung etwas schwertat. Ja, diese Goldkriegerin war noch nicht lange im Dienst. Das entlockte ihm trotz allem ein Grinsen, ehe er Layla nach oben folgte.

Beim Thronsaal angekommen wurde ihm eine Hälfte der Flügeltüren geöffnet und Liam trat ein. Wie immer sank er pflichtbewusst vor dem Thron der Herrscherin Jiltoryas auf die Knie und senkte den Blick.

„Meine Königin."

Ein sehr unzufriedenes Knurren war zu hören. „Du kommst ohne Beweise?"

Liam schluckte. „Ich habe den Druiden ausfindig gemacht und getötet", berichtete er mit devot gesenkter Stimme. „Sein Blut gab ich meinem Fluchmal, ehe ich heimkehrte."

„Nun gut, dies teilte mir bereits mein Gatte mit. Allerdings hattest du eine Aufgabe. Und wie lautete diese?"

Verdammt, er hatte es geahnt.

„Entweder Hinweise liefern, oder Euch den Kopf des Druiden bringen", wiederholte Liam die Worte der Königin. „Und hast du diese Aufgabe erfüllt?", wollte die Königin wissen.

Er schloss die Augen. „Nein, Eure Majestät."

„Und was passiert mit Leuten, die ihre Aufgaben nicht erfüllen?", fragte die Frau gereizt. Liam wusste, das würde schmerzhaft für ihn enden, aber Silvan war in Sicherheit und nur das zählte für ihn. „Sie werden bestraft."

„Richtig! Da du allerdings deine Mission erfüllt hast, will ich heute gnädig sein. Zehn Peitschenhiebe!", tönte die Königin. „Und wage es ja nicht nochmal, mich zu enttäuschen. Layla! Du wirst die Strafe vollziehen." Sofort trat die Goldkriegerin neben Liam und verbeugte sich. „Selbstverständlich, meine Königin."

„Nun dann, aus meinen Augen!", befahl die Königin und sofort kam Liam auf die Beine, um sich erneut zu verbeugen.

„Habt vielen Dank für Eure Gnade, meine Königin", sprach er und folgte Layla mit bewusst gesenktem Blick aus dem Saal. Sie schwiegen, ehe sie zwei Stockwerke tiefer den Bereich der Folterkammern erreichten. Einige Wachen, die dort postiert waren, öffneten eine davon und Liam ging mit Layla hinein. Sofort wurde die Tür hinter ihnen geschlossen und erst jetzt hob er den Blick.

Layla seufzte und wandte sich mit einem traurigen Lächeln zu ihm. „Du weißt, ich mache das nicht gerne, aber wir müssen, also zieh dein Oberteil aus."

Sein Herz fing sofort an schneller zu schlagen, auch wenn er wusste, dass Layla nicht log. Sie tat es tatsächlich nicht gern, aber gerade wollte er nichts lieber, als aus dieser verdammten Folterkammer fliehen.

Dennoch nickte er gehorsam und zog die Weste, sein Kettenhemd und das Oberteil aus.

Dann wandte er sich zu dem dicken Pfahl, der in der Mitte des Raumes stand, denn er wusste, dort würde sie ihn anketten, damit er den Hieben nicht entkommen konnte.

Schon war die Elfe bei ihm und kettete ihn fest.

„Ich werde es nicht in die Länge ziehen, denn du weißt, es wird weh tun, wie immer. Aber ... es tut mir leid." Liam schluckte, als Layla aus seinem Blickfeld verschwand. „Bereit?"

Er schloss die Augen und schluckte. „Nein."

Noch ehe er Luftholen konnte, knallte die Peitsche das erste Mal auf seinen Rücken. Schmerz schoss durch ihn hindurch, als seine Haut aufplatzte und er fühlte, wie ihm Blut über den Rücken lief.

Die ersten drei Hiebe konnte er ohne einen Laut ertragen, auch wenn er die Zähne so fest zusammen-biss, dass seine Kiefer schmerzten, doch beim vierten Schlag schrie er zum ersten Mal auf.

Instinktiv zerrte er an den Fesseln, die ihn jedoch unbarmherzig an Ort und Stelle hielten. Tränen liefen über sein Gesicht wie Blut über seine Haut und bei dem siebten Hieb gaben seine Beine nach.

Er hing nur noch wie ein nasser Sack in den Seilen und japste jämmerlich nach Luft. Beim zehnten Schlag tanzten schwarze Punkte vor seinem inneren Auge und er keuchte atemlos.

Sogleich war Layla wieder bei ihm und löste ihn von den Ketten. „Ganz langsam, ich habe dich", murmelte sie und legte ihn vorsichtig auf der Seite ab. „Wachen!", rief die Elfe, während Liam am ganzen Körper zitterte und sich auf dem Boden so klein wie irgend möglich machte.

Als die Tür der Folterkammer aufschwang, befahl Layla der Wache, Ace zu holen. Kaum schloss sich die Kammertür erneut, sank die Elfe neben ihm auf die Knie. „Halte noch ein bisschen durch, Ace ist gleich da", murmelte sie sanft und strich über seine Haare.

Sofort zuckte Liam zusammen, auch wenn er wusste, dass Layla ihm nichts mehr tun würde, so erwartete er dennoch instinktiv die nächsten Schmerzen. „Ist ja gut, es ist vorbei. Du hast es geschafft, ich werde dich nicht mehr schlagen, versprochen", versicherte Layla.

„Habt Dank", ertönte plötzlich eine Stimme vor der Tür, die Liam sofort als Ace' erkannte, und schon wurde diese geöffnet. Durch Ace' laute Worte gewarnt, hatte Layla aufspringen können und war von Liam weggetreten. Ace kam herein und die Wachen schlossen die Tür hinter ihm.

Liam sah den anderen Mann nur verschwommen, denn noch immer liefen Tränen über seine Wangen, die Schmerzen war brutal.

„Ace, die Königin verlangte zehn Peitschenhiebe", erklärte Layla leise. „Du weißt, die Wunden müssen gesäubert werden, die Waffen hier sind dreckig und ... Es tut mir leid", sprach sie weiter, blieb aber an ihrer Ecke stehen.

Liam konnte erkennen, dass Ace zu der Elfe ging und ihr die Hand auf die Schulter legte.

„Danke, meine Liebe", sagte der ältere Aurox. „Ich weiß, dass es dir leidtut, es ist alles in Ordnung. Ich kümmere mich um ihn."

Layla nickte und lächelte kurz, ehe sie ihre Schultern straffte. „Wachen!"

Sofort kam erneut eine von ihnen herein. „Lasst Ace seine Arbeit verrichten und säubert danach die Kammer."

Ace war indes zu ihm gekommen und ging vor ihm in die Knie. „Na komm Liam, das kennen wir beide ja schon", raunte er und als er ihn hochzog, ächzte Liam zwar, schaffte es aber, halbwegs sicher zu stehen.

Mit Ace' Hilfe konnte er langsam gehen, während noch immer Blut von seinem Rücken tropfte. Als sich ihnen eine der Wachen in den Weg stellte, hörte er Ace leise knurren.

„Weg da!", befahl der ältere Aurox und Liam sah nicht zum ersten Mal, wie ein Goldkrieger die Beine in die Hand nahm. Vor Ace hatte selbst der König

Respekt, so hieß es zumindest, und Liam glaubte das sogar.

Er war heilfroh, als sie es bis ins Lager schafften und Ace ihn sanft auf die Pritsche legte.

„Raven, Isaak!", rief Ace laut. „Holt mir Wasser und Tücher, wir haben einen Verletzten!"

Sofort lief Isaak los und holte frisches Wasser, während Raven die Tücher besorgte.

„Bei den Göttern Liam, dich hat es ordentlich erwischt. Hat der Königin wohl doch nicht so gut gefallen", stellte Isaak fest und verzog das Gesicht.

Liam war noch immer damit beschäftigt zu Atem zu kommen und konnte nur leicht den Kopf schütteln. Er wusste, das Säubern der Wunden würde erneut schlimme Schmerzen für ihn bedeuten und darauf hätte er im Moment getrost verzichten können, dennoch war ihm auch klar, dass es sein musste, wenn sich nichts entzünden sollte.

„Halt ihn fest, Raven", befahl Ace und trat hinter ihn. „Isaak, reich mir die Sachen an."

Liam biss die Zähne zusammen, er zitterte am ganzen Körper und wollte sich wirklich zusammenreißen, doch als das kalte Wasser auf seine frischen Wunden traf, schrie er vor Schmerz.

Ace arbeitete zügig, dennoch versagte Liam die Stimme schon nach sehr kurzer Zeit und wieder flackerten schwarze Punkte vor seinen Augen. Wie sehr er sich doch gerade wünschte, bei seinem Druiden zu sein. Leise murmelte er Silvans Namen, ehe er das Bewusstsein verlor.

Als Liam wieder zu sich kam, tat ihm noch immer alles weh und seine Augen wirkten verquollen.

Er blinzelte langsam und atmete schwerfällig, dennoch gelang es ihm, leicht den Kopf zu heben und sich umzusehen.

Raven war verschwunden, er würde wohl das dreckige Wasser und die blutigen Tücher entsorgen, doch Isaak war noch immer an seiner Seite. „Na, du bist ja wieder wach", stellte dieser soeben fest und strich ihm eine Strähne aus dem Gesicht. „Geht es?"

Liam war über die sanfte Geste des sonst recht ruppigen Mannes erstaunt, doch ihm fehlte die Kraft, um darauf einzugehen.

„Tut weh", brachte er heiser hervor und schloss erschöpft die Augen. „Das kann ich mir denken, aber du hattest Glück, dass es Layla war. Nun, magst du mir erzählen, wer Silvan ist?", fragte Isaak neugierig.

Liams Kopf war noch immer benebelt von den Schmerzen, er hörte Isaak nicht richtig, doch Silvans Namen verstand er sofort.

„Mein Mann", antwortete er leise, ehe er begriff, was er da gerade sagte.

Trotz der Schmerzen riss er jetzt die Augen auf und lugte zu Isaak.

Bei den Göttern, was hatte er getan?

„Na sowas, das wirft gleich wieder Fragen auf. Seit wann hast du denn einen Mann und kann es sein, dass dieser kein Aurox ist, sondern jemand von außerhalb?", fragte Isaak neugierig weiter.

Liam wusste im ersten Moment nicht, wie er darauf reagieren sollte, nun raste sein Herz schon wieder, aber diesmal vor Nervosität.

Er durfte Silvan doch nicht verraten, verdammt!

Den Göttern sei Dank kam ihm Ace zu Hilfe, der Isaak gegen den Hinterkopf schlug. „Lass Liam in Ruhe, er soll schlafen und sich ausruhen, nicht deine neugierigen Fragen beantworten!", wies er Isaak zurecht. Dieser zuckte zusammen und funkelte Ace an. „Man wird ja wohl noch fragen dürfen." Aber er ließ von Liam ab und ging zu seiner eigenen Pritsche.

Erleichterung durchflutete Liam und er konnte ein Seufzen nicht unterdrücken. Ace setzte sich an die Kante seiner Pritsche und strich ihm durchs Haar. „Schlaf, Liam, du brauchst die Ruhe. Mach dir um ihn keine Sorgen, darum kümmere ich mich, alles in Ordnung. Du musst zu Kräften kommen und deine Wunden heilen lassen. Mach die Augen zu, Junge, alles ist gut."

An Ace' Worten konnte Liam sich festhalten, er glaubte dem Mann und schloss erneut die Augen. Diesmal verlor er nicht das Bewusstsein, sondern schlief ein und träumte von dem Mann, der in kurzer Zeit so extrem wichtig für ihn geworden war.

Seinem Druiden.

Kapitel 12

Silvan

Nach einer durchwachsenen, unbequemen Nacht, die Silvan auf dem Fußboden verbracht hatte, setzte er sich am Morgen auf.

„Aua!", zischte er, als er sich den Kopf anschlug. Mit zusammengekniffenen Augen starrte er nach oben. Natürlich, er hatte ja unter einem Tisch geschlafen. Diesen hatte er vorsorglich mit einem großen Tuch abgedeckt, damit er geschützt wäre, sollte jemand hereinkommen.

„Na, der Tag fängt ja gut an ..." Silvan krabbelte aus seinem behelfsmäßigen Versteck hervor. Wie auch schon gestern hatte er sofort wieder ein flaues Gefühl in der Magengegend. Er sollte nicht hier sein, all seine Instinkte riefen ihm zu, dass er die Beine in die Hand nehmen sollte, solange ihm das noch möglich war. Dennoch zwang sich Silvan durchzuatmen und ging zum Fenster. Der große Trainingsplatz, der gestern Abend noch leer gewesen war, war nun ziemlich gut gefüllt.

„Aurox", murmelte Silvan, als er unter den Männern dort unten Raven erkannte. Leider konnte er Liam nirgends entdecken und dies befeuerte sein mieses Gefühl nur noch mehr. War beim Treffen mit der Königin alles gutgegangen?

Ohne dass er auch nur einen Ton gehört hatte, ging plötzlich die Tür auf und Ace huschte in den Raum. Sofort war Silvan hinter einem der hohen Schränke in Deckung gegangen, die beim Fenster standen.

„Bei den Göttern, Ace! Mach so etwas bitte nie wieder!", murmelte er und kam wieder hervor.

Ace lächelte verkniffen und hob einen kleinen geflochtenen Korb hoch. „Verzeih, ich konnte nicht riskieren, dass die Wachen mich sehen. Ich habe Frühstück für dich, es ist zwar nicht gerade viel, aber für den Moment muss es leider reichen."

Silvan atmete durch und lächelte den Aurox an. „Hab vielen Dank, das reicht völlig."

Er runzelte die Stirn, als er die tiefen Augenringe des Mannes bemerkte. „Ist etwas vorgefallen, du wirkst sehr müde und erschöpft."

Der Aurox verzog das Gesicht und lehnte sich neben die Tür an die Wand. „Leider war die Königin mit Liams Bericht nicht vollständig zufriedengestellt. Sie hat ihn bestraft und ich war die Nacht über bei ihm, um aufzupassen."

Sofort war das Essen vergessen und Silvan riss die Augen auf. „Was? Wie geht es ihm? Kann ich ihn sehen? Ich will zu ihm!"

Ace hob die Hände. „Immer mit der Ruhe, Silvan, so leicht ist das nicht. Ich kann dich nicht einfach mit ins Lager nehmen, das hatten wir doch besprochen. Liam hat gestern zehn Peitschenhiebe einstecken müssen und ist dementsprechend matt und entkräftet, aber er ruht sich aus. Wir passen auf ihn auf, mach dir keine Sorgen."

Ungehalten fuhr Silvan sich durch die Haare und lief im Zimmer auf und ab. „Das Blut hat also nicht gereicht, um sie zu überzeugen. Das ist meine Schuld! Ich muss ..."

Mit wenigen Schritten hatte Ace den Raum durchquert und ihn an den Schultern gegriffen.

„Jetzt beruhige dich!", verlangte der Aurox mit scharfer Stimme. „Das war nicht deine Schuld, immerhin hätte Liam deinen Kopf mitbringen müssen, um den Befehl der Königin korrekt auszuführen, und das ging definitiv nicht. Außer du verspürst plötzlich den Drang zu sterben?"

Silvan verzog das Gesicht. „Nein aber ... trotzdem", murmelte er leise und seufzte dann. „Du hast ja recht ... es fühlt sich so an, als würde ich daran schuld sein."

Ace zog ihn an sich und strich ihm durchs Haar. „Nicht doch, du kannst rein gar nichts dafür und Liam wird wieder auf die Füße kommen, nur leider war es ihm heute nicht möglich, zu dir zu kommen. Es hat mich einiges an Arbeit gekostet, ihn zu überreden im Lager zu bleiben, denn alles andere wäre zu riskant gewesen."

Silvan nickte mit trauriger Miene. „Ja, dies ist wohl das Beste für ihn", flüsterte er und erwiderte die Umarmung. Nun hörte er Ace seufzen und langsam löste sich dieser wieder von ihm. „Ich weiß, du hättest ihn gern gesehen, aber das geht gerade nicht. Vielleicht kriege ich es später hin, dann würde ich dich holen kommen, aber jetzt muss ich erst mal ins Frauenlager. Später komme ich dann nochmal bei dir vorbei, ja?"

Silvan nickte und versuchte sich an einem Lächeln, was wohl eher kläglich ausfiel. „Darf ich fragen, was du dort willst? Hast du eine Frau?"

Ace nickte. „Ja die habe ich. Arya und ich sind jetzt zwanzig Jahre lang zusammen und wir haben zwei Mädchen. Hin und wieder drücken die Goldkrieger ein Auge zu, oder ich kann die Lagerwächterin überreden, die beinahe täglich dort ist, dann lassen sie mich manchmal hinein."

Nun wurde Silvans Lächeln echter. „Das ist schön, Glückwunsch dazu. Es ist toll, dass so etwas wie Liebe in diesen Zeiten dennoch existieren kann."

Ein Schmunzeln legte sich auf Ace Lippen und er neigte den Kopf. „Ja es ist selten geworden, aber wir halten aneinander fest. Also gut, deshalb muss ich jetzt auch los. Bleib bitte hier, Silvan, ich komme wieder zu dir, versprochen."

Damit wandte der Aurox sich ab und huschte aus dem Zimmer.

Silvan blickte dem Mann hinterher und stieß den Atem aus. „So habe ich mir das nicht vorgestellt", murmelte er und fuhr sich durchs Haar.

Wie gern würde er jetzt bei Liam sein!

Sein Mann war verletzt und Silvan konnte sich nicht um ihn kümmern, das war ein schreckliches Gefühl.

Er setzte sich mit dem Korb auf einen der drei Stühle, die im Raum standen, und lugte hinein. Wirklich Appetit hatte er nicht, aber er musste etwas essen, um bei Kräften zu bleiben, und außerdem hatte Ace sich sicher in Gefahr gebracht, um ihm diesen Korb zu bringen. Die Sachen nun nicht anzurühren, wäre nicht in Ordnung.

Nach einer Weile hörte er plötzlich, wie jemand die Treppe hinauflief, und die Schritte klangen zu leicht für Liam oder Ace. Silvan schnappte den Korb und versteckte sich sofort wieder unter dem Tisch.

„Hol dies, tu das", meckerte eine Frauenstimme, als die Tür mit einem Quietschen aufschwang. „Du bist zu langsam, das ist zu unordentlich. Ah! Diese dämlichen Vorgesetzten! Am liebsten würde ich sie alle aus dem Fenster werfen!"

Silvan holte leise Luft und legte sich seine Hände vor den Mund. Hoffentlich entdeckte sie ihn nicht! Es klapperte, als die Tür eines Schranks geöffnet wurde, und ein paar Gegenstände landeten achtlos über ihm auf der Tischplatte.

„Das sollte alles sein", hörte er die Frau murmeln, dann ertönten erneut Schritte. „Na sieh an, wer hat sich denn hier die Mühe gemacht, das Fenster zu putzen? Man kann ja sogar nach draußen sehen."

Verdammt! Er hätte nichts anrühren dürfen!

Bloß nicht bewegen und ja kein Geräusch machen, warnte Silvan sich selbst.

„Wie dem auch sei, ich sollte zurück, sonst fängt die Alte wieder an zu meckern", seufzte die Frau und klaubte die Gegenstände vom Tisch. Dann hörte Silvan erneut Schritte und schließlich wurde die Tür wieder geschlossen.

Er blieb noch eine Weile sitzen und erst, als er sich sicher war, dass die Person weg war, lugte er unter dem Tuch hervor.

„Na sieh an, ich wusste doch, dass hier jemand ist!", erklang die Frauenstimme erneut und schon trat sie in Silvans Sichtfeld. „Hallo, da unten."

Die Frau konnte kaum größer als er selbst sein, hatte langes, weißes Haar und braungraue, warme Augen.

Gekleidet war sie in ein bodenlanges, dunkelbraunes Kleid mit langen Ärmeln, zu dem sie eine beige, etwas dreckige Schürze umgebunden hatte.

Die langen Haare waren zu einem straffen Zopf geflochten, sodass Silvan ihre Ohren sehen konnte. Sie war also eine Elfe.

„Wer bist du und wieso versteckst du dich im Turm?", verlangte sie nun zu erfahren und Silvan wusste, jetzt steckte er in großen Schwierigkeiten.

„Ich bin ... Sil ... und ich habe eine Bleibe für ein paar Nächte gesucht", versuchte er sich zu erklären, woraufhin die Elfe ihn langsam blinzelnd ansah.

„Soso", murmelte sie dann und verschränkte die Arme

vor der Brust. „Nun ... Sil ... Du bist kein Elf, das sehe ich an deinen Ohren, aber ein Aurox bist du auch nicht, sonst würdest du nicht unter Tischen herumkriechen. Dann bleiben nicht mehr viele Möglichkeiten", stellte sie fest und wich zur Tür zurück. „Was hat ein Druide im Schloss des Königs verloren?"

Silvan schluckte, seine Kehle war staubtrocken. Nun musste er sich ganz schnell was einfallen lassen, um sie irgendwie hinhalten, bis Ace wieder kam. Der Aurox würde dies dann schon regeln!

„Du stellst viele Fragen, aber ich kenne deinen Namen nicht mal", sagte er mit fester Stimme, doch die recht jung wirkende Frau schnaubte.

„Was geht dich das an, Druide?", fragte sie in etwas schärferem Tonfall und Silvan bemerkte, wie sie mit der Hand hinter sich nach der Türklinke tastete.

„Bitte nicht!", flehte er und hob die Hände. „Ich will niemandem schaden! Ich habe doch selbst Angst, bitte, verrate mich nicht ..."

Tatsächlich zögerte die Frau und ließ dann langsam ihre Hand sinken. „Nochmal von vorne, wie ist dein Name und was tust du hier?", verlangte sie erneut zu erfahren, doch diesmal in deutlich ruhigerem Tonfall. Silvan stieß die Luft aus und kam ganz unter dem Tisch hervor, wobei er darauf achtete, dass die Elfe den Korb nicht sah.

„Natürlich, von vorne", stimmte er zu. „Mein Name ist Silvan und ich bin hier, um meinem Volk zu helfen."

Sie zog die Augenbrauen zusammen und verschränkte die Arme vor der Brust. „Deinem Volk? Was meinst du damit? In ganz Torya leben keine Druiden, wenn du ihnen helfen willst, bist du hier falsch."

Silvan schüttelte den Kopf. „Das weiß ich, aber meinem Dorf und allen anderen Druiden geht es sehr schlecht. Wir sterben in den Zonen und ich will dabei nicht zusehen. Ich muss eine Möglichkeit finden, dies zu stoppen."

Erstaunlicherweise wurde der Blick der Elfe weicher und sie nahm die Arme hinunter. „Ich lehne mich jetzt mal ganz weit aus diesem Fenster und behaupte, du bist hier nicht allein reingekommen. Du hast also schon Hilfe, nicht wahr? Sind es ein paar der Aurox?"

Silvan wiegte den Kopf hin und her. „Na ja, Hilfe ist zu viel gesagt. Ich habe sie sozusagen dazu gebracht, ohne dass sie es wissen."

Die Lippen der Frau verzogen sich zu einem Lächeln. „So ist das also", meinte sie und schnaubte dann. „Wie dem auch sei, das hier ist nicht gerade ein sicheres Versteck und ich frage mich noch immer, was du im Schloss erreichen willst. Wie sieht denn dein Plan aus, Silvan? Du willst doch gewiss nicht eine Ewigkeit im Turm sitzen, das bringt deinem Volk ja auch nichts."

Sofort nickte Silvan. „Da hast du recht und im Moment bastle ich ehrlich gesagt an einem Plan. Ich bin irgendwie unvorbereitet losgezogen, sozusagen aus dem Affekt heraus."

Erneut blickte sie ihn schweigend an, dann trat sie unvermittelt näher. „Du brichst aus deiner Zone aus, durchquerst das halbe Land, um nach Torya zu kommen", zählte sie langsam auf und trat direkt vor ihn. „Dann manipulierst du so geschickt die Aurox, dass sie dich ohne ihr Wissen ins Schloss lassen und kannst dich ungesehen hierher schleichen. Habe ich das jetzt richtig verstanden?"

Verdammt, wenn sie das so formulierte, klang es viel zu leicht!

„Ja scheint so. Ich ...", setzte er an.

Viel zu schnell für eine kleine Elfe hatte sie die Hand hochgerissen und legte sie ihm auf die Brust. „Sieh an", murmelte sie leise. „Du trägst viel Macht in dir,

283

Druide, aber du lügst mich an, das gefällt mir nicht."
Sie ließ von ihm ab und wich zurück. „Ich werde niemandem erzählen, dass du hier bist, aber du solltest dir schnell klar werden, was du erreichen willst, Silvan aus dem dritten Silberreich. Denn in manchen Kämpfen können dich selbst Aurox nicht beschützen."

Sie drehte sich um und griff erneut nach der Türklinke.

„Warte! Bitte, lass es mich erklären!", bat Silvan, doch sie hatte bereits die Tür geöffnet und trat hinaus. Beinahe lautlos fiel diese hinter der Elfe ins Schloss und ließ Silvan erneut allein zurück. Verdammt!

Mit einem Satz war er bei der Tür und riss sie auf. „Warte!" Beinahe wäre er in Raven gerannt, der direkt davorstand. „Aber wie ...", stammelte Silvan verwirrt und blinzelte.

Raven schob ihn in den Raum zurück und schloss die Tür hinter sich. „Was war das denn?", wollte der große Aurox wissen und sah ihn irritiert an. „Hast du mich gehört? War ich so laut?"

Silvan schüttelte den Kopf. „Nein, aber ich habe großen Mist gebaut, fürchte ich."

Raven zog die Brauen zusammen. „Was ist passiert?"

Silvan legte eine Hand auf sein Oberarm und seufzte. „Eben war eine junge Elfe hier. Sie hat mich überrascht und ich habe versucht, mich herauszureden. Plötzlich hatte sie eine Hand auf meine Brust gelegt und meinte, ich hätte eine große Kraft in mir. Und auch, dass ich lüge! Sie wusste sogar, aus welchem Reich ich komme! Sie sagte, sie verrät mich nicht, aber ... Raven, sie ist gerade erst aus der Tür raus und ich habe sie sofort wieder aufgerissen. Doch da standest du! Wo ist sie hin?"

Der Aurox musterte ihn, dann schüttelte er langsam den Kopf. „Da war keine Frau und Silvan, bitte verzeih, aber ich rieche auch hier drin niemanden außer dir. Es war niemand hier."

Silvan verzog das Gesicht, verdammt das war gar nicht gut! „Doch Raven, bitte glaube mir, sie war da! Mit weißen langen Haaren und in Dienstkleidung!"

Der Mann blinzelte und rieb sich den Nacken. „Hier ist kein Geruch außer deiner und ein wenig von Ace. Das ist merkwürdig, Silvan, aber wenn du sie gesehen hast." Er hielt inne und lugte zum Fenster. „Normalerweise würde ich sagen, du hast wohl einen Geist gesehen, doch in letzter Zeit sind schon verrücktere Dinge geschehen, also würde ich das nicht mal ausschließen."

Raven knurrte und schüttelte dann den Kopf. „Wie dem auch sei, die Jagd auf diesen weiblichen Geist verschieben wir erstmal, denn wir haben im Lager dafür gesorgt, dass alle, die dir nicht wohlgesonnen sind, fort sind. Wenn du also willst, kannst du zu Liam."

Silvan war hin und her gerissen. „Ja aber", murmelte er und kniff die Augen zusammen. „Wir müssen sie finden! Ich glaube, dass sie mit Nahom zu tun hat. Du hättest sie sehen müssen ... es ist, als hätte sie sich in Luft aufgelöst." Er seufzte und straffte dann seine Schultern. „Aber ich will unbedingt zu Liam."

Wieder sah Raven ihn kurz an, als hätte er den Verstand verloren, doch dann nickte er.

„Jetzt gehen wir erstmal zu Liam, um den Rest kümmern wir uns hinterher. Folge mir, aber sei leise, denn anders als Ace kann ich dich nicht mit mir unsichtbar machen."

Silvan neigte zustimmend den Kopf.

„Solange du mich nicht einfach hochhebst", flüsterte er und folgte Raven.

Dieser schnaubte leise und schon liefen sie die Treppe nach unten.

Raven spähte in den Gang und winkte ihn dann schnell hinterher. Tatsächlich schafften sie es bis zur Treppe, wo sich der Aurox zu ihm umdrehte.

„Verzeih", grinste Raven und warf ihn über die Schulter, ehe er mit einem Satz nach unten sprang und blitzschnell ums Eck fegte. „Siehst du und ganz ohne Schrei, gut gemacht, Knirps", flüsterte Raven ihm zu und stellte Silvan auf die Füße. „Wir gehen jetzt ins Lager, da werden auch noch andere meiner Brüder sein, aber diese werden dir nichts tun, sie haben eine eindeutige Einstellung zu anderen Völkern und du hast von ihnen nichts zu befürchten. Sei aber vorsichtig, ja?"

Silvans Augen waren groß geworden, dennoch hatte er sich jeden Laut verkniffen. „Ich sagte, nicht hochheben! Wieso versteht das niemand? Aber ja, ich bin vorsichtig."

Raven klopfte ihm auf die Schulter. „Verzeih, aber das musste sein, du wärst zu langsam und wir hätten gesehen werden können. Wenn ein Aurox mit etwas über der Schulter schnell nach unten will, ist das nicht so auffällig, wie ein zu kurz geratener Druide, der die Stufen nach unten klettert", zog der Mann ihn auf.

Silvan boxte Raven in die Seite. „Ich gebe dir gleich einen ,zu kurz geratenen Druiden!' Ich kann schneller sein, als du glaubst!"

Raven hob leise lachend die Hände und wich zurück. „Oh verzeih, leichtfüßiger Silvan!", spottete er und lief ihm dann voraus. „Komm schon, dein Mann wartet."

Silvan streckte Raven die Zunge raus, folgte ihm aber. Sie bogen ins Lager ein und Raven trat aus dem Weg, sodass Silvan den ganzen Raum sehen konnte.

„Unfassbar", murmelte er, es waren unglaublich viele einfache Pritschen darin und an einigen von ihnen standen oder saßen Männer, die ihn allesamt neugierig und teils argwöhnisch anblickten.

„Hier drüben", sagte Raven soeben und sofort ging Silvan ihm nach zu einer der Pritschen, auf der sich Liam befand. Er hatte eine dünne, dreckig wirkende Decke über sich, lag auf der Seite und hatte die Augen geschlossen. Sein Gesicht war viel zu blass und er wirkte verkrampft.

Silvan setzte sich auf den Rand der Pritsche und streichelte Liam sanft die Haarsträhnen aus dem Gesicht. „Liam, ich bin es, Silvan."

Der Aurox brummte leise und öffnete langsam die Augen.

„Silvan?", fragte er mit heiserer und verschlafener Stimme, ehe er blinzelte und sich abrupt aufsetzte. „Was machst du denn hier?", keuchte Liam erschrocken, zuckte aber fast sofort heftig zusammen und zischte vor Schmerz.

„Nicht doch, bleib liegen! Es ist alles in Ordnung. Bitte leg dich wieder hin und ich erkläre dir alles", bat Silvan und drückte Liam sanft auf die Pritsche zurück. Sein Mann legte sich tatsächlich wieder ab und verzog das Gesicht.

„Aua ...", murrte Liam leise und griff nach seiner Hand.

Silvan verflocht ihre Finger und lächelte. „Ich bin da, Liebster. Es tut mir so unendlich leid. Wie gern würde ich dir helfen, doch mehr als die Salbe, die du so sehr hasst, kann ich dir leider nicht anbieten."

Sofort zuckte Liam zusammen, als er die Salbe erwähnte.

„Bitte nicht", murmelte er leise. „Es tut schon genug weh, aber ich freue mich, dass du da bist."

Silvan beugte sich vorsichtig und ohne seinen Mann am Rücken zu berühren, über Liam und hauchte ihm einen Kuss auf die Haare. „Und ich bin so froh, dich zu sehen, ich habe mir solche Sorgen gemacht."

Liam brummte und lächelte, er rutschte etwas tiefer auf der Liege und klopfte ans Kopfende. „Setzt du dich her?", fragte er ihn.

„Natürlich, nichts lieber als das", raunte Silvan und setzte sich ans obere Ende, wo Liam den Kopf auf seinen Schoß legte.

„Ich habe dich vermisst", flüsterte er seinem Aurox zu und streichelte ihm sanft durch die Haare.

„Ich dich auch", murmelte Liam. „Ich wäre gern zu dir gekommen, aber leider schaffe ich es gerade nicht wirklich auf die Füße."

Silvan schüttelte den Kopf und lächelte dabei. „Mach dir keine Sorgen. Ich werde dich besuchen, wenn du es nicht kannst. Du wirst mich nicht mehr los", scherzte er und blickte Liam an.

Auch der Aurox lächelte und schloss dann die Augen.

„Das ist die schönste Drohung, die ich je bekommen habe", nuschelte er und gähnte dann. „Bitte entschuldige, ich bin noch immer so müde, diese verdammten Wunden brennen wie Feuer und zehren an meinen Kräften."

Silvan schloss ebenfalls die Augen und holte tief Luft. „Darf ich sie mir mal ansehen? Ich könnte sie mit etwas Wasser kühlen."

Liam schüttelte ganz leicht den Kopf. „Du kannst sie schon ansehen, wenn du willst, aber kühlen brauchst du nichts, das passt so, wirklich. Ace und die anderen haben sie gestern bereits versorgt, das genügt völlig."

Silvan brummte unglücklich, seinem Mann nicht helfen zu können gefiel ihm nicht.

Dennoch wollte er sehen, wie schlimm es wirklich war, also hob er vorsichtig die Decke und beugte sich etwas nach vorne, was bereits reichte, da die Wunden sehr gut sichtbar waren.

„Das ist übel ...", murmelte Silvan und seufzte dann erneut. Lange, teils kaum verkrustete Striemen zogen sich über Liams kompletten Rücken. Manche von ihnen waren geschwollen und stark gerötet, doch da sie keinen Tag alt waren, war das durchaus normal. Zumindest war kein frisches Blut mehr zu sehen, aber das mussten grauenhaften Schmerzen gewesen sein, oder besser gesagt noch immer sein.

Da konnte Silvan es glatt verstehen, dass Liam nicht zusätzlich die Salbe draufhaben wollte.

Liam

Er schmiegte sich an Silvans Oberschenkel und lächelte freudlos mit geschlossenen Augen. „Übel trifft es und es tut auch noch immer ziemlich weh", gab er zu, dann hob er die Lider und sah zu Raven. „Wie kann Silvan eigentlich hier sein? Wo ist Ace, was habt ihr gemacht?", fragte er leise, denn ihm war sehr wohl klar, dass nicht alle seine Brüder damit einverstanden sein würden, dass der Druide hier war.

Raven ging vor ihm in die Hocke und grinste. „Nun ja, du hast Silvans Namen gestern genannt und dann auch noch zu Isaak gesagt, dass er dein Mann ist. Da war der Kerl natürlich gar nicht neugierig und hat mich in die Mangel genommen."

Liam verzog das Gesicht, verfluchter Mist, das war seine Schuld!

„Aber ich habe erst mal nichts gesagt und mich nur vorsichtig bei Isaak herangetastet", erzählte Raven und lächelte. „Tatsächlich hat er kein Problem mit unserem Druiden und hat mir jetzt sogar geholfen, indem er die

Nervensägen aus dem Lager zum Training geholt hat, damit du Zeit mit Silvan hast."

Liam starrte Raven mit großen Augen an, dann grinste er. „Damit hätte ich in tausend Jahren nicht gerechnet." Eine Hand legte Liam auf Silvans Knie und lugte zu seinem Mann auf. „Aber ich freue mich sehr."

Silvan lächelte ihn zärtlich an. „Und ich mich erst, ich bin diesem Isaak wirklich dankbar."

Würde ihm nicht alles wehtun, würde Liam sich nun aufsetzen und seinen Druiden in den Arm nehmen, aber so musste er sich damit begnügen, auf dessen Schoß zu liegen.

„Achtung!", rief plötzlich einer seiner Brüder vom Lagereingang aus. „In Deckung!"

Sofort hob Liam den Kopf, sodass Silvan von der Pritsche springen konnte. Da sie nicht wirklich gute Versteckmöglichkeiten hatten, packte Raven den Druiden und steckte ihn kurzerhand unter Liams Pritsche, während Liam die Augen schloss und sich schlafend stellte.

„Wieso muss ich dich in letzter Zeit eigentlich immer suchen?", tönte eine männliche Stimme, die Liam sofort erkannte.

Unwillkürlich biss er die Zähne zusammen, was wollte der dreckige Hauptmann denn hier? Ach verflucht, als ob er das nicht wüsste.

„Verzeiht, Hauptmann Gerom", antwortete Raven mit unterwürfig gesenkter Stimme. „Ich wusste nicht, dass wir eine Verabredung hatten."

Unter der Decke ballte Liam die Fäuste.

Wie gern würde er diesem Blutelf jetzt an die Kehle gehen, doch er wusste, bis dorthin würde er es nicht mal schaffen.

„Hatten wir nicht, aber jetzt haben wir sie", knurrte Gerom. Liam kam nicht umhin, die Augen wenigstens einen Spaltbreit zu öffnen, um zu sehen, was vor sich ging.

Der große Blutelf trug die offizielle Uniform der Hauptmänner mit dem goldenen Wappen des Königs, was nichts anderes war als eine Nachbildung des Amulettes, welches den Fluch in sich trug. Die überlangen, dunkelbraunen Haare waren nach hinten gekämmt und Geroms rotbraune Augen fixierten Raven.

„Alle raus hier!", befahl der Hauptmann mit lauter Stimme und sofort schloss Liam die Augen wieder.

Verdammt, gar nicht gut!

Seine Brüder verzogen sich eilig aus dem Lager, das hörte er an den zahlreichen Schritten, doch er würde nicht gehen, auf gar keinen Fall. Nicht, wenn Silvan unter seiner Pritsche lag!

„Was hat dein kleiner Freund denn?", hörte er Gerom fragen und wusste, dass der Kerl ihn meinte.

„Liam wurde von der Königin bestraft, bitte Hauptmann Gerom, lasst ihn in Ruhe, er ist bewusstlos und wird uns nicht stören", flehte Raven und der Blutelf schnaubte. „Von mir aus."

Liam hatte Mühe ruhig liegen zu bleiben und als erneut Schritte erklangen, wagte er es wieder, die Augen etwas zu öffnen.

Er sah Gerom von hinten, der sich gerade über den auf seiner Pritsche sitzenden Raven beugte. „Zeig her", befahl er scharf und Raven zuckte zusammen. Selbst von hier aus konnte Liam sehen, dass sein Freund zitterte, dennoch hob er gehorsam den rechten Arm, den Gerom sofort ergriff.

„Sieh an, das ist ja schon viel besser geworden", murmelte der Blutelf. „Du heilst erstaunlich gut, mein braver Sklave."

Hart musste Liam sich auf die Zunge beißen, als er plötzlich ein Knurren unter der Pritsche hörte.

Schnell und unauffällig schlug er mit der Hand nach unten und traf Silvan. Sofort verstummte das Geräusch und den Göttern sei Dank hatte Gerom es nicht mitbekommen.

Dieser hatte ein Messer gezogen und ließ die Klinge gekonnt an Ravens Schnitt entlanggleiten.

Sein Freund zuckte erneut zusammen, hielt sich aber ruhig. Die dunklen, blauen Augen blickten zu ihm und Liam lächelte freudlos. Er würde ihm so gern helfen, doch er konnte es einfach nicht, denn selbst wenn er Gerom töten würde, wozu er gerade nicht in der Lage wäre, dann hätte er damit auch Raven ermordet, da dieser ohne den Blutbund sterben würde.

„Ah!", keuchte Raven und verzog vor Schmerz das Gesicht, als Gerom die Hand viel zu schnell in dessen Arm schob. Liam konnte erkennen, dass Raven sich mit der freien Hand verkrampft an der Pritsche festhielt und die Lider schloss.

„So ist es gut, lass es zu", brummte Gerom und das nächste Geräusch, das von Raven kam, war mehr ein Stöhnen, als ein Schaudern durch dessen Körper ging.

„Viel besser", keuchte Gerom und Liam musste die Augen schließen.

Das war so abartig, wie konnte dieses Scheusal seinen Freund nur so benutzen?

Seit zwanzig Jahren musste Raven das ertragen und Liam bewunderte ihn dafür. Er selbst hätte wohl schon längst aufgegeben, aber Raven klammerte sich ans Leben, er wollte nicht sterben und nahm dafür selbst diese Schändungen durch Gerom hin.

„Ah!", schrie Raven plötzlich auf und Liams Lider flogen hoch. Der Blutelf hatte die Hand zurückgezogen, augenscheinlich viel zu schnell, denn Raven presste seinen Arm regelrecht an sich und keuchte vor Schmerz. „Wir sehen uns in zwei Tagen im Quartier,

hast du mich verstanden? Zur Abenddämmerung!",
verlangte Gerom und Raven nickte, er zitterte am
ganzen Körper. „Wenn ich dich suchen muss, wird es
dir leidtun." Damit wandte Gerom sich ab und schritt
aus dem Lager.

Sofort kroch Silvan unter der Pritsche hervor und lief
zu Raven. „He, mein Freund", sprach er ihn hörbar
besorgt an.

Liam setzte sich langsam auf, wobei er die Zähne
zusammenbeißen musste, und beobachtete die beiden.

Raven lugte zu Silvan auf und lächelte zittrig. „Alles
in Ordnung", ächzte er heiser. „Es geht schon."

Doch der Druide schüttelte den Kopf. „Nein nichts
geht! Ich werde diesen Mistkerl umbringen", knurrte
Silvan wütend und nahm Raven in den Arm.

Liam seufzte leise und schüttelte den Kopf, auch ihm
tat es unwahrscheinlich weh, Raven so zu sehen, doch
ihm waren die Hände gebunden.

„Nein", widersprach sein bester Freund gerade. „Du
darfst ihn nicht töten."

Silvan drückte Raven enger an sich. „Werde ich nicht,
nicht bevor ich einen Weg gefunden habe, dich von
diesem Scheusal zu befreien. Das verspreche ich dir."

Nun hob Raven den Blick, seine Augen wirkten trüb,
als wäre er nicht ganz bei sich.

Das kannte Liam schon, so war es meist, wenn Gerom
den Bund erneuert hatte. Es zehrte an Ravens Kraft
und oft konnte der Mann danach tagelang keinen
klaren Gedanken mehr fassen.

„Leg dich hin", sagte Liam lauter und Ravens Blick
zuckte zu ihm. Kaum merklich nickte der Mann und
ließ sich auf die Pritsche gleiten, wo er die Beine an
den Körper zog und weiterhin seinen Arm an sich
gedrückt hielt. Silvan brummte und breitete die Decke
über Raven aus. „Es tut mir so leid", murmelte er und

streichelte Raven durch die Haare. Das schien dieser gar nicht mehr mitzubekommen, zwar zitterte Ravens Körper noch immer leicht, doch er regte sich nicht mehr wirklich und atmete völlig ruhig.

Liam seufzte. „Es ist jedes Mal das Gleiche und ich fürchte, es wird schlimmer."

Silvan sah auf Raven hinunter und ballte die Fäuste. „Ich werde einen Weg finden."

Liam lächelte, er wünschte seinem Mann alles Glück Jiltoryas dabei. Jetzt streckte er die Hand nach Silvan aus. „Komm zu mir, mein Herz", bat er.

Sofort ging der Druide zu ihm und ergriff seine Hand. „Verzeih, ich bin gerade wirklich wütend."

Liam nickte wissend. „Glaub mir, ich kenne dieses Gefühl nur zu gut. Das mit den beiden geht schon zwanzig Jahre so. Es ist schrecklich, das mitansehen zu müssen. Wie er Raven mit Absicht diese Schmerzen zufügt, er ist einfach ein ekelhafter Mistkerl."

Er zog etwas fester an Silvans Hand, sodass der Druide auf seinem Schoß landete und Liam die Arme um ihn legen konnte.

Silvan keuchte kurz auf. „Ah, Liam was machst du denn? Du bist verletzt!" Liam schnaubte, der Schmerz interessierte ihn gerade nicht. „Es ist nicht so schlimm", wiegelte er ab und sah dann auf, als er wieder Schritte hörte.

Doch dieses Mal kam Ace um die Ecke und blieb erstaunt stehen.

„Was zum ...?", murmelte der kleinere Aurox und sah auf Raven. Sofort ballte er die Fäuste und trat zu dem schlafenden Mann. „Verdammt, nicht schon wieder", fluchte Ace und richtete die Decke über Raven. „Wann ist er gegangen?"

Liam knurrte. „Vorhin erst, Gerom war, den Göttern sei Dank, nicht lange hier, doch es hat gereicht."

Ace schüttelte den Kopf und kam dann zu ihnen. „Es wird immer schlimmer und wenn Geroms Gier kein Ende mehr kennt, wird er Raven bald fest zu sich holen."

Liam schauderte allein bei dem Gedanken. „Das müssen wir verhindern!"

Ace seufzte und nickte. „Ja, ich weiß, wir werden alles tun, was uns möglich ist." Dann lächelte er Silvan an. „Sieh an, so konntest du doch noch zu deinem Mann, was?"

Silvan nickte und sah zu Liam auf. „Aber er hat Schmerzen und ich mache mir Sorgen, auch um Raven."

Liam verzog das Gesicht und drückte seinen Druiden an sich, während Ace ihm antwortete. „Ich auch, glaub mir, aber die Jungs sind zäh, sie werden es beide überstehen", versuchte er Silvan aufzumuntern. „Wir sind hier viel Schlimmeres gewohnt und auch Raven wird wieder auf die Füße kommen, vertrau mir."

Sein Druide schmiegte sich an ihn und lugte zu Raven. „Ich hoffe, du hast recht und wir werden eine Lösung finden."

Ace nickte bekräftigend. „Werden wir, ganz sicher, aber bevor die anderen kommen, solltest du wieder in den Turm zurück. Nicht, dass wir noch Probleme im Lager bekommen."

Da löste sich Silvan etwas von Liam. „Ich muss euch noch was Wichtiges erzählen. Eine Elfe mit langen weißen Haaren kam in den Turm und hat mich entdeckt. Sie weiß, wer ich bin und sogar, wo ich herkomme. Auch dass ich ein Druide bin ... Ich fürchte, sie hat mit Nahom zu tun. Denn als sie gegangen ist und ich nur einen Wimpernschlag später die Tür öffnete, stand Raven vor mir, und er hat sie weder gesehen noch gerochen."

Liam blickte seinen Mann mit großen Augen an und auch Ace war sehr still geworden. „Eine Elfe mit langen weißen Haaren, sagst du", wiederholte dieser soeben und Liam schluckte. „Ich kenne nur eine Elfe mit dieser Haarfarbe. Ammey."

Die Küchenhilfe war eine junge Elfe, sie hatte ihnen auch schon häufig geholfen und an ihr gab es rein gar nichts Besonderes.

Liam hatte zumindest noch nichts wahrgenommen, doch wenn Silvans Beschreibung stimmte, dann musste es Ammey sein.

„Wie kann sie einfach verschwinden und woher weiß sie, wer du bist?", murmelte Liam leise und Ace knurrte. „Ich werde mir sie mal genauer ansehen, doch gerade haben wir ein weiteres Problem. Jemand weiß, dass du im Schloss bist, und in den Turm kannst du jetzt auch nicht zurück", sagte er zu Silvan, der bekräftigend nickte. „Ich weiß es leider nicht, aber bevor sie ging, legte sie mir eine Hand auf die Brust und noch ehe ich reagieren konnte, wusste sie es plötzlich. Sie meinte auch, ich hätte große Kräfte in mir, was ich nicht ganz verstehe. Ich bin immerhin nur ein einfacher Druide, aber sie hat versprochen nichts zu sagen, wenn ich mir klar werde, was ich wirklich hier will."

Liam brummte dumpf und biss sich auf die Unterlippe. „Das gefällt mir nicht", murmelte er und Ace nickte. „Mir auch nicht. Vor allem, sollte Ammey wirklich mit Nahom zu tun haben, würde das bedeuten, sie ist eine Blutelfe, die, wenn Silvans Legende stimmt, von den Toten auferstanden ist und jetzt selbst Tote als ihre Marionetten ins Leben zurückholen kann. Dann ist sie extrem mächtig, mit solch einem Feind hatten wir es noch nie zu tun."

Liam schluckte hart, da war etwas dran, aber er konnte sich die kleine, unschuldige Ammey nicht wirklich als tödliche Feindin vorstellen. Doch alles deutete darauf hin.

„Wieso arbeitet sie dann im Schloss? In der Küche?", fragte er nachdenklich und Ace zuckte die Achseln. „Wir werden es schon herausfinden, auf jeden Fall kann Silvan nicht zurück in den Turm, das wäre viel zu riskant. Er muss wohl doch bei uns im Lager bleiben und wir müssen uns mit den anderen auseinandersetzen, die einen Aufstand machen werden."

Silvans Augen huschten zwischen ihnen hin und her. „Ob das gut geht?"

Liam lächelte unschlüssig, aber Ace nickte. „Das kriegen wir hin, die anderen hören in der Regel auf mich, und da Raven auch noch Isaak eingeweiht hat und dieser auch nichts gegen dich hat, müssten wir den Rest schon gebändigt bekommen. Es sind nur eine Handvoll, die tatsächlich etwas gegen Druiden haben, also stehen die Chancen gut. Wir haben auch nicht wirklich eine andere Wahl."

Silvan wirkte dennoch ein wenig unsicher, nickte jedoch. „Gut, aber meine Tasche ist noch oben."

Ace seufzte. „Ich werde sie holen und sie in die Kammer packen. Bei Kaleb ist sie sicher, da geht kaum jemand rein und wenn wir sie unter die Pritsche legen, fällt das niemandem auf. Aber das muss warten, denn der Rest wird bald zurückkommen und dann müssen wir erstmal reden."

Silvan nickte. „Ehrlich gesagt, habe ich davor ziemlich Angst."

Liam hätte ihm diese gern genommen, doch leider kannte er seine impulsiven Brüder ziemlich gut und wusste, dass es nicht einfach werden würde.

Noch ehe er seinem Druiden etwas Mut zusprechen konnte, kamen auch schon die Ersten vom Trainingsplatz zurück und liefen zuerst achtlos zu ihren

Pritschen. Erst als das Lager schon ziemlich gefüllt war und die letzte Gruppe zusammen mit Isaak zurückkam, ertönte ein Knurren.

„Was hat der denn hier verloren?", fauchte jemand und Liam sah über die Schulter zu ein paar seiner Brüder, die angewidert in seine Richtung starrten. „Da hast du wohl was falsch verstanden, Liam! Du solltest den Druiden töten und ihn nicht mit herbringen!"

Silvan holte tief Luft und löste sich von ihm. Der Druide stand auf und straffte seine Schultern.

„Klappe da hinten! Erst zuhören, dann meckern!", rief Isaak und knurrte warnend.

Ace hob die Hände und bedeutete Isaak, beim Eingang stehen zu bleiben, damit nicht jemand türmen konnte. Liam grinste, an Isaak kam so schnell keiner vorbei, das war hier im Lager allen bewusst.

„Silvan ist ein Druide, ja", sprach Ace nun in gewohnt ruhiger Stimme. „Aber er ist nicht hier, um uns zu schaden. Im Gegenteil, er ist uns wohlgesonnen und ich bezeichne ihn sogar als Freund."

Sofort wurden verächtliche Laute ausgestoßen und Liam kniff die Augen zusammen.

„Ruhe!", donnerte nun Ace selbst, was sofortiges Schweigen nach sich zog. „Ich weiß, ihr könnt mit einer fremden Rasse nichts anfangen, aber wir sollten nicht wie die Elfen sein und einfach alles und jeden ausgrenzen", sprach Ace weiter und diesmal blieben die Kommentare aus. „Wir sind besser als die, die uns an den Fluch gebunden haben, und wenn jemand zu uns kommt und um Hilfe bittet, wieso sollten wir diese verwehren?"

Liam schluckte, da noch immer niemand die Stimme erhob, sprach Ace weiter und er schöpfte langsam Hoffnung. „Wenn wir andere nicht besser behandeln, wie können wir dann erwarten, dass uns einmal jemand hilft, wenn wir es brauchen? Also reißt euch zusammen und akzeptiert Silvan zumindest in unserer Mitte. Er wird hierbleiben im Moment, bis wir eine bessere Lösung finden, aber gerade braucht er unseren Schutz. Kann ich auf euch alle zählen?"

Erneut herrschte Schweigen, dann nickten die Ersten und schließlich, wenn auch unter gemurmelten Protesten, stimmten auch die zu, die vorher groß geschimpft hatten.

Liam bemerkte, dass Silvan sich im Lager umblickte und dann schluckte. „Es ist wahr, was Ace sagt. Ich bin nicht hier, um euch zu schaden. Ich will etwas bewirken und dafür sorgen, dass es uns allen besser geht. Dabei würde ich euch sehr gerne als Mitstreiter, aber auch als Freunde dabei haben. Natürlich weiß ich, dass ihr mir nicht einfach so vertrauen könnt, aber ich bitte euch, mir wenigstens die Chance zu geben, zu beweisen, dass ich die Wahrheit spreche!"

Liam staunte, sieh an, sein Druide konnte also doch vor Leuten reden! Erneut lugte er über die Schulter und viele seiner Brüder lächelten Silvan offen an. Manch einer blieb augenscheinlich skeptisch, aber keiner kommentierte das Gesagte und so kehrte schnell Ruhe ein.

Liam zog Silvan wieder zu sich auf den Schoß und legte die Arme um ihn.

„Das lief besser als erwartet", murmelte er leise, während er aus dem Augenwinkel beobachtete, wie Ace zu Isaak ging, der noch immer am Eingang stand, und diesen dort wegholte.

Ace würden den Kerl jetzt aber nicht herbringen, oder? Er glaubte kaum, dass sein sensibler Druide mit Isaaks ruppiger Art umgehen würde können.

Silvan blinzelte und lächelte dann, ehe er sich an Liam schmiegte.

„Das finde ich auch, der erste Schritt ist gemacht", meinte der Druide hörbar erleichtert.

Liam streichelte über dessen Rücken und nickte. „Mal sehen, wo es uns hinbringt", meinte er und erkannte, dass Ace zu seiner eigenen Pritsche trat.

Isaak hingegen machte keine Anstalten zu seinem Liegeplatz zu gehen und Liam biss die Zähne zusammen. „Na prima", murmelte er leise und hielt Silvan bei sich, als der andere Aurox mit den graublauen Augen bei ihnen ankam.

„Hallo Liam und Silvan, es ist mir eine Freude, dich endlich mal kennenzulernen, nachdem Liam so viel von dir im Schlaf gemurmelt hat", grinste Isaak und Liam knurrte. „Ich habe gar nichts gemurmelt!", verteidigte er sich halbherzig und drückte Silvan an sich. „Aber danke, dass du uns geholfen hast."

Isaak grinste und zwinkerte ihm zu. „Na aber immer gerne doch. Und du bist also ein gefährlicher Druide? Du siehst eher aus wie ein harmloser Knirps."

„Das ist mein Spruch!", erklang es von der Liege nebenan, auf der sich Raven gerade langsam aufsetzte.

Liam lächelte erleichtert, wenn der Mann jetzt schon wieder bei sich war, dann würde er sich hoffentlich schnell von Geroms Übergriff erholen.

Silvan schnaubte. „Ich bin weder ein Knirps, noch bin ich ungefährlich. Ich könnte dir Pilze aus den Ohren wachsen lassen!"

Liam prustete sofort los. „Oh bitte mach das!"

Statt wütend zu werden, lachte Isaak und wuschelte Silvan durch die Haare. „Du bist schwer in Ordnung, ich mag dich."

Das erstaunte Liam, auch wenn Silvan sich versteifte. Er drückte seinen Druiden beruhigend an sich und sah Isaak nach. „Das war ein ziemliches Kompliment."

Silvan rümpfte die Nase. „Der Kerl ist gruselig",

verkündete er und Liam schüttelte den Kopf. „Ja er ist komisch, aber er ist ein guter Mann, wenn er nicht gerade den Mistkerl spielt."

Dann ging sein Blick zu Raven, der sich wieder auf seiner Liege zusammengerollt hatte und die Decke mit zittrigen Fingern über sich zog. „Du siehst nicht gut aus mein Freund", sprach Silvan diesen an und musterte ihn besorgt.

„Alles gut", murmelte Raven leise, aber Liam hörte sowohl den Schmerz in dessen Stimme als auch seine Zähne klappern. „Mir ist nur kalt."

Silvan sah zu Raven und dann zu Liam. „Ich liebe dich", raunte er und küsste ihn sanft. „Aber Raven braucht Wärme. Am besten ist da Körperwärme", erklärte er und auf einmal erklang Isaaks Stimme. „Bin schon da kleiner Bruder", raunte er und legte sich zu Raven unter die Decke, nachdem er sein Oberteil ausgezogen hatte.

Liam lächelte, als Raven sich sofort an den anderen Aurox kuschelte. „D-Danke ..."

Er selbst zog Silvan wieder zu sich. „Siehst du?", murmelte er leise. „Genau so überleben wir schon seit vielen Jahrhunderten. Zusammen, wir sind eine Familie."

Silvan lächelte. „Ja, eine wundervolle Familie. Ich hoffe nur für jeden Einzelnen, dass wir wirklich etwas erreichen, ihr habt es so verdient."

Liam zog seinen Druiden mit sich auf die Pritsche, sodass Silvan, mit dem Gesicht ihm zugewandt, neben ihm lag. Es war zwar ein wenig eng, aber er hatte überhaupt nichts dagegen, wenn sein Mann nah bei ihm lag. „Wir alle hätten es verdient", erwiderte er und küsste Silvan.

Kapitel 13

Silvan

Während des Tages kümmerte Silvan sich in erster Linie um Liam. Sein Mann schlief viel, die Wunden machten ihm zu schaffen, doch es hatten sich zumindest keine entzündet.

Silvan fühlte sich nicht so richtig wohl im Lager, aber er wurde auch nicht von den anderen Aurox angefeindet, wenngleich er die Blicke mancher bemerkte, die alles andere als glücklich wirkten.

Die Nacht war eisig, Silvan schlief bei Liam auf der Pritsche, die für sie beide ziemlich eng und vor allem hart war. Die dünne Decke spendete dabei kaum Wärme, sodass Silvan stark fror.

Er hatte sich bei Liam eingekuschelt und sein Aurox hatte versucht, ihn so gut es ging zu wärmen, dennoch war Silvan froh, als die Nacht dem Tage wich. Gerade war er dabei sich aufzusetzen, als einer von Liams Brüdern ins Lager gerannt kam.

„Hauptmann!", zischte er warnend und ehe Silvan sich versah, wurde er von der Pritsche gezogen und darunter geschoben.

„He, Vorsicht!", beschwerte er sich, während Nervosität in ihm hochstieg und sein Mund plötzlich trocken wurde.

Liams Pritsche stand so, dass Silvan von dort aus den Eingang erspähen konnte, wenn er sich flach auf den Boden drückte. Dort trat soeben ein Mann herein, bei dessen Anblick Silvan den Atem anhielt.

Diese Augen!

Als würde richtiges Feuer in ihnen leben. Der Elf musste in etwa so groß wie Liam sein und seine schwarzbraunen, etwas zu langen Haare standen ihm wirr vom Kopf ab. Soweit Silvan erkennen konnte, trug der Kerl eine schwarze Hose, an der ein Gürtel befestigt war. Daran hingen zwei Schwerter, die in geschmückten Scheiden steckten. Die Stiefel des Mannes wirkten blank poliert und neu. Das dunkle Hemd, welches er anhatte, lag ihm eng am Körper und betonte die schlanken Muskeln, die sich darunter verbergen mussten.

Die Arme hatte er vor der Brust verschränkt, während sein Blick durch den Raum huschte. Dass der Elf ein Hauptmann war, hätte Silvan nicht vermutet, denn er trug weder eine Rüstung, noch war ein Wappen an seiner Kleidung, doch die Aurox kannten die Männer des Königs, also musste das einer davon sein.

„Aufgepasst!", rief der Hauptmann mit barscher Stimme und sofort war Ruhe im Lager. „Mir ist zu Ohren gekommen, dass wir einen ungebetenen Gast im Schloss haben, von dem unser hochgeschätzter König nichts weiß."

Silvan rutschte das Herz in die Hose, war er entdeckt worden? Hatte diese Ammey ihn doch verraten?

„Es gibt genau zwei Möglichkeiten", sprach der Elf weiter. „Entweder ihr verratet mir, wo der Druide ist, oder die Goldkrieger und ich werden hier alles auf den Kopf stellen. Doch wählt ihr diese Option, werdet ihr es bitter bereuen!"

Silvan zuckte zusammen, wie könnte er von den Aurox erwarten, dass sie ihn jetzt noch schützten?

Dieser Kerl konnte Liam und seinen Brüdern sonst was antun!

Silvan schluckte, er sollte sich am besten stellen, doch dann wäre seine Mission vorbei, seine Leute würden weiterhin in den Zonen sterben ... Nein, das konnte er nicht!

Ace' Stimme riss ihn aus seinen Gedanken und seiner Panik. „Guten Tag Hauptmann Quinten", grüßte er den Elfen. „Wenn Ihr wahrlich einen berechtigten Grund habt, dies zu vermuten, dann möchte ich Euch bei der Suche meine Hilfe anbieten. Mir wäre es nicht bekannt, dass sich ein Druide im Schloss aufhält, doch auch mir können Dinge entgehen."

Das ließ den Hauptmann schnauben. „In der Tat und ja, ich habe einen berechtigten Grund. Der Druide soll sich hier in euerer Mitte verstecken, was so viel heißt wie, ihr helft ihm. Ich muss wohl kaum genauer ausführen, was dies für eine Strafe nach sich ziehen würde, oder?"

Silvan konnte hören, wie Liam über ihm die Luft einsog, doch Ace blieb entspannt. „Bei allem Respekt, Hauptmann, mir mögen manche Dinge entgehen, doch den Geruch eines Druiden würde ich im Lager immer wahrnehmen. Keiner von uns würde die von Euch angedeutete Strafe für einen Außenstehenden in Kauf nehmen, dies kann ich Euch versichern."

Daraufhin grinste dieser Quinten, jedoch alles andere als freundlich. „Ach ja? Es stellt sich mir nun aber die Frage, ob du ihn einfach nicht riechen willst. Wäre es nicht auch möglich, dass ihr diesen Kerl unter einer eurer Pritschen versteckt?"

Nun war von Ace ein Seufzen zu hören. „Wenn dies Euer Verdacht ist, kann dieser leicht aus der Welt geräumt werden. Bitte, seht Euch in Ruhe um, oder sollen wir die Pritschen hochheben?", bot er an und

Silvan wurde flau im Magen. Dann würde der Hauptmann ihn sehen, anders ging es gar nicht!

Kurz herrschte Stille, hatte Ace den Elf mit seinem Angebot überrascht, oder überdachte der Hauptmann einfach nur diese Option? „Ich werde mich umschauen, aber ihr braucht die Pritschen nicht anzuheben", erklärte er schließlich. „Jedoch will ich einem bestimmten Aurox einen Besuch abstatten. Wo ist Liam?"

Das konnte doch jetzt nicht wahr sein! Silvan musste ein Wimmern unterdrücken, das war gar nicht gut!

„Hier drüben Hauptmann", antwortete Liam über ihm. Silvan beobachtete, wie der Elf sich in ihre Richtung wandte und machte sich so klein wie möglich in seinem sehr unsicheren Versteck.

Doch bevor der gefährliche Mann bei ihnen ankommen konnte, stöhnte Raven auf einmal vor Schmerz und zog sich im Schlaf enger zusammen. Abrupt hielt der Hauptmann neben dessen Pritsche inne.

Plötzlich legte sich von hinten eine Hand auf Silvans Mund und er wurde zurückgezogen.

„Nicht einen Laut", zischte ihm jemand ins Ohr und erneut wurde er unter eine andere Pritsche geschoben, ehe der fremde Aurox sich auf dieser niederließ.

Von hier aus konnte Silvan den Hauptmann gut erkennen, wenn auch nur verschwommen durch die dünne, zerlumpte Decke, die von der Holzliege hing.

„Was ist denn mit ihm los?", fragte Quinten und besah sich Raven.

„So sieht er jedes Mal aus, wenn Euer perverser Onkel über ihn hergefallen ist!", knurrte Liam abfällig.

„Mein Onkel ist dein Hauptmann", fauchte Quinten. „Und er wird seine Gründe dafür haben ... Die ich jedoch nicht wirklich verstehe." Bei den letzten Worten ging sein Blick erneut zu Raven.

Silvan konnte erkennen, dass dieser genau in diesem Moment die Lider hob und zu dem Elf aufsah.

„Oh", kam es ihm über die Lippen und schnell versuchte er, sich aufzusetzen. „Bitte, verzeiht mein schlechtes Benehmen, Hauptmann", krächzte Raven heiser. „Es war nicht meine Absicht, Euch meine Aufmerksamkeit zu verwehren."

Quinten schüttelte den Kopf. „Vergiss es, wenn ich sie gewollt hätte, hätte ich dich schon geweckt. Hat mein Onkel dich wieder einmal gequält?"

Raven zögerte, dann ging sein Blick auf seinen rechten Arm, den er schnell an sich drückte. „Dies würde Euer Onkel doch niemals tun."

Quinten seufzte. „Gib den mal her", sprach er erstaunlich sanft, kniete sich vor Raven und hielt eine Hand in dessen Richtung.

Was hatte der Kerl vor?

Silvan ballte die Fäuste. Würde er den Aurox jetzt genauso quälen, wie sein Mistkerl von Onkel?

Raven starrte den Hauptmann mit großen Augen an und der Arme zitterte am ganzen Körper. Da Ravens Pritsche mehr schräg stand, konnte Silvan gut sehen, wie er schluckte und die Augen ängstlich aufriss. Alle im Lager schienen gerade die Luft anzuhalten und die Spannung war beinahe greifbar.

„Ich werde dir nicht wehtun", erklärte Quinten weiterhin ruhig, doch Silvan konnte sich ein leises Knurren nicht verkneifen. Von wegen, diese Blutelfen waren anscheinend doch alle gleich! Wie oft sollte sein Freund denn noch leiden?

Nach einem weiteren, spannungsgeladenen Augenblick streckte Raven zögerlich den Arm aus und reichte ihn dem Hauptmann. Der ganze Mann wirkte wie erstarrt und Silvan konnte ihm ansehen, dass er gerade einfach nur verschwinden wollte.

Quinten besah sich des Unterarms, ehe er die Augen schloss und seufzte. „Bei den Göttern, da hat er dich aber böse erwischt. Mein Onkel sollte vorsichtiger sein."

Silvan konnte nicht erkennen, was der Elf da tat, nur zu gern wäre er aufgestanden, um mehr zu sehen, doch das hätte ihn das Leben gekostet.

„In Ordnung Raven, hör zu. Ich werde dich heilen, aber dafür schuldest du mir etwas", sagte der Hauptmann und Silvan stockte.

Heilen, was sollte das denn bedeuten?

Er hätte noch nie davon gehört, das Blutelfen auch heilen konnten.

„Verstanden", antwortete Raven mit leiser Stimme und Silvan hörte den Aurox, der auf der Pritsche über ihm saß, die Luft einsaugen.

„Keine gute Idee", murmelte dieser leise.

„Dann halt still", brummte Quinten und schloss erneut die Augen, nur um sie einen Moment später wieder zu öffnen. „Das wäre geschafft."

„Habt vielen Dank, Hauptmann", bedankte Raven sich und neigte den Kopf.

Quinten winkte ab, kam auf die Beine und wandte sich Liam zu. „So und nun zu dir", sprach der Elf Silvans Mann an.

Liam war bereits aufgestanden, augenscheinlich hatte er beobachtet, was der Blutelf bei Raven getan hatte, und nun fixierte er diesen.

„Du hast also einen Druiden getötet, ist das richtig?", fragte Quinten und Liam nickte. „In der Tat."

Der Elf verschränkte die Arme vor der Brust. „Dann erkläre mir mal, warum hier im Schloss ein Druide gesehen wurde? Hast du etwa Freundschaft geschlossen und ihn hierher mitgebracht?"

Liam schnaubte geringschätzig. „Natürlich habe ich das, denn nachdem ich dem Kerl den Kopf abschlug, ist er einfach wieder aufgestanden. Seitdem geht er nicht mehr weg. Tja, selbst ohne Gehirn ist es eben gewissen Leuten möglich, noch zu laufen."

Quinten grinste, doch seine Feueraugen blieben eiskalt. „Ja, da gebe ich dir recht, du bist das beste Beispiel."

Liam stieß ein bellendes Lachen aus, während Silvan die Fäuste ballte.

Was tat sein Mann da? Wieso reizte er einen Hauptmann und das auch noch mit voller Absicht?

„Aber natürlich, wobei ich da eher an Euren Onkel dachte, der hat dieses Sprichwort erst ins Leben gerufen", gab Liam zurück.

Silvan hörte, wie hier und da jemand nach Luft schnappte, Liam lehnte sich extrem weit aus dem Fenster! „Doch wir alle wissen ja", sprach sein Aurox noch weiter, „dass der Apfel bekanntlich nicht weit vom Stamm fällt."

Quintens Grinsen blieb an Ort und Stelle. „Auch da gebe ich dir recht, immerhin sieht man bei dir, dass es leider wohl auch vererblich ist."

Liam schnaubte.

„Ihr meint von meinen Eltern? Nun, interessant, dass Ihr da mitsprechen könnt. Wo war noch gleich Eure Mutter?"

Silvan konnte erkennen, wie das Lächeln des Hauptmanns wackelte und etwas in dessen Augen blitzte. „Die musste das Unglück zum Glück nicht mitansehen."

Liam schnaubte. „Dass Ihr Euch gleich als Unglück bezeichnet ..."

„Liam!", fauchte Ace plötzlich und schob sich zwischen die Männer. „Es reicht!"

Silvan sah, wie sein Mann überrascht zurückwich, jedoch sofort den Blick senkte.

Quinten atmete tief durch und fuhr sich durch die Haare. „Ace hat recht, ich bin nicht hier, um Spielchen zu spielen, also zurück zum eigentlichen Thema. Ich will deine Pritsche genauer untersuchen."

Noch bevor Liam etwas dazu sagen konnte, scheuchte Ace ihn einfach weg und zog die Decke von der Pritsche, ehe er diese an einer Seite packte und anhob.

„Seht Ihr so alles, was ihr möchtet?", fragte er den Hauptmann ruhig und dieser nickte. „Du kannst sie wieder abstellen. Nun gut, ich will nicht jede einzelne Pritsche umdrehen, das ist mir schlichtweg zu mühselig. Ich denke, gerade du weißt, wie wichtig es ist, die Wahrheit zu sagen, richtig Ace? Ich werde dann wieder gehen, aber Raven, dich will ich sprechen, und zwar allein. Mitkommen!"

Ace nickte knapp. „Gewiss, das weiß ich und meine Leute hier ebenso."

Er stellte die Pritsche wieder ab, während Raven auf die Beine kam und devot den Blick senkte.

Als der Hauptmann an dem Aurox vorbeilief, ging Raven schweigend mit und sie verließen das Lager. Stille hatte sich über alle gesenkt und einer, dessen Pritsche recht nah am Eingang stand, huschte hinaus. Es blieb ruhig, bis dieser zurückkam und Entwarnung gab. „Sie sind nach oben, alles gut."

Darauf hatte Silvan gewartet und kam sofort unter der Pritsche hervor. Er wandte sich dem Mann zu, der ihn aus seiner misslichen Lage unter Liam befreit hatte und lächelte. „Hab vielen Dank!"

Dieser grinste nur und winkte ab. „Wir müssen doch zusammenhalten."

Silvan nickte und ging zu Liam, der sich gerade so einiges von Ace anhören musste. „Wie dumm bist du, Liam? Einen Hauptmann und dann auch noch diesen

Hauptmann so zu reizen? Du kannst froh sein, wenn er dich nicht persönlich in die Folterkammer holt!", schimpfte Ace und Silvan zuckte zusammen, während Liams Blick trotzig blieb. „Der Kerl ist ein genauso großer Widerling wie sein Onkel!"

Silvan kam hinter Liam zum Stehen und legte ihm die Hand auf die Schulter.

„Das war nicht klug", mischte er sich ein, ehe Ace reagieren konnte. „Ich kenne diesen Quinten zwar nicht, aber dieser Blick ... Er ist gefährlich."

Ace nickte zustimmend. „Das ist er auch und als Blutelf hat er sehr starke Kräfte, ebenso wie Gerom, doch Quinten ist besser trainiert, auch wenn er jünger ist, und anders als sein Onkel, lässt er sich nicht von Gefühlen leiten. Er denkt und das könnte uns zum Verhängnis werden."

Silvan verzog das Gesicht, genau das hatte er in dem Blutelf gesehen.

Als dieser von der Information eines Druiden gesprochen hatte, hatte Silvan in diesen verstörenden Feueraugen erkannt, dass es nicht nur ein Gerücht war. Quinten wusste von ihm, woher auch immer.

Sei es Ammey, die ihr Wort gebrochen hatte, oder einer der Aurox aus dem Lager, die ihm nicht wohlgesonnen waren.

Jemand hatte ihn definitiv an den Hauptmann verraten und sein Instinkt sagte ihm, dass dieser nicht locker lassen würde, bis er ihn gefunden hatte. Silvan steckte in Schwierigkeiten, und zwar in großen.

„Du hältst dich die nächste Zeit zurück", verlangte Ace gerade von Liam. „Wenn du Quinten siehst, machst du einen Bogen um ihn oder versteckst dich, hast du mich verstanden? Du hast ihn stark genug gereizt, wenn du nicht in die Folterkammer willst, dann meide ihn!"

Liam knurrte hörbar unwillig, dennoch nickte er. „Werde ich."

Silvan lächelte Ace wackelig an und dieser nickte ihm zu, ehe er ging. Die Luft ausstoßend ließ Silvan sich neben seinem Mann nieder und legte ihm die Hand auf den Oberschenkel.

„Was will der Mistkerl bloß von Raven?", knurrte Liam und Silvan schüttelte den Kopf. „Ich weiß es nicht, aber ich hoffe, dass er ihn nicht genauso misshandeln wird, wie Gerom."

Sein Aurox knirschte mit den Zähnen, dann blickte er ihn an. „Das glaube ich nicht. Aus irgendeinem Grund war Quinten gerade sogar sanft zu Raven und hat ihn wirklich geheilt. Jeder weiß, dass Blutelfen heilen können, doch gesehen habe ich es noch nie. Dass der Kerl das mitten im Lager und dann auch noch bei einem von uns macht, ist merkwürdig. Ich will wissen, was er sich davon verspricht!"

Silvan runzelte die Stirn, das ergab auch für ihn keinen Sinn. „Ich weiß es nicht, aber vielleicht kann Raven uns mehr sagen, wenn er zurückkommt", meinte er und Liam nickte. „Das hoffe ich auch."

Silvan lugte zum Eingang des Lagers, doch niemand kam herein. Er schüttelte den Kopf und schlug Liam fest auf den Oberschenkel, sodass der Schattenwandler zusammenfuhr.

„Aua!", beschwerte Liam sich und rieb sich die Stelle. „Für was war das bitte?"

Silvan schnaubte. „Dafür, dass du so mit deinem Leben und deiner Gesundheit spielst!", tadelte er. „Wenn du schon weißt, dass dieser Quinten ein Hauptmann ist und laut Ace auch noch sehr gefährlich, wieso benimmst du dich dann absichtlich so respektlos?"

Liam blinzelte, dann verzog er das Gesicht. „Ich hasse den Kerl", murrte er und Silvan schnaubte „Mag ja sein, aber du weißt, wer er ist und dass er dir schaden kann! Das ist gewiss keine Entschuldigung!"

Erneut fuhr Liam zusammen und wandte den Blick ab. „Nein ist es nicht", gab sein Mann zähneknirschend zu. „Ich wollte ihn von dir ablenken. Ich dachte, wenn ich ihn genug reize, dass er sich auf mich fixiert, lässt er von der Suche nach dir ab und die anderen haben die Chance, dich rauszubringen."

Silvan starrte seinen Aurox fassungslos an. „Und dafür riskierst du, von ihm gefoltert zu werden? Du bist noch immer verletzt!"

Plötzlich knurrte Liam und packte ihn am Arm. „Na und? Selbst wenn ich gefoltert werden würde, ich würde es überleben! Was denkst du, passiert, wenn Quinten dich in die Finger kriegt? Er tötet dich! Da nehme ich tausend Mal die schlimmste Folter auf mich, nur um dir das Leben zu retten!"

Silvan zuckte zusammen, erschrocken über den Ausbruch. Angst ... Er sah Angst in Liams Blick.

„Du hast dir Sorgen um mich gemacht", murmelte Silvan und der Aurox nickte. „Natürlich! Ich dachte, Quinten lässt hier alles räumen, dann wärst du ihm ausgeliefert gewesen."

Silvan verzog das Gesicht und nahm seinen Mann in den Arm, wobei er die Hände in dessen Nacken legte, um die Wunden auf seinen Rücken nicht zu berühren.

„Ach Liam", murmelte Silvan. „Das tut mir leid, ich hatte selbst Angst um dich. Verzeih, ich habe nicht nachgedacht."

Liams Arme legten sich um ihn und er wurde fest gegen den Aurox gedrückt.

„Vergiss es", brummte Liam. „Wichtig ist, dass der Mistkerl weg ist und es dir gut geht."

Silvan löste sich, als er merkte, dass er auch an Liams Fluchmal lehnte. „Sei vorsichtig", mahnte er, jedoch jetzt mit sanfterer Stimme und Liam schüttelte den Kopf. „Ist nicht der Rede wert, wirklich."

Silvan lächelte und lehnte den Kopf an Liams Schulter, wo er sich erlaubte, kurz die Augen zu schließen. Sein Herz hatte sich seit Quintens Eintreffen nicht mehr beruhigt und schlug viel zu schnell. Erst die Furcht, von dem gefährlichen Blutelfen entdeckt zu werden, und dann Liams offener Streit mit dem Mann. Silvan war beinahe schon schwindlig und er schluckte.

Alles war gutgegangen, versuchte er sich zu beruhigen und hörte plötzlich, wie jemand ins Lager kam. Sofort öffnete er die Augen und blickte zum Eingang.

„Raven", stellte er erleichtert fest.

Der große Mann wirkte unverletzt, wenn auch seine Miene nachdenklich war.

Er ging direkt zu seiner Pritsche und setzte sich, ohne sie auch nur anzusehen.

„He, mein Freund", sprach Liam ihn an und endlich hob der andere den Blick.

„Was?", fragte Raven verwirrt. „Oh, hallo, verzeih, ich war in Gedanken."

Silvan runzelte die Stirn. „Ja, das haben wir gemerkt. Ist alles in Ordnung? Was wollte der Hauptmann von dir?", fragte er neugierig und zeitgleich besorgt.

Raven zögerte und schien nicht zu wissen, wie er darauf antworten sollte.

„Er hat mir nichts getan", brummte der große Aurox schließlich ausweichend. „Im Gegenteil, er hat mich sogar geheilt. Das war ... merkwürdig."

Silvan schielte zu Liam, der die Augen zu schmalen Schlitzen zusammengekniffen hatte.

„Raven, wieso antwortest du nicht auf Silvans Fragen?", verlangte er zu wissen und Silvan ergriff Liams Hand, um sie beruhigend zu drücken. Sein Mann war noch immer ebenso aufgeregt, wie er selbst.

Ein Streit mit Raven würde jetzt nicht gerade helfen,
die Lage herunterzukühlen.

Liam

Bewusst versuchte Liam durchzuatmen, als Silvan seine
Hand drückte.

Er war noch immer aufgebracht, denn Quintens
Worte hatten ihn getroffen, auch wenn er es nicht
gezeigt hatte. Doch was ihn beinahe noch mehr störte,
war, dass Raven sich jetzt plötzlich so merkwürdig
benahm.

Was war zwischen dem Blutelfen und seinem besten
Freund vorgefallen? Statt zu antworten, schüttelte
Raven den Kopf.

„Er hat sich entschuldigt, für seinen Onkel."

Liam hob eine Augenbraue. „Bitte? Wieso sollte er
sich gerade bei dir entschuldigen?"

Raven lächelte schief. „Ich habe keine Ahnung, aber
er hat mir sogar angeboten, mich auch künftig zu
heilen, wenn Gerom es übertreibt."

Das kam Liam mehr als merkwürdig vor. „Und wo
ist der Haken?"

Raven zuckte die Achseln. „Das ist es ja", meinte er
leise. „Es gibt keinen."

Liam fühlte, dass Raven definitiv etwas verschwieg,
aber er wusste nicht, wieso. Doch es hatte keinen Sinn,
seinen Freund jetzt zu drängen, denn wenn Raven
etwas war, dann stur. Er würde nichts sagen, also zucke
Liam die Achseln und bereute es sofort, als sein Rücken
heftig zog.

„Ah verdammt!", zischte er und verzog das Gesicht.

Sogleich beugte sich Silvan zu ihm und musterte ihn besorgt. „Alles in Ordnung? Du musst vorsichtig sein."

Liam rümpfte die Nase und brummte. „Das war keine Absicht."

Diese blöden Striemen würden ihn noch ein paar Tage begleiten und das reizte Liam. Er seufzte und lächelte seinen Druiden an. „Ich werde mir mal kurz die Beine vertreten. Bleibst du bitte bei Raven?"

Silvan legt den Kopf schief. „Bist du sicher? Willst du dich nicht lieber ausruhen?"

Er winkte ab. „Ausruhen kann ich mich später, aber wenn ich mich gar nicht bewege, werde ich nur gereizter. Wir sehen uns nachher, in Ordnung?"

Silvan nickte und küsste ihn, ehe er zu Raven ging. „Pass auf dich auf."

Liam kam auf die Beine, streckte sich vorsichtig und verließ dann das Lager. Er lief durch einen der Tunnel aus dem Schloss und fand sich alsbald im Wald wieder. Kaum betrat er diesen, hatte er sofort wieder ein komisches Gefühl, aber dieses Mal lag kein Geruch in der Luft, der seine Instinkte schrillen ließ, also blieb Liam draußen.

Er lief eine Weile ziellos herum, entfernte sich aber bewusst nicht zu weit vom Tunneleingang, denn sicher war sicher.

Ravens Worte gingen ihm nicht aus dem Kopf. Konnte es wirklich sein, dass der Hauptmann seinem Freund half, und das ohne Gegenleistung?

Nein, auf keinen Fall, dessen war sich Liam sicher. Nun musste er nur noch herausfinden, wieso Raven ihm etwas verschwieg. Was hatte Quinten getan? Hatte er etwas gegen seinen Freund in der Hand?

„Liam?", sprach ihn plötzlich jemand an und er machte einen erschrockenen Satz in den Schatten. Er hatte rein gar nichts gehört, keine Schritte, nichts! Die

Frau, die in seine Richtung blickte und dabei lächelte, erkannte er sofort.

„Ammey? Was tust du hier draußen und wieso schleichst du dich an mich ran?", fragte er und trat aus dem Schatten.

Silvans Worte hallten in ihm wider und sofort musterte er die kleine Elfe, die in ihrer schlichten Dienstkleidung vor ihm stand. Eine mächtige Blutelfe? Nein, das sah er nicht in ihr, aber auch Liam wusste, dass der Schein trügen konnte.

„Verzeih, ich wollte dich nicht erschrecken", antwortete Ammey und legte den Kopf ein wenig schräg. „Sag, geht es deinem Freund gut?"

Liam erstarrte, bei den Göttern, hatte Silvan etwa doch recht? „Was genau meinst du?", fragte er vorsichtig nach.

„Na, Raven", antwortete Ammey sofort. „Ich sah ihn mit Hauptmann Quinten vorhin im Schloss. Da der Arme ja schon Probleme mit Hauptmann Gerom hat, mache ich mir Sorgen."

Ein riesiger Stein fiel Liam vom Herzen und er schüttelte den Kopf. „Alles in Ordnung, Raven geht es gut. Ich weiß nicht, was Quinten von ihm wollte, aber er ist wieder im Lager und das ist das Wichtigste."

Ammey nickte sofort und kam näher.

„Und dir? Ich hörte von Layla, dass du in der Folterkammer warst." Liam verzog das Gesicht. „Gibt es irgendetwas, das du neugieriges Frauenzimmer nicht mitbekommst?"

Das ließ die kleine Elfe lachen und sie schüttelte den Kopf. „Küchenhilfen regieren schon immer das Schloss, Liam, das weißt du doch."

Ein alter Witz, denn jeder, der in der Schlossküche arbeitete, bekam tatsächlich einfach alles mit. „Natürlich", brummte er. „Es war nicht so schlimm, es geht mir gut, aber danke der Nachfrage." Er wollte das Thema schnell abtun, als plötzlich sein Nacken warnend kribbelte und ein gewisser Duft in seine Nase stieg. Sofort sah er sich um und wich instinktiv zurück.

„Ammey wir müssen hier weg", drängte er die Elfe, die weiterhin entspannt lächelte.

„Nein müssen wir nicht", widersprach sie. Es raschelte hinter ihr und Liam trat einen weiteren Schritt zurück, als Nahom zwischen den Bäumen hervortrat.

Liam riss die Augen auf, genau wie Raven gesagt hatte, waren Nahoms Augen leuchtend rot und völlig leblos. Nichts war mehr von dem oft so zynischen Mann geblieben, er war nur noch eine Hülle.

„Wie findest du meine Kreation?", fragte Ammey, ohne Nahom auch nur eines Blickes zu würdigen. „Ich mag dich, Liam, deshalb möchte ich dir ein Angebot unterbreiten."

Silvan hatte recht gehabt, Ammey war tatsächlich eine Blutelfe und auch die Legende, von der sein Mann gesprochen hatte, musste in gewissen Teilen stimmen. Sie hatte Nahom wiedererweckt.

„Du kannst ein Teil der Veränderung sein", sprach Ammey ruhig weiter, wobei ihre Augen bei jedem Wort mehr und mehr an Farbe verloren, bis sie schließlich völlig weiß waren. „Es wird passieren, die Zeiten werden sich ändern und wer sich nicht mit ihnen ändert, wird sterben. Ich möchte nicht, dass du stirbst, Liam, ebenso wenig, wie ich deinen Druiden töten will. Schließt euch mir an und zusammen werden wir aus Jiltorya eine völlig neue Welt machen."

Wahnsinn ... Er konnte den blanken Wahnsinn in Ammeys Augen erkennen.

Liam wusste, Nahom war schnell, aber er war schneller. Er konnte dem Mann entkommen, doch das größere Problem war Ammey. Als Blutelfe hatte sie starke Kräfte und könnte ihn an einer Flucht hindern, dann würde Nahom ihn problemlos töten können. „Eine neue Welt?", fragte er also vorsichtig. „Was meinst du damit? Sollen in der etwa lauter Tote wie Nahom herumlaufen?"

Ammey sah nun zu dem ehemaligen Aurox und lächelte beinahe sanft. „Erweckte werden sie genannt und es sind außergewöhnliche Wesen. Treu ergeben, loyal und sie tun alles, was ich ihnen befehle. Wieso also sollte es eine schlechte Welt sein, wenn sie von Erweckten regiert wird? Es wäre perfekt."

Da Ammeys Aufmerksamkeit noch immer auf Nahom gerichtet war, nutzte Liam den Moment und nahm die Beine in die Hand. Er rannte, so schnell es ihm möglich war, sein Herz raste und er hörte bereits, dass Nahom ihm auf den Fersen war.

„Weglaufen ist keine Lösung!", rief Ammey ihm lachend nach. „Ich finde dich überall! Dich und deinen Druiden!"

Der Tunneleingang kam näher, da traf Liam etwas mitten auf dem Rücken, Schmerz schoss durch ihn hindurch und er stolperte nach vorne.

„Verdammt!", zischte er, knallte hart auf dem Boden auf und überschlug sich mehrfach. Direkt vor der versteckten Tür blieb er liegen und sah, wie Nahom mit ausgefahrener Blutklinge auf ihn zusprang. Er würde nicht rechtzeitig ausweichen können.

Da wurde die Tür geöffnet und Liam rollte halb in den Tunnel hinein. Die Blutklinge bohrte sich nur einen Fingerbreit neben seinem Bein in den Boden und Liam keuchte.

„Was zum ...?", hörte er Ace raunen. „Nahom?"

Der kleinere Mann sprang über ihn hinweg, als Nahom die Blutklinge aus dem Boden riss. Ace war der schnellste Aurox im Lager und auch im Kampf ungeschlagen. Nahom schien das aber nicht mehr zu wissen, denn ohne zu zögern, griff er den anderen an, während Liam weiter in den Tunnel robbte. Sein Rücken schmerzte, er fühlte, dass er erneut blutete, und sein Herz raste viel zu schnell.

Ace hatte Nahom zu Boden geschlagen und ihm den Arm gebrochen, dieser stand beinahe grotesk von seinem Körper ab, doch auch das schien den Mann nicht zu kümmern.

„Ace, weg hier!", rief Liam dem Aurox zu und dieser sprang sofort zu ihm zurück.

„Was ist nur aus ihm geworden?", hörte er Ace flüstern.

„Ammey", keuchte Liam atemlos. „Sie ist es, Silvan hatte recht!"

Das riss Ace aus seiner Starre, der Mann zog die Tür zu und legte einen Arm um ihn.

„Das wird wehtun", knurrte Ace, dann wurde Liam wie ein Sack Mehl hochgehoben. Erneut schoss Schmerz durch ihn und ein Schrei kam über seine Lippen, während Ace bereits rannte. Der Tunnel war schnell zu Ende und da Liam über Ace' Schulter hing, konnte er die ganze Zeit die Tür im Auge behalten, die in den Wald führte.

Doch diese blieb geschlossen, Nahom folgte ihnen nicht.

Schon erreichten sie das andere Ende und Ace trug ihn ins Lager. Kaum traten sie durch den Eingang, hörte er bereits, wie von manch einem nach Luft geschnappt wurde.

„Liam!", rief Silvan erschrocken und eilte auf sie zu. „Was ist passiert?"

Ace brachte ihn zu seiner Liege und Liams Welt drehte sich, als der Mann ihn daraufsetzte. Alles tat ihm weh, sein Rücken pochte und er bekam schlecht Luft.

„Ammey", krächzte Liam heiser. „Du hattest recht, Silvan. Sie ist es, sie ist die Blutelfe!"

Silvan knurrte und besah sich seinen Rücken. „Das ist nicht gut, weder Ammey noch deine Verletzungen."

Liam stützte sich mit den Ellbogen auf den Oberschenkeln ab und versuchte, zu Atem zu kommen. „Sie hatte Nahom dabei", brachte er hervor. „Und wollte, dass ich auf ihre Seite wechsle, einer ihrer Erweckten werde! Die Frau ist krank!"

Silvan verzog das Gesicht, während Ace vor ihm in die Hocke ging. „Erweckte? Was ist das?"

Liam leckte sich die trockenen Lippen und schmeckte dabei Blut, er hatte sich wohl beim Fallen gebissen. „So nennt sie die, die sie von den Toten zurückholt. Wie Nahom", erklärte er und schloss die Augen. „Verdammt tut mein Rücken weh!"

„Du musst dein Hemd ablegen, Liebster", murmelte Silvan hörbar besorgt. „Ich will mir das ansehen."

Liam verzog das Gesicht, half aber mit, die Weste, das Kettenhemd und schließlich sein Oberteil auszuziehen. Er musste mehrfach die Zähne zusammenbeißen und keuchte vor Schmerz, aber schließlich war es geschafft.

„Das sieht aus, als hätte er etwas nach dir geworfen", meinte Ace und Liam nickte. „Hat er auch, ich weiß allerdings nicht was. Wahrscheinlich ein Stein oder ein dicker Ast, keine Ahnung, auf jeden Fall habe ich dadurch das Gleichgewicht verloren."

Er spürte, wie Blut über seinen eh schon geschundenen Rücken floss und wie ihm erneut schwindlig wurde.

„Ich muss das reinigen", hörte er Silvan sagen und presste die Lippen aufeinander. „Versuch stillzuhalten, das wird wehtun", warnte der Druide und schon fühlte

Liam kaltes Wasser an seinem bloßen Fleisch. „Ah!",
schrie er auf und wollte reflexartig flüchten, doch Ace
war bereits vor ihm und hielt ihn fest.

„Ruhig atmen, Liam", hörte er den kleineren Mann
flüstern. „Halt dich fest, ich bin da."

Sofort krallte Liam sich an Ace fest und atmete
gepresst. Er zitterte am ganzen Körper, während Silvan
seine Wunden säuberte und schließlich mit einem Tuch
verband.

„Fertig", verkündete der Druide nach einer gefühlten
Ewigkeit und Liam atmete zitternd aus. Vorsichtig
wurde er auf die Pritsche gelegt und dabei auf die Seite
gedreht. Sein Sichtfeld war bereits bedenklich
geschrumpft und ihm war speiübel.

„Schlaf, Liebster", hörte er Silvan wispern und fühlte
plötzlich eine Hand durch seine Haare streichen. Sofort
schlossen sich Liams Lider und der Geruch seines
Mannes stieg ihm in die Nase. Allein dadurch konnte
er sich langsam entspannen und schlief trotz der
Schmerzen ein.

„Schwarze Rosen ... Rosen ... Schwarze Steinrosen."

*Liam öffnete irritiert die Augen, wer redete hier denn
bitte von Rosen?*

*„Was zum ...?", keuchte er erschrocken, als er sich
inmitten des großen Thronsaals des Goldkönigs
wiederfand. Langsam kam er auf die Beine, der Raum
war leer, weder die Königin noch der König waren zu
sehen und noch nicht mal Wachen standen an der Tür.*

*„Was ist hier los?", murmelte er verwirrt, als plötzlich
ein heftiger Schmerz durch sein Fluchmal schoss. Mit
einem Schrei fiel er auf die Knie und krümmte sich
zusammen.*

„Steinrosen ... Suche die Steinrosen!"

So abrupt wie der Schmerz begonnen hatte, verblasste er und Liam schnappte nach Luft. Steinrosen?

„Wer ist da?", krächzte er heiser, sein Herz raste und Angst machte sich in ihm breit. Diese Stimme, er hätte nicht sagen können, ob es ein Mann oder eine Frau war, der da zu ihm sprach, aber wer es auch war, hatte die Kontrolle über sein Fluchmal.

Liam schluckte und stand wieder auf, seine Beine fühlten sich zittrig an und sein Blick zuckte umher.

Niemand zu sehen, trotz seines Schreis?

Er schüttelte den Kopf. „Das ist doch nicht real", knurrte er und biss sich unschlüssig auf die Unterlippe.

Der Schmerz war sehr real gewesen, aber wie war er hierher gekommen?

„Steinrosen", murmelte Liam. Schon häufiger hatte er von diesen Rosen gehört, die angeblich den Fluch der Aurox in sich tragen sollten, aber niemand wusste, wo der König diese aufbewahrte.

„Oder ob sie überhaupt existieren", brummte er und ging vorsichtig und leise durch den Thronsaal.

Als er zwischen den Thronen der Herrscher Jiltoryas hindurchtrat, fing sein Fluchmal plötzlich an zu prickeln. Es schmerzte nicht, aber es fühlte sich merkwürdig an.

Liam starrte auf seine Brust, so hatte sich das Ding noch nie benommen. Er schüttelte den Kopf und lief weiter. Sofort verschwand das Prickeln und Liam hielt inne.

„Warum?", fragte er in den Raum und machte den Schritt zurück, erneut zwischen die mächtigen Throne.

„Es ist wieder da", stellte er verblüfft fest und auch sein Herz raste wie verrückt.

„Sind die Rosen echt? Sind sie hier?"

Unmöglich, Liam glaubte es nicht, aber wieso verhielt sich sein Fluchmal sonst so seltsam. Er ging in die Hocke und strich über die dicken Steinplatten. Ohne darüber nachzudenken, holte er plötzlich aus und schlug, so fest er konnte, mit der Faust gegen den massiven Stein.

Anders als erwartet durchzuckte ihn kein Schmerz, sondern der Boden unter ihm zersplitterte wie dünnes Glas. Liam fiel und schrie in Panik, doch der Fall endete schnell und plötzlich fand er sich in einem verstecken Raum unter dem Thronsaal wieder.

„Wie?", stammelte er verwirrt. Der Raum war nicht mal halb so groß wie der Saal an sich und rund herum mit hohen Schränken ausgestattet, deren Türen aus Glas waren. „Unglaublich!", stieß Liam hervor und trat näher heran. „Schwarze Steinrosen." Die Schränke waren voll damit!

Die Rosen waren kaum größer als eine Handfläche und waren fein und detailreich gearbeitet. Sie wirkten so fragil, als könnte ein simpler Windhauch sie zerstören. „Sie existieren also wirklich", wisperte er ehrfürchtig und streckte die Hand nach der Glastüre aus.

Doch bevor er sie erreichen konnte, zersplitterte der gesamte Raum und Liam stürzte in bodenlose Dunkelheit.

„Nein!", rief er und riss die Augen auf. „Liam, beruhige dich", hörte er Silvan und schon beugte sich sein Druide über ihn. „Alles in Ordnung, du hattest nur einen Albtraum."

Ein Traum?

Verwirrt und hektisch atmend sah Liam auf seine Hände, die sich zu Fäusten geballt hatten.

„Das war kein Traum", raunte er und räusperte sich, als seine Stimme kaum mehr als ein Krächzen war.

Kopfschüttelnd hob er den Blick, um Silvan ansehen zu können, der ihn besorgt musterte.

„Die Steinrosen, sie existieren", flüsterte Liam seinem Mann leise zu. Verwirrung zeigte sich in Silvans Gesicht und er setzte sich neben ihn auf die Kante der Pritsche. „Wie meinst du das und wie kommst du jetzt plötzlich auf die Rosen?"

Liam setzte sich langsam auf, wobei er die Luft anhielt, als erneut Schmerz durch ihn hindurchschoss.

„Ich habe geträumt", gab er zu, nachdem er zu Atem gekommen war. „Aber das war kein richtiger Traum, es war fast so, als würde mich jemand leiten und mir etwas zeigen wollen. Im Thronsaal, es gibt eine Tür zwischen den Thronen und diese führt zu den Rosen."

Silvan legte ihm eine Hand auf die Schulter, der Druide hatte die Augenbrauen zusammengezogen. „Ich will dir wirklich nicht zu nahe treten, Liam, aber hast du Fieber? Geht es dir gut?"

Liam blinzelte, Fieber?

„Nein! Ich habe es gesehen, wirklich!", versuchte er seinen Mann zu überzeugen, der ihn weiterhin eher unsicher taxierte. Liam griff dessen Hand und drückte sie. „Silvan bitte, glaube mir! Das war kein Traum, ich war dort, ich habe sie gesehen und dann diese Stimme."

Das ließ ihn wohl kaum glaubwürdiger erscheinen, zumindest verzog Silvan lediglich das Gesicht. „Liam, du musst dich ausruhen, du sprichst im Fieber. Deine Wunden müssen sich verschlimmert haben, aber ich kümmere mich darum, versprochen."

Frustriert ließ er Silvan los und schüttelte auch dessen Hand ab.

„Ich bin klar im Kopf und meine jedes Wort ernst, mein Herz! Ich bitte dich, so glaube mir doch! Das war kein einfacher Traum."

Sein Druide knabberte an der Unterlippe, dann nickte er. „In Ordnung, ich glaube dir, aber wenn es kein Traum war, was war es dann?"

Erleichtert lächelte Liam und atmete durch. „Ich weiß es nicht, es hat sich merkwürdig angefühlt und erst dachte ich selbst, es wäre ein Traum. Doch dann kam der Schmerz, mein Fluchmal hat mich zu Boden geschickt und ich hörte plötzlich eine Stimme. Sie sprach von Steinrosen, schwarzen Rosen, die ich unbedingt finden muss. Ich war im Thronsaal des Königs, aber er war leer und als ich durch ihn hindurchlief, prickelte das Mal auf einmal", berichtete er und Silvan hörte ihm tatsächlich zu.

Liam hoffte inständig, sein Mann würde ihn nicht für verrückt halten, aber mittlerweile war er sich sicher, dass es kein Traum gewesen war.

Er erzählte Silvan von dem Raum unter dem Thronsaal und den Schränken, in denen so viele Steinrosen standen.

„Dort liegt der Schlüssel zu unserer Freiheit", beendete er seine Erzählung. „Wenn wir die Rosen finden und zerstören, sind wir endlich frei."

Silvan schwieg, dann nickte er langsam. „Ich verstehe und das klingt wirklich nicht nach einem normalen Traum. Da gibt es leider nur ein Problem", meinte der Druide und Liam presste die Lippen aufeinander. „Wie wollen wir in den Thronsaal des Königs einbrechen und dort auch noch in einen versteckten Raum gelangen? Das scheint mir unmöglich."

Leider musste Liam seinem Mann recht geben, denn in diesen Saal kam niemand ungesehen.

Er wusste, wo der Schlüssel zur Freiheit lag, er war zum Greifen nahe und doch war Liam machtlos. Wütend ballte er die Fäuste, nein, irgendwie musste er es schaffen!

Kapitel 14

Silvan

Er war sich absolut nicht sicher, ob Liam nicht doch im Fieber sprach, aber sein Mann war so aufgebracht, da wollte er ihm jetzt nicht noch mehr widersprechen. Und tatsächlich beruhigte Liam sich, als Silvan einlenkte.

Sein Aurox konnte den gesamten Traum haarklein beschreiben, was zugegeben merkwürdig war, doch wieso sollte es der Wahrheit entsprechen? Eine Stimme, die ihn gerufen hatte, um die Steinrosen zu finden?

Silvan blieb skeptisch, allerdings hatte auch ihm niemand so recht glauben wollen, als er von der weißhaarigen Elfe gesprochen hatte, die bei ihm im Turm gewesen war.

Ob auch Liams Traum das Werk von Ammey war?

Gerade kam Liam auf die Beine und stieß dabei ein Zischen aus.

„He Vorsicht", warnte Silvan und sprang auf, um ihn zu stützen. „Wo willst du hin?"

Liam lächelte zittrig. „Ich muss mich bewegen, sonst werde ich morgen steif wie ein Brett sein, mein Herz."

Silvan verzog das Gesicht. „Bleibst du bitte im Lager? Ich will nicht, dass du allein rausgehst, beim letzten Mal hat Ammey dich erwischt", erinnerte er seinen

326

Aurox und Liam nickte. „Ich bleibe hier, keine Sorge, ich will nur ein bisschen gehen."

Silvan ließ sich wieder auf der Pritsche nieder und beobachtete, wie Liam langsam zwischen den Liegen der anderen hindurchlief.

Es waren nicht alle besetzt, denn es war mitten am Tag und die Aurox, die nicht auf Mission ausgesandt waren, nutzten die Zeit, um draußen zu trainieren oder sonst was zu machen.

Auch Silvan sehnte sich nach der Sonne, doch er musste hierbleiben, es war zu gefährlich.

„Habt ihr das gehört? Das wäre doch der Wahnsinn!"

Er sah auf, als ein paar von Liams Brüdern ins Lager kamen und sich aufgeregt unterhielten. Auch Liam hatte sich den Neuankömmlingen zugewandt.

„Von was sprecht ihr?", fragte er neugierig.

Einer der Aurox grinste von einem Ohr bis zum anderen.

„Der König und die Königin wollen anscheinend eine Reise unternehmen und dabei einige von uns mitnehmen. Stell dir vor, wir könnten durch Jiltorya reisen und alle, die hierbleiben, können längere Zeit die Nächte draußen verbringen, ohne Angst vor dem Ruf des Königs haben zu müssen!"

Silvan blinzelte, das klang beinahe zu schön, um wahr zu sein. Doch was sollte das Königspaar dazu bewegen, durch die Ländereien zu ziehen?

„Eine Reise?", fragte Liam skeptisch. „Wohin denn bitte?"

Die anderen zuckten die Achseln. „Einer der Goldkrieger, die wir belauscht haben, hat gesagt, dass der König wohl bei den Druiden nach dem Rechten sehen und seinen Silberfürsten einschärfen will, besser auf die Druiden zu achten, damit nicht nochmal jemand ausbricht."

Silvans Kehle schnürte sich zu und sein Herz blieb stehen.

„Oh nein", wisperte er und schluckte hart.

Würde seine Flucht aus der Zone jetzt etwa Konsequenzen für all seine Leute haben? War er wirklich der erste Druide, der nach all der Zeit geflohen war? Das konnte doch nicht sein! Oder war er schlicht der Erste, der sich hatte erwischen lassen?

Silvan schloss die Augen, was hatte er nur getan? Wenn sein Volk jetzt seinetwegen leiden musste ... Bei den Göttern, mit dieser Schuld könnte er unmöglich leben!

Eine Hand legte sich auf seine Schulter und Silvan fuhr zusammen. „Ruhig mein Herz, ich bin es", sagte Liam und setzte sich neben ihn.

Silvan lugte zu seinem Mann, dann sah er zu Boden. „Das ist schrecklich und es ist allein meine Schuld."

„Nein Silvan, so darfst du nicht denken", erwiderte Liam. „Es mag sein, dass du den Anstoß gegeben hast, aber du bist auch hierfür verantwortlich. Für uns."

Silvan schluckte und lächelte wackelig. „Ich weiß und das würde ich gegen nichts in der Welt eintauschen wollen, aber was ist, wenn meine Leute jetzt bestraft werden, und das nur wegen mir?"

Liam legte einen Arm um ihn und zog ihn zu sich.

„Das glaube ich nicht", meinte er nach einem Moment. „Auch wenn du der erste Druide sein solltest, der erfolgreich geflohen ist, wovon ich nicht ausgehe, wird der König erst mal nach dem Rechten sehen. Wenn sich deine Leute alle halbwegs benehmen, wird das wohl kaum Konsequenzen nach sich ziehen, denn denk daran, du giltst offiziell als tot."

Silvan stockte der Atem. „Und das wird er auch in den Zonen verkünden lassen", flüsterte er erschrocken. „Meine Eltern, sie werden denken, ich sei tot!" Bei den

Göttern, das war schrecklich! Silvan schloss die Augen. „So habe ich das alles nicht gewollt."

Liams Hand strich warm über seinen Rücken. „Ich weiß, mein Herz und es tut mir unglaublich leid, aber wenn wir es wirklich schaffen und die Steinrosen finden, dann können wir fliehen und zu deinen Eltern." Silvan schüttelte kaum merklich den Kopf, das klang alles so einfach, aber daran glaubte er nicht.

Diese Rosen, Liams Traum, was davon entsprach der Wahrheit?

„Wir müssen es versuchen", meinte er langsam und Liam nickte bekräftigend. „Das tun wir und wir werden es schaffen."

Dass sein Mann plötzlich so überzeugt klang, freute Silvan zwar, aber jetzt plagten ihn selbst Zweifel.

Dennoch lächelte er und lehnte sich an Liam.

„Goldkrieger!", rief einer der Aurox und sofort huschte Silvan unter die Pritsche. Mittlerweile war er es schon gewohnt und nun fiel auch wieder die dünne Decke über die Liege, damit er ja gut verborgen war.

„Wir bringen Kunde vom König!", dröhnte eine männliche Stimme durch das Lager. „Morgen bricht der Herrscher Jiltoryas zusammen mit seiner geliebten Gattin zu einer Reise durch die Silberreiche auf. Ein Teil von euch wird sie begleiten, hier ist die Liste derer, die dafür ausgewählt wurden."

Daraufhin herrschte Schweigen im Lager und erst als die Schritte der Goldkrieger verklangen, kam Bewegung in die Aurox.

Die Decke wurde gehoben und Liam winkte ihn aus seinem Versteck. Langsam kam Silvan auf die Beine und sah zum Eingang, wo eine große Gruppe Aurox sich beinahe schon um eine Liste stritt.

„Leute!", zischte Ace wütend und nahm den Zettel an sich. „Beruhigt euch und setzt euch auf die Pritschen.

Ich lese vor!" Murrend rückten die Männer ab und nahmen gehorsam Platz. Erst dann begann Ace eine Reihe an Namen vorzulesen.

Silvan zählte mit, es waren dreißig.

„Ihr versammelt euch morgen bei Sonnenaufgang vor dem Tor, aufbruchsbereit", befahl Ace. „Laut der Botschaft werdet ihr drei Wochen unterwegs sein."

Drei Wochen, dachte Silvan und schluckte.

Hoffentlich würde es seinem Volk nicht allzu schlecht ergehen, wenn der König in den Zonen eintraf.

Die genannten Aurox freuten sich über die kommende Reise und Silvan war heilfroh, dass weder Liam noch Raven oder Ace dabei waren. Isaak hingegen schon, der sich jedoch weniger freute.

Silvan blieb still, er setzte sich wieder auf die Pritsche und zog die Beine an den Körper.

Das gefiel ihm gar nicht, er machte sich Sorgen und würde gerade am liebsten nach Hause laufen.

Liam wich den restlichen Tag nicht von seiner Seite, konnte ihn aber kaum beruhigen, außerdem musste er sich ausruhen und schlief auch viel.

Silvan untersuchte später nochmals Liams Rücken, der noch immer schlimm aussah.

Der Heilungsfortschritt war durch den Kampf mit Nahom völlig zerstört worden und die Striemen wirkten entzündet.

Silvan reinigte sie erneut und verband sie, dann legte er sich zu Liam und nahm ihn in den Arm.

Er wollte seinem Mann Trost spenden, denn die Schmerzen mussten schrecklich sein, doch zugleich brauchte er dessen Nähe, denn Silvan machte sich noch immer Vorwürfe.

Das war alles seine Schuld, denn wäre er nicht gegangen, würde der König keinen Grund sehen, durch die Silberreiche und die Zonen zu ziehen.

Als Ruhe im Lager eingekehrt war und sich bereits alle zum Schlafen hingelegt hatten, wurde Silvan langsam frustriert. Er war hellwach und unruhig. Genervt setzte er sich leise auf und knirschte mit den Zähnen.

Es würde schon nicht gleich eine Gruppe Goldkrieger den Gang entlanglaufen, wenn er sich ein bisschen die Füße vertrat, oder?

Kurzerhand kam er auf die Beine und verließ das Lager.

Im Gang sah er sich um, doch niemand war zu sehen, es war still, nur der Schein der wenigen Fackeln, die im Flur brannten, spendete etwas Licht. Auf leisen Sohlen ging Silvan ein paar Schritte in Richtung der Tunnel. Silvan sah sich um und noch bevor er bei der großen Eisentür ankam, hörte er Liam schreien.

Abrupt wirbelte er herum und eilte zurück zum Lager. Im Eingang blieb er stehen und riss geschockt die Augen auf.

Ein Keuchen kam über seine Lippen und er blickte sich um. Alle, einfach alle Aurox lagen auf ihren Pritschen, Blut tropfte zu Boden. Sie waren alle tot. Silvan begann zu zittern, wie konnte das sein?

Wer war ... „Ah!"

Silvans Augen zuckten zur Seite. „Liam!", schrie er in heller Panik, als er seinen Mann sah, der von jemanden an der Kehle gepackt worden war.

Liams Silberaugen gingen zu ihm, dann stöhnte der Aurox geplagt und Blut floss schwallartig aus seinem Mund. Das Leuchten in Liams Augen erlosch, sie wurden dumpf und tot.

Die Gestalt ließ den Aurox zu Boden fallen und drehte sich langsam zu Silvan herum.

„Ammey", krächzte er und taumelte zurück.

Tränen liefen über seine Wangen und er ging zu Boden. „Nein ..."

Die Frau schob die Kapuze zurück, die ihre langen Haare verborgen hatte, und lächelte ihn an. Von ihren vollen Lippen tropfte Blut und sie schritt achtlos über die teilweise am Boden liegenden Toten hinweg.

„Das ist deine Schuld, Druide", säuselte sie und blieb vor ihm stehen. „Siehst du, was passiert, wenn du gegen mich arbeitest? Sie werden alle sterben und du wirst als Einziger übrigbleiben."

Silvan starrte die Blutelfe mit großen Augen an, sein Atem kam abgehackt und er zitterte am ganzen Körper.

„Bitte", wisperte er mit tränenerstickter Stimme. „Was willst du von mir?"

Ammey streckte die Hand nach ihm aus und legte sie an seine Wange. „Dass du tust, wozu du hergekommen bist. Versagst du, sterben sie."

Was? Silvan verstand kein Wort, was wollte diese kranke Elfe von ihm?

Er sprang auf die Beine und wollte nach Ammey greifen, die gerade zurückwich. Doch da löste sich alles um ihn herum auf und Silvan schreckte hoch.

„Vorsicht!", hörte er Liam rufen, doch da landete er bereits neben der Pritsche auf dem Boden.

„Aua!", keuchte Silvan und verzog das Gesicht.

Sein Herz raste wie verrückt und er rieb sich die Brust. „Was ist los? Hast du schlecht geträumt?", fragte Liam besorgt und Silvan lächelte zittrig. „Kann man so sagen, aber es war nur ein Traum, also ist alles gut."

Er wollte das Thema abtun, denn gerade wusste er selbst nicht, wie er damit umgehen sollte. War es das, was Liam passiert war, als er vom Thronsaal des Königs und den Steinrosen geträumt hatte? War es Ammey, die sich in ihren Köpfen zu schaffen machte? Ein schrecklicher Gedanke!

Er krabbelte zurück auf die Liege, wo Liam ihn sofort in die Arme schloss. „Versuch, noch etwas zu schlafen, es ist mitten in der Nacht", murmelte der Aurox, der anscheinend selbst schon wieder fast eingeschlafen war. Silvan nickte zwar, doch er lag den Rest der Nacht hellwach auf der Pritsche.

Geraume Zeit später standen die ersten Aurox auf und verließen das Lager, denn der Aufbruch des Königs nahte.

Silvan blickte ihnen lediglich halbherzig nach und rührte sich nicht vom Fleck, bis er beobachtete, wie Raven von seiner Pritsche aufstand, sich verstohlen umsah und aus dem Lager huschte.

Wo wollte der Mann hin?

Leise kam Silvan auf die Füße und folgte ihm, immer darauf bedacht, dass Raven ihn nicht hörte. Der Aurox lief in der Richtung der Treppe und gerade, als Silvan überlegte, den Mann anzusprechen, bog plötzlich Hauptmann Quinten in den Gang ein. Verdammt, nicht der schon wieder!

Hektisch sah er sich nach einer Versteckmöglichkeit um und huschte durch die einzige Tür, die von diesem Teil des Ganges abging.

Es war eine einfache Abstellkammer mit einem verstaubten Regal und mehreren Putzwerkzeugen. Silvan hielt den Atem an und lauschte, die Schritte kamen näher!

„Da rein", befahl der Hauptmann und Silvan huschte blitzschnell hinter das Regal. Er machte sich klein und betete zu den Göttern, dass der Blutelf ihn nicht entdecken würde.

Um seinen hektischen Atem zu verstecken, drückte er sich die Hand auf den Mund und beschwor sich, leise zu sein.

„Verzeiht Hauptmann, ich musste den Aufbruch abwarten", entschuldigte Raven sich gerade. „Sonst wäre ich aufgefallen."

Silvan war verwirrt, warum musste Raven den Aufbruch der anderen Aurox abwarten und warum machte er ein Geheimnis daraus, dass er sich mit dem Hauptmann traf?

„Also, mein Hübscher, wie lautet deine Entscheidung?", fragte der Hauptmann, ohne auf Ravens Worte einzugehen.

Silvan riss die Augen auf, mein Hübscher?

Was sollte denn das auf einmal?

„Ich kann Euch in gewissem Maße mit Informationen versorgen", meinte Raven nach einem Moment. „Jedoch kann ich nichts tun, was meine Brüder gefährdet, das wäre ehrlos und das bin ich auch als Aurox nicht."

Silvan schluckte, würde Raven ihn verraten?

Er hatte eigentlich nicht das Gefühl gehabt, dass Raven ein Verräter wäre und gemeinsame Sache mit einem Blutelf machen würde! Nicht nach allem, was er durchmachen musste!

„Deine Brüder interessieren mich nicht. Solange sie mir nicht schaden, werde ich ihnen kein Leid zufügen. Ich will lediglich wissen, wo der Druide ist. Du weißt, dass ich dich gut belohnen kann, und wenn du willst", erwiderte der Blutelf, „ist noch mehr für dich drin."

Am liebsten würde Silvan Raven am Kragen packen und ordentlich durchschütteln.

Was machte der Kerl da? Ließ er sich wirklich auf den nächsten Mistkerl ein?

Tatsächlich herrschte kurz Schweigen, ehe Raven antwortete. Seine Stimme klang etwas heiser und Silvan ballte die Fäuste. „Habt Dank für Euer Angebot, Hauptmann", murmelte der Aurox. „Doch alles, was ich über den Druiden weiß, weiß ich von Liam. Dass er ihn außerhalb des Schlosses in der Nähe der Grenze zum Dritten Silberreich getötet hat. Hauptmann, ihr dürft mir glauben, dass gerade ich nie im Leben einen

Druiden schützen würde. Diese Monster haben meine Eltern auf dem Gewissen!"

Ravens Stimme war zum Ende hin lauter geworden und auch wenn sie zitterte, hörte man den Nachdruck dahinter. Silvan schloss die Augen, ja das wusste er und er wusste auch genau, wer es gewesen war. Irgendwann musste er es Raven sagen.

Doch er hoffte, dass ihre Freundschaft das aushielt.

„Es tut mir leid, was mit deinen Eltern geschehen ist. Du weißt also mit am besten, wie gefährlich Druiden sein können. Wir dürfen auf keinen Fall auch nur einen von ihnen ins Schloss lassen. Das ist nicht nur für den König oder mich gefährlich", fing Hauptmann Quinten an. „Ich will doch nicht, dass meinem Lieblingsaurox was passiert", raunte er.

Silvan war schockiert!

Bitte, was wollte dieser Kerl von Raven? Waren denn alle Blutelfen gleich?

„Eure Sorge rührt mich, Hauptmann", gab Raven in deutlich gefestigterem Tonfall zurück. „Doch sollte mir je ein Druide gegenüberstehen, werde ich den Kampf nicht scheuen."

Das ließ Quinten leise lachen. „Um dich mache ich mir da wenig Sorgen, du bist ein herausragender Kämpfer. Im Gegensatz zu deinem kleinen Freund Liam, der scheint nur ein zu großes Mundwerk zu besitzen."

Silvan hörte, wie Raven tief seufzte. „Mein bester Freund hat, ähnlich wie ich, sehr viel durchmachen müssen, Hauptmann, seht ihm seine Worte bitte nach. Gewiss ist es nicht in Ordnung, respektlos mit Euch zu sprechen, doch Liam meint es oftmals nicht so. Er ist es lediglich gewohnt, sich zu verteidigen, wenn auch nur mit Worten, denn alles andere zieht für uns Konsequenzen nach sich."

Quinten knurrte dumpf. „Liam hat es absolut so gemeint, wie er es sagte, aber das werde ich ihm schon austreiben. Ich werde ihn im Auge behalten, sehr genau, das kannst du ihm auch sagen. Allerdings gibt es etwas, was mich vielleicht milde stimmen könnte."

Leises Rascheln war vor dem Regal zu hören.

„Was wäre das, mein Hauptmann?", fragte Raven mit unterwürfig gesenkter Stimme.

Silvan ahnte nichts Gutes.

Bitte nicht ... und bitte nicht hier und jetzt!

„Ich denke, das könnte uns beiden gefallen", raunte Quinten und Silvan hielt es einfach nicht länger aus.

Er schielte nur ganz leicht um das Regal und beobachtete, wie Quinten eine Hand auf Ravens Wange legte und ihm dabei in die Augen sah. Der Mund des Aurox ging ein kleines Stück auf und seine rechte Hand zuckte, ehe er sie langsam hob und Quinten in den Nacken legte.

Nur einen Wimpernschlag später hatte Raven den Kopf gesenkt und küsste den Blutelfen.

Wäre es möglich, würden Silvan die Augäpfel rausgefallen.

Was bei den Göttern machte der Mann denn da?

Das war doch jetzt nicht sein Ernst!

Silvan erkannte, dass Quinten den Mann erstaunlich sanft berührte. Er legte seine Hände auf dessen Schultern und schien nur ganz leicht zu drücken, wodurch Raven auf die Knie ging.

Nein!

Das würde Silvan sich ganz gewiss nicht ansehen!

Schnell versteckte er sich wieder und schloss die Augen. Dieses Bild würde er wohl so schnell nicht mehr vergessen.

Nur ein Moment später hörte er, wie der Hauptmann leise stöhnte, was Silvan nur den Kopf schütteln ließ.

Warum machte Raven das? Warum war der Aurox so unvernünftig?

Silvan hörte, wie Raven dem Blutelf einen blies und anscheinend auch selbst daran Gefallen fand. Bei den Geräuschen, die Raven von sich gab, wollte Silvan sich die Ohren zuhalten.

„Raven", keuchte Quinten. „Das ist verdammt gut!"

Silvan machte sich ganz klein hinter dem Regal und drückte seine Hände fast schon schmerzhaft auf die Ohren. Nein, das wollte er nicht hören!

Liam

Liam streckte sich auf seiner Pritsche, was er bereute, als sein Rücken schmerzhaft stach. Er verzog das Gesicht und setzte sich auf.

„Silvan?", murmelte er leise, konnte den Druiden aber nirgendwo entdecken. Wo war sein Mann denn hingegangen? Hoffentlich war ihm nichts passiert!

Sofort stieg Sorge in Liam hoch und er stand auf. Sein Blick ging zum Eingang des Lagers, gerade als jemand dieses betrat.

Leider war es nicht der erhoffte Mann und Liam ließ sich sofort wieder auf sein Lager sinken.

Hauptmann Gerom, was wollte der Mistkerl denn bitte jetzt schon wieder hier?

„Raven!", brüllte der Blutelf und sah sich im Lager um. Liam verzog das Gesicht, auch er blickte sich um, aber den Göttern sei Dank war sein bester Freund nicht hier. Da fiel Geroms Blick auf ihn. „Du! Wo ist er?"

Unwillkürlich zuckte Liam zurück, Gerom war wütend, richtig wütend! Wer hatte den Hauptmann denn so gegen sich aufgebracht? „Verzeiht, Hauptmann", antwortete Liam ruhig. „Ich weiß es nicht, ich habe bis gerade eben geschlafen."

Gerom hob eine Augenbraue. „Was du getan hast interessiert mich nicht! Ihr hängt doch immer zusammen ihr Maden! Also lüg mich nicht an und sag mir, wo er ist!", knurrte der Hauptmann und kam mit einem zornigen Blick auf ihn zu.

Liam hob sofort die Hände. „Ich habe geschlafen, ich weiß nicht, wo er ist", versuchte er zu erklären und merkte, dass sein Herz bereits schneller schlug. Bei Quinten hatte Liam eine große Klappe haben können, denn diesen Kerl konnte er bis zu einem gewissen Grad einschätzen, doch Gerom war gefährlich. Er kannte keine Ehre, keine Moral und scheute nicht davor zurück, einfach zu töten.

Geroms Miene verzog sich. „Kammer, sofort."

In die Kammer? Liam verstand nicht, was der Mann sich davon versprach, aber egal, was Gerom wollte, es würde mit Schmerz für ihn verbunden sein.

Langsam kam er auf die Beine und ging aus dem Lager, dabei spürte er die Blicke seiner Brüder auf sich, die ihm nicht helfen konnten.

Gehorsam ging er in den Raum, wo Kaleb noch immer regungslos auf der Pritsche lag.

Gerom schloss die Tür hinter sich und hob eine Hand. „Auf den Boden mit dir, du dreckiger Aurox!"

Brutaler Schmerz schoss durch Liams Körper, sein Blut schien zu kochen und er schrie gepeinigt auf. Sofort gaben seine Beine nach und er landete auf den Knien. Blutmagie war schrecklich, sie konnte einen von innen heraus töten und genau das schien Gerom im Sinn zu haben.

Liam hatte dem mächtigen Blutelf nichts entgegenzusetzen. „Du widerst mich an, weißt du das? Am liebsten würde ich dich einfach töten, damit du mir nicht mehr im Weg bist. Aber das wäre langweilig, nicht wahr?", fragte Gerom und trat gegen seine Brust. Liam keuchte und japste nach Luft, er konnte nicht mal antworten und landete schließlich auf dem staubigen Steinboden.

Sein Körper gehorchte ihm nicht mehr und er zitterte. Bei den Göttern, was wollte dieses Scheusal von ihm?

„Ich habe eine Idee. Da du mir nicht verrätst, wo dein Freund ist, werde ich dich stattdessen nehmen und dir zeigen, was ich mit Maden mache, die nicht gehorchen!"

Gerom ließ seine Hand ganz sinken und damit verschwanden auch die Schmerzen, sodass Liam wieder Luft bekam. Er atmete keuchend ein und starrte zu dem Blutelf auf.

Nein, Gerom wollte doch nicht ...

„Hauptmann", kam es heiser über seine Lippen. „Ich weiß wirklich nicht ...."

Erneut schoss Blutmagie durch ihn hindurch und Liam konnte nicht weitersprechen. Er keuchte und presste die Lippen aufeinander.

Der Hauptmann lachte nur hart. „Was du weißt, oder nicht, ist mir einerlei und jetzt Klappe! Sieh lieber zu, dass du dich an die Wand stellst, und zieh deine Hose aus!" Jetzt zitterte Liam wirklich.

Nein, nicht das, alles nur nicht das!

Er schluckte hart und kam langsam auf die Beine. Sein Blick ging zur Tür, doch er wusste, er würde diesem Kerl nicht entkommen. Wie versteinert stand er da und rührte sich nicht. Gerom knurrte wütend und stieß ihn zur Wand. „Wenn du nicht gehorchst, überlebt dein Freund das nächste Mal bei mir nicht!"

Liam strauchelte und die Worte ließen kalte Schauer über ihn laufen. Würde Gerom Raven wirklich töten?

Liam würde das Risiko nicht eingehen, lieber ließ er diesen Mist über sich ergehen. Dennoch zitterte er, während er seine Hose öffnete und auf die Knöchel rutschen ließ.

„Umdrehen und bücken!", befahl Gerom und plötzlich schoss erneut heißer Schmerz durch Liam. Er stöhnte gequält und drehte sich gehorsam um. Keuchend neigte er sich nach vorne und stützte sich an der Wand ab.

„So ist es brav", lachte Gerom und schlug hart auf Liams Hintern. Liam schrie auf und biss dann die Zähne zusammen, dieser dreckige Bastard! Auch noch mit einem Gürtel, das würde er zurückbekommen!

Erneut traf Liam ein ebenso brutaler Schlag, ehe er fühlte, wie Gerom seine Backen auseinanderzog. Liam keuchte, schon spürte er den Druck von Geroms Erregung, die dieser, ohne zu zögern, hart und ganz in ihm versenkte.

Liam schrie auf, der Schmerz war brutal, seine Beine zitterten und er krallte die Finger in die massive Steinwand. Noch nie hatte Liam es jemandem erlaubt, ihn zu nehmen, bei den Göttern und diese Qualen musste Raven schon zwanzig Jahre durchmachen?

Gerom war ein Monster und diese Schändung würde der Mistkerl bezahlen! Sollte Liam das überleben, würde er alles daran setzen, um Gerom zu töten!

Im nächsten Moment löschte Schmerz all seine Gedanken aus, als der Blutelf die Hand auf seinen Rücken klatschen ließ, während er hart und schnell in ihn stieß.

Liam schrie, seine Beine drohten, nachzugeben und im nächsten Moment wurde er fest im Nacken gepackt. „So ist es brav, halt schön still!", keuchte der Widerling und Liam biss die Zähne zusammen. Er wollte dem Kerl nicht die Genugtuung geben zu schreien, aber es tat so verflucht weh. Krampfhaft schluckte er, um ein Wimmern zu unterdrücken, als Gerom in ihm zum Höhepunkt kam. Was für ein ekelhaftes Gefühl.

Der Blutelf zog sich aus ihm zurück und noch ehe Liam sich bewegen konnte, traf ihn erneut der Gürtel. Er zuckte heftig zusammen und als der nächste Schlag auf seinem Rücken landete, ging er zu Boden.

„Merk dir das!", keifte Gerom, der sich die Hose wieder geschlossen hatte. „Hier ist dein Platz und wenn du nicht willst, dass dein Freund und du die Rollen tauscht, dann kommst du mir nie wieder in die Quere!"

Wimmernd und zitternd rollte Liam sich neben der Pritsche zusammen, während Gerom sich abwandte und die Kammer verließ.

Achtlos fiel die Tür ins Schloss und Liam konnte die Tränen nicht mehr zurückhalten. Sie liefen über seine Wangen und er bemühte sich, keinen Laut von sich zu geben.

Dieser Mistkerl, dieser dreckige, ekelhafte Widerling! Das würde er büßen! Mit Schmerzen konnte Liam umgehen, doch die Demütigung, von einem Blutelf wie Gerom genommen zu werden ... Die gab ihm den Rest!

Nur langsam schaffte Liam es, wieder auf die Füße zu kommen. Er fühlte, wie Geroms Erguss aus ihm lief und verzog das Gesicht. Schnell riss er ein Stück Stoff von seinem Oberteil ab und machte sich notdürftig sauber, wobei es ihn nicht wunderte, als er plötzlich Blut roch. „Du Stück Dreck", knurrte er und warf den Stoff in die Ecke.

Er zog die Hose wieder hoch und fuhr zusammen, selbst sein Hintern brannte wie Feuer und Liam war sich sicher, dass er dort ebenfalls blutete.

Der Gürtel hatte gewiss Spuren hinterlassen, aber das war nicht der Rede wert. Solche Behandlungen und auch Folter war er gewohnt. Er schloss seine Hose und atmete mehrfach tief durch, damit sich sein Herzschlag wieder beruhigte.

Die Fassung wahren, niemanden sehen lassen, wie schlecht es ihm gerade ging. Selbst bei seinen Brüdern achtete Liam immer darauf, keine Schwäche zu zeigen. Zu oft hatte er schon mit ansehen müssen, wie die Schwachen zu Grunde gingen, und dazu wollte er nicht gehören. Außerdem hatte er so wenigstens Raven vor einem Übergriff von Gerom bewahrt, auch das hatte sein Gutes.

Wie um sich selbst zuzustimmen, nickte Liam und straffte die Schultern. Ihm tat wirklich alles weh, doch als er die Kammer verließ, tat er sein Möglichstes, um entspannt zu wirken.

Sein Blick ging den Gang entlang und abrupt blieb er stehen.

Der nächste Blutelf und er kam aus der Abstellkammer? Was bei den Göttern hatte Hauptmann Quinten dort gewollt?

Liam klappte vor Unglaube der Mund auf, als Raven nur einen Moment nach dem Elf den Raum verließ.

„Nein", murmelte Liam fassungslos und lief auf seinen Freund zu, während er sah, wie Quinten um die Ecke verschwand.

„Was hast du da drin getrieben?", keifte er Raven an, zitternd vor Wut und Verständnislosigkeit.

Raven wich überrascht zurück und zog den Kopf ein. „Liam, ähm, das hast du gesehen?", fragte er überflüssigerweise und Liam knurrte. Wut stieg in ihm hoch und schnürte ihm beinahe die Kehle zu.

„Sag mir, dass du nicht gemeinsame Sache mit dem Kerl machst!", forderte er und packte Raven am Kragen. „Und wage es nicht, mich anzulügen!"

Er sah, dass Raven zu einer Antwort ansetzte, doch dann bebten die Nasenflügel des Mannes. „Nein …", raute Raven, aber Liam knurrte dumpf. „Darum geht es jetzt nicht! Ich will eine Antwort, sofort!"

Ravens Hand legte sich um seinen Unterarm. „Es tut mir so leid, Liam, hätte ich gewusst, dass er kommt, wäre ich im Lager geblieben", versuchte Raven sich zu erklären.

„Davon will ich jetzt nichts hören!", schrie Liam beinahe. „Was hast du mit diesem Mistkerl von Hauptmann getan?"

Wieder fuhr Raven zusammen und senkte den Blick. „Er wollte Informationen über den Druiden, den du getötet hast. Quinten glaubt dir nicht."

Liam schnaubte und stieß Raven hart zurück. „Jetzt nennst du das Scheusal also schon beim Namen? Du stinkst nach dem Kerl, Raven! Hast du uns verraten? Hast du mich verraten?"

Raven riss die Augen auf und schüttelte schnell den Kopf. „Nein, Liam! Niemals! Du bist mein Bruder, ich würde dich nie verraten!"

Liam sah nur noch rot, er bebte vor Zorn, da ging die Tür der Kammer erneut auf und er erstarrte.

„Silvan?", fragte er ungläubig und auch Raven riss erschrocken die Augen auf. „Warst du da die ganze Zeit drin?", fragte der andere leise.

Silvan schauderte. „Leider ja."

Liam schüttelte den Kopf, während Raven den Blick zu Boden senkte. „Hast du gehört, was sie besprochen haben?", wollte er von seinem Druiden wissen.

Silvan trat zu ihnen und stellte sich zwischen sie, wobei er sich Liam zuwandte. „Ja, das habe ich und er hat uns und ganz besonders dich nicht verraten. Er hat dich in Schutz genommen, auf eine ganz, sagen wir spezielle Art."

Liam biss die Zähne zusammen, dann lugte er Raven an. „Was hast du getan?", fragte er nun deutlich leiser und gefasster, auch wenn er nicht verhindern konnte, das ihm noch immer die Beine zitterten.

Das schien auch seinem Mann aufzufallen, aber über dieses Thema wollte Liam gerade absolut nicht sprechen. „Ich wollte, dass Quinten von dir und auch von Silvan ablässt. Der Hauptmann kennt meine Vergangenheit und weiß um den Tod meiner Eltern", erklärte Raven und fuhr sich durch die Haare. „Also habe ich ihm einen Gefallen getan. Du kannst dir denken, was es war, und das hat mich auch nicht sonderlich gestört. Daraufhin meinte er, er lasse dich in Ruhe, zumindest im Moment."

Liam stieß den Atem aus, da auch Silvan Raven Worte nicht als falsch hinstellte, musste es so gewesen sein.

Er vertraute seinem besten Freund ja eigentlich, doch was Blutelfen betraf, konnte Raven oftmals nicht klar denken.

Silvan jedoch schon und der Druide hätte gewiss keinen Grund, ihn anzulügen.

„Aber jetzt zu dir, Liam", meinte Raven und sofort schüttelte Liam den Kopf.

„Da gibt es nichts zu reden", wehrte er barsch ab. „Es geht mir gut, lass es einfach."

Silvan war sichtlich verwirrt. „Was meint ihr, was ist denn los?"

Silvans grüne Augen taxierten ihn genau. „Dir geht es gar nicht gut!", stellte der Druide fest. „Was ist los?"

Liam verzog das Gesicht und wandte sich ab, doch noch bevor er antworten konnte, kam Raven ihm zuvor. „Gerom muss im Lager gewesen sein", sagte er und Liam knurrte warnend, was seinem Freund egal war. „Er hat Liam vergewaltigt."

Silvan starrte den größeren Aurox mehrere Momente schweigend an, dann weiteren sich seine

344

Augen. „Stimmt das Liam? Hat dieser dreckige Bastard dich angefasst?"

Liam biss die Zähne zusammen, er schämte sich so sehr dafür und jetzt wusste es auch noch der Mann, den er liebte.

Na, herzlichen Dank auch Raven!

„Ja", brachte er leise hervor und sofort war Silvan bei ihm. „Mein Liam, das tut mir so leid. Du hast sicher Schmerzen, denn so, wie ich dieses Scheusal einschätze, war er nicht zimperlich. Ich werde mich um dich kümmern", versprach der Druide und streichelte ihm sanft mit einer Hand über seine Wange.

Liam hatte beinahe schon mit Ekel gerechnet und auch mit vielen anderem, aber nicht damit.

Blinzelnd blickte er zu Silvan und musste schlucken, dann nahm er seinen Mann in die Arme und vergrub das Gesicht an dessen Halsbeuge. „Es war so widerlich."

Eine von Silvans Händen legte sich in seinen Nacken, die andere sanft auf seinen unteren Rücken. „Das wird dieser Mistkerl büßen! Ich verspreche dir, das wird er nie wieder tun. Er wird sterben!", knurrte Silvan wütend und Liam war erstaunt, so hatte er seinen Druiden noch nie erlebt, aber gerade tat es gut.

„Ach werde ich das, Druide?", tönte plötzlich Gerom und Liam zuckte zusammen.

Verdammt!

Er löste sich von Silvan und starrte den Gang entlang. Auch Raven war herumgewirbelt und ballte die Fäuste.

„Verschwinde", raunte Liam Silvan zu. „Du musst weg, schnell!"

Doch statt zu gehorchen, drehte dieser sich um und stellte sich neben ihn.

Silvan ballte die Fäuste und knurrte. „Und wie du das wirst, du dreckiges Stück Abfall!"

Höhnisch grinsend schritt Gerom auf sie zu und Liam war kurz davor, seinen Druiden einfach über die Schulter zu werfen und zu rennen.

Doch plötzlich knisterte es in der Luft, sodass sich Liam sogar die Haare aufstellten. Selbst Gerom schien das zu spüren, denn der Blutelf blieb stehen. „Was tust du da, kleiner Druide?"

„Mein Versprechen einhalten!", fauchte Silvan.

Im nächsten Moment knallte es laut und ein greller Blitz erhellte den gesamten Gang. Über dem Schloss donnerte es gewaltig und Liam wurde von einer heftigen Druckwelle zurückgeworfen.

Er landete schmerzhaft auf dem Hintern und keuchte laut. Er drehte sich auf die Seite und blinzelte, das helle Licht hatte seinen Augen geschadet und es dauerte einen Moment, ehe er wieder etwas sehen konnte. Auch Raven hatte es zu Boden befördert.

Dieser stützte sich gerade auf seinen Unterarm hoch. „Was hast du getan?", flüsterte er leise, während Liam auf die Füße kam und langsam zu Silvan ging. Er legte seinem Mann eine Hand auf die Schulter und starrte auf Gerom, der reglos auf dem Gang lag. Sein Körper rauchte sogar noch leicht.

„Was ist hier los?", ertönte Ace' Stimme und da kam der kleinere Aurox bereits bei ihnen an. „Bei den Göttern, was habt ihr getan?", keuchte er erschrocken, als auch schon Schritte die Treppe nach unten liefen.

„Weg hier!", zischte Ace, warf sich Geroms Leiche über die Schulter und packte Silvan. „Du kommst mit mir!"

Schon zerrte er den Druiden mit sich und Liam konnte nichts anderes tun, als ungläubig hinterher zu sehen. Silvan hatte Gerom getötet, der Blutelf war tot.

Raven packte ihn am Arm und riss ihn hinter sich ins Lager zurück. Liam stolperte mehr, als er lief, er war fassungslos und als Raven ihn zu seiner Liege stieß, wäre er um ein Haar darüber gefallen. Gerade noch so konnte er sich fangen und landete auf dem Bauch. „Autsch", zischte er, als sein Fluchmal belastet wurde und drehte sich schnell auf die Seite.

Unfassbar, sein Druide hatte einen mächtigen Blutelfen, einen Hauptmann, getötet. Er hätte nicht gedacht, dass das in Silvan steckte!

Nur wenige Momente später platzte Hauptmann Quinten ins Lager.

„Hergehört!", rief er. „Ihr erklärt mir sofort, was hier los ist! Was ist das dort auf dem Gang?"

Liam biss die Zähne zusammen, jetzt steckten sie gewaltig in Schwierigkeiten! Er merkte, wie sich seine Brüder im Raum Blicke zuwarfen, es war niemand außer ihm und Raven auf dem Flur gewesen und Ace war dabei, Silvan wegzubringen.

Was bei den Göttern sollte er dem Blutelf, dessen Onkel gerade von einem Blitz getötet worden war, erzählen?

Da ging Quintens Blick zu ihm.

„Du!", zischte er und kam auf ihn zu. „Egal, was los ist, du bist doch immer mit dabei, also sag mir, was das war?", knurrte der Hauptmann und Liam sah zu dem Blutelf auf, ihm musste ganz schnell eine Erklärung einfallen, doch das war leichter gesagt als getan.

„Wir waren hier, als es knallte", sprach auf einmal Raven von der Pritsche nebenan. „Ich bin raus gelaufen, um zu sehen, was passiert war und ob es Verletzte gibt. Doch mehr als den plötzlich dunklen Steinboden habe ich nicht finden können."

Der Elf starrte zu Raven und schwieg einen Moment lang, dabei sah er dem Aurox in die Augen.

„Ist das so?", fragte der Hauptmann und wandte sich dann ganz Raven zu. „Wenn du mich anlügst, wird unsere Abmachung platzen", drohte er ihm und drehte sich zum Gehen um.

Liam lugte zu seinem besten Freund, der gefasst wirkte und lediglich nickte. „Verstanden Hauptmann", antwortete er und senkte den Blick.

Abmachung? Er wartete, bis Quinten das Lager verlassen hatte und hören konnte, wie die Goldkrieger Anweisungen von dem Blutelf bekamen, im Gang alles abzusuchen.

„Was für eine Abmachung?", wollte er leise von Raven wissen, der nur den Kopf schüttelte. „Das spielt keine Rolle", stellte sein Freund klar. „Denn jetzt, wo er fort ist, werde ich sterben."

Liam versteinerte. Bei den Göttern, Raven würde wahrlich sterben, da er durch Geroms Tod hatte den Mann verloren, mit dem er den Blutbund geteilt hatte. Er blickte den anderen Aurox an. „Nein!"

Kapitel 18

Silvan

Sein Herz raste und er zitterte, als er hinter Ace herstolperte. Bei allen Göttern dieser Welt, was hatte er getan? Silvan hatte noch nie richtig gekämpft, geschweige denn getötet!

„Beeil dich!", hörte er Ace zischen, auch wenn er den Mann nicht sehen konnte, der ihn am Handgelenk gepackt hatte.

Silvan bekam nur undeutlich mit, wie Ace ihn bei der Treppe hochhob und schnell nach oben trug.

Schon lief er wieder hinter dem Aurox her, der ihn weiter festhielt.

Der Weg kam ihm bekannt vor und sofort wusste Silvan, er würde erneut in den Turm müssen. Doch selbst das war ihm gerade egal, er folgte Ace bis zu dem schmalen Treppenaufgang und diesen hinauf.

Der Mann riss die Tür auf und zog ihn mit hinein, nur einen Moment später fiel die Tür wieder zu. In dem Silvan mittlerweile vertrauten, staubigen Lagerraum, legte Ace den Toten ab und schob ihn unter den Tisch. Silvan stand mitten im Zimmer und starrte unablässig auf die Leiche.

„Ich habe ihn getötet", stammelte er und Ace drehte sich zu ihm um. „Ja, das hast du und deshalb stecken wir jetzt in gewaltigen Schwierigkeiten", teilte der Aurox ihm mit. „Du hast den ganzen Gang schwarz gefärbt und uns verschwiegen, das du Träger des fünften Elements bist."

Fünftes Element?

Das riss Silvan aus seinem Starren. „Was sagst du da?", fragte er Ace. „Ich bin doch kein Träger."

Das fünfte Element war eine sehr seltene Gabe unter den Druiden. Silvan kannte in seiner ganzen Zone niemanden, der dieses Elements mächtig war.

„Und was hast du mit Gerom gemacht?", verlangte Ace zu wissen. „Ich weiß, wie sich Donner und Blitz anhört, Silvan und du hast es genutzt. Vielleicht zum ersten Mal, aber du trägst das fünfte Element in dir."

Nun musste Silvan schlucken und er stützte sich an der Wand ab.

„Ich hatte keine Ahnung", versicherte er dem Aurox. „Ich habe nicht nachgedacht. Gerom hat Liam misshandelt und vergewaltigt, da habe ich rot gesehen!"

Ace zuckte zusammen. „Verdammt, das hat er nicht getan", knurrte der Mann und schüttelte dann den Kopf. „Ich kann deine Wut absolut nachvollziehen, sei dir dessen sicher, aber durch Geroms Tod hast du uns alle in eine sehr schwierige Lage gebracht, Silvan."

Das Gesicht verziehend starrte Silvan aus dem Fenster. „Das war nicht meine Absicht, gewiss nicht!"

Ace schüttelte den Kopf. „Wie dem auch sei, da der Blutelf tot ist, wird Raven bald sterben."

Das riss Silvan den Boden unter den Füßen weg. „Was? Nein!", keuchte er erschrocken, als er erkannte, das Ace recht hatte. „Nein ... Was habe ich getan?"

Er ging auf die Knie und blickte auf seine Hände. Sein Sichtfeld verschwamm, als Tränen über seine Wangen liefen.

„Das wollte ich nicht!"

Ace trat zu ihm und legte ihm eine Hand auf die Schulter. „Ich weiß, aber jetzt ist es so und ich sehe keine Möglichkeit, Raven zu retten. Wir werden versuchen, es ihm so angenehm wie möglich zu machen."

Er hörte den Schmerz in Ace' Stimme und schlug die Hände vor das Gesicht.

Wie hatte er so dumm sein können? Er weinte und fühlte, wie der Aurox ihn in den Arm nahm.

„Es ... Es muss einen Weg geben!", stammelte Silvan. „Irgendeinen."

Ace seufzte und ließ ihn los. „Ich wüsste keinen, leider und jetzt muss ich zurück. Das wird ganz schön für Aufsehen gesorgt haben, ich werde versuchen, die Lage irgendwie in den Griff zu bekommen."

Silvan nickte lediglich und Ace verließ den Turm.

Immer wieder zuckte sein Blick zu Geroms Leiche und es schauderte ihn.

Er lief zum Tisch, griff über den Blutelf hinweg und zog seine Tasche, die dort noch immer gelegen hatte, hervor. Dann schnappte er das Tuch und warf es wieder über den Tisch. „Es tut mir so leid", murmelte er, während er an Raven dachte.

Silvan war schuld daran, dass der Mann sterben würde, und er konnte ihm nicht helfen.

„Gräme dich nicht, es ist nicht schade um ihn", erklang plötzlich eine weibliche Stimme und Silvan fuhr erschrocken herum.

„Ammey!", keuchte er, als er die weißhaarige Blutelfe am Fenster stehen sah.

„Wie kommst du hier rein?" Silvan hatte die Tür aus dem Augenwinkel gesehen und diese war nicht aufgegangen.

Die kleine Frau blickte zum Tisch, ein kühles Lächeln auf den Lippen. „Die Frage, die du dir stellen solltest, Druide, ist, wieso ich überhaupt hier bin."

Verwirrt wich Silvan einen Schritt zurück und stieß gegen den Tisch.

„Was willst du von mir?", verlangte er zu wissen und schielte zeitgleich zur Tür.

Ob eine Flucht möglich wäre? Aber wohin?

„Du hast heute bewiesen, dass ich recht hatte", antwortete Ammey und stieß sich vom Fenster ab.

Sofort versteifte Silvan sich, diese kranke Elfe durfte ihm auf keinen Fall zu nahe kommen.

„Was heißt das?", fragte er und machte unauffällig einen Schritt in Richtung der Tür.

„Du hast große Macht in dir", sprach Ammey weiter. „Das fünfte Element ist sehr selten und jemanden mit dieser Kraft hätte ich nur zu gern auf meiner Seite."

Er schluckte, seine Kehle war staubtrocken. „Was ist denn deine Seite?", wollte er wissen, allein schon, um die Frau beschäftigt zu halten.

Er musste hier weg, schnell!

„Meine Seite ist die, die überleben wird", antwortete Ammey und lachte.

Was völlig falsch klang. Ihre glockenklare Stimme wirkte tot und irgendwie verzerrt. Was auch immer diese Frau einst für eine Blutelfe gewesen war, jetzt war nicht mehr viel von ihr übrig.

Das, was vor ihm stand, war der blanke Wahnsinn.

Erneut tat er einen Schritt in Richtung des einzigen Ausgangs, doch Ammey machte gar keine Anstalten auf ihn zuzukommen, nein, sie wollte zum Tisch.

Silvan stand nun vor der Tür, er könnte jederzeit verschwinden, doch irgendwie hatte er ein ganz schlechtes Gefühl.

„Krieg wird über Jiltorya kommen", prophezeite Ammey und strich mit den Fingerspitzen über die staubige, weiße Tischdecke. „Wer nicht für mich ist, wird sterben, dessen solltest du dir bewusst sein,

352

Druide. Ich habe dir gezeigt, was passiert, wenn du gegen mich arbeitest, oder hat dir diese Demonstration meiner Macht nicht gereicht?"

Silvan biss die Zähne zusammen.

„Doch, das hat sie, es war sehr eindrucksvoll", gab er zu und ihn überlief es kalt.

Ammey lachte leise und griff die Decke, die sie mit einem Ruck vom Tisch zog. „Das war nur ein Funke dessen, zu was ich alles fähig bin." Die Blutelfe ging vor dem Tisch in die Hocke und packte den toten Gerom an der Schulter. „Sieh an, nun ist der mächtige Hauptmann tot", murmelte Ammey und Silvans Herz setzte aus.

Nein, sie würde den Mistkerl doch nicht zum Leben erwecken, oder? Da ruckte Ammeys Kopf zu ihm herum, die nun völlig weißen Augen fixierten ihn, während sich die blutroten Lippen zu einem grotesken Grinsen verzogen. „Danke, dass du ihn mir gebracht hast. Er wird mir gute Dienste leisten." Silvans keuchte, als er zusah, wie Ammey die Hand auf Geroms Brust legte und diese dann einfach darin verschwand.

„Was tust du?", rief er erschrocken und packte den Türgriff.

„Fühlst du es?", raunte Ammey, ihre Stimme heiser. „Spürst du die Macht, die mich dazu befähigt, über Leben und Tod zu entscheiden?"

Silvan starrte fassungslos auf Gerom und gerade, als Ammey die Hand wieder hervorzog, tat der Blutelf einen Atemzug.

Silvan wirbelte herum, riss die Tür auf und rannte die Treppe nach unten.

Bei allen Göttern dieser Welt, was war diese Frau nur für ein Monster?

Es war ihm, als wehte Ammeys Lachen durch das gesamte Schloss und Silvans Herz raste wie verrückt. Er wusste, wo die Treppe war, die nach unten in den Bereich der Aurox führte, doch dort konnte er kaum hin. Eigentlich konnte er nirgendwo hin! Mitten auf dem leeren Gang blieb er stehen, sein Atem kam hektisch und Angst breitete sich in ihm aus.

Plötzlich waren Schritte zu hören und Silvan zuckte zusammen. „Nicht doch", keuchte er und lief zur erstbesten Türe. Er riss sie auf und schloss sie blitzschnell hinter sich. Panisch sah er sich um, er war in einem kleinen Quartier gelandet. Es musste einem der Goldkrieger gehören. Der Raum war groß, zu seiner Rechten befand sich eine Küche mit einem Esstisch.

An der gegenüberliegenden Wand war ein Kamin eingelassen, vor dem zwei bequem aussehende Sessel standen. Auf der linken Seite des Raumes war ein Bett, hinter dem ein Kleiderschrank aufgebaut war und vor dem Bett ging eine weitere Tür ab, ziemlich sicher in die Waschkammer. Und von dort hörte Silvan plötzlich Geräusche. Verdammt, der Bewohner des Quartiers war zu Hause! Er biss die Zähne zusammen, schon wieder steckte er in Schwierigkeiten. Ohne darüber nachzudenken, schlich Silvan eilig zum Bett und schob sich darunter. Ein super sicheres Versteck, aber er hatte keine Alternative!

Den Atem anhaltend lauschte er, als die Tür zur Waschkammer aufging und Schritte hereinkamen. Er drückte sich fest auf den Boden und lugte nur ganz leicht unter dem Bett hervor, um zu sehen, wer hier wohnte. Ein sehr jung wirkender Elf mit schwarzen, kurzen Haaren stand in der Küche und machte sich etwas zu essen.

Silvan schluckte, wie sollte er hier nur wieder rauskommen? Ganz langsam schob er sich noch etwas weiter zurück und stieß dabei mit dem Fuß gegen die Wand. Erschrocken zuckte er zusammen und schielte zu dem Elf, doch dieser schien ihn nicht bemerkt zu haben. Da drehte der Mann sich um und ging in den Wohnbereich des Quartiers.

Silvan konnte sogar dessen Augen erkennen, sie wirkten rötlich braun und auf den Teller fixiert, den er in Händen trug.

Der Kerl ließ sich in einen der Sessel sinken, sodass er nun seitlich vom Bett saß. Augenscheinlich war der Elf nicht im Dienst, denn er trug einfache schwarze Hosen und ein dunkelgrünes, langärmliges Oberteil. Verdammt, wenn der Mann heute nicht mehr arbeiten gehen würde, da säße Silvan unter dem Bett fest ... Und das wohl den ganzen Tag und die Nacht! Sollten Ace oder irgendwer in dieser Zeit nach ihm suchen und in den Turm gehen ...

Bei den Göttern, die Aurox würden wohl vermuten, dass er geflohen war! Liam, er musste doch zu seinem Mann. Silvan schluckte hart, er hasste es, dass er ihn im Lager zurücklassen hatte müssen. Nach dem, was der Arme durchlitten hatte, wollte Silvan für ihn da sein, er hatte es ihm doch sogar versprochen!

„Hast du Hunger?"

Heftig zuckte Silvan zusammen, er war so in Gedanken gewesen, dass er gar nicht mitbekommen hatte, wie der Elf aufgestanden war. Nun befand der Kerl sich nur einen Schritt vom Bett entfernt.

Mit wem sprach er bitte?

Silvan schluckte, das war doch alles ein Albtraum!

„Willst du nicht unter dem Bett hervorkommen?", fragte der Elf mit freundlicher Stimme. „Ich werde dir bestimmt nichts tun."

Silvan schloss die Augen, er war verloren, der Kerl hatte ihn also entdeckt. Es brachte nichts, weiterhin unter dem Bett zu liegen, also schob er sich nach vorne und kam auf die Füße.

Der Elf musste in etwa so groß wie Liam sein und ja, seine Augen waren rötlich braun. Doch er sah weder Skepsis noch Argwohn in ihnen, sie wirkten freundlich und offen.

„Du bist also der Druide, über den schon das ganze Schloss spricht", lächelte der Elf und hielt ihm den Teller hin.

Silvan sah auf die zwei belegten Brötchen, die drauf lagen. „Ähm, könnte man so sagen", gab er zu.

„Möchtest du?", fragte der andere und Silvan griff zögernd zu.

„Wieso tötest du mich nicht, oder rufst Verstärkung?", murmelte er und beäugte den Kerl skeptisch.

Der Elf schüttelte den Kopf und ging zu den Sesseln zurück. „Weil ich den ganzen Aufruhr nicht verstehe. Bitte, nimm Platz."

Silvan zögerte, aber was sollte er schon tun? Wieder weglaufen und ins nächste Zimmer?

Er stieß die Luft aus und setzte sich in den freien Sessel. „Das verstehe ich jetzt nicht ganz", gab er zu und sah zu dem Elf, der die Achseln zuckte.

„Ich bin noch keine zwei Wochen hier im Schloss stationiert, vorher lebte ich im Vierten Silberreich, an der Grenze zum fünften", erzählte dieser. „Mein Dorf lag ganz nah an einer der Druidenzonen und ich war öfters dort. Natürlich ist das verboten und ich wurde mehr als einmal von Silberkriegern des Fürsten weggescheucht, aber dennoch hatte ich Kontakt zu ein paar der Druiden dort." Da sah der Mann ihn an, seine Augen wirkten traurig. „Ich weiß nicht, was der König für ein Problem mit deiner Rasse hat, ich kann es nicht verstehen und deshalb werde ich dich auch gewiss nicht ausliefern. Wie heißt du überhaupt?"

Silvan war erstaunt und nein, er wusste wirklich nicht, ob er dem Kerl glauben sollte, aber zumindest hatte er ihn bisher noch nicht den Wachen gemeldet. „Ich bin Silvan und du?", antwortete er deshalb und versuchte sich nun auch an einem Lächeln.

„Noah. Schön, dich kennenzulernen, Silvan", sprach der Elf und legte dann den Kopf etwas schief. „Jetzt würde mich auch noch brennend interessieren, was du im Schloss willst? Wie du ja augenscheinlich schon festgestellt hast, ist es hier ziemlich gefährlich."

Silvan verzog das Gesicht, ob es so klug war, diesem Noah die Wahrheit zu erzählen?

„Wenn du bei einer Zone gelebt hast, dann weißt du ja, wie es meinen Leuten dort geht", antwortete Silvan ausweichend und der Elf nickte. „In der Tat, das weiß ich. Verstehe, du bist also geflohen und willst versuchen, etwas zu verändern, richtig?"

Silvan neigte den Kopf. „Genau, denn wenn keiner etwas tut, wird sich die Welt nie ändern. Aber ich bin jetzt schon gescheitert, ich habe alles falsch gemacht, was man falschmachen kann."

Noah hob die Augenbrauen. „Was meinst du?"

Freudlos lächelnd blickte er in die Flammen des Kamins. „Ein Freund wird sterben, weil ich mich nicht im Griff hatte und ich bereite jedem hier nur Sorgen." Daraufhin schwieg der Elf kurz. „Wieso stirbt dein Freund?"

Ein dicker Kloß bildete sich in Silvans Kehle. „Er war mit einem Blutelf verbunden und ich habe diesen getötet."

In der Stille, die darauf folgte, hätte man ein Blatt fallen hören können. „Du hast einen Blutelf getötet?", fragte Noah fassungslos und Silvan schloss die Augen. So viel zum Thema vorsichtig sein.

Verdammt, jetzt brauchte er es auch nicht mehr leugnen. „Ja, habe ich und mit diesem Elf hatte mein Freund einen Blutbund."

Noah schüttelte den Kopf. „Der einzig verbundene Blutelf im Schloss ist Hauptmann Gerom. Dann ist er es, den du getötet hast." Silvan schloss die Augen und nickte wortlos. „Das ist kein großer Verlust, wenn du mich fragst."

Diese Aussage ließ Silvan nun doch die Augen öffnen und den Elf ansehen.

Noah lachte. „Dein Blick ... Weißt du, ich bin kein Anhänger von Gewalt gegen Unschuldige und erst recht nicht von Unterdrückung. Diese beiden Dinge, die ich abgrundtief hasste, praktizierte Gerom sehr stark und vor allem mit Vergnügen. Ich habe also absolut kein Problem damit, dass dieser Kerl nicht mehr lebt."

Ungläubig blinzelte Silvan und lächelte dann.

„Du bist ein sehr spezieller Elf", meinte er langsam und Noah grinste.

„Das habe ich schon öfter gehört. Nochmals zurück zu deinem Freund", erwiderte Noah. „Es gibt einen Weg, um ihn zu retten, allerdings ist das nicht gerade einfach."

Silvan war sofort ganz Ohr und sah zu Noah. „Welchen? Bitte, sag es mir!"

Der Elf hob die Hände. „Mache ich, immer langsam. Ich habe einen Freund im Vierten Silberreich, er und seine Schwester sind Blutelfen. Von ihnen weiß ich, dass, wenn der Blutelf in einer Beziehung stirbt und mit dem Schattenwandler einen Bund hatte, die Möglichkeit besteht, dass dieser Bund von einem anderen Blutelfen übernommen wird."

Silvan blinzelte und ließ die Worte sacken. „Das heißt, es gibt wirklich kein Entkommen aus diesem Bund", murmelte er enttäuscht.

„Nein, wenn man einmal einen Blutbund hat, dann ist man ein Leben lang darauf angewiesen", stimmte Noah zu. „Aber dein Freund wird zumindest überleben, wenn er einen Blutelf findet, der den Bund von Gerom übernimmt."

Silvan nickte und lächelte leicht. „Danke für deine Hilfe, Noah, wirklich."

Der Elf lächelte und schüttelte den Kopf. „Nicht doch, wie gesagt, ich sehe nicht ein, jemanden schlecht zu behandeln oder als Feind zu sehen, nur weil er einer anderen Rasse angehört. Aber sag, wie soll es jetzt weitergehen?"

Silvan senkte den Blick zu Boden. „Ich weiß es nicht. Ich habe Gerom mitten auf dem Gang beim Lager getötet, mit einem Blitz. Jetzt sind dort bestimmt überall Goldkrieger und ...“

Abrupt stoppte Silvan seine Erzählung und tat, als müsse er seufzen.

Nein, von dem Turm, in dem er sich versteckt hatte, wollte er nichts erzählen, auch nicht von Ammey. „Ich weiß einfach nicht, wohin ich jetzt gehen soll."

Noah legte den Kopf schief und schien zu überlegen. „Dann solltest du wohl erst mal hierbleiben. Bei mir passiert dir nichts und hier vermutet dich auch niemand, das kann ich dir versichern."

Bot der Elf ihm gerade wirklich eine zeitweilige Bleibe an? Silvan war unsicher, ja, Noah wirkte nett und augenscheinlich vertrauenswürdig, doch das alles konnte eine Täuschung sein. Aber ... Hatte er wirklich eine andere Wahl?

Silvan nickte. „Ich wäre dir wirklich zu großem Dank verpflichtet, wenn ich bleiben dürfte, zumindest ein oder zwei Tage. Bis sich der Spuk dort draußen gelegt hat."

Noah lächelte offen. „Sehr gern, dann bin ich mal nicht allein, das ist eine schöne Abwechslung. Vielleicht findet sich auch ein Blutelf, der den Bund deines Freundes übernehmen würde."

Silvan schluckte, das würde er sich wirklich wünschen. Wieder musste er an Liam denken, wie es seinem Aurox wohl gerade ging? Der Arme war gewiss am Ende und er konnte nicht bei ihm sein. Silvan ballte die Fäuste, das war so ungerecht!

„Alles in Ordnung?", fragte Noah und er schüttelte den Kopf.

„Nein, gar nichts ist in Ordnung", raunte er heiser. „Ich wünschte, ich könnte bei dem Mann sein, den ich liebe, doch das geht nicht und das frisst mich auf." Er erkannte das Zögern in Noahs Blick, dann streckte er die Hand aus und legte sie auf seine Schulter.

Silvan lächelte leicht, er merkte, wie sich Tränen in seinen Augen sammelten. Dieser Tag, alles, es war ihm gerade zu viel und er wusste nicht wohin mit all den Gefühlen. Das schien Noah zu merken, er stand auf und nahm ihn in den Arm. Auch wenn Silvan den Mann überhaupt nicht kannte, gerade spendete der Elf ihm Trost und das brauchte er. Er schlang die Arme um Noah und vergrub das Gesicht an dessen Halsbeuge.

Liam ... Er wollte so unbedingt zu Liam.

Er wollte nicht wahrhaben, dass Raven bald nicht mehr da sein würde.

Sein Herz zog sich vor Schmerz zusammen, allein wenn er daran dachte, ohne seinen besten Freund sein zu müssen.

Doch der Mann hatte recht, Silvan hatte Gerom getötet und dies war der Blutelf gewesen, mit dem

Raven den Bund hatte. Es war ausweglos, Raven war dem Tod geweiht.

Ungläubig ließ Liam sich auf seine Pritsche sinken, dabei legte er sich auf die Seite und zog die Beine leicht an. Ihm tat noch immer alles weh und er fühlte sich miserabel, aber er musste sich zusammenreißen.

Er glaubte nicht, dass Hauptmann Quinten zufrieden mit dem sein würde, was die Goldkrieger im Gang finden würden. Nämlich nichts, außer geschwärzte Wände, Decke und Boden.

Der dreckige Blutelf hatte sich auf ihn versteift und Liam ahnte, dass ihm bald erneut die Folterkammer blühen würde. Im Angesicht dessen, wie es ihm gerade ging, kein sehr verlockender Gedanke, doch er würde alles tun, um Silvan zu schützen.

Dem Druiden würde nichts passieren, auf keinen Fall!

Wie sehr wünschte Liam sich, jetzt bei dem Mann sein zu können, am besten zurück in der Hütte im Tal, wo niemand sie stören würde. Einfach allein und ohne Probleme.

Keine Ammey, kein Gerom, niemand.

Er schloss die Augen, sein Rücken brannte, ebenso wie sein Hintern, wo dieser dreckige Blutelf ihn mit dem Gürtel geschlagen hatte. Völlig erschöpft und mit rasendem Herzen musste Liam eingeschlafen sein, denn als plötzlich jemand eine Hand auf seine Schulter legte, zuckte er zusammen.

„Ruhig, ich bin es", flüsterte Ace ihm zu und sofort entspannte Liam sich. „Was ist mit ihm?", fragte er besorgt und Ace lächelte, wenn auch nur leicht. „Er ist sicher, im Turm."

Turm?

Liam riss die Augen auf und wollte sich aufsetzen, wurde aber von Ace unten gehalten. „Beruhige dich!", zischte der andere ihm zu und Liam zuckte erneut zusammen. „Aber im Turm ...", setzte er an, doch Ace schüttelte den Kopf. „Sie hat ihm das erste Mal nichts getan, also ist sie nicht daran interessiert, ihn zu töten. Ich denke, er ist dort sicher, also bleib liegen und lass mich deine Wunden versorgen."

Liam ließ den Blick sinken und schüttelte den Kopf. „Nein, alles gut, so schlimm ist es nicht", wiegelte er ab, da ging Ace vor ihm in die Hocke. „Ich sehe dir an, das du Schmerzen hast und auch wenn ich weiß, du würdest lieber bei ihm sein, kann ich dir leider nur meine Hilfe anbieten. Jetzt komm, lass uns in die Kammer gehen, da sind wir ungestört und ich kann dich versorgen."

Allein an dieses Zimmer zu denken, ließ Liam schaudern, doch er wusste, Ace hatte recht, und seine Wunden schmerzen heftig.

„In Ordnung", lenkte er widerwillig ein und ließ sich sogar auf die Füße helfen. Mit gesenktem Blick schlurfte er hinter Ace aus dem Lager und schielte den Gang entlang zur Treppe.

Noch immer waren Goldkrieger dabei, alles zu untersuchen. Was sie dort zu finden hofften, konnte Liam nicht sagen, aber die Elfen führten auch nur den Befehl ihres Hauptmanns aus, von dem allerdings jede Spur fehlte.

Als Ace die Tür zur Kammer öffnete, konnte Liam es sofort riechen.

Gerom, der Sex, die Scham.

Instinktiv wich er zurück.

„Liam, ruhig", beschwor Ace und griff ihn am Arm. „Komm, lass mich dir helfen, dort drin sind wir allein, ich denke nicht, dass du willst, dass wir das im Lager machen, oder?" Sofort schüttelte er den Kopf, folgte Ace aber nur zögerlich und als die Tür ins Schloss fiel, zuckte er zusammen.

„Ich bin hier", beruhigte der andere Mann ihn und nahm ihn sanft in den Arm. Liams Herz raste, all seine Instinkte schrien ihm zu, einfach zu rennen, so weit und so schnell wie irgend möglich. Stattdessen klammerte er sich an Ace und atmete dessen Duft tief ein. Das Vertraute gab ihm Halt und so konnte er sich wieder fangen.

„Also gut, Liam", meinte Ace sanft. „Dann lass mich mal sehen, was dieser Dreckskerl angerichtet hat."

Liam schluckte dennoch hart, es fiel ihm nicht leicht, sich jetzt vor seinem Bruder auszuziehen, und doch tat er es. Ace war immer so etwas wie ein Onkel für ihn gewesen und er vertraute ihm blind.

Er wusste auch, dass viele aus dem Lager ihn als Vaterfigur sahen und ihn sogar so ansprachen. Liam war bei seinen Eltern aufgewachsen, dadurch war Ace für ihn immer mehr ein Freund oder auch ein Onkel.

„Das sieht ganz und gar nicht gut aus", kommentierte Ace, als dieser sich seine Rückseite besah. „Mit was hat er dich geschlagen?"

Liam verzog das Gesicht und blickte beschämt zu Boden. „Mit einem Gürtel."

Ace knurrte dumpf. „Wäre der Mistkerl nicht bereits tot, würde ich ihn jetzt töten!"

Liam lugte über die Schulter und sah, wie Ace einen alt wirkenden Wasserschlauch von seinem Gürtel abmachte und mehrere saubere Tücher aus seinen Hosentaschen holte.

„Versuch stillzuhalten", lächelte der andere freudlos. „Ich beeile mich auch."

Liam nickte und wandte den Blick zur Wand. Er biss die Zähne zusammen, als kühle Flüssigkeit seine Wunden traf.

Trotz aller Anstrengung keuchte er und fing an zu zittern. „Verzeih mein Freund", murmelte Ace und arbeitete zügig. „Hast du geblutet?", fragte der andere unvermittelt und Liam zuckte zusammen.

„Das ist mir Antwort genug. Vorsicht, kalt." Noch ehe Liam protestieren konnte, fühlte er ein kühles, feuchtes Tuch an seinem schmerzenden Eingang. Erneut keuchte er, hielt aber still.

„Die Blutung hat aufgehört, das ist ein gutes Zeichen", befand Ace und Liam nickte stumm. Die Schamesröte stand ihm ins Gesicht, das konnte er spüren, dennoch ließ er es zu und nach einem Moment trat Ace zurück.

„Du musst dich jetzt ganz dringend bedeckt halten, hörst du?", drängte der andere und Liam zog sich wieder an. „Ich weiß, ich versuche es."

Ace schüttelte den Kopf. „Nur versuchen reicht nicht, Junge, wenn du nochmal so in die Mangel genommen wirst, weiß ich nicht, ob du das überstehst!"

Liam schloss die Augen und knirschte mit den Zähnen. „Quinten hat ein Auge auf mich geworfen und durch unsere Auseinandersetzung fürchte ich, dass er auf seiner Suche nach Antworten wieder bei mir auftauchen wird. Was soll ich machen, Ace? Er ist Hauptmann, ich kann mich nicht wehren!"

Ace knurrte unwirsch und fuhr sich durch die Haare. „Ich weiß, ich weiß, dennoch müssen wir uns was einfallen lassen. Wenn er tatsächlich nochmal auftauchen sollte, werde ich versuchen, ihn auf mich zu lenken. Wenn Quinten dich in die Folterkammer bringt, wird es übel. Du weißt, was man über ihn sagt."

Liam wusste das nur zu gut. Der Blutelf war ein wahrer Meister im Foltern und er wäre nicht der Erste, der es bei ihm nicht überleben würde.

Zusammen gingen sie zurück ins Lager und Liam bemerkte, dass die Goldkrieger allesamt verschwunden waren. Anscheinend hatten sie ihre Arbeit erledigt und würden jetzt ihrem Hauptmann Bericht erstatten. Dann würde es wohl nicht mehr lange dauern, bis der Blutelf wieder hier aufschlagen würde, denn Liam wusste, die Goldkrieger konnten nichts gefunden haben.

Zurück auf seiner Pritsche legte er sich wieder hin, um wenigstens ein bisschen zu Kräften zu kommen. Aber Ruhe fand er keine, dafür musste er zu viel an Silvan denken und ob es dem Druiden dort im Turm auch wirklich gutging.

Wenn er doch nur hier verschwinden könnte!

Er würde seinen Mann packen und würde mit ihm egal wohin laufen, solange sie nur endlich von hier fort wären. Dieses dämliche Fluchmal, das ihn an den König band, machte jede Chance auf Flucht zunichte. Da musste er wieder an den Traum denken, in dem er im Thronsaal gewesen war.

Natürlich! Die Steinrosen!

Liam biss die Zähne zusammen, er musste einen Weg finden, an die Rosen zu gelangen, denn dann wäre er endlich frei. Doch wie sollte er es in den Thronsaal schaffen? Jetzt wäre zwar eine günstige Zeit, da das Königspaar sich außerhalb der Stadt befand, aber ein einfaches Unterfangen würde es gewiss nicht werden.

„Es genügt mir mit den Spielchen!", donnerte nur Momente später die Stimme von Hauptmann Quinten durch das Lager.

Liam zuckte wie viele andere heftig zusammen, als der Blutelf hereinmarschierte und wie erwartet, auf ihn zuhielt. „Sag mir, wo der Druide ist!", verlangte der Mann und Liam schluckte. „Ich weiß nicht, wovon Ihr sprecht, hier ist kein - Ah!", schrie er auf, als plötzlich sein gesamtes Blut in Flammen zu stehen schien. Er wand sich auf der Pritsche in purer Agonie.

„Lüg mich nicht an, sonst bring ich dich um!", keifte Quinten und die Schmerzen verschwanden.

Dennoch zitterte Liam am ganzen Körper und versuchte verzweifelt, sich auf seiner Pritsche so klein zu machen, wie nur möglich. „Ich weiß von keinem Druiden", wimmerte er und Tränen liefen ihm über die Wangen. Die erneuten Schmerzen ließen ihn keuchen, er bekam kaum Luft. „Ich weiß es nicht ..."

„Hauptmann, ich bitte Euch!"

Das war Ace und schon sah er den kleineren Mann aus dem Augenwinkel. „Liam war hier bei uns, er weiß von nichts und wir auch nicht. Keiner hat etwas von einem Druiden gehört, nur Ihr sprecht von einem Gerücht. Seit Liam den Druiden an der Grenze des Dritten Reiches getötet hat, haben wir nichts mehr von dieser Rasse vernommen", versicherte er dem Hauptmann, doch das schien absolut nicht das zu sein, was dieser hatte hören wollen.

„Ach ja?", fauchte er. „Dann erklär mir gefälligst den schwarzen Gang! Das war Feuer, was soll es sonst gewesen sein?"

Ace hob die Hände, sein Blick blieb ruhig. „Ich denke nicht, dass es Feuer war, Hauptmann, denn Feuer verursacht nicht solch einen Knall. Oder was meint Ihr?"

Tatsächlich brachte das Quinten ins Straucheln. „Nein", stimmte er nach einem Moment zu. Ace ließ indes die Hände wieder sinken und Liam atmete, so flach es ihm möglich war, um ja nicht die Aufmerksamkeit des Blutelfen auf sich zu ziehen.

„Ich denke eher, dass sich ein paar Fluchelf–Rekruten einen Spaß erlaubt haben und dieser schiefgelaufen ist", mutmaßte Ace gerade und Liam horchte auf. An Fluchelfen hatte er als Erklärung gar nicht gedacht.

Neben den normalen Elfen, die über keine besonderen Kräfte verfügten, gab es noch Blut- und Fluchelfen. Die Blutelfen kontrollierten ihre Gegner über ihr Blut, so wie es Gerom bei Raven getan hatte, oder sie konnten ihre Magie gezielt anwenden, um zu foltern.

Was Quinten gerade bei ihm gemacht hatte.

In den seltensten Fällen nutzten Blutelfen ihre Magie, um zu heilen. Fluchelfen hingegen waren seltener als Blutelfen. Ihre Magie war anders, flexibler und sehr gefährlich. Sie wurden häufig dafür genutzt, um Informationen aus ihren Opfern zu holen und dafür konnten sie im wahrsten Sinne des Wortes in ihre Köpfe eindringen, was für die Opfer äußerst schmerzhaft, bis tödlich enden konnte.

Liam war noch nie von einem Fluchelf in die Mangel genommen worden, doch er wusste es von manchen seiner Brüder, die dieser grauenhaften Qual bereits ausgesetzt gewesen waren.

Neben ihrer Tätigkeit als Informationsbeschaffer, wurden die Fluchelfen des Königs auch noch dazu verwendet, um für Nachwuchs unter den Aurox zu sorgen. Hierbei wurden je ein Mann und eine Frau von Liams Gattung zu den Fluchelfen gebracht und über einen Fluch verbunden.

Wie genau das vonstattenging, wusste Liam nicht und er war auch nicht scharf darauf, es herauszufinden.

Von Ace, der eine Partnerin im Frauenlager hatte, war ihm allerdings erzählt worden, dass sich die meisten nach dieser Prozedur nicht mehr daran erinnern konnten. Ob das gewollt war, oder nicht, konnte niemand sagen, aber es war so und das war wohl ein Segen für alle Beteiligten.

„Möglich", lenkte Quinten gerade ein und Liam schöpfte vorsichtig Hoffnung, einer weiteren Folter zu entgehen. „Dennoch", knurrte der Blutelf und sah auf ihn herab. Gegen seinen Willen zitterte Liam, er hatte starke Schmerzen und auch wenn er es ungern zugab, hatte er einfach Angst. Da wurden die hellen

Feueraugen des Mannes schmal. „Was ist mit dir passiert? Wurdest du gefoltert?" Liam schluckte, sein Blick senkte sich. „Ja Hauptmann", antwortete er wahrheitsgemäß.

„Wann?", verlangte Quinten zu wissen. „Heute Morgen, vor dem Knall", murmelte Liam und der Blutelf schnaubte. „Von wem und warum? Verdammt muss ich dir jede Information aus der Nase ziehen?" Wieder zuckte Liam zusammen und schloss die Augen. Er musste die Wahrheit sagen, es half alles nichts. „Euer Onkel hat mich gefoltert, in der Kammer, weil ich nicht wusste, wo sich Raven aufgehalten hat."

Als plötzlich Schweigen herrschte, öffnete Liam die Augen einen Spaltbreit und lugte zu dem Hauptmann auf, der nachdenklich dreinblickte. „Von meinem Onkel", murmelte Quinten. „Hm, verstehe. Gut, dann will ich das auf sich beruhen lassen, zumindest für den Moment, aber ich behalte dich im Auge! Wenn ich herausfinde, dass du mich anlügst, oder mir Informationen vorenthältst, sehen wir uns in der Folterkammer wieder, verstanden?"

Liam nickte, was anderes konnte er gar nicht tun, und atmete erst durch, als der Blutelf das Lager endlich verlassen hatte.

„Das war knapp", raunte Raven neben ihm und Liam nickte zittrig. Eine Decke wurde ihm über die Schultern gelegt und als er aufsah, blickte er Raven ins Gesicht, der ihn anlächelte. „Ruh dich aus, hörst du? Deine Wunden müssen heilen und du musst zu Kräften kommen, mein Freund."

Liam war nicht fähig, das Lächeln zu erwidern, er war völlig am Ende. Dennoch machte er sich große Sorgen, nicht nur um Silvan, sondern auch um Raven. Nach einem Moment warf Liam die Decke von sich und kam auf die Beine.

„He, wo willst du hin?", fragte Raven und auch Ace kam zu ihm. „Liam sei vernünftig, du musst dich ausruhen!", drängte er, doch Liam wollte davon nichts hören. „Ich muss hier raus, sofort. Wirklich Leute, danke, aber ich brauche jetzt einen Moment für mich."

Damit lief er an den Männern vorbei, wenn auch langsamer als sonst und ging den Gang entlang in Richtung der Treppe. Dort hielt er inne, würde er es riskieren und zu Silvan in den Turm gehen?

Liam zögerte nur kurz, dann huschte er die Treppe nach oben in das Stockwerk, von dem man in den Lagerturm gelangen konnte. Dort ging er in den nächsten Flur und versteckte sich immer in den Schatten.

Seit seiner Kindheit machte er das schon und wusste genau, wo die sicheren Schatten waren und er unentdeckt bleiben würde.

Er schlich den ersten Gang entlang und hielt den Atem an, als ihm eine kleine Gruppe patrouillierender Goldkrieger entgegenkam. Die drei Männer und zwei Frauen liefen an ihm vorbei, ohne von ihm Kenntnis zu nehmen, und er stieß leise die Luft aus.

Schnell lief er weiter bis zu der Treppe, die zum Turm führte. Er sah den Flur hinauf und hinab, erst dann huschte er aus dem Schatten und hinein ins Treppenhaus.

Oben angelangt drückte er die Tür auf und trat ein.

„Silvan?", fragte er leise, aber niemand antwortete. Irritiert blieb Liam stehen, es roch nach dem Druiden, doch der Duft war nicht mehr frisch.

Es traf ihn wie ein Schlag, Silvan war fort! Er schluckte hart, nein, wo war der Mann hin?

Sofort wandte Liam sich um und lief das Treppenhaus hinunter. Wieder im Schatten bei einem der Fenster hielt er inne und schloss die Augen. Jetzt nicht in Panik verfallen, vielleicht gab es einen guten Grund, warum Silvan nicht mehr im Turm war. Er holte konzentriert und langsam Luft, bis er den Geruch des Druiden in der Nase hatte.

Er war hier gewesen, definitiv. Liam folgte der Spur zwei Gänge entlang, bis sie vor einer Tür endete.

War er dort drin?

Liam blieb versteckt, er wagte es nicht, einfach hineinzugehen. Da war die Gefahr viel zu groß, einem der Goldkrieger in die Arme zu laufen, die ihn sofort an den König ausliefern würden. Doch er wollte unbedingt wissen, wo Silvan war und wieso er nicht im sicheren Turm wartete, wie Ace gesagt hatte.

Unsicher trat Liam von einem Fuß auf den anderen. Er lugte den Flur auf und ab, niemand zu sehen, also wagte er es, huschte zur Tür und klopfte hart, ehe er wieder im Schatten verschwand. Es dauerte einen Moment, ehe diese von einem jung wirkenden Elf geöffnet wurde.

Liam kannte den Mann nicht, doch der Geruch, der aus dessen Quartier wehte, war eindeutig. Silvan war darin und der Elf roch nach ihm!

„Liam?", fragte der Kerl plötzlich und seine Augen suchten den Gang ab.

Liam klappte der Mund auf, woher wusste der Kerl, dass er hier war?

Er ballte die Fäuste, sollte er es wagen?

Er sah, wie der Mann die Tür wieder schließen wollte, und nach einem letzten Kontrollblick trat Liam aus dem Schatten.

Abrupt hielt der Elf inne und lächelte. „Willst du reinkommen? Er ist hier und es geht ihm gut."

Erneut zögerte Liam, doch da sah er Silvan hinter dem Elf im Quartier und nun hielt ihn nichts mehr.

Er lief an dem Fremden vorbei, der sofort die Tür hinter ihm schloss. Liam eilte zu seinem Druiden und zog ihn fest in die Arme. „Bei den Göttern, es geht dir gut", raunte Liam leise und zitterte erneut.

Seine Beine gaben plötzlich nach und er landete auf den Knien.

Silvan war ihm sofort auf den Boden gefolgt und hatte eine Hand in seinen Nacken gelegt.

„Mein Liebster, ich bin so froh, dich zu sehen", murmelte der Druide und Liam konnte die Tränen nicht mehr halten.

Sie liefen ihm ungehindert über die Wangen und Liam schluchzte. Er hatte solche Angst um seinen Mann gehabt und jetzt war er endlich bei ihm.

„Verzeih", raunte Silvan. „Ich wäre so gern bei dir geblieben, es tut mir so leid. Ich wollte dich doch nicht einfach zurücklassen."

Liam schüttelte den Kopf und versuchte, zu Atem zu kommen. „Das war aber nicht deine Schuld, du musstest gehen", brachte er heiser hervor. „Wärst du geblieben, hätte dich der Hauptmann gefunden und mitgenommen. Jetzt geht es dir gut, nur das ist wichtig."

Silvans Finger streichelten durch seine Haare und Liam schloss die Augen. Es fühlte sich so unsagbar gut an, so sanft. Langsam schaffte er es, sich zu beruhigen, und hob dann den Blick. Er räusperte sich, ehe er fragte. „Was machst du hier in dem Quartier eines Elfen, mein Herz? Was ist passiert, wieso hast du den Turm verlassen?"

Kapitel 16

Silvan

Sachte strich er mit den Fingern durch Liams schwarzes, seidiges Haar. „Verzeih mein Liebster, ich hatte ungebetenen Besuch. Sie tauchte plötzlich auf und hat Gerom geholt", erklärte er seinem Mann.

Liams Augen weiteten sich. „Ammey? Sie war wieder im Turm? Bei den Göttern, ich wusste, es war keine gute Idee, dich und ihn dorthin zu bringen!" Nun kam der Aurox auf die Beine und knurrte dumpf. „Jetzt hat sie also Nahom und den Blutelf, gar nicht gut."

Noah räusperte sich und trat etwas näher zu ihnen. „Moment mal, ich wollte ja nicht lauschen, aber da ihr neben mir steht ... Wer ist Ammey und was hat sie mit der ganzen Sache zu tun? Was genau wird hier eigentlich gespielt?"

Auch Silvan kam hoch und verzog das Gesicht. Er hatte doch absichtlich keine Namen genannt und jetzt hatte sie Liam lauthals in den Raum geworfen.

„Ähm, das ist eine etwas komplizierte Geschichte", versuchte er abzuwiegeln. Liams Blick zuckte indes zu dem Elf und er biss die Zähne zusammen.

„Nichts, was dich was angeht!", knurrte er und Noah hob die Augenbrauen. „Schon gut, ich will mich ja gar nicht einmischen", meinte dieser, hob die Hände und wich zurück. „Nur, was genau habt ihr jetzt vor? Ich habe ja wirklich nichts gegen Besuch, aber hierbleiben könnt ihr auch nicht ewig."

Eilig trat Silvan vor seinen aufgebrachten Mann. „Ganz ruhig mein Liebster, Noah hat mir geholfen, ich glaube nicht, dass er uns was Böses will", erklärte er, dann wandte er sich zu dem Elf. „Verzeih, es ist wirklich nett, dass du uns nicht verrätst, aber du hast auch recht. Liam kann später zurück ins Lager, aber ich kann auch nicht unentwegt bei dir bleiben. Ich werde wohl das Schloss wieder verlassen müssen, denn hier gibt es keinen sicheren Platz."

Liam nahm ihn plötzlich an der Schulter und drehte ihn herum. „Ich werde dich nicht gehen lassen", stellte der Aurox klar. „Nicht allein."

Silvan seufzte und umarmte seinen Mann. „Ich weiß mein Liebster, aber so geht es auch nicht. Mal abgesehen davon, dass ich euch ständig in Gefahr bringe und sogar ... Ich bin schuld, dass Raven vielleicht sterben muss ..."

Liam brummte irritiert. „Was meinst du mit vielleicht? Ohne den Blutbund wird er sterben, da gibt es kein Vielleicht."

Erneut rührte Noah sich. „Es gibt eines, denn ein anderer Blutelf könnte den Bund übernehmen, das würde ihn retten."

Liam taxierte den Elf genau, ehe er wieder zu Silvan sah. „Das meinst du also?"

Silvan nickte. „Genau. Noah erzählte mir davon, aber es gibt ein Problem. Welcher Blutelf würde das machen und wird Raven auch gut behandeln?"

Liam schien zu überlegen, dann verzog er das Gesicht. „Hier im Schloss gibt es da wohl niemanden. Dennoch werde ich es Raven sagen, es sollte seine Entscheidung sein, wie er damit umgeht."

Da konnte Silvan seinem Mann nur zustimmen. „Sag mal, gibt es eine Möglichkeit, dass ich mit ihm reden kann?"

Liam schüttelte den Kopf. „Nein, du solltest dich weit vom Lager fernhalten und ehrlich gesagt weiß ich gerade auch nicht, wo Raven überhaupt ist." Erneut griff der Aurox ihn bei den Schultern und blickte ihn ernst an. „Ich werde versuchen, in den Thronsaal zu gelangen."

Nun riss Silvan die Augen auf. „Warte was? Du willst diese Dinger doch nicht wirklich dort suchen! Was ist, wenn es eine Falle ist?"

Liams Miene blieb entschlossen. „Und wenn es keine ist? Wenn sie dort sind? Ich kann nicht länger untätig sein, ich will es wissen, und wenn ich die Chance bekommen sollte, will ich hier weg."

Die Vorstellung, dass Liam und er zusammen in Freiheit leben könnten ... „Aber ich will nicht, dass dir was passiert. Lass mich mitkommen", bat Silvan, doch Liam schüttelte erneut den Kopf. „Nein auf keinen Fall. Es ist schon riskant genug, wenn ich allein gehe und ich besitze nicht Ace' Fähigkeit, ich kann dich nicht mit mir in den Schatten nehmen, mein Herz. Das muss ich allein tun."

Silvan knurrte unglücklich und drückte Liam an sich, wobei er darauf achtete, das Fluchmal nicht zu berühren. „Das gefällt mir nicht."

Er hörte Liam seufzen, als der Mann die Arme um ihn legte.

„Ich weiß, Silvan", brummte er leise und Noah räusperte sich. „Mir ist bewusst, dass ihr mir nicht traut, was ich auch verstehen kann, aber vielleicht kann ich euch helfen."

Erst versteifte Liam sich, dann löste er sich von Silvan. „Wie?", verlangte er zu erfahren.

Noahs Blick war nachdenklich geworden und der Elf hatte die Arme vor der Brust verschränkt.

„Nun ja, zum einen kann ich mich ohne Schwierigkeiten in dieser Ebene des Schlosses aufhalten und zum anderen weiß ich, wer heute damit dran ist, den Thronsaal zu putzen, denn auch das gehört zu den grandiosen Aufgaben von uns neuen Goldkriegern."

Silvan blickte ebenfalls zu Noah.

„Das würdest du tun? Du würdest dich in große Gefahr begeben und du könntest Schwierigkeiten bekommen. Dabei kennst du uns doch gar nicht", sprach Silvan und sah Noah in die Augen.

Dieser nickte bedächtig.

„Mag sein, dass ich euch nicht kenne, doch ich durfte in den letzten Tagen die Umstände hier kennenlernen und das ist eine wahre Katastrophe. Ich weiß nicht, was ihr beide genau vorhabt, aber ich verstehe, wieso ihr das tut, und wenn ich helfen kann, dann mache ich das. Ich werde mit einem der Putzleute tauschen und versuchen, einen Weg zu finden, euch da sicher rein und auch wieder rauszubringen."

Sofort wandte Silvan sich seinem Aurox zu.

„Das ist unglaublich!", freute er sich und lächelte dann Noah an. „Ich wäre dir so dankbar! Du hast ja keine Ahnung, wie sehr du uns damit helfen würdest", gab Silvan zu und umarmte den Elf.

Schon hörte er Liam hinter sich knurren.

„Abwarten, mach lieber keine Freudensprünge", murrte dieser.

Seufzend löste Silvan sich von dem Elf und lächelte diesem zu. „Verzeih." Dann drehte er sich zu Liam. „Ach, Liebster", raunte er, umarmte ihn ebenfalls und küsste ihn dabei zärtlich.

Liam erwiderte den Kuss sofort, aber Silvan hörte ihn noch immer leise knurren, dann lachte Noah plötzlich hinter ihnen. „He, ich will dir deinen Mann gewiss nicht streitig machen. Ich will euch helfen, wirklich."

Liam ließ von Silvan ab und sah an ihm vorbei zu dem Elf. „Wie genau willst du das schaffen? Könnt ihr einfach so eure Dienste tauschen?"

Noah nickte knapp.

„Ja, können wir und damit ich nicht zu spät damit dran bin, muss ich jetzt auch los. Bitte, es steht euch beiden frei, in der Zeit hierzubleiben, ich werde eine Weile weg sein, das bedarf einer Reihe an Vorbereitungen, aber ich bin zuversichtlich, dass wir das hinbekommen."

Silvan lächelte Noah an, er konnte gerade nicht glauben, dass dieser Mann ihnen wirklich helfen wollte. Nach all dem Pech hatten sie jetzt endlich einmal Glück? „Hab vielen Dank, ich werde dir das nie vergessen."

Liam schien noch immer skeptisch, aber er schwieg, während Noah das Lächeln erwiderte. „Ich kann nichts versprechen, doch ich versuche es. Aber wenn ich mir die Frage erlauben darf, was genau wollt ihr denn im Thronsaal finden?"

Silvan blickte zu seinem Aurox und nahm dessen Hand. „Wir suchen nach den Steinrosen", antwortete er vorsichtig.

Noah blinzelte, er wirkte verwirrt, doch dann blitzte es in den rotbraunen Augen. „Davon habe ich den leitenden Hauptmann sprechen hören", murmelte der Elf und zog die Brauen zusammen. „Verstehe, in Ordnung, mehr muss und will ich nicht wissen. Ich mache mich jetzt an die Arbeit, wir sehen uns am frühen Abend." Damit wandte Noah sich ab, schnappte sein Schwert und seine Rüstung und ging in die Waschkammer.

Liam sah dem Elf äußerst misstrauisch nach und als dieser nach einem Moment wieder zurückkam und ihm auch noch zu zwinkerte, knurrte der Aurox schon wieder.

Noah verschwand aus dem Quartier und Liam schnaubte. „Ich traue dem Kerl nicht."

Silvan schüttelte den Kopf und musste grinsen. „Ich glaube, er mag dich."

Liam brummte und im nächsten Moment sackte er ein wenig zusammen.

„Mir egal, solange er keinen Mist baut", murmelte sein Liebster, der nun das Gesicht verzog. Augenscheinlich hatte er Schmerzen und hatte sich die ganze Zeit über zusammengerissen.

Sofort war Silvan bei ihm und legte einen Arm um ihn. „Komm, leg dich ins Bett, du musst dich ausruhen", drängte er, doch der sture Aurox schüttelte den Kopf. „Ich lege mich bestimmt nicht in das Bett von diesem Elf! Auf keinen Fall."

Mit hochgezogenen Augenbrauen verschränkte Silvan die Arme vor der Brust. „Muss ich die Salbe holen? Ich habe noch ein bisschen was bei mir. Sei vernünftig und geh ins Bett!"

Liams Silberaugen wurden schmal und erneut knurrte er unwillig, doch dann ging er langsam zum Bett und legte sich hinein, dabei drehte er sich auf die Seite.

Dennoch konnte Silvan sehen, wie er das Gesicht verzog. „Ach, mein Liebster", raunte Silvan und legte sich einfach neben ihn. „Ich liebe dich."

Sofort schmiegte der Aurox sich an ihn und vergrub das Gesicht an seinem Hals. „Ich liebe dich auch und ... und es tut mir so leid! Ich ... ich konnte es nicht verhindern", murmelte Liam leise und Silvan schloss seinen Mann in die Arme.

Er wusste, Liam sprach von Gerom und seinem schrecklichen Übergriff.

Mit einer Hand streichelte er ihm über das seidig schwarze Haar und die andere legte er ihm sanft auf den unteren Rücken. „Es ist nicht deine Schuld, ich bin dir nicht böse, nicht im Geringsten. Ganz im Gegenteil, mein Liebster. Ich wünschte, dass ich ihn vorher getötet hätte, es ist alles meine Schuld. Aber wir beide werden das hinbekommen. Wenn das alles gut läuft, dann bist du bald frei ... und wir können für immer zusammen sein."

Nach einem Moment des Schweigens lachte Liam plötzlich leise. „Du und dein grenzenloser Optimismus", murmelte der Aurox. „Ich hoffe dennoch, du hast recht. Auch, was diesen Noah betrifft, denn wenn er gegen uns arbeitet, sind wir jetzt beide geliefert."

Silvan kraulte Liams Nacken und brummte. „Ich glaube wir können ihm vertrauen. Er hätte mich umbringen oder ausliefern können. Stattdessen nahm er mich in den Arm und tröstete mich, als ich mir solche Sorgen um dich gemacht habe. So etwas würde ein Verräter nicht tun."

Erneut schwieg der Aurox, dann seufzte er. „Ich bete zu den Göttern, dass du recht hast, mein Herz."

Nach einer Weile ging die Tür des Quartiers plötzlich auf und Liam fuhr heftig zusammen.

„Also", fing Noah sofort an, kaum hatte hinter sich zugesperrt. „Ich habe gute und schlechte Nachrichten. Welche wollt ihr zuerst?"

Silvan löste sich von seinem Aurox und setzte sich auf. „Die Schlechten."

Noah wirkte angespannt und er verschränkte die Arme vor der Brust.

„Man sucht nach euch. Nach euch beiden. Ich weiß nicht, was du angestellt hast, Liam, aber einer der Hauptmänner ist so gar nicht gut auf dich zu sprechen. Das heißt, wir müssen uns beeilen, denn ich fürchte, wenn Quinten dich in die Finger kriegt, wird er dich töten."

„Nein, das lasse ich nicht zu! Er wird Liam kein Haar krümmen, sonst landet er genau da, wo sein Onkel jetzt ist", knurrte Silvan und ballte die Fäuste. Liam wirkte weniger besorgt, aber auch er setzte sich auf und versteifte sich sofort neben ihm.

„Das sollten wir vermeiden", meinte Noah langsam. „Allerdings habe ich mit den drei Goldkriegern gesprochen, die heute den Saal reinigen müssen, sie werden in Kürze damit anfangen. Deshalb müsst ihr beide euch jetzt bitte in der Waschkammer verstecken."

Irritiert legte Silvan den Kopf schief. „Warum sollen wir uns verstecken?"

Er hatte noch nicht zu Ende gesprochen, als es an der Tür klopfte. Noah sah ihm fest in die Augen und formte mit den Lippen lautlos ein Wort. „Jetzt."

Liam war sofort auf den Beinen und packte Silvan am Arm. Er zog ihn hinter sich in die Waschkammer, deren Tür er leise schloss. „Er hat uns doch verraten", raunte Liam leise, die Silberaugen waren geweitet. Silvan schüttelte den Kopf. „Nein das glaube ich nicht. Warte einfach ab", flüsterte er und nahm Liams Hand in seine.

Im Wohnraum waren mittlerweile Stimmen zu hören, aber Silvan konnte nicht alles verstehen. Anscheinend unterhielten sich die Goldkrieger und nach einer kleinen Weile wurde es plötzlich still. „Sie haben über nichts Besonderes gesprochen", murmelte Liam leise, die Augenbrauen zusammengezogen. Da ging die Tür der Waschkammer auf und Noah stand davor.

„Also gut, kommt raus", bat er und trat zur Seite.

Zwei der Goldkrieger saßen in den Sesseln, der Dritte lag auf dem Bett. Allesamt regungslos und in Uniform. „Was hast du mit ihnen gemacht?", wollte Silvan wissen und Noah lächelte leicht. „Keine Sorge, sie schlafen nur bis morgen durch, mehr nicht. Ich kenne mich sehr gut mit Kräutern aus und weiß, wie ich damit Leute manipulieren kann. Den Männern fehlt nichts, sie werden sich hinterher nur so fühlen, als hätten sie zu viel getrunken."

Liam wirkte skeptisch, erneut hatte er die Augenbrauen zusammengezogen und schien zu wittern. „Das Zeug stinkt", brummte er und Noah zuckte die Achseln. „Aber es schmeckt nach nicht viel, wenn man es in Tee gibt. Also los jetzt, zieht zweien von ihnen die Uniformen aus, dann müssen wir zum Thronsaal. Wir gehen putzen."

Jetzt verstand Silvan Noahs Plan. „Das ist eine verdammt gute Idee!", grinste er und zog einen der Goldkrieger aus.

Auch Liam suchte sich einen der Elfen, der in etwa seine Größe hatte und entkleidete ihn. Dann schlüpfte der Aurox aus seinen Sachen und Silvan keuchte schockiert. Über Liams Rücken verliefen einige neue, blutige Striemen, doch diese waren breiter als die, die er von der Peitsche hatte.

Da sein Mann seine Hose ausgezogen hatte, konnte Silvan erkennen, das Gerom ihm Schläge auf den Hintern gegeben hatte, denn auch dort waren blaue, teils blutige Flecken zu sehen.

„Bei den Göttern!", stieß Silvan hervor und sein Aurox fuhr zusammen, ehe er schnell in die Hose stieg. „Alles in Ordnung, halb so schlimm", versuchte Liam abzuwiegeln.

Silvan schüttelte fassungslos den Kopf und ging zu seinem Mann. Sanft nahm er ihn in die Arme und drückte ihn an sich.

„Es tut mir so leid. Wenn wir fertig sind und endlich frei, dann werde ich mich um dich kümmern."

Liam sah auf ihn nieder und lächelte leicht. „Danke, mein Herz, aber jetzt werden wir erst mal sehen, dass wir von hier wegkommen, ja?"

Noah hatte indes alle Goldkrieger auf das Bett gelegt und reichte ihnen nun die Helme. „Wir setzen sie alle auf, sonst sieht man eure Ohren. Im Thronsaal Helm zu tragen ist eigentlich sogar Vorschrift, was zwar die Wenigsten befolgen, aber wir werden heute so tun, als wüssten wir uns zu benehmen."

Silvan nahm seinen Helm und setzte diesen auf. „Verstanden"

Auch Liam machte sich fertig und schon verließen sie Noahs Quartier. „Es versteht sich hoffentlich von selbst, dass ihr mich reden lasst", raunte der Goldkrieger ihnen zu, ehe sie um die erste Ecke bogen.

„Wartet hier, ich hole den Wagen", sagte Noah nun in normaler Lautstärke und ging durch eine Tür zu ihrer Linken. Silvan nickte ihm zu und ließ den Blick schweifen. Gerade kam eine Gruppe Elfen um die Ecke und hielt direkt auf sie zu.

Instinktiv versteifte er sich, doch die Leute gingen einfach an ihnen vorbei.

„Wir können", verkündete Noah, der soeben wieder aus dem Raum kam und einen breiten, hölzernen Wagen mit allerlei Putzsachen vor sich her schob. „Alles in Ordnung?", fragte er und Silvan nickte sofort. Noah ging nicht weiter darauf ein, also folgten sie ihm bis zu der Treppe. „Packt mit an, allein schaffe ich das nicht", bat der Elf und Liam griff sofort zu.

Zu dritt schafften sie den Wagen bis nach oben ins Stockwerk des Königs, von dort aus schoben sie ihn bis zum Thronsaal. Mit jedem Schritt wurde Silvan nervöser. Ob dieser Plan wirklich funktionieren würde? Was, wenn die Wachen vor den Türen Verdacht schöpften? Würden sie sie enttarnen, wären sie verloren.

Er schielte zu Liam, dessen Gesicht, ebenso wie sein eigenes, durch den Helm kaum zu erkennen war. Zudem hielt der Aurox den Blick etwas gesenkt, damit ihn auch ja niemand identifizieren würde.

„Seid gegrüßt", sprach Noah die Goldkrieger vor den Thronsaaltüren an, die weiterhin ihren Dienst taten, obwohl ihr Herr nicht einmal im Schloss war.

„Ihr kommt aber spät", murrte einer der Männer und Noah rieb sich verlegen den Nacken. „Der Wagen ist so schwer, wir haben mehrere Versuche gebraucht, ehe wir die Treppe oben waren."

Das ließ die Wache schnauben. „Schwächlinge", spuckte er verächtlich aus, öffnete ihnen aber die Türe.

Silvans Herz raste, als er neben Liam den Wagen in den Thronsaal schob und die Flügeltüre hinter ihnen ins Schloss fiel. Sie hatten es geschafft, sie waren wirklich hier! Dennoch verhielten sie sich ruhig und Noah teilte ihnen ihre Aufgaben zu.

Mit Lappen und Wischmopp machten sie sich daran, den Boden zu wischen, während Noah die Fenster übernahm.

Der Raum war leer, doch für den Fall, dass jemand die Tür aufmachte, um sie zu kontrollieren, musste alles so aussehen, wie normal. Silvan bemerkte, wie Liam immer wieder zu den beiden mächtigen Thronen schielte. Da, so hatte er Silvan erzählt, war eine im Boden eingelassene Falltür, die in den Raum mit den Steinrosen führte.

Silvan schluckte, bei den Göttern, wie sehr er hoffte, dass das auch der Wahrheit entsprach!

Ansonsten wären sie dieses immense Risiko völlig umsonst eingegangen.

„Ich muss nachsehen", hörte er Liam zischen, dann griff der Aurox sich einen Lappen und ging direkt zu der Stelle, wo er sich in die Hocke fallen ließ. Noah nickte Silvan zu und er lächelte den Elf an, ehe er Liam folgte, während Noah die Tür im Auge behielt.

„Und?", fragte Silvan leise, obwohl der riesige Saal bis auf sie drei leer war. „Die Platte ist locker", antwortete Liam und Silvan konnte die Aufregung in seiner Stimme hören.

Er biss sich auf die Unterlippe, waren die Rosen hier? Wirklich hier?

Zum Greifen nahe?

Es kratzte, als sich die Platte lockerte, die Liam sogleich hochhob.

„Eine Falltür", raunte der Aurox fassungslos und strich mit den Fingerspitzen über das alt wirkende Holz. Silvan riss seine Augen auf, sein Herz schlug immer schneller.

„Wahnsinn, es ist also wirklich wahr. Lass uns keine Zeit verlieren und nachsehen", sprach Silvan aufgeregt und nickte seinem Mann zu.

Liam umfasste den in einer Mulde liegenden Griff der Falltür und zog daran.

Sie gab ein leises Ächzen von sich, ehe sie sich hob und Liam dabei auf die Füße kam.

„Beeilt euch", zischte Noah ihnen zu. „Wir haben nicht viel Zeit!" Liam sah zu Silvan und küsste ihn. „Bleib hier, ich bin gleich zurück!"

Damit sprang der Aurox in das Loch und ver-schwand im Dunkeln. Silvan blinzelte und blickte seinem Mann nach.

„Dein Ernst?"

Mit zusammengekniffenen Augen widerstand Silvan den Drang, hinterher zu springen.

„Pass auf dich auf", murmelte Silvan leise und sah sich im Thronsaal um.

Noah war noch immer dabei, die Fenster zu putzen, auch wenn der Elf immer wieder zur großen Flügeltür schielte. Dann blickte er zu ihm. „Beeilung", formte der Mann lautlos mit den Lippen.

Liam

Geschmeidig landete Liam auf den Füßen und ließ den Blick durch den Raum schweifen, in dem er nun stand.

„Das gibt es doch nicht", murmelte er fassungslos. Es war genau das Zimmer, das er auch in seinem Traum gesehen hatte. „Es war kein Traum", stellte er fest und leckte sich die plötzlich trockenen Lippen.

Vorsichtig trat er an einen der Schränke mit den Glastüren heran.

„Die Steinrosen."

Alle Glasböden der Schränke waren voll damit. Handtellergroße schwarze Steinrosen, die den Fluch der Aurox in sich trugen. Liam holte tief Luft, dann riss er eine der Türen auf und griff hinein.

„Verdammt", keuchte er, die kleinen Dinger waren schwerer, als sie aussahen!

Er griff sich zwei und kaum hatte er die Hand aus dem Schrank gezogen, schlug die Glastüre vor seiner Nase zu.

„Was zum?", knurrte Liam und packte den Griff. „Ah!", keuchte er, als plötzlich Schmerz durch ihn hindurch schoss und er auf die Knie ging. „Nicht gut."

Die Schränke fingen plötzlich an in einem dunklen, grünen Licht zu leuchten und Liam schluckte.

Weg hier!

Abrupt wandte er sich ab und lief die wenigen Schritte zurück zur Falltür. Mit einem kräftigen Satz sprang er hinauf und bekam die Kante zu fassen.

Etwas mühsam, da die kleinen Rosen wirklich schwer waren, kletterte er aus der Tür und machte sie zu.

„Wir müssen weg", raunte er Silvan zu. „Es könnte sein, dass jetzt jemand Bescheid weiß." Er schob die Steinplatte zurück über die Falltür, sodass es aussah, als sei nichts gewesen.

Noah hatte indes den Wagen wieder aufgeräumt und ohne ein weiteres Wort zu wechseln, verließen sie den Thronsaal. Die Wachen warfen ihnen nur kurz einen Blick zu und Liam schluckte, seine Kehle staubtrocken.

Er hatte die Rose!

Nein, er hatte sogar zwei von ihnen!

Unglaublich!

Er hatte sie in seine Hosentaschen gesteckt, ihr Gewicht war ordentlich, aber dank des festen Materials der Hose hielten die Taschen.

Sie liefen bis zur Treppe, wo sie den Wagen wieder nach unten trugen und Noah ihn in der Kammer verräumte.

„Dürfen wir die Uniformen behalten?", fragte Liam leise und der Elf verzog das Gesicht. „Schlecht, ich habe keine Erklärung, was mit ihnen passiert sein soll. Die Leute in meinem Quartier werden morgen wieder aufwachen, denk daran."

Liam musste ein Knurren unterdrücken, das wäre auch zu schön gewesen! Also begleiteten sie Noah wieder in dessen Räumlichkeiten und als die Tür ins Schloss fiel, wagte Liam es, durchzuatmen. Sein Druide kam zu ihm und umarmte ihn sanft.

„Ich hatte solche Angst", gestand Silvan ihm und sofort schloss Liam seinen Mann in die Arme. „Verzeih, mein Herz", raunte Liam ihm leise ins Ohr. „Jetzt wird alles gut."

Er küsste den Druiden sanft und lächelte ihn an. „Ziehen wir uns um und dann sehen wir, dass wir von hier fortkommen." Auch Silvan lächelte, in seinen waldgrünen Augen schimmerte die Freude. „Ist gut." Noah schwieg die meiste Zeit über, der Elf beobachtete sie nur, während sie sich schnellstens umkleideten.

„Ich habe mich in dir getäuscht", sagte Liam und trat zu dem Mann. „Danke für deine Hilfe, Noah."

Dieser lächelte und schüttelte den Kopf. „Niemand sollte gegen seinen Willen irgendwo festgehalten werden, erst recht nicht durch einen Fluch. Ich wünsche euch beiden nur das Beste. Seid frei und wer weiß, vielleicht kreuzen sich unsere Wege eines Tages wieder."

Silvan umarmte den Elf und drückte ihn fest an sich. „Danke! Wirklich, hab vielen Dank. Wir werden dir das nie vergessen", versprach er und löste sich von Noah. „Es ist Zeit für Veränderungen!"

Dieser nickte bekräftigend. „Das ist es und ich hoffe, auch ich kann meinen Teil dazu beitragen."

Liam lächelte ein wenig. „Das hast du bereits. Gut, jetzt müssen wir hier nur noch irgendwie raus."

Noah seufzte. „Na, vielleicht kann ich doch helfen. Ich gehe vor und warne euch, sollte jemand kommen, dann habt ihr die Möglichkeit, euch zu verstecken. In Ordnung?"

Liam nickte sofort und ergriff Silvans Hand. „Das schaffen wir jetzt auch noch."

Silvan neigte den Kopf. „Gemeinsam."

Der Elf lief voraus und Liam folgte ihm zusammen mit seinem Druiden. Jetzt da er wusste, dass er wirklich die Chance auf Freiheit ... wahre Freiheit ... hatte, wollte er nur noch weg, so schnell es ging!

Sie gelangten ohne Zwischenfälle zur Treppe, wo Noah ihnen knapp zunickte. „Lebt wohl", flüsterte der Elf und Liam nahm seinen Druiden auf die Arme, ehe er geschickt die Stufen nach unten sprang. In der untersten Ebene angekommen lächelte Liam. „Ich fasse es nicht, wir können es schaffen", murmelte er und drückte Silvan an sich, bevor er ihn auf die Füße stellte.

„Das können wir, aber wir sollten uns beeilen. Willst du nochmal ins Lager?", fragte Silvan und Liam nickte, vielleicht hätte er die Chance, Raven ein letztes Mal zu sehen und auch Ace. Mit Silvan an der Hand ging er den Gang entlang bis zum Lager.

Als er eintrat, sprang Ace sofort von seiner Pritsche auf. „Bei den Göttern, Liam, wo warst du?", fragte der Mann hörbar aufgebracht und kam zu ihnen. Liam fehlten im ersten Moment einfach die Worte und er schloss Ace in eine Umarmung.

„Ich danke dir, mein Freund", flüstere er dem Mann ins Ohr. „Für alles."

Ace war wie erstarrt, dann rückte er etwas von ihm ab und blickte ihm in die Augen.

„Hast du?", fragte der kleinere Mann leise und Liam nickte. „Ja habe ich. Wo ist Raven?"

Ace verzog das Gesicht. „Bei Hauptmann Quinten. Der war nochmal hier, vorhin erst und hat Raven geholt. Ich weiß nicht, wo sie hingegangen sind, keiner von uns darf das Lager verlassen. Der Blutelf ist mächtig sauer."

Liam verzog das Gesicht, hoffentlich würde sein Freund nicht gefoltert werden, in seinen verbleibenden Tagen, die er noch hatte.

„Wir müssen los", meinte Liam und Ace nickte. „Natürlich. Passt auf euch auf!" Liam lächelte, neigte den Kopf und wandte sich mit Silvan in Richtung der Tunnel.

Doch kurz bevor sie die Tür der Kammer passierten, wurde diese aufgerissen.

„Verdammt", knurrte Liam, als er den dreckigen Blutelf erkannte.

Hauptmann Quinten blinzelte, ehe er die Lippen verzog. „Na wen haben wir denn da? Warum wundert mich das jetzt nicht?", grinste Quinten und machte einen Schritt auf sie zu.

Ohne sein bewusstes Zutun stieß Liam ein warnendes Knurren aus, schob Silvan abrupt hinter sich und sprang auf den Blutelf zu.

Bevor er jedoch sein Ziel erreichen konnte, wurde er von jemanden gerammt. Geschickt rollte Liam sich ab und war wieder auf den Beinen. Er traute seinen Augen nicht.

„Raven? Bist du wahnsinnig? Wieso beschützt du dieses Stück Dreck?", knurrte Liam und Raven schüttelte den Kopf. „Lass die Finger vom Hauptmann", sagte er lediglich, sein Blick merkwürdig kühl.

Liam lugte zu Quinten, der Blutelf stand einfach nur dort und sah zu Silvan.

Da wurde Liams Aufmerksamkeit wieder auf Raven gelenkt, als sein bester Freund ihn angriff.

Er blockte den Schlag, aber Raven kam ihm gefährlich nahe.

„Verschwindet", raunte der Mann ihm leise zu und Liam sah, dass er leicht lächelte.

Sein Herz tat einen Satz und zog sich dann schmerzhaft zusammen. Das würde wohl das letzte Mal sein, dass er Raven sehen würde.

„Ich liebe dich, Bruder", antwortete Liam ebenso leise, zog eine der Rosen aus seiner Hosentasche und drückte sie dem Mann in die Hand.

„Silvan!", rief er im nächsten Moment seinen Druiden, der nur zwei Schritte von ihm entfernt stand.

Hart stieß er Raven zurück, der stolperte und gegen den Hauptmann knallte. Als die beiden am Boden landeten, packte Liam Silvans Hand und riss die Tür zu den Tunneln auf.

„Raven!", rief er seinem Freund zu. „Ein Blutelf kann dich retten!" Damit warf er sich Silvan einfach über die Schulter und rannte los.

Der Gang wirkte ewig lang und Liam hörte neben dem Donnern seiner Stiefel noch seinen ebenso rasenden Herzschlag.

Als sie das andere Ende erreichten, riss er die Tür auf und sprang nach draußen.

Ohne auch nur Luft zu holen, lief er weiter und in den Wald hinein. Erst nach einer geraumen Zeit, in der sich kein Feind oder Verfolger gezeigt hatte, wurde er langsamer und ließ Silvan hinunter.

Er stützte die Hände auf die Oberschenkel und atmete keuchend durch. „Wir haben es geschafft!" Silvan umarmte ihn und küsste ihn aufs Haar. „Du bist frei, Liam, ein freier Mann."

Liam schloss die Augen und lächelte. „Unglaublich, ich fasse es nicht." Er richtete sich auf und holte die Rose aus seiner Hosentasche.

Das schwere Ding, diese kleine Steinrose ... Sie war schuld am Leid seiner gesamten Rasse. Er schluckte hart, ballte die Faust um das Ding, holte aus und schmetterte es mit aller Kraft gegen einen am Boden herausragenden Stein.

Es zersplitterte wie Glas und die Scherben verteilten sich in alle Richtungen. Doch keine erreichte den Boden, sie lösten sich noch in der Luft in feinen Staub auf und verschwanden.

Liam schluckte hart, er fühlte sich kein bisschen anders. Nervosität machte sich in ihm breit.

Hatte er sich zu früh gefreut?

Sein Blick ging zu Silvan. „Siehst du bitte nach?", fragte er leise, denn er wagte es nicht, selbst sein Kettenhemd anzuheben, um zu sehen, ob das Mal noch auf seiner Brust war. Silvan griff an seinen Kragen und zog diesen etwas nach vorne, um hineinblicken zu können. „Weg", flüsterte er. „Liam, es ist weg!"

Ein Schaudern ging durch Liams Körper und ohne sein Zutun liefen ihm Tränen über die Wangen. „Ich bin wirklich frei", wisperte er und sah seinem Druiden in die Augen. „Ich bin frei."

Silvan nickte und lächelte. „Du bist frei", bestätigte er und wischte sanft die Tränen weg. „Ich liebe dich."

Liam griff seinen Mann um die Hüften und wirbelte ihn einmal im Kreis herum, ehe er ihn leidenschaftlich küsste. Die Schmerzen, die ihm dabei gerade über den Rücken jagten, ignorierte er völlig, sie konnten ihm nicht egaler sein.

Silvan erwiderte den Kuss sofort.

Er legte seine Arme um Liams Hals und drückte sich vorsichtig an ihn.

„Bei allen Göttern, ich hätte niemals geglaubt, dass es wirklich geschehen würde", gab Liam lächelnd zu und löste sich von Silvan. „Aber jetzt müssen wir weiter. Wir können es nicht riskieren, hierzubleiben. Willst du ... willst du nach Hause?", fragte er seinen Druiden, denn er wusste, dass Silvans Eltern ihn mit hoher Wahrscheinlichkeit für tot halten würden.

Silvan sah nach oben in den Himmel. „Ich weiß nicht ... ich vermisse sie schrecklich aber ... Ich bin noch nicht fertig."

Liam blickte zurück in Richtung Schloss. „Wir werden zurückkehren und da weitermachen, wo wir aufgehört haben, mein Herz, aber jetzt können wir nicht in Torya bleiben. Und wenn wir sowieso schon das Gebiet wechseln müssen, können wir zumindest ins Dritte Silberreich. Vielleicht haben wir die Möglichkeit, in deine Zone zu kommen, und wenn nicht, werden wir untertauchen", schlug er vor und Silvan nickte. „Guter Plan, dann lass uns sehen, wo die Reise hinführt." Liam nahm seinen Druiden an der Hand und verflocht ihre Finger miteinander, ehe er loslief.

Es war ein merkwürdiges Gefühl, einfach zu gehen. Liam war zwar bei Mission schon häufiger weiter weg gewesen, doch Torya selbst hatte er nie verlassen. Sein Herz schlug schneller, er war nervös und wusste gar nicht, warum. Er sollte sich freuen, er war ein freier Mann, doch alles, was er fühlte, war Schuld.

Liam schluckte.

Seine Brüder waren alle noch im Schloss und die Götter allein wussten, was die Hauptmänner und der König mit ihnen anstellen würden, wenn bekannt wurde, dass Liam mit einem Druiden verschwunden war. Hauptmann Quinten würde sich darin bestätigt sehen, dass seine Brüder Silvan geholfen hatten, die Strafen würden gewiss nicht leicht ausfallen.

„Ich habe meinen Brüdern viel aufgebürdet", murmelte er leise und lugte zu Silvan. „Sie werden leiden müssen und das nur, weil ich frei sein wollte. Mit dir."

Silvan blieb stehen und zog ihn in eine Umarmung. „Sie werden es schaffen. Und was den Blutelf angeht ... ich glaube, der Schein trügt."

Liam lehnte sich an seinen Mann und runzelte die Stirn. „Welcher Schein?", fragte er irritiert. „Von was sprichst du?"

Silvan strich ihm sanft durchs Haar und zuckte die Achseln. „Ich glaube, Quinten wird uns noch überraschen."

Jetzt war Liam noch verwirrter und löste sich von seinem Druiden. „Wie bei allen Göttern Jiltoryas kommst du bitte darauf? Der Kerl ist ein Bastard!"

Silvan nickte. „Mag sein, aber überleg mal. Allein die Tatsache, dass er stillhielt, während du und Raven den Kampf inszeniert habt und er mich weder mit Blutmagie noch sonst wie angegriffen hat ... Er hat mich nur angesehen. Einfach nur angesehen und sein Blick war schwer zu erklären, aber ich glaube, er wird uns noch überraschen."

Da war tatsächlich etwas dran, das musste auch Liam zugeben, doch er glaubte im Gegensatz zu Silvan absolut nicht daran, dass Quinten etwas anderes, als ein dreckiger Mistkerl war.

Dennoch, er würde deshalb keinen Streit mit seinem Druiden beginnen.

„Wie dem auch sei", meinte Liam nach einem Moment. „Er wird es bereuen, dass er uns gehen ließ, sollte er das wirklich getan haben. Ich glaube nicht, dass der Blutelf schon weiß, dass sein Onkel tot ist, oder wer ihn getötet hat."

Silvan senkte den Blick. „Das ist meine Schuld, ich weiß, aber vielleicht hat Raven durch ihn eine Chance."

Liam schloss die Augen. „Ich würde es ihm wünschen, allerdings wird Raven immer an einen Blutelf gebunden sein und erfahrungsgemäß sind das alles Bastarde."

Er schüttelte den Kopf und griff wieder nach Silvans Hand. „Komm weiter, ich will noch etwas mehr Strecke machen, damit wir auch wirklich sicher sind."

Schweigend liefen sie, bis sie den Fluss erreichten, wo Silvan wie beim letzten Mal seine Wassermagie nutzte, damit sie einfach über das Wasser laufen konnten. „Das ist wirklich erstaunlich!", grinste Liam und sah auf die spiegelnde Oberfläche unter seinen Füßen. „Danke, aber ich finde es eher beeindruckend wie du und deine Brüder das mit dem Blut macht", erwiderte Silvan.

Liam zuckte die Achseln und zischte. „Verdammt der Rücken tut noch immer weh", beschwerte er sich und verzog das Gesicht. „Ich habe noch eine letzte Phiole bei mir, sie könnte dir helfen", bot Silvan an und sofort versteifte Liam sich, noch zu gut erinnerte er sich an dieses wie Feuer brennende Zeug!

„Ähm, schon gut", wiegelte er schief lächelnd ab. „Lass uns weiter, komm schon."

Tatsächlich schafften sie noch ein gutes Stück Strecke, ehe sie sich ein Lager für die Nacht suchten. In einer etwas versteckter liegenden, sehr kleinen Lichtung errichteten sie ein kleines Lagerfeuer und ließen sich nebeneinander nieder, wobei Liam sich etwas mehr seitlich hinlegte, denn auch sein Hintern tat noch weh.

„Geht es, oder hast du schlimme Schmerzen? Du weißt, ich habe noch etwas Salbe", erinnerte Silvan und lächelte leicht.

Liam seufzte, irgendetwas sagte ihm, dass sein Druide dieses Mal nicht so leicht nachgeben würde. Außerdem tat es wirklich ziemlich weh und Liam konnte es sich eigentlich nicht leisten, die nächste Zeit schlechter kämpfen zu können.

„Ich weiß, mein Herz", antwortete er deshalb. „Trägst du sie mir vielleicht auf?"

Silvan nickte und setzte sich wieder auf. „Aber natürlich Liebster, dann lass uns dich mal ausziehen."

Liam seufzte und schälte sich aus seinem Oberteil, ehe er auch noch die Hose auszog. Die Gürtelschläge von Gerom hatten ordentlich Spuren hinterlassen, das hatte schon Ace gesagt, als er die Wunden versorgt hatte und so wie es schmerzte, hatte es sich womöglich auch noch entzündet.

„Das sieht echt schmerzhaft aus", murmelte Silvan. „Gut, ich werde mich beeilen. Legst du dich bitte auf den Bauch?"

Liam brummte und tat, was sein Druide sagte, dabei verschränkte er die Arme unter dem Kinn. „Erzählst du mir davon, wie du Raven kennengelernt hast?", fragte Silvan unvermittelt, während er anfing, die

Tinktur aufzutragen. Liam biss die Zähne zusammen und zischte, es brannte wirklich wie Feuer!

„Wie wir uns kennengelernt haben?", fragte er leise.

„Wir sind zusammen aufgewachsen, Silvan, in einem Lager. Ich kenne ihn mein ganzes Leben."

Silvan lachte leise. „Ihr seid gleich alt, oder? Dann kannst du mir vielleicht erklären, warum er keinen Tee mag?"

Liam schluckte, er wusste genau, was Silvan da tat. Der Druide versuchte ihn abzulenken und Liam ließ sich nur zu gern darauf ein. „Ja wir sind gleich alt und Raven mag keinen Tee, weil er als achtjähriger Junge einmal in den großen Kessel gefallen ist, den wir damals im Lager hatten", erklärte er und keuchte, als Silvan eine besonders schmerzhafte Stelle berührte.

„Verzeih, Liebster", murmelte sein Mann und nach einem kleinen Moment holte er tief Luft. „Und bei euch lief so romantisch nie etwas? Nicht einmal ausprobiert?"

Trotz der Schmerzen musste Liam jetzt lachen. „Nein bei den Göttern! Raven und ich waren nie mehr als Freunde, Brüder, aber sonst nichts, nein."

Silvan seufzte hörbar erleichtert. „Und mit einem anderen? Ace, Isaak oder vielleicht eine Elfe?"

Liam erzitterte, er fühlte, wie Silvans Hände tiefer glitten und auch wenn es sein Druide war, der ihn berührte, merkte Liam, wie sein Herz schneller schlug.

Jetzt konnte er plötzlich nicht mehr sprechen, sondern musste sich darauf konzentrieren, nicht aufzuspringen, um sich der Berührung zu entziehen.

Silvan fing indes an, eine beruhigende Melodie zu summen. „Alles gut, ich bin es. Dein Herz, ich werde dir nicht weh tun."

Liam hatte die Augen geschlossen und lächelte ganz leicht. „Ich weiß", raunte er heiser. „Ich liebe dich."

„Ich liebe dich mehr", erwiderte Silvan. Mit zusammengebissenen Zähnen ließ Liam die Prozedur über sich ergehen und konnte erst durchatmen, als Silvan die Hände von ihm nahm.

Ohne sein Zutun zitterte er und als er die Augen öffnete, merkte Liam erst, dass ihm Tränen über die Wangen liefen.

Silvan legte sich neben ihn und nahm ihn in den Arm, darauf bedacht, keine seiner Wunden anzufassen. „Ist ja gut, lass es raus, es wird dir guttun."

Es war, als würde ein Damm in Liam brechen. Der Schmerz, die Scham, alles, was sich in ihm festgesetzt hatte, brach auseinander. Er klammerte sich an seinen Druiden und weinte. Nicht nur die Schändung und Misshandlung durch Gerom, oder die Folter durch Quinten, nein, auch der Verlust Ravens, die Tatsache, dass er seine Brüder nicht mehr wieder sehen würde und die Zukunft ungewiss war ... All das überrannte ihn in diesem Moment und Liam hatte Angst, er würde zerspringen.

Nur durch Silvans Berührung, durch den Halt, den sein Druide ihm gab, blieb er ganz und nach einer Weile beruhigte er sich. Völlig erschöpft und in den Armen seines Mannes schlief Liam schließlich ein.

Kapitel 17

Silvan

Drei Tage waren vergangen, seit sie das Schloss hinter sich gelassen hatten.

Statt zur Grenze des Dritten Silberreiches zu laufen, wie sie es ursprünglich vorgehabt hatten, waren sie ins Tal zurückgekehrt und hatten sich in der Hütte niedergelassen.

Da es Liam selbst nach der Verwendung der Salbe nicht gerade gut gegangen war, war es Silvan gelungen, ihn zu überreden.

„Glaub mir, es ist besser so. Wenn du wieder gesund bist, können wir immer noch weiterziehen", versuchte Silvan gerade seinen Mann zu besänftigen.

Liam knurrte unwillig und hatte die Arme vor der Brust verschränkt. „Es geht mir gut, wir können weiter. Ich bin nicht aus dem Schloss ausgebrochen, um jetzt im Tal festzusitzen, ich will hier weg!"

Silvan seufzte. „Ach Liebster, ich weiß doch, dass du so schnell wie möglich hier wegwillst. Aber wir dürfen nicht vergessen, dass uns nun auch neue Gefahren drohen. Im Moment können wir nicht mal kämpfen. Sei doch bitte vernünftig."

Liam schnaubte. „Ich kann kämpfen! Ich bin längst wieder auf den Beinen, verdammt das waren doch nur ein paar Peitschenhiebe." Sichtlich frustriert wandte Liam sich ab und verließ die Hütte.

„Liam warte! Lass mich doch bitte nicht allein", bat Silvan und folgte ihm. „Weißt du, wir haben jetzt alle Zeit der Welt. Wir sorgen erst einmal dafür, dass du richtig schlafen kannst, und dann ziehen wir weiter. Was hältst du davon, wenn ich uns beiden etwas Ordentliches zu essen bereite und wir machen uns einen Plan zurecht. Du weißt ja, wir sollten nicht unüberlegt losziehen."

Liam, der sich auf der Terrasse niedergelassen hatte und die Ellbogen auf die Knie stützte, brummte. „Wir haben einen Plan und ich kann doch schlafen. Ich weiß gar nicht, was du auf einmal hast."

Silvan schloss die Augen und atmete tief durch, ehe er seinen Mann ansah. „Dann sag mir doch, warum du mitten in der Nacht aufschreist und Albträume hast? Du hast etwas Schreckliches durchmachen müssen und das belastet dich mehr, als du zugeben möchtest. Mein Liebster, das ist auch vollkommen normal, aber du musst mit mir darüber sprechen."

Abrupt sprang Liam auf die Beine. „Ich habe schon immer Albträume, das ist nichts Neues, wenn man so aufwächst, wie ich. Das mit Gerom war ekelhaft und ich werde gewiss nie wieder auch nur ein Wort dazu verlieren. Das vergeht, glaub mir, ich komme da locker darüber hinweg."

Silvan trat entschlossen auf seinen Schattenwandler zu. „Dann lass mich dich nehmen."

Sofort erstarrte Liam und wurde bleich. „Ähm", brachte der Mann hervor und schluckte sichtlich. Nach einem Moment konnte er nicht mal mehr Silvans Blick standhalten, sondern sah zur Seite. „Noch nicht."

Silvan legte eine Hand auf Liams Wange. „Siehst du, dir geht es nicht gut und das ist nur zu verständlich, aber bitte gib dir selbst die Zeit und auch die Möglichkeit, das richtig zu verarbeiten. Wenn du jetzt einfach alles schluckst, wirst du später irgendwann daran kaputt gehen. Ich will nicht zusehen, wie du dich selbst quälst. Es ist in Ordnung, Angst zu haben."

Liam hatte die Berührung zugelassen, verzog jetzt aber das Gesicht und wich zurück. „Ich weiß, aber ich will das nicht! Ich habe nie gewollt, dass mich irgendwer als schwach sieht, oder gar weinen. Du hast schon beides, was schlimm genug ist. Was war, ist ätzend, aber Vergangenheit, und ich will nicht darin leben. Ich bin jetzt tatsächlich frei und werde nicht mehr zurückblicken. Gerom ist tot und wenn wir hoffentlich bald aus Torya raus sind, kann ich auch endlich mit dem ganzen Mist hier abschließen."

Silvan ließ seine Hand mit einem traurigen Blick sinken. „Ich weiß, was du meinst, mein Liebster, aber ich sehe dich nicht als schwach. Emotionen und Gefühle zu zeigen, heißt nicht, dass man schwach ist. Sondern dass man stark genug ist, dies auch wirklich zuzulassen. Und ich weiß, das wird dir nicht gefallen, aber ich bleibe hier, bis du darüber gesprochen hast und es dir besser geht. Wirklich besser."

Liam blinzelte, dann wurde sein Blick plötzlich hart. „Ach ja? Gut, wenn du meinst. Ich lasse mich von dir nicht in die nächste Gefangenschaft drängen, Silvan. Ich bin niemandem mehr untertan und lasse mich zu nichts zwingen. Du willst unbedingt hierbleiben, fein, dann mach das, aber ich gehe!"

Damit schritt der ehemalige Aurox an ihm vorbei in die Hütte.

Silvans Herz stach schmerzhaft, er wollte ihn doch nicht verletzen und folgte seinem Mann schnell.

„Liam, hör mir doch bitte zu." Der Schattenwandler war gerade bei der Treppe angelangt und wollte nach oben, doch jetzt ruckte sein Blick zu ihm. „Ich tue nichts anderes Silvan, ich höre dir immer zu, aber du hörst mir nicht zu", stellte er klar. „Ich habe mich von dir überreden lassen, ein paar Tage herzukommen, und das war für mich in Ordnung, aber es reicht. Ich will hier weg. Für dich mag das nur irgendein Ort sein, aber hier sind meine Brüder, meine Vorfahren begraben. Ich lebe seit drei Tagen in einem Grab! Es reicht einfach und ich werde nicht länger hier ausharren. Wenn du stur sein willst und auf deiner Meinung bestehst, dann tut es mir wirklich leid, dann musst du allein bleiben."

Das hatte gesessen.

Silvan wusste, dass Liam nicht erfreut gewesen war, als er vorgeschlagen hatte, ein paar Tage hierzubleiben, aber er wusste auch, dass es für Liam das Beste war, in Ruhe und ohne Zwischenfälle alles zu verarbeiten.

„Bitte Liam, es tut mir leid. Ich wollte dich nicht verletzen, das war nie meine Absicht", murmelte Silvan, sein Blick ging nach unten und sein Herz pochte schneller. So hatte er das doch gar nicht gemeint ...

Im ersten Moment war es still, dann wurde Silvan plötzlich in Liams Arme gezogen. „Das weiß ich, mein Herz", wisperte der ehemalige Aurox. „Ich kann es hier nur einfach nicht länger aushalten. Es schmerzt mich, hier sein zu müssen. Ein paar Tage ist kein Problem, aber es ... es reicht, verstehst du? Können wir morgen bitte weiterziehen?"

Silvan schloss die Augen und schmiegte sich an seinen Mann. „Ganz wie du wünscht. Du hast recht, aber ich mache mir Sorgen."

Er hörte Liam leise seufzen, da rückte der Mann etwas von ihm ab und küsste ihn sanft.

„Ich weiß, mein Herz, und ich bin dir dankbar für deine Sorge, doch du musst auch mal auf mich hören, wenn ich sage, es ist in Ordnung. Ich komme zurecht und ja, ich brauche meine Zeit, aber nicht hier. Draußen wird es mir besser gehen, vertrau mir."

Silvan nickte und wagte es, ein wenig zu lächeln. „In Ordnung, ich werde besser zuhören. Und ja, lass uns heute noch einmal das Bett genießen, bevor wir auf dem Boden schlafen müssen", witzelte er. Liam schnaubte und grinste dann plötzlich, seine Silberaugen blitzten. „Recht hast du!"

Im nächsten Moment wurde Silvan plötzlich hochgehoben und die Treppe hinaufgetragen. Erschrocken quietschte er auf.

„Ah! Was tust du?"

Schon waren sie oben angelangt und Liam lief mit ihm ins Schlafzimmer. „Das, was du wolltest", lächelte der Schattenwandler. „Wir nutzen das Bett!" Damit ließ er ihn auf die Matratze fallen und war sofort über ihm. „Oder hast du was dagegen?", raunte Liam, ehe er ihn küsste.

Silvan erwiderte den Kuss und schlang die Arme um den Hals seines Mannes.

„Wenn du mich so fragst, muss ich mir das wirklich erst noch mal überlegen", grinste er und Liam nickte völlig ernst. „Verstehe, natürlich."

Schon machte der Mann Anstalten, aus dem Bett zu steigen. Was Silvan jedoch schnell verhinderte, denn er zog Liam wieder zu sich und legte erneut die Arme um dessen Hals, um ihn leidenschaftlich zu küssen.

„Ich will dich, jetzt und hier."

Liam knurrte heiser und drückte ihn wieder ins Bett. „Du bekommst mich, keine Sorge", raunte er und Silvan fühlte, wie Liam seine Erregung gegen ihn presste.

„Ah!", keuchte er und legte die Beine um Liams Hüfte. „Meiner."

400

Das ließ den Mann grinsen. „Nur deiner", bestätigte Liam, dessen Hände sich an seinem Oberteil zu schaffen machten. Schon wurde es Silvan über den Kopf gezogen und landete auf dem Boden. Er leckte sich die Lippen. „Du hast zu viel an."

Sofort zog Liam sich zurück und stieg aus dem Bett, wobei er ihn nicht aus den Augen ließ. Es wirkte beinahe so, als wäre der Mann etwas nervös, aber er begann, sich auszuziehen. Silvan stand auf und ging zu Liam. Er küsste ihn und fing sanft an ihn über den Rücken und Hintern zu streicheln. Dabei rutschte er etwas nach unten, bis er auf die Knie ging.

„Lass mich dich verwöhnen", raunte er und leckte über Liams Erregung. Dieser keuchte überrascht und legte die Hände auf Silvans Schultern. Das Silber in seinen Augen schien lebendig und es leuchtete regelrecht, während der Mann ihn beobachtete.

Silvan legte seine Hände auf Liams Hüften und leckte über dessen Spitze, ehe er sie in den Mund nahm und dort mit der Zunge umspielte. Sofort bohrten sich Liams Finger fester in seine Schultern und der Schattenwandler stöhnte auf. „Silvan!"

Ja genau das wollte er!

Liam sollte all die Schrecken vergessen, an die er gerade gedacht hatte. Silvan umspielte noch einen kleinen Moment die Spitze von Liams Erregung, ehe er Liams komplette Länge in den Mund aufnahm. Dessen Körper spannte sich an, während der Mann lauter stöhnte und sich ihm etwas entgegen drückte.

Silvan brummte und begann, seinen Kopf erst langsam, dann immer schneller zu bewegen. Mit einer Hand griff er nach Liams Sack und massierte diesen.

Nach einem Moment merkte Silvan, wie Liam leicht zu zittern anfing und sich noch etwas fester an seine Schultern klammerte. „Bei den Göttern, Silvan!", stöhnte der Schattenwandler und kam in seinem Mund. Silvan schluckte alles und massierte kurz weiter, ehe er von Liams Schwanz und Sack abließ.

Er setzte sich auf die Knie und sah nach oben zu seinem Mann, wobei er sich mit dem Daumen den Mundwinkel abwischte und dann mit der Zunge sauber leckte. „Du schmeckst wirklich köstlich."

Sein Schattenwandler hatte ihn dabei beobachtet und zog ihn jetzt auf die Füße, um ihn leidenschaftlich zu küssen. „Ich liebe dich so sehr", raunte Liam an seinen Lippen. „Und du hast recht, Silvan. Ich ... Ich will, dass du mich nimmst."

Silvan blinzelte, damit hatte er nicht gerechnet. „Ich liebe dich auch, mehr als alles andere, aber bist du sicher?"

Liam nickte entschlossen. „Ja ich bin mir sicher. Ich will ihn aus meinem Kopf haben, nur du zählst für mich."

Silvan lächelte sanft. „Ist gut, dann werde ich dich weiter verwöhnen. Komm, machen wir es uns auf dem Bett gemütlich", bot Silvan an und wollte Liam mit zum Bett ziehen, doch dieser blieb stehen.

Fragend sah Silvan zu dem ehemaligen Aurox. „Ist etwas nicht in Ordnung?"

Liam schüttelte den Kopf und lächelte etwas zittrig. „Ich will nicht ins Bett, ich will, das du es wie er machst, wenn das für dich in Ordnung ist."

Silvans Augen wurden groß.

So wie Gerom?

Er musterte Liam und nickte dann. „Gut mein Liebster, dann musst du mir aber sagen, wie er es gemacht hat." Sein Mann schluckte einmal, dann ging sein Blick zur Wand. „Im Stehen", murmelte er leise. „Ich musst mich vorbeugen und an der Wand abstützen. Dann hat er mich geschlagen, ehe er mich nahm."

Silvan musste ein Knurren unterdrücken. Am liebsten hätte er jetzt wüst geschimpft, aber er wusste, dass es Liam nicht gerade helfen würde, und da sein Mann anscheinend gerade darüber reden konnte, würde er dies nicht kaputt machen. „Dann sei so gut und beug dich an die Wand."

Wieder zögerte der Schattenwandler, aber dann drehte er sich zur Holzwand und bückte sich nach vorn, um sich dort abzustützen.

„Sag mir, wo er dich geschlagen hat", bat Silvan und streichelte Liam sanft über den Rücken.

Sofort ging ein Zittern durch dessen Körper und es dauerte einen Moment, ehe er antwortete. „Zuerst auf den Hintern, zweimal und dann noch mehrfach auf den Rücken. Beides mit einem Gürtel."

Silvan brummte, er beugte sich etwas vor, damit er an Liams Hintern kam. „Hier?", fragte er und küsste ganz zärtlich eine Backe. Erneut herrschte Schweigen, ehe Liam lachte leise. „Ja, genau da." Silvan küsste sich die ganze Backe entlang und ließ sich dafür Zeit.

Dann strich er über die andere Backe, ehe er wieder fragte. „Hat er dich hier geschlagen?" Diesmal antwortete sein Mann sofort. „Ja, auch dort."

Dieses Mal leckte er über die Backe, ehe er sie küsste. „So ein wunderschöner Hintern."

Silvan lehnte sich über Liam und küsste dessen Hals. „Alles an dir gehört nur mir. Wo hat er dich noch geschlagen? Hier?", fragte Silvan und strich sanft über dessen Schultern.

„Nein, etwas tiefer", murmelte Liam leise. „Du hast die neuen Striemen gesehen, das war alles er."

Silvan brummte und strich ganz langsam, nur mit den Fingerspitzen, bis zum unteren Rücken entlang.

„Du hast wirklich weiche Haut", erkannte Silvan und neigte sich erneut über Liam, bis zu den Stellen, wo die

Striemen waren. Von ihnen war mittlerweile kaum noch etwas übrig, aber ein wenig konnte Silvan sie noch erkennen „Da muss ich mal probieren", raunte er, knabberte sanft daran und leckte darüber.

Liam hielt völlig still, er entspannte sich immer mehr und atmete nun auch schon deutlich ruhiger.

„Ich liebe dich."

Silvan lächelte sanft. „Ich dich auch."

Dann knabberte er tiefer, am Ansatz von Liams Spalte, während er kaum merklich mit dem Finger durch sie hindurch strich. Sofort erzitterte Liam, doch er stieß nur kaum hörbar den Atem aus und hielt still.

Silvan wiederholte seine Bewegungen und wurde jedes Mal mit seinem Finger etwas kräftiger. Er blieb nun bei Liams Muskelring und massierte diesen, während er nur mit leichten Druck in Liams Hintern biss.

Liam brummte, doch beim Biss lachte er kurz. „Willst du mich auffressen?", fragte er. „Habe ich dich nicht genug gefüttert, mein Herz?"

Silvan freute sich, sein Plan ging auf. „Ich glaube, du hast den Nachtisch vergessen. Jetzt musst du herhalten, du leckerer Happen", schnurrte Silvan und biss auch in die andere Seite und drückte dabei seine Fingerspitze in Liam.

Dieser keuchte und knurrte dann heiser. „Für dich immer."

Silvan brummte, leckte über der Bissstelle und machte zeitgleich kreisende Bewegungen mit seinem Finger. „Du hast keine Ahnung, wie sehr ich dich liebe." Diesmal kam ein leises Stöhnen von Liam und erneut ging ein Zittern durch dessen Körper. Doch augenscheinlich nicht aus Angst, denn sein Mann war längst wieder hart.

„Stell dich breitbeiniger hin, Liebster", bat Silvan und griff Liams Sack mit der freien Hand und massierte ihn erneut. Sofort stöhnte Liam lauter und folgte der Bitte, während sich seine Hände fester gegen das Holz der Wand pressten.

Silvan schob ganz vorsichtig den Finger tiefer in seinen Mann, während er dessen Sack losließ und dafür durch die Beine Liams Schwanz ergriff. „Du bist so heiß", raunte er und lehnte sich etwas vor, um Liam am unteren Rücken zu küssen. Überraschenderweise blieb dieser entspannt, er drückte sich seinem Finger sogar etwas entgegen.

„Bei den Göttern", stöhnte Liam. „Mehr, Silvan!"

Silvan grinste erneut. „Nichts lieber als das", murmelte er und führte den Finger das letzte Stück mit einem Stoß ein. Das ließ seinen Mann aufkeuchen, doch wieder blieb er erstaunlich locker und drückte sich ihm weiterhin entgegen. Während Silvan einen Moment lang kreisende Bewegungen gemacht hatte, schob er nun den zweiten Finger an dessen Eingang.

„Ich will dich hören", befahl Silvan und schob die zweite Fingerspitze in seinen Mann.

„Ah!", stöhnte Liam auf und legte den Kopf in den Nacken. „Nimm mich!" Silvan schnurrte und knabberte an Liams Hals, dabei ließ er nur kurz dessen Schwanz los und griff um seine Hüfte, um diesen erneut zu umfassen und fest zu massieren.

„Das werde ich, aber erst wenn du gut vorbereitet bist", erklärte er und biss in Liams Hals. Gleichzeitig drückte er auch den kompletten zweiten Finger in seinen Mann und fing an, beide zu bewegen.

Liam stöhnte und Silvan merkte, dass er wieder zu zittern begann. „Ah ich kann nicht mehr", keuchte Liam und kam nur Momente später erneut. „Silvan!" Doch davon ließ Silvan sich nicht beirren, er machte einfach weiter. „So heiß!", keuchte er und spreizte seine Finger ein paar Mal, ehe er sich sicher war, dass er weit genug gedehnt war. „Sag mir mein Liebster, was willst du?", fragte er und hielt nicht in seinen Bewegungen inne.

Liam keuchte atemlos und stöhnte gepresst. „Bitte nimm mich endlich!" Silvan leckte sich die Lippen und entzog dem ehemaligen Aurox seine Finger und ließ auch dessen Schwanz los. „Nichts lieber als das", raunte er und zog Liams Hüften noch etwas weiter nach hinten, dann drückte er seine Spitze gegen dessen Eingang.

Fast sofort glitt die Spitze in den Mann und Silvan stöhnte auf. Liam schnappte hörbar nach Luft und drückte sich ihm entgegen. „Bei den Göttern!" Silvan griff nach Liams Hüften und krallte sich dort hinein.

Er zog den Mann an sich und somit langsam, aber ganz auf seinen Schwanz. „Verflucht bist du eng!"

Liam erzitterte und stöhnte atemlos. „Und du groß!"

Silvan grinste und keuchte. „Soll ich mich entschuldigen?", fragte er und fing an, sich zu bewegen.

Liam schüttelte den Kopf. „Wage es nicht!"

Silvan konnte nicht anders und lachte kurz. „Würde mir nie einfallen", versicherte er und wurde schneller und härter in seinen Bewegungen.

Liam stöhnte bei jedem Stoß und krallte sich in der Wand fest, sodass seine Fingerknöchel weiß hervortraten. Silvan strich Liam sanft über den Rücken bis nach oben zu seinen Schultern, wo er seinen Mann hochzog, so das sein Rücken an Silvans Brust zu ruhen kam.

Er stieß nun noch härter und schneller in Liam und umfasste dessen Länge, um diese zu massieren. Es dauerte nicht lange, da schrie Liam beinahe Silvans Namen und kam erneut. Bei diesem Gefühl und Anblick ließ auch Silvan sich gehen und kam heftig in seinen Mann. „Liam!"

Der Schattenwandler keuchte und stützte sich etwas mit der Hand an der Wand ab. „Bei allen Göttern, das war unglaublich", raunte Liam und lugte über die Schulter zu ihm. Silvan keuchte selbst und entzog sich seinem Mann, ehe er ihn zu sich drehte und ihn leidenschaftlich küsste. „Das war es!" Liam erwiderte den Kuss und drückte ihn fest an sich, dann versteifte er sich plötzlich. „Das Auslaufen ist allerdings wieder toll", murrte der Schattenwandler, löste sich von ihm und verschwand in der Waschkammer.

„Und wer macht die Sauerei hier weg?", fragte Silvan laut, damit Liam es auch hörte. „Ich mach deins weg, du meins, das nennt sich Arbeitsteilung!", war die Antwort, wobei er den Schattenwandler lachen hörte.

„Das ist aber unfair, du hast viel mehr angerichtet", brummte Silvan, schüttelte dann den Kopf und fing an, sauber zu machen. „Das nächste Mal putzt du!"

Liam

Schmunzelnd wusch sich Liam sich in der Waschkammer. Tatsächlich fühlte er sich nun besser, irgendwie nicht mehr so beschmutzt. Er schüttelte den Kopf und ging nackt zurück ins Schlafzimmer, wo er sich ins Bett legte, wo Silvan auf ihn wartete. Er rutschte zu seinem Druiden und kuschelte sich an ihn.

„Ich liebe dich", murmelte er und seufzte leise. Silvan lächelte und legte einen Arm um ihn und zog ihn fest an sich. „Und ich liebe dich."

Er genoss die Wärme seines Mannes und schloss die Augen. Silvan hatte schon recht gehabt, er hatte die letzten Nächte kaum Ruhe gefunden und wenn er mal eingeschlafen war, war er von Albträumen verfolgt worden.

Eigentlich nichts, was er nicht gekannt hätte, doch in diesen war Gerom immer und immer wieder zu ihm gekommen. Liam schauderte, ein grauenvoller Gedanke.

Er legte einen Arm um Silvan und atmete dessen Duft tief ein, was sofort seine etwas angespannten Muskeln lockerte. Liam merkte, wie er kurz davor war, einzuschlafen, als es plötzlich vor der Hütte knackte.

Er fuhr zusammen und sprang sofort aus dem Bett. „Was war das?", murmelte er und griff nach seiner Hose. Ja, vielleicht war er übervorsichtig, aber die Erfahrungen der letzten Zeit hatten ihm deutlich gemacht, dass man lieber einmal zu viel Vorsicht walten lassen sollte.

Auch Silvan zog sich eine Hose an und schnappte sich seinen Dolch, wobei der Druide fragend zu ihm sah. Liam hatte die Hose angezogen und lugte aus dem Fenster, doch es war nichts zu sehen.

„Nichts", raunte er dennoch leise und zog nun auch sein Oberteil und das Kettenhemd drüber. Geschickt griff er sich zwei Messer und öffnete damit die Schnitte an seinen Unterarmen. „Ich will mich umsehen", sagte er zu Silvan und ging zur Tür.

„Liam, bitte pass auf dich auf. Ich bleibe unten in der Hütte", teilte Silvan ihm mit und folgte ihm aus dem Zimmer.

Liam hatte nichts dagegen, also liefen sie zu zweit nach unten. Doch noch bevor Liam den Fuß der Treppe erreicht hatte, blieb er abrupt stehen.

„Ammey!", zischte er und fuhr die Blutklingen aus, ehe er in den Wohnbereich trat.

Und da saß die kleine Elfe mit den weißen langen Haaren in einem der Sessel. Sie hatte die Beine übereinandergeschlagen und lächelte mit blutrot glänzenden Lippen. „Ihr habt euch aber Zeit gelassen."

Silvan knurrte. „Was willst du hier?"

Liam lauschte angestrengt, Ammey würde wohl kaum alleine hier sein und schon hörte er, wie jemand durch die Küche schritt. Sein Blick zuckte sofort in diese Richtung und Liam fluchte unterdrückt. Musste es unbedingt Gerom sein?

Der Blutelf hatte leuchtend rote Augen und bewegte sich etwas steif. Wie Raven gesagt hatte und wie Liam es selbst schon bei Nahom gesehen hatte, war jegliches Leben aus dem Mann verschwunden. Er war nur noch eine wandelnde, funktionierende Hülle.

„Nun, Druide", antwortete Ammey indes Silvan. „Ich habe euch nicht umsonst geholfen, aus dem Schloss zu fliehen und vorher auch noch die Steinrosen zu finden. Ihr habt doch nicht wirklich geglaubt, dass ich das tue, ohne eine Gegenleistung zu erwarten?"

Sie klang beinahe beleidigt und Liam stellten sich die Nackenhaare auf. Das würde unschön werden.

„Wir haben dich nicht darum gebeten, also sind wir dir nichts schuldig. Lass uns einfach in Ruhe und verschwinde!", entgegnete Silvan und packte seinen Dolch fester.

Eine weiße Augenbraue hob sich, als Ammey Liams Druiden taxierte. „Du hast mich also nicht gebeten, dich nicht zu verraten, Silvan? Hast mich nicht angefleht, die Wachen nicht auf dich aufmerksam zu machen, als du dich im Turm versteckt hast?"

Silvan schnaubte geringschätzig. „Da wusste ich auch noch nicht, dass du so ein Monster bist! Dann hätte ich das nie getan!" Ammey kam auf die Beine und sofort stellte Liam sich in Kampfposition. Egal wie stark diese Frau sein mochte, oder auch Gerom, kampflos würde Liam sich nicht ergeben!

„Was du wusstest, oder nicht, Druide", sprach Ammey mit plötzlich kalter Stimme, „spielt absolut keine Rolle. Du bist rausgekommen, ebenso wie dein kleiner Freund hier. Ihr habt nun die Wahl, kämpft für mich auf meiner Seite, oder sterbt ... und dann kämpft ihr so und so für mich."

Silvan funkelte die Frau an. „Niemals werden wir dir helfen oder für dich kämpfen. Weder lebend noch tot!"

Ammey schnalzte missbilligend mit der Zunge und plötzlich hörte Liam Schritte hinter sich.

Abrupt wirbelte er herum und wurde von Nahom beinahe von den Füßen gerissen. Er konnte den Mann gerade noch so mit seinen Blutklingen auf Abstand halten, doch dieser griff ihn sofort wieder an. „Nun Silvan, dann muss ich wohl deutlicher werden", zischte Ammey. „Nahom, Gerom, tötet Liam!"

„Nein! Hör sofort auf! Lass Liam aus dem Spiel, du willst lediglich mich!", fauchte Silvan die Elfe an. Liam hatte allein schon damit zu tun, Nahom auszuweichen, doch als plötzlich heftiger Schmerz durch ihn schoss, schrie er auf und fiel zu Boden.

Gerom der verdammte Mistkerl hatte selbst tot noch Zugriff auf seine Blutmagie, die gerade brutal durch Liam hindurch schoss.

Nahoms Blutklinge sauste auf ihn zu, das würde er nicht überleben.

Bevor die Klinge ihn erreichen konnte, wurde Nahom plötzlich zur Seite gerissen und Liam blinzelte keuchend. Noch immer war er in den Fängen der Blutmagie, dennoch konnte er erkennen, wer ihm da zur Hilfe gekommen war.

Was in aller Welt tat Ace hier?

Der kleinere Aurox war der beste und schnellste Kämpfer im Lager, so war es für Liam nicht verwunderlich, dass dieser gerade Nahom den Kopf abgehackt hatte. „Du tätest gut daran, zu verschwinden, Ammey!", zischte Ace der Elfe zu.

Silvans Blick ging indes zu Gerom und seine Miene verzog sich vor Wut. Draußen donnerte es auf einmal laut und helle Blitze zuckten über den immer dunkler werdenden Himmel, den Liam nur ein wenig durch das Fenster erkennen konnte. „Lass ihn in Ruhe, du Mistkerl!", knurrte der Druide und Liam riss die Augen auf. Trotz der Schmerzen, die noch immer in ihm tobten, starrte er auf Silvan.

In dessen vertrauten, waldgrünen Augen wüteten helle Blitze, so etwas hatte Liam noch nie gesehen. Auch Ammey schien die nahende Gefahr zu erkennen, denn die Elfe hob die Hand und sofort verschwand Geroms Blutmagie. Liam schnappte nach Luft und kämpfte sich, so schnell es ging, wieder auf die Füße.

„Sieh an", lächelte Ammey und leckte sich die Lippen. „Es ist also erwacht, dann wird es Zeit, Silvan. Du kannst dein volles Potential ausschöpfen und einer der mächtigsten Männer Jiltoryas werden. Aber nicht an der Seite von ein paar nutzlosen Aurox. Jetzt hast du die Chance, wähle den richtigen Weg und zusammen läuten wir ein neues Zeitalter ein."

Diese Frau war wahnsinnig, ging es Liam durch den Kopf. Wie hatte er nur in ihr eine einfache, gar schüchterne Elfe sehen können?

Ein grollendes Knurren kam über Silvans Lippen und er fixierte Ammey. „Du Monster! An deiner Seite werde ich niemals sein und ich werde dir schon zeigen, wie mächtig wir sind!" Es donnerte erneut heftig über der Hütte und Liam fuhr zusammen. An Silvans Händen knisterten Blitze und selbst Ace wich zurück.

„Liam, das geht nicht gut aus", raunte der Mann ihm zu, während Ammey nur lächelte und Gerom sich gar nicht mehr bewegte. Auch der kopflose Nahom lag regungslos auf dem Boden, sein Körper verlor nicht einmal Blut.

„Du denkst wirklich, du kannst es mit mir aufnehmen, Druide?", spottete Ammey. „Du bist ein Nichts im Gegensatz zu mir! Versuch es, greif an!"

Als hätte Silvan nur darauf gewartet, riss der Mann plötzlich die Hände nach oben und Liam keuchte, als mehrere Blitze aus ihnen hervor schossen und direkt in Ammey einschlugen. Genauso hatte der Druide Gerom getötet, nur hatte Liam es damals nicht von vorne gesehen, da er neben Silvan gestanden hatte.

Doch statt zu Boden zu sinken, oder sich auch nur im Geringsten zu rühren, grinste Ammey lediglich noch breiter. „Das hat ja nicht mal gekitzelt", kicherte sie und Liam stellten sich die Nackenhaare auf. „Nun denn, wenn du so sehr darauf aus bist, es ohne mich zu schaffen", sprach Ammey weiter, „werde ich euch ziehen lassen, für den Moment. Doch sollten wir uns wiedersehen - und dessen sei dir gewiss - werde ich keine Gnade mehr walten lassen. Ihr werdet durch meine Hand sterben und in meinen Reihen wiederauferstehen. Allesamt!"

Liam wollte zu Silvan, sein Druide zitterte stark und noch immer knisterte es um dessen Hände herum, doch solange diese kranke Blutelfe hier war, konnte er das nicht. Er linste zu Ace, der sich heimlich näher an Gerom geschoben hatte, doch nur einen Wimpernschlag später plötzlich durch die Luft geworfen wurde und gegen die Wand prallte.

„Finger weg von meinem Spielzeug", fauchte Ammey und ging einfach an Silvan und Liam vorbei. Neben Gerom blieb sie stehen und blickte nochmals über die Schulter zu seinem Druiden. „Denke an meine Worte, mit der heutigen Entscheidung hast du alle, die dir folgen, zum Tode verdammt."

Sie legte die Hand auf Geroms Schulter und einen Moment später lösten sich beide Gestalten und selbst Nahom in Rauch auf.

Silvan zitterte immer noch und blickte auf die Stelle, wo eben noch Ammey gestanden hatte.

„Ich bringe sie um!"

Liam riss sich aus seiner Starre und lief zu dem Mann. Ohne auf die Blitze zu achten, zog er den Druiden einfach in seine Arme und musste die Zähne zusammenbeißen, als Schmerz durch ihn schoss.

Doch, das hier war sein Mann, sein Silvan. „Ruhig mein Herz", raunte er ihm ins Ohr. „Es ist vorbei, sie sind weg." Silvan knurrte und versuchte, sich aus der Umarmung zu winden, doch als Liam ihn ansprach, hielt der Druide still und beruhigte sich langsam. Das Gewitter wurde weniger und auch die Blitze an Silvans Händen verschwanden. „Liam?"

Liam musste sich zwingen, ruhiger zu atmen, als die Schmerzen endlich nachließen, und er seufzte.

„Ja, ich bin es mein Herz, alles ist in Ordnung. Sie sind weg und wir sicher, du kannst dich beruhigen", versicherte er seinem Mann und lugte zeitgleich zu Ace, der bereits wieder auf die Beine gekommen war. Silvan legte ganz vorsichtig seine Hände auf Liams Rücken und murmelte. „Das ist alles meine Schuld, jetzt werden alle sterben."

„Werden sie nicht", widersprach Ace in festem Ton und trat zu ihnen. „Die einzige Schuld, die du hast, Silvan, ist die, dass sich endlich etwas tut. Liam ist frei vom Fluchmal und zusammen könnt ihr beide mehr erreichen, da bin ich mir sicher. Jetzt ist nicht die Zeit, um Trübsal zu blasen, es gilt anzupacken."

Liam lächelte seinen langjährigen Freund an und nickte. „Ace hat recht, mein Herz. Wir haben eine Aufgabe, eine Mission, und dürfen diese nicht schleifen lassen, das hast du selbst gesagt." Der Druide sah Liam in die Augen und nickte dann. „Ja, ihr habt recht, wir dürfen jetzt nicht aufgeben! Wir müssen weiter machen." Lächelnd drückte Liam seinen Mann enger an sich und küsste ihn sanft.

„Schön, dass wir uns einig sind", meinte Ace plötzlich und Liam musterte den Aurox. „Allerdings bin ich nicht zufällig hier. Ich habe eure Spur verfolgt, denn wir haben ein Problem." Liam löste sich von Silvan, wobei er weiterhin einen Arm um seinen Druiden gelegt hatte, um diesen zu stützen.

„Was ist passiert? Etwas mit Raven?", fragte Liam besorgt. Ace schüttelte den Kopf. „Verzeih Liam, aber was mit Raven ist, kann ich dir nicht sagen. Seit ihr fort seid, ist er verschwunden. Ich habe gesehen, dass der leitende Hauptmann und Hauptmann Quinten ihn mitgenommen haben, aber was nun mit ihm ist, oder ob er überhaupt noch lebt ... Ich weiß es nicht."

Es war wie ein Faustschlag ins Gesicht und Liam musste die Augen schließen.

Bei allen Göttern, war sein bester Freund wirklich tot?

Er schluckte hart und verdrängte den Gedanken. Nein, Raven würde nicht sterben, das durfte einfach nicht sein, und solange Liam dessen Leiche nicht vor sich sah, würde er daran glauben, dass Raven lebte!

„Weshalb bist du hier?", fragte er Ace, der die Arme vor der Brust verschränkte.

„Wegen Kaleb", antwortete dieser und Liam runzelte die Stirn. Kaleb war einer der ältesten Aurox im Lager und er hatte ihn vor ein paar Tagen im Tunnel gefunden. Bewusstlos und regungslos. Seitdem war der Mann nicht mehr zu sich gekommen.

„Ist er wach?", fragte er hoffnungsvoll, doch Ace schüttelte den Kopf. „Nein und die Elfen haben Wind davon bekommen, dass mit ihm etwas nicht stimmt. Wenn wir nicht bald handeln, werden sie ihn töten."

Schockiert riss Liam die Augen auf. „Nein, das können sie doch nicht machen!", empörte er sich, wusste es jedoch sofort besser. Natürlich konnten diese dreckigen Elfen das tun, sie durften alles mit Liams Rasse machen, was sie nur wollten.

„Deshalb bin ich hier, wir brauchen Hilfe", erklärte Ace weiter. „Wir wissen nicht genau, was mit Kaleb geschehen ist, aber mittlerweile liegt zumindest meine Vermutung nahe, dass Ammey damit etwas zu tun hat. Vielleicht hat sie versucht, ihn zu töten und zu erwecken, ich weiß es nicht, aber wir haben es mit einer ganz besonderen Form der Magie zu tun."

Liam runzelte die Stirn. „Aber wer könnte dann helfen? Ein anderer Blutelf oder ein Fluchelf?"

Ace schüttelte den Kopf. „Nein ich denke da an jemand anderes. Aber denjenigen müsst ihr erst mal finden und das wird nicht leicht."

Liam war verwirrt. „Jetzt sag schon, wen suchen wir?"

Ace lächelte ganz leicht. „Den Hybriden."

Liam blinzelte, sollte das ein Scherz sein? „Ace, bei allen Göttern, es gibt keinen Hybriden! Und selbst wenn, wieso sollte gerade der uns helfen können? Oder warum sollte er uns überhaupt helfen?"

Ace hob die Hände. „Immer mit der Ruhe. Zum einen brauchen wir ihn, weil in ihm ein Druide steckt und er über vierhundert Jahre alt ist. Zudem beherrscht er, wie Silvan, das fünfte Element und ist somit vollkommen mit der Natur verbunden. Seine Magie sollte also das genaue Gegenteil zu Ammeys ... nennen wir es Todesmagie ... sein. Verstehst du?"

Liam nickte langsam. „Du denkst, die Magie würde sich aufheben und Kaleb somit wieder zu sich kommen", mutmaßte er und Ace neigte zustimmend den Kopf. „Genau, aber wie gesagt, der Kerl ist schwer zu finden und vor allem ist er gefährlich. Sein Name ist Taavin und wenn ihr ihn finden solltet, sagt ihm, ihr kommt von mir, das sollte ihn besänftigen."

Liam musste schmunzeln. „Du kennst aber auch jeden, nicht wahr, Ace?"

Der kleinere Mann zuckte nur die Achseln. „Ich kenne so einige, aber denk an meine Worte, seid vorsichtig. Er ist alt und mächtig. Neben dem Druidenanteil steckt auch noch ein Teil Schattenwandler in ihm, also vermeide es, mit ihm zu kämpfen, Liam, ich meine es ernst."

Liam knurrte, nickte aber. „Verstanden, ich werde mich bemühen. Sollten wir sonst noch was über den Kerl wissen?"

Ace schüttelte den Kopf. „Nein eigentlich nicht. Er ist etwas größer als du, hat blonde, kurze Haare und hellblaue Augen. Das ist alles, was ich dir zu ihm sagen kann. Wir sehen uns, meine Freunde, und bitte beeilt euch, denn die Elfen haben Kaleb nicht mehr viel Zeit gegeben."

Liam schluckte und sah Ace nach, als dieser die Hütte verließ, dann wandte er sich Silvan zu. „Mir scheint, wir können doch nicht einfach ins Dritte Silberreich ziehen", meinte er und zog seinen Druiden an sich. „Zuerst müssen wir eine Legende jagen. Den Hybriden."

Danksagung:

Die Aurox – Reihe ist unser erstes Gemeinschaftsprojekt und jetzt werden die Bücher sogar im eigenen Verlag aufgelegt. Es ist ein wahnsinnig tolles Gefühl, heute hier zu stehen, doch ohne die Unterstützung von ganz besonderen Menschen wäre das nicht möglich.

Allen voran möchten wir uns bei unserer lieben Freundin und Verlagskollegin Claudia Fischer bedanken. Sie schreibt nicht nur herausragende Bücher, sie ist auch eine fantastische Lektorin, die mit Genauigkeit und Herzblut an jedem Manuskript feilt, ehe es in die Welt hinausgeschickt wird. Claudia, vielen Dank für deine Mühen und deinen äußerst strapazierfähigen Geduldsfaden!

Weiter möchten wir uns bei unseren TestleserInnen und BloggerInnen bedanken, die uns mit Rat und Tat zur Seite stehen. Ihr seid spitze und wir möchten euch auf keinen Fall missen!

Unser Dank gilt ebenso unseren Lieben, denn ohne euch könnten wir uns nicht so auf unsere Projekte, Bücher und AutorInnen konzentrieren. Danke für euren Rückhalt und eure Unterstützung!

Lesen Sie weiter in:

Aurox
Raven & Quinten

Das Fluchmal ist fort, doch Ravens Freiheit ist nur von kurzer Dauer. Er bleibt im Schloss zurück, um seinen Freunden die Flucht zu sichern, und landet so im nächsten Gefängnis, als Leibeigener von Hauptmann Quinten, einem Blutelf. Raven wird nicht schlau aus dem Mann mit den faszinierenden Feueraugen. Was will er wirklich und kann der Hauptmann ihn tatsächlich vor dem sicheren Tod bewahren?

Quinten kann sich selbst nicht erklären, wieso er Raven helfen möchte, doch als klar wird, dass dem Aurox nur noch Tage bleiben, muss er eine Entscheidung treffen. Aber ist es wirklich klug, gerade den Mann zu retten, der die harte Rüstung, die Quinten schon viele Jahre trägt, mit einem einzigen Blick zum Schmelzen bringen kann?

All das gerät in den Hintergrund, als Ammey sich zeigt und mit ihr eine Spur der Verwüstung, die das gesamte Schloss in Atem hält und schon bald die ersten Opfer fordert.

Über die Autorinnen

Isabell Bayer ist 1993 geboren und wohnt in einem Drei-Generationen-Haus in Hohenfels, in Bayern. Mit dem 18. Lebensjahr bekam sie ihren treuen Wegbegleiter, Multiple Sklerose und so schlimm diese Diagnose für sie war, sie brachte Isabell Bayer doch auch zum Schreiben. Denn der Realität zu entfliehen ist oft der einzige Weg um wieder einen klaren Kopf zu bekommen. Die Welt der Dark-Romance-Fantasy hat die Autorin bereits als Jugendliche fasziniert und schnell hat sie das Genre für sich entdeckt. So begann ihr Weg als Schriftstellerin und die Entstehung ihrer Bücher. Weiter ist Isabell Coverdesignerin und Autorin im Lycrow Verlag.

Liesa Marin wurde 1993 im idyllischen Städtchen Teterow geboren und lebt noch heute mit ihrem Mann und ihren beiden Kindern dort.
2017 entdeckte sie das Schreiben für sich und bald wurde es zur Leidenschaft.
Im Jahr 2019 veröffentlichte sie trotz LRS ihren Debütroman im Genre Jugendbuchfantasy.
Zudem wirkte Liesa Marin bei einer Spendenanthologie mit dem Namen „Zwischen Fell und Federn" mit, welche im Jahr 2022 herausgebracht wurde.
Anfang 2023 wagte die Autorin ihren bisher größten Schritt. Zusammen mit ihrem Team, bestehend aus Isabell Bayer und Claudia Fischer, gründete sie den „Lycrow Verlag".